복수 완수자 의
인생 2 회 차
이세계담 4

"Fukushuu wo Suisha no Jinsei Nishuume Isekaitan"
Story by Hozumi Mitaka. Illustration by Tsubata Nozaki

미타카 호즈미 지음
노자키 츠바타 일러스트
주승현 옮김

복수완수자의
인생 2 회차
이세계담 4

"Fukushuu Kansuisha no Jinsei Nishuume Isekaitan"
Story by Hozumi Mitaka, Illustration by Tsubata Nozaki

미타카 호즈미 지음
노자키 츠바타 일러스트
주승현 옮김

크윈
크윈티 셰레스티스
클리어베디비어

『하얀 영웅』. 영웅이
라는 역할에서 벗어나
고 싶다고 생각하고
있는 듯한데…….

토와 [쿠로노 토와]
트와일라이트 쿠로이시스
신센텐스드아서

『붉은 영웅』. 코우스
케보다 5년 먼저 아클
레어에 전생했지만,
실은 쌍둥이 여동생.

쿠로   [쿠로노 코우스케]
쿠로노 쿠로우리스 나노란슬롯

주인공. 『검은 영웅』. 여동생의 원수
를 갚은 후 자살하지만, 아클레어에
전생한다.

루키우스
루키우세우스 루키우스리
파이카 그람류네이트

『푸른 영웅』. 항상 미
소가 끊이지 않는 호
청년. 과거에 후회를
안고 있는 낌새.

시로 [시로하라 카코]
와이트 화이트
티아이글레인

히로인. 술집 『생명의
우정』 간판 여종업원
이자 왕도에서 내방자
를 안내하는 안내인.

엘피
엘리피나페 포르반테드
로젠글라이스

『신유의 영웅』. 마법을
사용한 정신 간섭이 특
기인 마법의. 토와의
주치의이기도 하다.

에코나
에코나 노이지
월엘레인

여덟 살 여자아이. 전
노예로, 현재는 코우
스케와 함께 산다. 『생
명의 우정』의 종업원.

Character

오렐리아

상업 국가에 소속된 『통어(統御)의 영웅』. 입도 험하고 비아냥거리는 태도로 주위와 접한다.

스톡
스톡폴름
스파시서

정보 국가에 소속된 『마탄의 영웅』. 고지식하고 신경질적인 성격. 토와를 좋아한다.

앨리스
앨리스글라이스
텐나이트 글라카라독

초대 『붉은 영웅』의 자손. 리갈 암살의 범인으로 붙잡혀 있는데……

리갈
리갈그레이르 브로시우스
안리스 돈아우렐리아누스

『벽력의 영웅』. 암살당하고 말았지만, 사후에도 영웅으로서 우러러지고 있다.

플라나
플라타나스카이
루주리아

정보 국가 소속 『편찬의 영웅』. 말수가 적은 어린 여자아이.

치도리
치도리소우라
템프시

정보 국가 소속 『식별의 영웅』. 밝고 쾌활한 여성.

키스
키스 풀블러드

기술 국가 소속 『간과(干戈)의 영웅』. 설렁설렁한 것처럼 보여도 강하다.

피오
피오렌차르
러너즈

기술 국가 소속 『신속(神速)의 영웅』. 천연덕스럽고, 자유분방하다.

사라

종교 국가 소속 『불마(祓魔)의 수도기사』. 아리엘의 종자처럼 행동한다.

아리엘

종교 국가 소속 『검극(劍戟)의 수도기사』. 고귀한 분위기의 엘프.

알
알버트

종교 국가 소속 『신벌의 수도기사』. 가볍고 종잡을 데 없는 성격.

이브

종교 국가 소속 『천혜의 수도기사』. 심약하고 겁이 많은 여우 소녀.

마기우스

마술 국가 소속 『인도자(로드)』. 노련한 마법사.

시온

상업 국가 소속 『혈맹의 영웅』. 겉모습은 중성적인 소년. 정체는 흡혈귀.

프롤로그   *9*

제1장   암운이 낮게 드리울지라도 굴하지 않고 맞서며   *13*

제2장   깊은 근심과 어두운 한을 집어삼키고   *165*

제3장   암담하고 어슴푸레한 안개 속을 나아간다   *293*

제4장   하얀 무지개가 태양을 꿰뚫지 못한다면   *359*

에필로그   *431*

Contents

프롤로그

쿠로노 코우스케라는 소년은 극히 평범한 인간이다.

극히 평범한 인간——이었다.

용모, 평범. 학력, 평범. 운동능력, 평범.

특별한 핏줄을 잇고 있는 것도 아니거니와 특수한 재능을 가지고 태어난 것도 아니다.

어디에나 있는 평범한 소년조차 가지고 있을 법한 특기나 장점도 역시 가지고 있지 않았다.

지극히 평균적인 가정에서 태어나 과도하지 않을 정도의 가족애는 있지만 그걸 솔직하게 인정하지 못하는 사춘기를 당연한 듯이 맞이했다. 지극히 흔한 70억분의 1.

아무 일도 없었다면 그는 평탄한 인생을 걸었을 것이다. 행운이 없는 대신 고난을 마주하는 일도 없는 나날을 보냈을 것이다. 그 사실에 불만을 느낀 적은 있어도 자신의 인생을 지루하다고 평가한 적은 없다. 비하나 체념과 연이 없다고는 말할 수 없어도 결코 그에 사로잡힌 적은 없다.

그런 평범한 인생과 평범함을 받아들일 수 있는 정신.

그것이 딱 하나 단추를 잘못 끼운 것으로 인해, 나사 하나를 조이는 걸 잊음으로 인해, 톱니바퀴 하나의 어긋남으로 인해, 잘못된 선택 하나로 인해 그렇게나 쉽게 레일에서 벗어나리라고 누가 예상할 수 있었을까.

여동생의 죽음.

그것도, 사고사라면 일어나지 않았을지도 모른다. 자살이나 타살이어도 경우에 따라서는.

그것이 복수의 악의가 초래한 처참한 죽음이자, 또한 코우스케의 과실이 없었다면 피할 수 있었을지도 모른다는 사실이 겹친 결과──현재로 이어지는 길이 생겨나고 말았다.

평범하고 일반적인 인간 앞에 있었을 터인 평온한 인생에 분기점을 만들고 말았다.

한번 꾸깃꾸깃하게 구겨진 종이를 나중에 핀다 한들 새겨지고만 주름을 완전히 지울 수는 없다.

사람의 본질은 변하지 않는 것일지도 모른다.

하지만 때로, 성질은 바뀐다.

아니, 본질이 불변이기에 사람은 바뀔 수 있는 것이리라.

코우스케는 아무것도 바뀔 수 없었기 때문에, 어쩔 수 없이 변하게 된 것이다.

예를 들어, 여동생이 죽게 된 책임은 자기한테는 없다고 생각했으면 좋았을 것이다. 아니면, 여동생에 대한 가족애라는 집착을 버렸다면 좋았을 것이다. 복수심을 느껴도, 시간을 들여 실행을 포기하는 것이 무난한 타협점이다.

즉, 어쩔 수 없다는 체념이다.

그 체념 끝에 미래로 눈을 돌린다는 전진이 있다.

하지만 코우스케는 평범한 인간이었기에. 현명하게 살 수가 없어서. 무엇보다도 옳음을 우선하는 짓 따위 할 수가 없어서. 소중한 것이 부서져, 울며 잠들다 끝내는 포기하는 짓 따위를 할 수가 없어서.

쿠로노 코우스케를 쿠로노 코우스케답게 만드는, 변경 불가능한 모든 기능이 내린 것은 단순한 지령이다.

그러한 본질을 제외한 변경 가능한 모든 것을 이용해서라도 쿠로노 코우스케로서 계속 존재할 것.

쿠로노 코우스케에게 생긴 비틀림은 다양한 요소가 복잡하게 얽힌 끝에 기적적인 확률로 발현된 것.

무엇 하나라도 어긋났다면 그는 복수자 따위가 되지 않았을지도 모른다.

하지만, 되었다.

사라질 일 없는 자책을 품고 복수를 이뤘다.

대상에 포함된 자신의 목을 가르고 바랐던 결말은 이세계로의 전생이라는 형태로 계속되었다.

은백색 소녀와의 만남에 의해 여동생과의 재회가 이루어질 가능성을 깨달았다.

과거 생의 비극으로 인해 획득했다고 여겨지는 특수한 힘을 망설이지 않고 행사하여 목적을 향해 매진했다.

쉬지 않고 달리는 와중에 인연이 생긴 사람들에게 도움을 받으며 예상했던 것 이상으로 빨리 여동생과의 재회가 이루어졌다.

그리고 지금.

국가 간의 전쟁, 그 소용돌이 속에 서 있다.

후회하지 않기 위한 선택을 계속하고 있다고 생각하지만, 그 정도로는 후회와 무관하게 있을 수는 없는 것이리라.

적지 않은 상실과 분수에 맞지 않는 중책, 잇따른 고난.

그래도 꺾이지 않는 이유가 있다고 한다면 그건 하나다.

쿠로노 코우스케가, 쿠로노 코우스케이기에.

잃었다고 해서 그에 접한 것을 부정하려고는 생각지 않는다.

맡은 것을 버리고 도망친다는 건 생각지 않는다.

괴롭다는 이유로 포기한다는 건 생각지 않는다.

쿠로노 코우스케의 인생도 그 성질도 크게, 아주 크게 일그러져 버렸지만, 그걸 한탄하기에는 얻은 것이 너무나도 소중하다.

평범한 소년에게 어울리지 않는 이세계에서의 생활도, 전쟁이라는 동란도 코우스케에게는 이미 현실이다.

받아들이고, 잘 생각한 뒤 대응할 수밖에 없다.

무개성을 그림으로 그린 듯한 쿠로노 코우스케라는 소년은 지금은 『검은 영웅』이다.

그러니 대응하지 않으면 안 된다.

설령 무슨 일이 일어났다고 할지라도 감당할 수 없다고는, 포기하겠다고는 말할 수 없는 것이다.

제1장

암운이 낮게 드리울지라도
굴하지 않고 맞서며

아클레어 역사상 한 시대에 같은 색깔의 색채 속성 보유자가 두 명 이상 나타난 적은 없다.
영웅의 직계조차 색채 속성 그 자체를 이었다는 사실은 없다. 그러한 기록은 있지만,
그것들 전부는 잘못된 정보 혹은 의도적인 허위다.
과거 앨리스글라이스 텐나이트 글라카라독을 실행범으로 삼았던
귀족의 영웅 살해 사건 또한 『검은 영웅』의 아이를 낳아봤자
『흑』이 이어지지는 않는다는 것을 알고 있었던 일부 귀족의 의도가 얽혀 있었던 것이리라.
『흑』 그 자체는 이을 수가 없어서, 색채 속성 이외의 것으로 그를 강화하고자 계획한 것이다.
색채 속성에는 중복이 존재할 수 없다.
그 법칙은 1000년 이상이나 되는 시간 동안 지켜져 왔다. 깨지는 일은 없었다.
하지만 현대에 와서 『흑』 보유자가 두 명 나타나는 이례적인 사태가 일어났다.
지금까지 없었다는 사실은, 앞으로도 일어나지 않는다는 사실과는 조금도 이어지지 않는다.
하지만 1000년을 넘는 시간, 1000년 이상 일어나지 않았던 일이 갑자기 일어났다.
만약 같은 색깔의 색채 속성 보유자가 한 시대에 한 명까지라고 정해져 있다면,
이건 섭리를 벗어난 이상 사태다.
가령 한 명의 신이 한 시대에 한 명을 부르는 것이라고 한다면,
또 다른 신 한 명이 신전의 관리 권한을 빼앗는 사태라도 일어나야 이런 사태가 성립하게 될까.
그런 이상 사태가 발생하고 있다고 쳐도, 색채 속성은 애초에 쉽게 발현되는 것이 아니다.
한 시대에 『흑』 보유자가 두 명.
어떻게 해서 이러한 기적이 일어나고 있는 것인가.
사람의 몸으로서 그에 대해 아는 자는, 아직 없다.

어느 국가에서나 비슷한 존재는 있지만, 아크스바오나도 마찬가지였다.

『검은 영웅』, 『하얀 영웅』과 같은 이름이 주어진 영웅과 그렇지 않은 영웅이 존재한다.

무명이라고 할 수 있을 영웅의 그릇은 역할을 사퇴한 자와 다른 역할을 받아들인 자로 한층 더 나누어진다.

왕도 습격을 지휘하는 아크스바오나 군인 글레어그리펜은 가장 마지막의 존재다.

그가 전생으로 얻은 색채 속성은 『흑』.

그걸 알게된 황제의 반응을 글레어는 똑똑히 기억하고 있다.

"재미있군."

과거 생에서도 군인이었던 글레어는 까닭이 있어 두 군주를 섬길 생각 따위 없었다.

하지만 자신의 마법을 재미있다고 말한 황제는 결코 암군(暗君)이 아니었고.

그러기는커녕 확정된 멸망을 회피하는 것에 온 힘을 쏟고 있었다.

그렇다고 해서 백성을 제일로 내세우는 왕도 아니다.

듣기 좋은 말을 하는 게 아니라, 이끈다. 마음을 쓰는 게 아니라, 보답한다. 말로만 그치지 않고, 현실로 만든다.

그러면서 자신의 야망도 가지고 있다.

흔들리지 않는다.

자신도 모르는 사이에, 보고 싶어진 것이다.

이 왕의 그릇이 어떠한 결말에 다다를 것인지를.

그러고 나서 오랫동안 청년은 현 아크스바오나 황제를 섬기고 있다.

겉으로 드러나지 않는 활동이기는 했지만, 불만은 없었다.

착실하게, 확실하게 아크스바오나는 멸망의 궤도에서 벗어나기 시작하고 있었기 때문이다.

그리고 현재.

달트라 왕도 습격은 순조롭게 진행되고 있었다.

왕성 내의 현란함은 훼손되고, 피와 내장이 흩뿌려져 있다. 광란, 파괴의 흔적, 시체의 융단.

자신의 몇 걸음 뒤를 걷는 여자——『하얀 영웅』크윈티에게 시선을 향했다.

옛 보금자리라고 하기에는 그녀의 배반은 지나치게 최근 일이긴 하지만, 그 옛 보금자리가 파괴되는 데 대한 감상은 눈동자나 태도에서는 찾아볼 수 없다.

아무것도 느끼지 않는다기보다도, 무엇을 느끼면 좋을지조차 알 수 없는 듯한.

죽음을 잘 이해하지 못하는 어린아이 같다고 글레어는 생각했다.

어리석음과도, 냉혹함과도 다르다. 무지도 광기도 관계없다.

단순히, 그것을 받아들일 수 있을 만큼의 정신이 완성되어 있지 않다.

그녀의 태생을 생각하면 크게 수긍할 수 있는 이야기였다.

이 세상에 태어난 지 아직 3년밖에 지나지 않았으니까.

"……왜 그러지."

크윈티가 딱 멈춰 섰다.

조금 전까지 조각상처럼 미동조차 하지 않던 그녀의 표정이 미세하게 움직였다.

그 입술이 위쪽을 향해 씰그러졌다.

"퇴각한다면, 빨리하는 편이, 좋아."

충고로도 받아들일 수 있는 말.

글레어는 한순간 뜸을 두었지만, 곧바로 마력 감지에 집중했다. 범위를 급속히 넓히고──표정을 일그러뜨렸다.

상정하지 않았던 건 아니지만, 가능성은 한없이 낮다고 보고 있었다.

글레어는 크윈티를 동반하여 동료를 회수할 예정이었다.

그건 글레어와 쿠로노를 갈라놓는 우위성 중 하나에 의해 이루어질 터였다.

『개념 속성』 중 하나, 『공간』에 의한 물리적 거리를 무시한 이동 말이다.

그것 자체는 문제없다. 하지만…….

"너무 얕보고 있었다는 건가."

글래스에 의한 통신을 방해하는 마력 장벽은 그 성질상 범위 내에 있는 사람 전부의 통신을 방해한다. 즉, 조금 전에 왕을 살해할 때까지만 놓고 말한다면 글레어와 크윈터 또한 다른 자들과 연락할 수 없었다는 말이다.

그리고 설령 영웅이라 할지라도, 마력 감지 능력을 항상 최대로 유지하는 건 불가능하다.

그 결과, 글레어에게는 동료의 상황을 파악할 수 없는 공백의 시간이 생겨났다.

그리고 그 찰나의 시간 동안에, 몇 군데에서 상황이 변화하고 있었던 것이다.

그것도 이쪽에 여의치 않은 방향으로.

"간다."

"……어디로."

글레어는 『공간』속성의 창문을 만들며 그녀의 물음에 대답했다.

"네가 애타게 연모하는 남자가 있는 곳으로다."

◇

쿠로노 토와가 영웅이 된 건, 힘을 얻은 데는 의미가 있다고 생각했기 때문이다. 봉인하고 싶어지는 과거의 기억을 끌어안은 자신에게 새로운 목숨과 커다란 힘이 주어진 건 이유가 있을

17

터라고.

하지만 그런 생각은 리갈을 살해했다는 원죄(冤罪)를 뒤집어쓰고, 죽음을 기다리는 몸이 되었을 때 흔들리고 말았다.

기억을 되찾고 진정한 의미에서 오빠와의 재회를 이룬 뒤에도, 마음이 원래대로 돌아가는 일은 없었다.

그러기는커녕 반대다.

첫 번째 세계에서의 토와는 선량한 인간이었다고 생각한다. 적어도 나쁜 일이라고 할 수 있을 만한 것에 손을 물들인 적은 없고, 기껏해야 가족에게 시건방진 태도를 취했던 것 정도이리라.

그런데도, 그러한 죽음을 맞이했다.

두 번째 세계에서는 어떤가. 사람들의 안전한 삶을 지키기 위해 죽음의 위험을 무릅쓰고 마물 토벌에 힘썼다. 영웅 역할도 요구받는 만큼은 해냈다.

그런데도, 그렇게 배신당했다.

그렇다. 옳음은, 깨끗함은, 그 인물의 행복을 전혀 보장하지 않는 것이다.

너무나도 당연해서 수많은 사람이 까먹거나 외면하고 있는 사실.

의욕을 잃었다고 해도 좋다. 절망조차도 토와에게는 호들갑스러운 것이 아니다.

그래도 토와가 달트라에 계속 협력한 것은. 그래도 여전히 영웅을 계속하는 것은.

전적으로 오빠의 힘의 되고 싶기 때문, 이다.

이 세상에서 단 한 사람, 오빠만은 자신을 적대하지 않는다는 걸 알고 있다. 아니, 그런 표현으로는 모욕이 되고 말까. 쿠로노 코우스케만은 설령 무슨 일이 있더라도 자신의 편이 되어 준다.

토와가 바라면 그는 평생이라도 자신을 지켜주려고 할 것이다. 바라지 않더라도, 그가 안심할 수 있게 되지 않는 한 계속 옆에 있을 생각임이 틀림없다.

그러니까 하루라도 빨리 그날을 맞이할 수 있도록, 토와도 노력하려고 했다.

그런데도.

아마도 침입자들은 『공간』 속성을 이용하여 경비망을 돌파했다.

그중에 토와를 죽음에 이르게 한 자들의 리더라고 할지, 중심 인물이 섞여 있던 것이다.

몸은 제대로 움직이지 않고, 시야는 세계가 굽이치는 것처럼 일그러져 버린다.

공포가 마음에 끼치는 영향은 심대하여, 그건 몸까지 파급된다.

지켜야 할 사람도 지키지 못하고 호흡도 제대로 하지 못하는 쓸모없는 존재로 전락한 토와를, 경악스럽게도 상대는 잊고 있었다.

그런데도 분노를 품는 것조차 불가능했다.

이번에는 자신이 오빠를 돕겠다고 떵떵거려 놓고서, 도움을 구하고 마는 자신이 저주스러웠다.

가슴 속으로 무슨 생각을 한들, 무슨 말을 외친다 한들 아무것도 변하지 않는다.

왜냐면 그렇지 않은가. 앞을 보든, 받아들이든, 그날 무력한 소녀였던 과거는 변하지 않는다.

마음이 눈에 보인다면 토와의 그것에는 무수한 금이 가 있으리라. 얼마 되지 않는 용기나, 오빠나 친한 사람들과의 행복한 기억으로 어찌어찌 토와의 마음을 보수하고 있다.

하지만 흠집이 나고 만 사실은 지울 수 없다. 평생, 어떻게든 손질을 하며 살아가야만 한다.

그걸 지금, 등장한 것만으로 손쉽게 깨부숴 버린 사람이 있었다.

공포나 고통, 치욕도 바로 전에 일어난 일처럼 기억이 난다. 직접 만질 수 있는 거리까지 돌아왔다.

한심한 마음에 울음이 나오려 한다.

"안심하세요, 토와 양. 여긴 언니에게 맡기렴! 이라는 말도 막 해보고!"

부박(浮薄)하기 짝이 없는 말조차 지금의 토와에게는 구원의 동아줄이었다.

가면으로 눈가를 가리고, 몸 전체를 덮는 로브를 걸친 소녀. 온몸에 장신구를 단 빨간 석류 같은 침입자는 『벽력의 영웅』을 살해한 대죄인 앨리스.

토와를 구하러 나타난 건 오빠도, 동료도 아니었다.

그렇기는커녕, 한 번은 토와에게 원죄를 뒤집어씌우고 사형 직전까지 몰아넣은 장본인.

평생 투옥되어야 할 그녀는 아무래도 토와 쪽에 붙은 모양이었다.

오빠가 한 짓, 이리라. 오빠 외의 누가 이런 지시를 할까. 제대로 된 정신머리의 소유자라면 도저히 생각해내지 않을 테고, 설령 생각이 떠올랐다고 해도 실행에는 옮기지 않을 것이다. 어떠한 수단을 썼는지는 분명하지 않지만, 그걸 실현해 보인 오빠의 수완은 확실히 영웅에게 걸맞다고 말할 수 있을지도 모른다.

싸우는 힘 하나밖에 쓸모가 없는데, 그것마저도 제대로 발휘하지 못하는 맹추인 자신과는 천지 차이다.

권모술수라고 해야 할까. 오빠에게 책략을 짜내는 면은 없었다. 토와를 잃고 복수의 길을 나아가는 중에 몸에 익힐 수밖에 없었던 것이리라.

그 능력들이 전생을 거침으로써 보정을 받아 국가 간의 전쟁에서도 유용성을 발휘한다는 건, 기쁜 일일지 어떨지.

어쨌든 오빠는 영웅으로서 전력 확보에 동분서주했고, 그러는 한편으로 토와의 오빠로서 그 전력의 일부를 여동생이 있는 곳으로 보냈다.

"엉뚱한 데 보지 말라고, 미친년이!"

이 세상에서 가장 굴욕적이지만, 이것만큼은 적 청년과 같은 마음이다.

어떻게 생각해도, 어떻게 봐도 이 앨리스라는 소녀는 머리가 이상하다.

"토와 양, 토와 양. 당신이 쿠로 씨의 여동생이라는 건, 어릴 적의 쿠로 씨에 대해서도 당연히 알고 있다는 거지요? 좋겠다아. 부러워요. 꼭 한 번 기회를 만들어서 밤새 이야기를 듣고 싶네요오. 새언니와 시누이의 토크 같은 거. 어떨까요? 나쁜 이야기는 아니라고 생각하는데요."

저주와 맞바꾸었다고는 해도, 영웅 규격에 필적하는 힘을 얻은 청년과 싸우면서 태연하게 그런 허튼소리를 내뱉는 것이었다.

주위에는 시체. 적은 아마도 적성 마술 속성이 적은 것이리라. 조금 전부터 눈에 띄는 마법 발동은 보이지 않는다. 그 대신, 신체 능력은 비정상적일 정도로 높았다. 마법구·보구도 그걸 증강·보강하기 위한 것으로만 장착해둔 것이리라. 그리고 외부로 발현시키지 않는 만큼, 마법도 육체 강화에 충당하고 있을 터다.

주먹이 벽에 닿자 사방 수 미터의 벽면이 산산이 부서져 날아갔다. 발을 내딛자 바닥에 금이 가고, 발차기의 풍압은 마치 돌풍 같다.

앨리스는 그걸 능숙하게 회피했다. 그건 유치원생이 재롱잔치에서 보여주는 서투른 연기 같기도 했고, 처음부터 끝까지 형식이 정해진 무용 같기도 했다.

"피하지 말라고!"

부조리한 분노를 드러내는 청년에게, 앨리스는 제정신을 의심하는 듯이 고개를 갸웃했다.

"맞히면 되는 것뿐인 이야기 아닌가요? 그런데 토와 양, 답변은 어떨까요~?"

그녀가 사용한 보구 등에 관해서는 토와도 보고서를 대강 살펴봐서 파악하고 있다. 상대의 인식에서 벗어나는 보구와 적의 내구력을 무시하는 보구를 가지고 있었을 터다. 그걸 사용하면 결판 따위 금방 날 법하지만, 그런 기색은 찾아볼 수 없다.

목에 채워진 초커형 폭탄도 그렇고 무의미하다고밖에 생각되지 않는 가면도 그렇고, 장비가 저번에 오빠와 싸웠을 때와 전혀 같은 건 아닌 모양인데, 보구의 조합도 다른 걸까.

혹은 적의 보구 능력이 불명인 이상, 이른 단계에서 자신의 카드를 밝히는 것을 피하고 있는 건가.

그녀는 틀림없는 미치광이이며 과거의 행동은 어리석었다고밖에 말할 수가 없지만, 머리는 나쁘지 않다.

현명한 인간이 때로는 치명적인 실패를 범하는 것처럼, 우행은 그 사람의 지성을 부정하지 않는다.

그녀나 일부 귀족이 더럽혀진 아욕(我慾)으로 『벽력의 영웅』 리갈의 목숨을 빼앗은 것은 용서하기 어렵지만, 그렇다고 해서 그들, 그녀들이 어리석은 자가 되는 건 아니다.

부족했던 건 지성이 아니라 품성. 상식이라기보다 윤리관이었던 것이니까.

"……하, 헛수고라고. 빌어먹게 재미없는 녀석이니까 말이지,

그년."

앨리스에게 공격이 맞지 않는 짜증을 다른 형태로 발산하려고 생각하기라도 한 것인지, 청년의 의식이 다시 이쪽을 향했다.

시선 하나.

그것만으로도 토와의 몸은 손쉽게 튀어 오르는 것처럼 떨리고 만다. 허릿심이 빠진 자세에서 움직일 수 없다.

"너무 재미없어서 완전히 까먹고 있었을 정도다. 빈약한 몸에, 시건방진 태도, 무슨 말을 해도 듣지도 않고, 뭐랬더라? 코우라 던가 뭐라던가 중얼중얼중얼중얼거리는 게, 기분 나쁘기 짝이 없었지. 하지만 그런가, 그건 쿠로노를 부르고 있었던 거군."

청년은 일부러 그러는 듯 티가 나게 배를 움켜잡고는 조소했다.

"하핫, 네 오빠는 결국 늦어버렸지만 말이다. 그런 주제에 지난 일로 앙심을 품고서——아아, 빌어먹을. 생각해낸 것만으로도 속이 뒤집히는군!"

토와를 비웃나 싶더니만, 돌변하여 코우스케를 향한 분노에 머리를 쥐어뜯었다.

"당신, 정서 불안정이 좀 지나친 것 아닐까요~? 정신마법의를 찾아가는 편이 좋아요."

"시끄러워, 이 미친년아!"

"그리고, 어휘가 너무 빈곤해서 불쌍한데요———…… '미친년' 하고 '빌어먹을' 말고는 다른 말을 모르나요?"

"……네년."

너무나도, 가볍다. 그렇다. 청년과 그 한패들은 여하튼 경솔했다. 사소한 것으로 짜증을 내고, 살의를 품는 것에 망설임이 없다. 숨을 쉬는 것처럼 해의를 뿌려대고, 대상이 발견되면 그걸 폭력으로 교환해도 된다고 진심으로 생각하는 경향이 있다.

앞뒤를 생각하지 않는 악인만큼 선량한 사람에게 위협이 되는 건 없다.

운이 없으면 고작 한순간에 인생이 파괴당하고 만다.

어찌 이리도 부조리할까.

"불쌍하다고 하면, 쿠로노 쪽이지."

어떻게든 말로 반격을 시도한 청년에게, 앨리스는 일부러 티가 날 정도로까지 한숨을 내쉬며 어깨를 으쓱였다.

"하아, 명백하게 잠에서 깬 상태에서 잠꼬대라니, 증세가 더더욱 심각하네요~. 뭣하면 그냥 눈감고 보내드릴 테니, 얼른 치료를 받는 편이 좋겠어요. 아, 참고로 비아냥이에요. 비아냥이라는 거 알아요?"

그 순간, 청년이 토와의 눈앞에 나타나 그녀의 머리에 발뒤꿈치를 내려찍으려 했다.

"아하하, 그야 뭐 확실히 잡을 수 있는 적부터 잡는 게 잘못되었다고는 저도 생각하지 않지만, 거기에 감정이 얽히면 이야기는 별개예요. 저를 죽이고 싶은데 그러질 못해서, 시누이에게 스트레스를 발산하는 건 그만둬 주시겠어요~?"

앨리스는 그의 일격을 주먹으로 튕겨냈다. 그 목소리는 시원시

원하게 들렸지만, 미세하게 식은땀이 배어 나오고 있다.

그녀 또한 저주받은 몸으로 싸움에 임하고 있다. 한 번은 오빠를 몰아넣었던 사실도 있다. 방법은 어쨌건 영웅 규격에 상당한다고 생각해도 좋으리라.

이 상황, 토와가 도움이 되지 않는 것이 그녀에게 불리하게 작용하고 있다는 건 말할 나위도 없다.

실력이 팽팽하게 맞선다고 하더라도, 한쪽이 짐덩어리를 끌어안고 있다면 승패는 명백할 것이다.

알고 있는데도, 상황의 추이를 지켜보는 게 고작이라 움직일 수가 없다. 어찌어찌 사고를 계속할 수 있는 것도, 어디까지나 청년이 아니라 앨리스에게 의식을 향하여 상황 파악에 힘쓰고 있기 때문이다.

"불쌍한 건, 쿠로노가, 틀림, 없다고!"

말을 딱딱 끊는 건, 짬짬이 앨리스에게 주먹을 날리고 있기 때문.

앨리스는 어찌어찌 피해내고는 있지만, 토와를 감싸다시피 서 있는 상황이라 조금 전까지와 같은 여유는 찾아볼 수 없다.

"그 빌어먹을 자식은 여동생이 너무나도 소중해서 어쩔 줄 모르는 것 같던데 말이지. 한 번 더 망가뜨리면 그 자식 어떤 표정을 지을까? 정말이지 기대되는군. 그 뒤에, 이번에는 내가 그 녀석을 부숴주는 거다."

움찔, 하고.

경련하는 것처럼 손가락이 움직였다.

"하! 고맙다, 네년 덕분에 쿠로노 자식을 괴롭힐 수 있다고. 첫 번째는 심심풀이 상대가 되어준 데다, 두 번째는 복수도 도와주고. 토와라고 했던가, 너 말이야, 완전 대박이야. 여러 의미로 쓸모 있는 녀석이라고. 그러니까, 재미없다는 부분은 용서해 주마."

"천박한 분이네요."

일관되게 가벼운 느낌이었던 앨리스의 목소리에 경멸의 색이 묻어나왔다.

"쿠로노는 고귀하다고 말하고 싶기라도 한 거냐? 여동생의 원수를 갚으면 성인군자라는 건가? 그 빌어먹을 자식이 어떻게 우리에게 접근했다고 생각하지? 그 자식은 말이다——"

"아무래도 좋은데요, 용케 성인군자라는 말을 알고 계셨네요. 제가 생각했던 것보다도 단어를 많이 알고 있는 것 같아 놀랐습니다. 참고로 이것도 비아——"

"네년, 이제 슬슬 방해되는군."

"음, 그 대사를 그대로 똑같이 돌려드리지요. 모처럼 있는 새 언니와 시누이만의 시간을 방해하고 있다는 걸 혹시 이해하지 못하고 계신 건가요? 당신, 분위기 파악 못 한다는 말 자주 듣지요? 그런 부분을 고치지 않으면 여성과 제대로 사귀지도 못한답니다~?"

"죽어."

"어머나, 야만적이셔라."

"뭐가 나쁘지. 하고 싶은 대로 하고 있는 것뿐이잖냐. 네년한테 이러쿵저러쿵 한 소리 들을 이유는 없다고. 네년도 그러고 싶으니까『벽력』의 노땅을 죽인 거잖냐."

"글쎄요? 정체불명의 가면 미녀인 저로서는 무슨 말인지 영."

정체를 간파당한 것에 놀라기는커녕, 간발의 차도 두지 않고 시치미를 떼 보이는 앨리스. 연기자로서의 그녀가 몇 수나 더 위라는 것일까.

"네년, 쿠로노의 명령으로 왔다든가 하는 말을 지껄였었지."

"네, 사랑의 속삭임이라고 바꿔 말해도 좋겠네요. 사랑하는 사람에게 부탁받으면 거부할 수 있을 리가 없죠."

"쿠로노는 말이다, 네년을 이용하고 있는 것뿐이라고. 여동생 같은 건 있든 없든 다를 게 없으니까 잊어버리면 될 것을, 바보처럼 시간을 들여 우리를 찾아냈어. 그걸 위해, 너처럼 이용당한 게 몇 명이라고 생각하지?"

"흥미 없네요."

"뭐?" "아뇨, 쿠로 씨에 관한 것이라면 일거수일투족까지 샅샅이 핥다시피 보고 싶고, 과거에 관해서도 자세하게 말해주셨으면 할 정도지만, 이용당한 쪽에는 솔직히 티끌만큼도 관심이 생기지 않거든요. 이계에 몇 명의 무능한 인간이 있든지 간에, 제가 관여할 사항은 아니니까요. 물론, 당신의 원한도 오른쪽 귀로 들어가서는 왼쪽 귀에서 스윽 빠져나가고 있답니다. 그런데, 당시의 쿠로 씨는 마법도 보정도 없었는데 어떻게 목적을 달성하신 걸까요~?"

"……내가 하는 말을 안 들은 거냐, 네년."

"하아, 당신 자신에게는 털끝만큼도 흥미가 없으니까 말이죠~. 게다가 목적을 위해서라면 사랑하는 여동생을 함정에 빠뜨린 저조차도 망설이지 않고 이용하는 쿠로 씨의 자세는 존경할 지언정, 아무런 악감정을 품을 일이 아니고요."

"개자식과 미친년. 잘 어울릴지도 모르겠군."

"잘 어울린다는 부분에 관해서는 매우 공감하는 바인데요, 당신에게 그런 말을 들어봤자 쿠로 씨에게 아무런 영향을 끼치지 않는다는 건 명백하기에 그다지 의미를 느끼지는 않네요~. 그래서, 쿠로 씨에 관해 이야기해주실 수는 없는 걸까요~?"

"말했잖냐, 빌어먹을 개자식 말고는 아무것도 아니라고. 등신 같은 복수 따위에 인생을 걸고 말이야."

청년이 오빠에 대해 이야기할 때마다, 공포와는 다른 감정이 가슴 속에서 부풀어 간다.

"그래서, 뭐야? 내 뒤에 곧바로 죽었다는 건가. 남의 손에 죽었건, 자살이건 시시하기 짝이 없어서 구역질이 나는구만. 죽을 거라면 혼자서 멋대로 죽으면 될 것을."

그게 무엇인지, 토와는 아직 파악하지 못하고 있었다.

하지만, 무슨 이유에서인지.

손이 움직인다. 꽉, 하고 주먹을 쥘 수가 있었다. 팔이, 어깨가 움직인다. 몸은 여전히 떨리지만, 팔로 체중을 지탱하며 어찌어찌 무릎으로 일어섰다.

앨리스가 방패처럼 토와 앞에 서 있음으로써, 청년에게서는 토와가 보이지 않으리라.

"더 열 받는 건, 성인인 척 굴면서 영웅 따위를 하고 있다는 거다. 정의의 편 놀이를 하면, 무가치한 과거의 생이 없었던 것이 된다고 생각하고 있는 건가? 더러운 쓰레기 자식이 말이야."

"시끄러워."

그건 청년의 목소리도, 앨리스의 목소리도 아니다.

자기 자신의 입에서 나오고 있었다.

어찌어찌 일어서서, 떨리는 손으로 살며시 앨리스를 밀어젖혔다.

그대로 청년과 대치하려다가——.

"아앙?"

딱, 하고 움직임이 멎어 버렸다.

무섭다. 무서워서 어쩔 수가 없다. 지금도 돌발적으로 뇌리를 스치는 것이 있을 정도다. 악몽에 나올 정도다. 극복했다는 거짓말도 할 수 없다. 천박한 웃음소리도, 겨울의 냉기도, 생생한 고통도 자기 안에 남아 있다.

하지만.

"당신, 이." 고개를 가로저었다. "네, 네가. 코우를, 나쁘게 말하지 마."

분노였다. 공포에 마음이 지배당하는 와중에, 그래도 정상적으로 기능한 감정은 분노였다.

"누구한테 지껄이고 있는 거냐. 뭐가 『붉은 영웅』이냐고, 떨거지가. 색채 속성도 가지고 있지 않은 가짜 영웅이. 마법을 조금 쓸 수 있게 된 정도로 나한테 거스를 수 있을 거라고 생각한 거냐. 어디 해보라고, 또 가르쳐주지."

공포는 분명 평생 사라지지 않는다. 고통도, 괴로움도.

그렇더라도 지금 이 순간, 떨기만 하는 채로는 있을 수 없다.

왜냐면, 용서할 수 없지 않은가.

자신은 어쩔 수 없다. 과거 생에서라고는 해도 그들에게 마음이 꺾였던 건 사실이다. 얕보이고 있으면서도 여전히 떨 수밖에 없는 건 토와다.

하지만 눈앞의 청년은 어리석은 짓을 했다. 용서받을 수 없는 짓을 했다. 공포에 움츠러든 소녀의 마음에 불을 지피는 듯한 폭거에 이르렀다.

오빠를, 쿠로의 존재를 부정한 것이다.

그런 권리는 누구한테도 없는데.

"너 같은 거, 무섭지 않아."

청년의 얼굴을 봤다.

자신의 눈앞에 있는 건 괴물 같은 게 아니라, 그저 한 명의 인간이다.

깔보는 것처럼, 눈을 가늘게 뜬 채 토와를 노려보고 있다.

"등신처럼 벌벌 떨면서 '무섭지 않아?' 무슨 개그냐?"

공격해 올 낌새는 없다. 경계조차도 보이지 않는다.

그럴 가치조차 없다고, 토와를 모욕하였다.

"그보다 그 대사, 전에도 들었다만? 그러면 이 뒤의 전개도 전과 같겠군. 자, 말해도 된다고. 이번에는 오빠가 올 때까지 울고 있어라. 나도 기다려 주마. 자, 말해! 코우, 코우! 하고 말이야!"

"……【홍련】."

청년에 머리에서 불꽃이 폭발했다.

반응할 수 없었다기보다, 일부러 하지 않은 모양이다.

의사표시를 할 생각으로 발사한 마법은 청년에게 상처를 입힐 수 없었다.

하지만 그의 표정을 보니 토와를 향한 인식을 겁에 질린 사냥감에서 수정한 건 명백했다.

가벼운 살의는, 저항하는 사냥감을 가지고 놀기로 결정한 자의 그것.

"……쿠로노를 만나는 게 기대되는군. 기껏 만난 멍청한 여동생이 저번보다 무참한 모습이 되어 있는 걸 보면 얼마나 웃기려나."

숨을 깊게 스읍 들이마신다. 눈을 깜박이기를 몇 번. 눈매가 나쁘다는 말을 듣는 자신의 그것을 있는 힘껏 매섭게 만들고는,

청년을 노려봤다.

"『검은 영웅』은 바빠. 너 같은 걸 상대할 여유는 없어."

토와의 의사표시에도 청년은 흔들리지 않는다. 작은 동물이 필사적으로 죽음을 뒤로 미루고 있다. 그 정도의 인식인 것이리라.

"여동생이 또 망가지면, 예정을 비워주겠지. 몇 년이든 아깝지 않다고."

조롱하는 듯한 웃음.

어금니를 악무는 토와.

그러자 그때.

로브를 과장되게 펄럭거린 가면 여자가 토와 옆에 나란히 섰다.

"그렇게는 두지 않아요. 어째서냐면 저도 있으니까요. 붉은 영웅 자매를 앞에 둔 당신에게는 숯이 되는 것 외의 다른 말은 준비되어 있지 않답니다. ……토와 양, 이거 저희 둘의 승부 대사로 쓰지 않겠어요?"

토와와 청년의 관계도 눈치챘을 테고, 긴박한 상황이라는 것도 알고 있을 텐데. 그래도 앨리스의 머릿속에는 코우스케에 관한 것밖에 없는 모양이다. 장수를 쏘려면 먼저 말을 쏘라는 정신인 건가, 조금 전부터 노도와 같은 언니 어필.

이렇게까지 자리와 분위기가 맞지 않는다는 말이 딱 들어맞는 사람도 그리 많지 않으리라.

"그렇게 되면 통상적인 이름이라고 할지, 통칭도 있는 게 좋겠네요~. 스칼렛 마스크라든가 어떨까요. 토와 양은…… 카민

걸? 버밀리언 레이디 같은 것도 괜찮으려나요?"

이런 상황이 아니라면 상대조차 하기 싫지만, 시누이 앞에서 멋진 모습을 보이고자 앨리스는 의욕 넘치는 마음가짐을 드러내고 있다.

가짜 영웅의 것이라고는 해도, 상대는 마법 직격을 맞고 아무런 상처 없는 내구성의 소유자다. 고양이 손이라도 빌릴 수 있다면 빌리고 싶다.

리갈을 죽인 대죄인이라도 오빠가 준비한 사람이기도 하다. 반대로 말하면, 오빠는 앨리스를 불러들이지 않으면 안 되는 상황을 상정하고 있었다는 것이니 오빠의 도움 같은 건 바랄 수 없다. 바라서는 안 된다. 그런 짓을 하면 결과적으로 오빠를 괴롭게 만드는 것이 된다.

오빠처럼 목적을 하나 정하면 그걸 달성하기 위해 어떤 것이든 할 수 있는 강인함을, 토와는 가지고 있지 않다.

하지만, 그렇다고 하더라도 지금만큼은 그런 말을 하고 있을 수 없다.

죽음의 저주를 전제로 한 보구의 중복 사용. 복수의 마법구와 마력 전부를 쏟아부어 성립하는 신체 강화의 극치. 사람의 몸에 의사적(疑似的)인 최강의 창과 최고로 단단한 방패를 깃들이고 있는 것이나 마찬가지.

토와와 앨리스는 같은 『화』 속성. 적을 쓰러트리려면——.

——!

자신도 여느 영웅과 다를 바 없이 정상에서 벗어나 있는 건가. 머리에 떠오른 계책에, 자신이 제정신인지 의심했다.

이래서는 오빠를 안심시키기는커녕——.

"칫……." 청년이 갑자기 혀를 찼나 싶더니만, 짜증스러운 듯이 머리를 긁적였다. "네년들 때문에 시간이 없어졌잖냐."

아크스바오나의 목적이 왕족 암살이라면, 당연히 오래 있을 필요는 없다. 각국의 전력이 집결하는 와중에 감행된 작전이다. 아무리 영웅 규격——아크스바오나에서는 신탁 수수자——이라고 해도 왕성 안에 있는 사람 전부를 죽이는 건 불가능하다. 필요 마력량이 월등히 높으리라고 예상되는 개념 속성『공간』을 이용한 이동을 생각하면, 작전에 그리 많은 인원을 동원할 수는 없다.

청년은 이미 토와가 지켜야만 했던 제4왕녀 살해에 성공했다. 다른 습격자도 마찬가지로 임무를 수행했다면, 이미 퇴각 명령이 떨어졌어도 이상하지 않다.

실제로 청년의 반응은 그렇게 받아들일 수 있었다.

하지만 토와는 알고 있다. 눈앞에 있는 청년은 어떻게 겉꾸린들 다른 사람에게 충성을 맹세할 수 있는 인간이 아니다. 일시적으로 누군가의 밑에 들어간 것조차 토와로서는 상상할 수 없었다.

그만큼 코우스케에게 복수하고 싶었던 거다. 그 점은 보구를 여럿 소지한 것으로부터도 엿볼 수 있다.

"쿠로노를 불러라, 지금 당장."

"우리 서방님은 매우 바쁘신 분이기에, 약속을 잡지 않은 분과는 만나실 수 없답니다. 양해해주세요~."

"장난치는 거냐."

"항상 전력이랍니다. 저는 이래 보여도 노력가이기에."

분위기가 변하지 않는 앨리스에게 글래스를 통한 통신을 시도해봤다. 스테이터스에 열람 제한을 걸 수 있는 것처럼, 통신 또한 허가한 사람 이외의 통신을 거부할 수 있다. 표정 하나 바꾸지 않고, 그녀는 허가했다.

작전을 송신. 대답은 순식간.

『시작하지요.』

그 말뿐.

"【홍하(紅霞)】."

앨리스의 입술이 요사스럽게 움직이자, 주위가 붉은 안개에 휩싸였다.

◇

『녹색 영웅』 레이드레드 레인즈의 존재가 지금까지 타국에 알려지지 않았던 것은 황제 직속 부대에 소속되어 있기 때문──

이 아니다.

색채 속성 『취』가 관장하는 것은 『생명』. 생물이 살아가기 위한 원천에 간섭할 수 있는 능력이다.

예를 들어 인간 한 명의 생명력을 송두리째 빼앗아, 다 말라가는 화단을 부활시키는 것도 가능하다.

황제를 해하는 자나 초난도 악령에 사는 마물들로부터 짜낸 생명력을 아크스바오나의 메마른 토지에 붓는 것이 주된 역할이었던 거다. 생명력의 유효한 재이용이라고 할 수 있으리라.

하지만 그것도 오래 이어지지는 않았다.

효과가 없었던 건 아니다. 그저 너무나도 성과가 작았던 것이다.

그리고 바로 녹색 영웅인 레이드이기에 그 사실을 알아차릴 수 있었다.

아크스바오나의 영토는 메말라 있는 게 아니라, 생명력을 빼앗기고 있는 상태라는 것을.

생명력을 부은 곳에서 마치 다른 존재가 『생명』을 발동하고 있는 것처럼 어딘가로 생명력이 사라져 간다.

그 원인을 제거하지 않는 한, 아크스바오나에 풍요로운 녹음이 찾아올 일은 없다.

그리고 대국의 토지 전체에 생명력을 흡수하는 뿌리를 칠 수 있는 존재는 신을 제외하면 달리 없다.

아무리 영웅이라고 해도 문제의 근원이 신이라면 대응은 곤란하다.

온갖 의미로, 아크스바오나는 외부에서 활로를 찾아낼 수밖에 없는 상황인 것이다.

달트라 왕성, 제3왕녀의 거처.

창밖에는 밤하늘이 펼쳐져 있다.

자기도 모르게 이야기를 길게 늘어놓고 마는 안 좋은 버릇 때문에 제3왕녀 살해를 저지하는 자가 늦지 않게 오고 말았다.

『검은 영웅』이다. 달트라에 소속된.

성가시네, 하고 레이드는 솔직히 그렇게 느꼈다. 애초에 『흑』이라는 건 치사하다. 『집어삼킨』다는 능력은 이론상 성장에 한계점이 없다. 색채 속성이나 개념 속성조차 『집어삼켜』서 자신의 것으로 만드는 힘.

레이드 일행을 이끄는 지휘관으로부터도 가능한 한 전투를 피하라는 말을 들었다. 특히 레이드는 색채 속성 소유자이기에 자칫 잘못하여 교전했다가 힘을 빼앗기면 일이 성가셔진다.

싸워서 질 거라고도 생각하지 않지만, 그럼 이길 수 있느냐고 묻는다면 단언은 할 수 없다. 조금 전에 그를 도발한 것처럼 평범한 마법사와 똑같이 되지는 않으리라는 자부심은 있지만, 어쩐다.

어쩌고 자시고도 없다.

레이드의 임무는 제3왕녀를 암살하는 것이다.

그리고 그 제3왕녀를 누구보다도 그녀를 지켜야 할 『검은 영웅』이 창밖으로 휙 내던지고 말았다.

『풍』 속성 정도의 마법이라도 깔아 놓으면 확실히 추락사하지 않고 지면에 내려서게 하는 건 가능하다. 짐덩어리를 싸움터에서 도망치게 하고, 적의 암살 대상을 멀리 보내 일대일로 싸울 자리를 만든다. 레이드 입장에서 보면 이미 이 방에 남는 것에 가치는 없다. 그렇다고 해서 등을 보이면 찔릴 테고, 맞서 싸우면 시간을 빼앗긴다. 그렇게 되면 영웅 규격의 증원도 올 것이다. 어느 쪽이건, 제3왕녀 암살은 실패다.

단 한순간 허를 찔렸을 뿐이지만, 그것이 레이드의 압도적 우세를 뒤엎었다.

"제법 치사한 수를 쓰는데. 정공법이든 기책이든 상황에 맞춰 쓸 수 있다는 거야? 점점 네가 더 껄끄럽게 느껴질 것 같아."

여봐란듯이 한숨을 내쉬었다.

"항복한다면 구속해줄 테니 안심해라."

"그건 양심적이네. 『흑』 보유자한테는 필시 내가 맛있어 보이려나 하고 생각했거든."

"아아, 그건 네가 알고 있는 걸 전부 빨아올리고 나서다."

"『흑』 이전에 『신유』인가. 과연, 확실히 적국의 영웅이 가진 정보는 그야말로 천금의 가치가 있을 테니 말이야. 그래도 내가 호락호락하게 쭉쭉 빨리고 덥석 잡아먹힐 것처럼 보여?"

쿠로노는 표정도 바꾸지 않고 말없이 검을 뽑았다.

이 이상 쓸데없는 이야기에 어울려줄 생각은 없는 모양이다.

생각한다.

달트라 왕가의 피는 여기서 끊는다. 그런 임무다. 최악의 경우 자신의 『생명』 속성이 『집어삼켜』져도 어쩔 수 없다. 그럼으로써 임무가 완수되는 것이라면. 아니, 최악이라고 한다면 상정해야 하는 건 죽음인가.

즉단(卽斷). 『생명』을 발동. 레이드는 『생명』 속성에 식물의 모습을 취하게 하는 경우가 많다. 그들의 생명력은 경탄과 존경할 만한 가치가 있다는 마음이 근저에 있는 것일지도 모른다. 이를테면 사람이 사라진 도시는 단순한 폐허로 전락하는 게 아니다. 10년만 그대로 놔두면 그곳은 녹음으로 가득한 정원이 된다. 예를 들어 돌바닥을 깐 지면은 완전하지 않다. 이따금 틈새를 누비는 것처럼 작은 봉오리가 불쑥 꽃을 피우는 경우가 있다.

그 강인함에 레이드는 어딘가 끌리고 있는 것이리라.

나무뿌리다. 1백이나 2백을 훌쩍 넘은 수령을 자랑하는 거목이라면, 이 정도의 뿌리를 내릴까. 하나하나가 나무줄기로 착각할 만큼 굵고, 끝이 뾰족한 뿌리. 그것이 방을 가득 채우다시피 하며 쿠로노를 덮쳤다.

그리고 레이드는 뛰어나갔다.

망설이지 않고 창밖으로 몸을 날렸다.

"좋은 경치네."

공중에 있는 감각이라는 건 설명하기가 어렵다. 수중과는 다르다. 지상과도. 공기를 밀어 헤치면 이동할 수 있는 것도 아니고, 공기를 발로 차도 마찬가지다. 사람이 경험할 수 있는 낙하의 시간과 거리만을 늘이고 있다는 것도 정확하지는 않으리라.

모든 방향, 어디를 둘러봐도 허공이다.

이게 임무가 아니었다면, 무엇에도 얽매이지 않는 일시적인 전능감을 맛볼 수 있었을지도 모른다.

눈 아래. 레이드보다 다소 빨리 출발한 제3왕녀는 왕성 정원에 빨간 얼룩을 만들고 있었——지는 않았고, 지연 발동한 쿠로노의『풍』마법으로 감속한 뒤 천천히 지면에 가까워지고 있었다.

아무리 영웅이라고는 해도 이 거리에서 노리는 건 어렵다. 마법의 사정거리는 본인의 공간 인식력에 의존하고, 최대 발동 시간이나 지연 발동 등은 시간 인식력에 의존한다. 마법이 본인의 뇌에서 구성되는 이상, 객관적인 거리나 시간과의 어긋남은 어떻게 하든 생겨나고 마는 것이다.

"……멀리 있는 적을 노리는 연습, 해둘 걸 그랬어."

쿠로노는 당장이라도 레이드의 의도를 알아차릴 것이다.

머리를 떨군다. 다리는 하늘로.『풍』마법을 발동하여 가속. 거리를 곧바로 좁히——.

오른팔의 감각이 어깨부터 날아갔다.

"————큭!"

균형이 무너져 궤도가 어긋난다. 육박하는 벽면.『풍』마법을 해제하면서『생명』의 뿌리를——실패.

"……아——, 그런가. 왕녀를 창문으로 내던지는 영웅이니까 말이지. 그림책에 나오는 왕자님처럼 멋진 행동밖에 하지 않는다니, 그런 일이 있을 리가 없지."

그렇게 투덜거린 레이드는 거미줄에 걸린 불쌍한 작은 벌레의 기분을 맛보고 있었다.

"저 남자가 왕자 역할을 해낼 수 있을 리가 없다는 데는 나도 같은 의견이야."

실, 일까. 보이지 않고, 『위요』 속성을 두른 것이라고 쳐도 존재감이 희박하다. 실제로 접촉하거나 거기에 있다는 말을 듣고 마력 감지 능력을 예민하게 끌어올리지 않으면 알아차릴 수 없을 정도의 숙련도다.

그걸 조종하고 있다고 짐작되는 소녀는 몹시 선정적인 차림새를 하고 있었다.

적갈색 머리카락은 둘로 나누어 묶은 데다 눈매는 날카롭고, 가슴은 크게 부풀어 있으며 아름다운 다리는 과시하는 것처럼 드러내놓고 있다. 공격적인 아름다움을 지닌 소녀다.

허공을 걷고 있는 것처럼 보이지만, 아니었다. 한 가닥, 아니, 두 가닥의 실 위를 걷고 있었다. 재주가 좋구만, 하고 생각하다가 재주가 어설프다면 이런 예술적인 마법을 쓸 수 있을 리도 없나 하고 납득했다.

"너, 무희는 그만두고 우리 쪽에서 일하지 않겠어? 급료도 좋고 무척 가정적인 직장인데 말이지."

팔을 재생하면서 시간 벌이로 잡담을 던져봤다.

"업무 내용은 세계 정복? 꿈이 있네."

의외롭게도 소녀는 그 잡담에 응했다. 어디 그뿐이랴, 이쪽에 가까이 다가오고 있다.

　"아니, 그건 발판이야. 세계 정복도 시야에 넣고 있어. 갈아탄다면 지금이라고."

　"너, 스카우터였어? 뛰어내린 데다 팔도 없어서 몰라봤네."

　"팔이 떨어져 나간 건 네 탓이지만 말이지. 평소에는 그래, 자연 보호 같은 걸 하고 있어."

　"흐음. 외눈 안경에 수상쩍은 미소, 그리고 아크스바오나 군복. 철석같이 군인인 줄 알았지 뭐야."

　"아~, 이건 부업 같은 거라서."

　"평소에는 자연을 보호하고, 암살은 부업? 즐거워 보이는 인생이네."

　"뭐, 그렇지. 아름다운 여성과의 만남도 있고."

　"말은 잘하네. 그런데, 그런 아름다운 내가 부탁할게 있는데."

　팔의 재생은 거의 완료됐다.

　"나는 인기가 많으니까, 데이트 약속이라면 미안하지만 사흘 기다려야 해."

　"말하기 껄끄러운데, 그거 인기 많은 범주에 안 들어간다고 생각하거든."

　"그런가? 충격이네."

　"그 사흘 동안 당신과 약속을 잡아 놨던 여성들도 충격을 받겠지."

은연중에 레이드는 아크스바오나에 귀환할 수 없을 거라고 말하는 것이다.

"어쩌려나. 그런데, 부탁이라니?"

쭈우욱, 하고 레이드의 팔이 저절로 움직이기 시작했다. 아니, 실에 당겨지는 거다. 손바닥끼리 몸 정면에서 맞붙는 형태. 수갑이 채워진 죄인의 포즈.

"아~, 그래서 팔이 낫는 걸 기다려준 거군."

"상냥하지? 죽여도 되는 거였다면 상반신이랑 하반신으로 두 쪽을 내놨을걸."

확실히, 그녀가 그럴 마음이라면 레이드는 실로 얼빠진 꼴로 죽어 있었을 것이다.

"상냥하네. 마치 성모와도 같이…… 아, 이렇게 말해도 통할지는 모르겠지만."

팔과 동시에 목에도 실이 휘리릭 휘감겼다. 이쪽은 허튼 생각을 하면 목을 날리겠다는 경고이리라. 그녀 정도의 명수라면 마력 감지 능력도 뛰어날 테니, 조금 마력을 쓰면 레이드는 죽는다.

"나, 그거 싫어하거든."

"그거라니?"

소녀는 일부러 그러는 것처럼 티가 나게 씨익 웃고는, 대답하지 않았다. 대신에 허리에서 물건 하나를 꺼냈다.

마봉석 수갑이다. 그녀 자신은 확실하게 장갑을 끼고 있다. 직접 만지면 마력 발로가 봉인되고 말기 때문이다. 그 효력은 영웅이라고 해도 인정사정 봐주지 않는다.

"이것 참 싫어지네. 임무의 방해가 되지 않는 한, 예쁜 사람을 죽이고 싶지는 않은데 말이야."

"위에서 내려다보는 그런 시선도, 싫어."

제3왕녀가 지면에 내려섰다.

여기까지 전부 쿠로노의 의도대로일 것이다.

그의 입장에서도 급히 세운 계책일 터다.

제3왕녀의 경호 역시 결코 허술한 잔챙이가 아니었고, 늦게 온 점에서 그가 담당이 아니었다는 건 명백하다. 통신 저해 마력 방벽은 마법구가 아니라 개개인의 마법으로 전개하고 있기 때문에 왕성 전체가 아니라 기습부대 멤버 주위에만 효력을 발휘한다.

쿠로노가 맡은 구역을 이탈하여 제3왕녀의 거처로 향하는 중에 다른 사람과 연락을 취하는 건 불가능하지 않다.

이 소녀가 응했기 때문에 쿠로노는 창문으로 제3왕녀를 던진 것이다.

레이드가 자신에 대한 경계나 임무 우선도 등을 생각하여 왕녀를 쫓으리라 예측하고서.

『녹색 영웅』씩이나 되는 자가, 스스로 생각하여 움직이고 있다고 믿었지만 결과적으로 저쪽 생각대로 움직여버린 노릇이다.

아마도 레이드가 이 소녀를 죽이고 왕녀를 쫓으려 하는 것까지 고려의 범주 안에 넣고 있으리라.

어떤 대책이 이루어질 것인가. 쿠로노가 이미 자신을 따라잡았어도 이상하지 않다. 곧바로 공격을 실행해 봤자 소녀가 회피하든지, 쿠로노가 나타나든지 해서 잘 풀리지는 않을 것이다.

그래서 레이드는 자신을 포기했다.

"미안, 단장."

입속으로 중얼거리고, 조준.

노린 것은 소녀가 아니라──제3왕녀.

낙하로 인해 조금 전보다 거리가 줄어들기도 했고, 정확히 노리는 공격이 아니라 마법을 광범위하게 전개함으로써 자신의 결점을 메운다. 정원의 수목을 말라 죽게 만드는 건 마음이 괴롭지만 어쩔 수 없다.

넝쿨이다. 슈르륵, 하고 어디선가 갑자기 나타나 제3왕녀를 둘러쌌다. 그녀는 필사적으로 도망칠 길을 찾았지만, 곧바로 사방이 넝쿨에 에워싸였다.

몇 초 뒤에 자신은 수갑이 채워질 테고, 구속된다. 마법을 써 봤자 목이 날아갈지도 모른다. 하지만 임무는. 거짓된 신의 혈맥을 오늘 밤에 끊어 버린다는 명령은 완수한다.

무수한 넝쿨이 왕녀의 몸에 덤벼들었고──갈가리 찢어져 흩날렸다.

달빛을 받아 반짝이는 것은 새빨간 잔광. 불이 아니다. 저건──피.

마치 살아 있는 것만 같았다. 크고 작으며 길고 짧은 수많은 혈액 덩어리가 물속을 헤엄치는 것처럼 왕녀 주위를 돌아다니며, 넝쿨을 절단해 나갔다.

레이드는 이 마법을 알고 있었다.

"……흡혈귀."

"어머, 잘 알고 있네. 그쪽에도 있어? 그게 아니면 자연 보호 관계 쪽?"

동료가 꼭 한 명이라는 보장은 없다.

그런 당연한 사실을 잊고 있었다.

한 명을 호위하는 데 달트라의 영웅을 집중시킬 만한 여유는 없고, 예외는 있어도 왕 본인 정도일 것이다.

거기에 덧붙여 타국의 영웅에게는 각자 지켜야만 하는 자국 사람이 있고, 긴급한 상황이기에 달트라에 조력할 여유 같은 건 없었을 터다.

그래서 소녀의 존재조차 상정 외였다. 그 정도인데도, 또 한 명 더?

『취』의 범위 공격으로부터 왕녀를 훌륭하게 지켜내는 수완은 평범한 마법사의 것이 아니다.

그림자처럼 나타난 소년이 왕녀를 안고 어딘가로 사라졌다.

수갑이 채워지는 소리가 났다.

"그 심정, 이해돼."

레이드에게 수갑을 채운 소녀가 동정하는 것처럼 이쪽을 보고 있다.

"열 받지. 상대의 허를 찌르고자 한 수 앞질러 가보려 했더니, 거기까지 포함해서 상정했던 범위 안이라는 말을 듣는 것이나 마찬가지인걸."

"……너도 쿠로노 손에 놀아난 적이 있는 건가?"

"하아? 이 오렐리아 님이 저런 시원찮게 생긴 녀석한테 놀아난 적이 있을 리가 없잖아."

짜증스럽게 머리카락을 탁 터는 모습을 보건대, 거짓말이리라.

그것보다도.

"오렐리아……? 네가 『통어의 영웅』 오렐리아인가."

"어머, 보잘것없는 경호원 따위를 잘 알고 있네."

상업 국가 파르드에서는 영웅이라고 해도 일개 개인에 지나지 않는다. 신전에 나타난 전생자는 당연히 아무것도 모르는 상태이지만, 달트라처럼 안내인이 친절하게 도와주는 일은——없다. 도움을 받을 수는 있지만, 그건 전부 빚이라는 형태로 남는 것이다. 전생자는 그걸 변제하는 것부터 시작해야만 한다.

당연히 더욱 효율적으로 벌려면 자신에게 적합한 일자리를 찾을 필요가 있다. 오렐리아가 소속된 용병단은 주로 짐을 지키는 직책이다. 아무리 대륙 규모로 오랫동안 평화로웠다고는 해도, 도적 부류가 전혀 없을 수는 없다. 부족한 것이 없어도 남의 것을 빼앗기를 원하는 자는 있는 법이고, 수요는 높다.

오렐리아는 임무 성공률 100퍼센트를 자랑하는 정예다.

그렇지만 레이드가 오렐리아에 관해 알고 있는 건 그게 이유가 아니다.

"아아, 그런가. 그래서군."

"하아? 갑자기 뭐야."

성모라고 말했을 때의 그녀의 반응과 이름. 그리고 레이드가 그녀의 이름을 알게 된 계기.

"너, 『성녀님』이지? 사람의 몸에 신의 조각을 깃들여서, 만인을 위해 싸웠다고 하는. 하지만 그런가, 흑역사라는 건가? 성성(聖性) 같은 걸 자신에게서 느끼는 건 불쾌해? 어떻게 죽었──윽."

목이 강하게 조여져 목소리가 잘 나오지 않게 되었다.

오렐리아의 표정은 무척이나 차갑다.

"누구한테 들은 거야? 그 녀석, 여기에 와 있어?"

확실히 레이드는 동료에게서 과거 생에서의 그녀의 이야기를 들은 것이고, 그렇다면 그 동료가 이 작전에 참가했을 가능성도 고려하는 게 당연하지만, 오렐리아는 하나를 놓치고 있었다.

레이드는 목이 갑갑해서, 입을 열 수 없는 것이다.

"최악이야."

그건 내 대사 아니려나, 하고 레이드는 시선으로 항의했다.

당연히 무시당했다.

◇

에리 후솔드 버질은 『빙설의 영웅』이라는 이름을 부여받았다.

임명된 것은 극히 최근의 일이다.

왕도 습격을 맡게 된 자로서 에리는 당초 귀족 거리를 돌고 있었다.

파괴는 하지 않는다. 아름다운 경관을 훼손하려고는 생각지 않는다.

그래서, 아름다운 채로 끝냈다.

얼린 것이다.

귀족이나 그들에게 알랑거리며 하루하루를 살아가는 자들은 전부 빙상으로 변했다.

문이나 창문, 출입구가 될 만한 틈새는 전부 결빙되었다. 건물 안에 있던 사람은 도망치지도 못하고 얼어붙었으리라.

그렇지만 습격 목적은 귀족 계급 살해뿐만이 아니다.

왕의 구심력을 빼앗는 것이다. 이만한 전력이 집중되어 있을 때 왕족이 몰살당하고, 영웅들은 왕도조차 지키지 못했다. 그 사실은 백성의 마음을 절망의 구렁텅이로 몰아넣을 것이다.

그 결과, 정복은 더욱더 쉬워진다.

무턱대고 백성을 죽이는 짓은 하지 않는다. 그들은 나중에 아크스바오나의 노동력이 될 테니까.

그들의 마음을 꺾기 위해, 다가오는 병사들의 목숨을 꺼트린다.

가장 많은 신민들의 거주 가옥이 늘어선 제3외주를 넘어 제4외주로.

한 사람, 또 한 사람 빙상으로 전락한다.

근처 건물 2층에서 시선이 느껴진다. 작은 어린아이가 갑작스레 펼쳐진 은색 세계에 놀라 창문 너머로 에리의 모습을 보고 있다.

모처럼 구경을 해주고 있기에, 에리는 흔쾌히 빙상이 된 병사들을 일제히 깨뜨렸다.

진홍색이 섞인 얼음 조각이 된 병사들이 허공에 흩날리고, 다시 내리쏟아진다.

아이의 어머니일까. 여성이 아이의 눈을 가리고 창문에서 멀어졌다.

그거면 된다.

"히익."

겁먹은 듯한 목소리.

"아아, 마침 잘됐네요."

에리에게 어리석은 돌격을 감행해 온 병사들 중에도 정상적인 소심한 자가 섞여 있었던 모양이다.

"사람을 찾고 있는데요, 모르시나요? 키는 아마 이 정도. 생김새는, 그래요, 저와 비슷한 머리카락 색깔과 눈동자, 하얀 피부를 지녔어요. 이름은——"

"어, 어째서."

"네?"

아직 젊은 병사는 에리를 보고 이해할 수 없는 듯한 표정을 짓고 있다.

새파랗게 질린 얼굴로, 보라색으로 변한 입술을 필사적으로 움직인다.

"어째서, 기보르네 사람이…….."

"아아."

에리는 작게 턱을 당겨 고개를 끄덕였다.

자신의 모습을 확인했다. 푸른 얼음 같은 머리카락과 눈동자. 새하얀 눈 같은 피부.

전부 기보르네 여성의 신체적 특징이다.

"달트라의 침공에 저항할 방도도 없었던 약소민족이 어떻게 영웅과 다름없는 힘을 얻었는지 불가사의해서 견딜 수가 없다, 는 것이로군요?"

벌벌 떠는 청년 병사는 말을 못 이었다. 그저 공포와 추위에 떨고 있다.

"복수심은 사람을 강하게 만든답니다."

기보르네는 달트라에 침략당했다. 유린당했다고 말해도 좋다. 노인과 남자는 살해당하고, 여자들은 노예가 되어 팔렸다.

그러면서도 최근에는 화친이라는 것을 추진하고 있다.

어디까지 오만한 것일까.

"간단하지요? 하지만 저희는 당신들 달트라 사람과 달리 잔인하지 않으니, 동해보복(同害報復)을 주장하지는 않겠어요. 눈에는 눈이라는 말은 하지 않겠다는 거예요. 여자들을 남기고 모두 죽이는 야만적인 짓은 하지 않고 말고요. 마음을 꺾기 위해 최소한만 죽이고, 남은 백성은 다정하게 사용하겠습니다. 약속해도 좋아요."

설명 종료.

"이야기를 되돌리겠습니다만, 제가 찾고 있는 여자아이를 모르시나요? 소문에 의하면 꾀죄죄한 술집에서 혹사당하고 있다길래 저로서는 이 기회에 구해 내고 싶어요. 먼 친척이기는 하지만 혈연이고, 무엇보다 동향 사람이니까요. 모르시나요? 확실히…… 생명의 우정이라던 것 같은데요."

청년의 얼굴이 긴장으로 움찔거리며 움직였다.

"아시는 모양이네요?"

무슨 저항인지, 청년은 고개를 가로저었다.

"……아아, 당신은 병사고 저는 습격자. 과연, 그래요. 여기서 지켜야만 할 백성을 파는 그런 인간은 호국의 임무를 다할 수 없지요. 겁쟁이라고는 해도 최후의 일선은 사수하겠다는 거군요."

청년의 몸을 죽지 않을 정도로 빙결. 목부터 그 위를 남긴다. 머리를 만졌다.

"달트라에는 『신유의 영웅』이 있지요? 그녀가 일하는 모습을 본 적은 있나요? 그분께 조율받은 인간은 고통을 느끼지 않는다는 것 같더군요. 정말로 대단한 마법사예요. 적이지만 존경할 가치가 있어요. 머릿속이라는 건 실로 섬세한 것이어서 말이죠. 그녀 정도의 기량이 동반되지 않는 자가 난폭하게 기억을 추출하려고 하면, 대상에게는 뇌가 타는 듯한 격통이 내달린다는 것 같아요. 고통은 인체에서 보내는 경고이니까, 당연히 의미가 있어요. 그렇게까지 해서 기억을 뽑힌 사람에게는, 기억을 관장하는 기능에 심대한 장애가 남는다던가."

청년은 자신의 미래를 상상한 것인지 지금까지 이상으로 벌벌 떨기 시작했다.

"물론, 영웅쯤 되면 그녀만큼은 아니지만, 간섭은 가능해요. 하지만 기억을 자세히 조사한다는 건 무척 어려운 일이란 말이지요. 비협력적인 상대에게서 원하는 정보를 얻으려는 거라면 더욱. 그러니 이런 건 어떤가요? 솔직하게 정보를 제공해주신다면, 당신은 만지지 않고 목숨도 빼앗지 않겠어요. 거부하신다면, 유감이지만 조금 거칠게 머릿속을 들여다보도록 할 테고요."

빙빙 에둘러서 말한 건 으름장을 놓기 위해서다.

어차피 명령에 따르고 있을 뿐인 인간. 자신의 고통이나 목숨이 천칭 한쪽에 걸쳐지면, 최종적으로는 그쪽을 선택할 게 뻔하다.

"거."

"거?"

"거절한, 다."

에리는 자기도 모르게 눈을 휘둥그레 떴다.

"어, 저기. 아아, 믿질 못하시는 거군요? 저, 약속은 지킨답니다?"

말하고 나서, 그게 아님을 알아차렸다.

청년의 눈동자는 여전히 죽음에 대한 공포로 가득 차 있지만,

그래도 결의는 흔들리지 않는 모습이다.

마음이 화악 불타오르는 듯한 느낌이었다.

"……야만족 병사가, 타인에게 마음을 쓰는 듯한 짓을 하지 말아주세요. 불쾌해지잖아요."

"손가락 끝부터 잘라 나가겠어요. 괜찮아요. 빙결로 감각이 마비되어 있으니, 고통은 느끼지 않겠지요. 아마도, 어쩌면, 분명히. 보장은 할 수 없지만, 싫다면 장소를 가르쳐주세요."

도리도리, 하고 또다시 거부.

"그런 눈으로 보지 말아주세요. 가게 이름까지 알고 있다면 사전에 장소도 알아봐 두라고 말씀하고 싶으신 거죠? 가게 이름은 다른 사람에게서 들은 것뿐이에요. 심술궂은 분이라, 나머지는 스스로 찾으라며 내치셔서 말이죠. 그래서 이렇게 거리를 천천히 걸어 다니고 있던 차에 당신을 만난 거예요. 요행이네요."

남자 앞에 섰다.

"주로 쓰는 손은 어느 쪽인가요? 저는 이래 보여도 상냥하니까, 자르는 건 반대쪽 손부터로 할게요."

안심시키는 것처럼 미소 지어 보이지만, 도리어 공포를 부채질하고 만 모양이다. 사람의 마음은 어렵다.

언제까지고 쓰는 손을 말하지 않기에 대부분은 오른쪽이니까, 하고 왼손 새끼손가락을 자르기로 했다.

【산산이 부서질 것을 명한다】^{보르카 윌}

도신이 입자로 변했다. 분진처럼 흩어지고 공기에 섞여 사라진다.

『분쇄』 속성 마법이다. 귀중하다고 할 정도는 아니지만, 아무나 가지고 있는 것도 아니다.

자루만 가지고 있어도 의미가 없기에 버렸다.

당연히 청년 병사의 마법은 아니다.

"……당신이 가르쳐주시는 건가요? 저, 사람을 찾고 있답니다. 생명의 우정이라는 곳에 붙잡혀 있다는 것 같은데요."

"우리 가게라면 영업 끝났어. 마을이 습격당하고 있는 때, 술 같은 걸 내놓고 있을 상황이 아니고 말이야."

아무래도 저쪽에서 찾아와 준 모양이다.

"요행이네요."

햇빛을 반사하는 은색 눈 같은 머리카락이 허리까지 흘러내리고 있다. 아름다운 검은 눈동자와 탄력이 풍부한 살결.

여급 차림을 하고 있지만, 조금 전의 마법이나 마력 반응으로 보건대 중급 정도의 마법사이리라.

"당신, 이름은?"

"너와 사이가 좋아질 수 있을 거란 생각은 안 드는데 말이야."

"우연이네요. 저도 그래요. 다만, 만약 당신의 이름이 와이트 화이트 티아이글레인이라면, 죽이지 않도록 조심해야만 하거든요. 그 인물은 『검은 영웅』과 무척 친밀한 사이라는 것 같기에. 여러모로 이용할 수 있을지도 모르잖아요?"

움찔, 하고 소녀의 눈썹이 움직였다.

그녀를 확보하는 건 우선도가 높지 않다. 오히려 낮다. 쿠로노라는 인물에게 유효한 카드는 되겠지만, 그러한 것이 필요해질 가능성을 생각하면 크게 중요한 인간은 아니다.

"아아, 하지만 만약 제가 나라의 중추를 짊어질 인간의 연인이라면, 시시한 정의감으로 신탁 수수자에게 적대하는 짓 따위는 하지 않을 거예요. 그로 인해 연인에게 가해질 부담을 생각하면, 그런 제멋대로인 짓을 할 수 있을 리가 없으니까요."

소녀는 눈을 휘둥그레 떴다. 그리고는, 재미있다는 듯이 웃었다.

"뭐가 우스우신 거죠?"

"아무것도. 확실히, 저버리고 도망쳐도 화내지 않을 거라고는 생각해. 그러니까 이건 내 문제야. 여기서, 누군가를 저버리는 그런 자신이 되고 싶지 않은 것뿐이야."

또다.

청년 병사도 그렇고, 소녀도 그렇고.

마치 선한 인간처럼 빛나는 언동을 한다.

에리의 동포를, 고향을 엉망진창으로 만든 나라의 인간인데도.

"…………저, 사람을 찾고 있어요."

"그건 혹시, 기보르네 아이?"

에리의 용모 등에서 추측한 것일까.

"네, 꾀죄죄한 술집에서 혹사당해도 괜찮은 그런 애가 아니랍니다. 돌려주실 수 있겠나요?"

"무슨 말을 들었는지 모르지만, 그 애는 자기 의지로 일하고 있어."

"시시한 거짓말, 하지 마."

가루눈이 흩날렸다. 이게 달라붙은 사람은 순식간에 얼어붙는다. 에리의 마법이다.

그게 일직선으로 그녀를 향했고——.

"흡!"

거대한 도끼에 가로막혔다.

갑옷 차림의 거한이다.

이어서 마력 반응.

에리는 순간적으로 뒤로 물러났다.

불꽃이다.

백은의 소녀와 같은 차림을 한 흑발 소녀. 머리카락을 오른쪽 옆에서 하나로 묶고 있다.

에리를 향해서가 아니라 청년 병사의 얼음을 녹이기 위해 『화』 속성 마법을 발사한 모양이다.

"잠깐, 시로! 멋대로 나가지 말아줄래?! 너도야, 타이가! 두 사람 다 나중에 때려줄 테니까 말이야!"

소녀가 고함치는 와중에, 공략자 풍모의 사람들이 속속 나타났다.

"그렇게 말하면서도 도와주는 클라라가, 난 좋아."

"……음."

"거기, 조용히 해."

우리 가게라면 영업 끝났다고, 소녀는 말했다.

아무래도 공략자가 모이는 술집이었던 모양이라, 너나 할 것 없이 그럭저럭 실력이 괜찮은 모양이었다.

"하나, 제안을 하죠."

에리는 말했다.

"제가 찾는 에코나라는 소녀를 순순히 돌려주면, 당신들을 죽이지 않겠다고 약속하겠습니다."

"에코나는 넘겨주지 않겠다고 말한다면?"

"? 죽이고 되찾을 뿐입니다. 공략자는 침략 후에도 필요해지니, 민간인보다도 목숨의 가치가 높아요. 이만한 수를 죽이면 단장에게 꾸지람을 듣고 말겠지요. 그러니 제안하고 있는 겁니다. 당신들도 목숨은 아깝잖아요? 거기 있는 병사도 데리고 도망쳐도 되니까요. 어떻습니까?"

에리는 나쁘지 않은 제안이라고 생각하고 있었지만.

전원이 전의를 드러냈다.

"너와 에코나의 관계는 모르겠지만, 우리한테 에코나는 물건이 아니라고. 신변의 안전과 맞바꿔서 자 여겼습니다, 하고 넘겨줄 수는 없어. 너 같은 살인자에게는, 특히나 말이지."

"……말이 통하질 않는군요. 그녀를 마을에서 데리고 나가 노예로 부리고 있는 야만족과 대화를 시도한 제가 어리석은 것이겠지요. 네, 잘 이해했습니다."

이쪽도 전투태세.

"와이트 씨. 당신 이외의 사람을 죽이고, 당신에게서 에코나가 있는 곳을 알아내도록 하지요."

"그 호칭, 그다지 안 좋아하는데 말이지."

뺨을 긁적이며 웃고 있지만, 얼어붙은 공기 속에서 이마에 땀을 흘리고 있다.

에리를 상대로 이길 수 있다고 착각하는 건 아닌 모양이다.

그렇다면, 정말로 구하고 싶다는 일념으로?

——아니, 말도 안 된다.

"제 고향을 더럽힌 죄, 눈이 되어 속죄하도록 하세요."

하얀 눈이 흩날린다.

죄인의 편을 드는 어리석은 자들을 얼리기 위해.

◇

그 남자는 시커라고 불리고 있었다.

그의 행동을 어느 이계의 말로 설명한다면——헤드헌팅이 될까.

필요로 하는 인재를 찾아내어 아크스바오나 측에 끌어들인다. 시커와 같은 임무를 맡게 되는 자는 많지만, 성공률은 그에게 한참 못 미친다.

가령, 최근으로 말하자면 『하얀 영웅』 크윈티를 권유한 것도 시커다.

어디 그뿐이랴, 크윈티를 만든 연구자도 비밀리에 아크스바오나 측으로 끌어들였다.

감옥에 호송되는 도중에 연구자를 가짜와 바꿔치기하고, 호송에 관여한 자의 기억을 조작했다. 『신유의 영웅』 정도로 정교하게 조작할 수는 없었지만, 대죄인인 연구자는 죽을 때까지 독방 생활이고 가짜는 겉모습을 쏙 빼닮게 만든 뒤 말을 못 하게 해두었다. 머잖아 자살하도록 명령했으니 이제는 들통날 걱정도 없다.

연구자는 지금도 아크스바오나에서 연구를 계속하여 살아 있는 인간을 후천적으로 영웅 규격으로 바꾸는 기술까지 만들어냈다. 당연히 죽은 영웅의 혼은 필요하지만, 머잖아 악령의 수호자나 신역의 천사 등의 혼에서도 영웅을 만들어 낼 수 있게 되면 저주가 딸린 영웅 규격이라고는 해도 양산이 가능해진다.

그리고 시커는 이번 습격 작전에도 참가하고 있었다.

쿠로노가 손을 쓴 것인지 해당 인물은 최근 왕성 부지 내에 쭉 틀어박혀 있었다.

연구소다. 그 인물에게 할당된 연구소 내부의 실장실.

"처음 뵙습니다, 아키나 경."

시커는 겉모습을 보기 좋게 바꿨다. 신체를 변화시켜 표면만이 아니라 때로는 골격이나 성별까지 바꿔 보인다. 대상에게 접근할 필요가 있을 때 가장 적합한 모습을 취하는 것이다.

이번에는 30대 정도의 남자 모습으로 대상──그레이르폰 루크스 아키나와 접촉.

가면 같은 미소에 유창한 언변. 수상함을 느낄 터인 풍모. 상관없었다. 얻고 싶은 건 신뢰가 아니다. 그걸 얻을 수 있는 상대가 아니라는 건 알고 있다. 불신감을 부채질하는 건 오히려 시커에게 이득이 된다. 무슨 짓을 할지 알 수 없다는 의심을 심는 역할을 맡는 것이다.

널찍한 연구실은 정보의 마소화가 진전된 현대에, 종이로 넘쳐나고 있었다. 그래도 부족한 것인지 벽이나 책상에까지 휘갈겨 쓴 종이가 드문드문 보였다.

"콜록. 귀경은…… 못 보던 얼굴인데, 그 의상으로 추측건대."

"예, 짐작하신 대로 아크스바오나 사람입니다."

칙칙한 금발과 머리카락 사이로 보이는 파란 눈동자. 깊은 다크서클은 피로가 쌓여 있음을 말해주며, 굽은 등이나 헛기침도 그와 합쳐져 건강하지 못한 인상을 안겨준다. 하지만 마법구 개발에서 그를 능가할 자는 없다.

얼마 전의 색채 속성 재현 소식도 바로 아키나이기에 믿은 것이다. 결과적으로는 허위였지만, 그러면 실현할 수 있을지도 모른다는 실적과 재능을 이 남자, 아키나는 가지고 있다.

"여긴 달트라 왕성이고, 내게는 경호하는 사람이 붙어 있었을 터이다만."

"현재 저희가 왕도를 습격하는 중입니다. 왕족을 죽이고 민중의 공포를 부채질하여 필요한 인재를 데리고 돌아갑니다. 당신은 행운입니다, 아키나 경. 적국의 인간이면서도 아크스바오나에서 중역으로 맞아들이게 되는 것이니까요. 자신의 재능에 감사해야만 하겠군요."

"내 호위나 부하에 관한 답변을 듣지 못했다."

이미 퇴피(退避) 명령은 내려져 있을 것이다. 그레이르폰은 최저한의 자료를 가지고 나가려 했던 것인지, 커다란 가방을 들고 있었다.

"유감이지만 호위는 저항을 하였기에. 하지만 안심해주십시오. 부하는 누가 필요불가결한지 당신께서 고르시게 하도록 남겨두었습니다. 그리 많이는 데리고 갈 수 없기에, 나중에 선별을 부탁드리겠습니다."

"미안하지만, 거절토록 하지."

"선별을 말입니까? 그렇게 되면 전원 죽이고 가게 됩니다만."

"달트라는."

내심 어떻게 생각하고 있는지는 모르지만, 적어도 표면상으로는 르폰은 냉정했다.

"달트라는 확실히 벗을 죽인 국가다."

"예에, 그렇죠. 그 말씀대로입니다."

『벽력의 영웅』 리갈그레이르와 그레이르폰은 예전부터 알고 지낸 사이였다. 달트라는 그런 리갈을 모살했다. 원한을 품는 게 당연하다.

"하지만 벗을 지키고자 한 나라이자, 또 새로운 벗이 지키려

하고 있는 나라이기도 하다."

"…………."

"무엇보다, 나의 벗 리갈은 너희들의 황제가 저지르는 행위를 잘못이라 여기고 이 나라로 건너왔다."

"즉, 부하도 당신 자신의 목숨도 필요 없다는 말씀인지?"

"강대한 힘을 배경 삼아 복종을 강요하는 건 쉬운 일이다. 하지만 모든 사람의 마음을 힘으로 장악할 수 있는 건 아님을, 너희는 모르는 모양이군."

"홋."

시커는 웃었다.

그는 아크스바오나의 방식을 표면적으로밖에 이해하고 있지 못한다.

"아니요, 아키나 경. 저희는 인심을 장악하는 방법이 무력뿐이라는 그런 어리석은 생각을 가지고 있지 않습니다. 욕망에 낚이는 자도 있는가 하면, 사랑 때문에 굴복하는 자도 있습니다. 알고 있고말고요. 당신은 어떨까요? 예를 들어──죽은 벗이 남기고 간 아이라면, 마음에 전해지겠습니까?"

아키나의 몸이 부들거리며 움직였고 흔들린 머리카락 틈새로 눈동자가 보였다. 깊고 커다란 분노.

"네놈."

"『벽력의 영웅』은 정력가라는 부분에서도 이름을 떨쳤으니, 피를 나눈 자식도 많이 있을 겁니다. 분명, 당신의 제자 중에도 한 명 있었지요? 마키나그레이르라고 했던가요."

시커는 우선 권유 대상에 대해 철저하게 조사한다. 그레이르폰은 정의의 사도다. 선인이다.

그러니 정공법으로는 포섭할 수 없다. 연구만 할 수 있다면 누구 밑이든 상관없다고 생각하는 대죄인과 똑같이 되지는 않는다.

하지만 어떤 인간에게든 약점은 있다.

선인은 깨끗하고 올바르며, 애정이 깊고 자비심도 있다. 그것 전부가 약점이다.

"그녀는 아직 14살이었던가요. 다른 부하처럼 자진해서 당신과 함께 있는 분들은 괜찮을지도 모르지만, 성인도 되지 않은 아이를 죽이는 건 차마 못 할 짓이지요. 물론, 당신의 선택에 달려 있습니다만."

안전을 위해서도 가까이 두고 싶었던 것이겠지만, 그것이 역효과를 냈다.

마키나그레이르 아이스클레우스 돈아우렐리아누스. 『벽력의 영웅』이 남기고 간 아이. 그의 부하와 마찬가지로 이미 포박해두었다.

"악랄한 놈이."

"그쪽에서 원해서 이쪽으로 와주시는 게 최상이지만, 그게 이루어지지 않는다면 차선책을 취하고 말고요. 그래서, 어쩌시겠습니까? 그녀 외에 두세 명 정도라면 데리고 갈 수 있습니다만?"

그레이르폰은 침묵했다.

하지만 그건 입을 다물고 있다기보다는, 묵고하는 것 같았다.

고려하고 있는 시점에서 반쯤 성공한 것이나 다름없다.

생각하면 생각할수록 거절한다는 선택지가 무의미하다는 것을 깨닫게 될 테니까.

이윽고.

"부하의 목숨에 우선순위를 매기는 짓은 할 수 없다."

……흠. 나오는 말로서는 지극히 타당하다.

그렇지만 시커의 상관이기도 한 글레어의 『공간』 이동으로 옮길 수 있는 인간은 십수 명이 한도. 이 이상은 늘릴 수 없다.

"『공간』에 의한 이동에 인원수 제한이 있다고는 생각되지 않지만, 왕족 암살 및 특정한 인재 회수가 임무이고 필요 마력량이 색채 속성 급이라고 가정한다면…… 아니, 부족하군. 한계까지 왕도에 접근했다고 하면, 그리고 그 시점에서 퇴각할 예정이라면……."

그레이르폰은 시커에게 말을 걸고 있는 게 아니라 무언가 계산을 하는 것처럼 중얼중얼 혼잣말을 늘어놓고 있다.

——『공간』 이동 가능성을 사전에 고려하고 있었다?

시커의 발언으로부터 추측했을 가능성도 없지는 않지만, 이 상황에서 신화에 등장하는 속성을 끌어올 거라고도 생각되지 않는다. 누군가가, 혹은 그레이르폰 자신이 사전에 그 가능성에 이르러 있었던 것인가.

"생각건대, 너희들이 회수를 계획하는 인재는 나뿐만은 아닌 것 아닌가?"

"그걸 아는 것에 무언가 이유가?"

"왕족 암살은 영웅들의 방해를 받을 것도 상정하고 영웅을 배정할 터다. 왕성 습격 역시 평범한 마법사를 보내지는 않겠지."

"결론부터 이야기해주십시오."

그레이르폰은 헛기침을 한 번 했다. 결론을 말했다.

"이 작전에 투입된 너희의 전력은, 많아야 10명 정도."

"……명답입니다. 역시나 아키나 경. 그것이 뭐 어쨌다는 것인지?"

"네 녀석을 따라가도록 하지."

"…………?"

이야기가 이어지지 않은 것처럼 느껴졌다.

"……아뇨, 영단(英斷)에 감사드립니다. 죄송합니다만, 한동안 마봉석으로 구속하도록 하겠습니다. 잠시만 참아 주시기를."

천재에게는 기인이나 괴짜가 많다는 건 많은 영웅을 보는 와중에 이해하였던 사실이다. 그들과의 대화는 고생하는 경우가 많다. 여하간 머리 회전이 빠르기 때문인지, 대화가 자주 비약한다.

마봉석 수갑을 꺼내고, 팔을 내민 그레이르폰에게 가까이 다가간다.

최후의 저항을 한다면 이 상황이리라.

하지만 시커는 신체 변화 사용자. 치사성 일격이라도 아닌

한, 곧바로 막는 것도 치유하는 것도 가능하다. 만약 허튼짓하려고 한다면 벌을 주어야 할 것이다.

"【흑식】."

치사성 일격이 시커를 덮쳤다.

◇

과거 생에서 쿠로노 토와를 죽음에 이르게 하고, 쿠로노 코우스케에게 살해당한 청년의 이름은 류세이라고 했다.

조금 전, 단장으로부터 회수 지점으로 서두르라는 연락이 왔지만 류세이에겐 따를 생각이 없었다.

"칫. 걸리적거리는구만! 의미도 없는 짓 하지 말라고!"

현재 그가 있는 왕성 복도는 붉은 안개에 감싸여 있었다. 극소의 물방울은 닿은 자에 반응하여 폭발한다. 아무래도 대상을 가려낼 수 있는 모양이라, 폭발은 류세이 주위에서만 일어나고 있다.

대미지는 전무한 것이나 다름없지만, 성가시기 짝이 없다.

신체 강화에만 주력한 청년의 공격력·방어력·회복력은 비정상적인 레벨로 완성되어 있다.

토와와 가면 소녀가 사용하는 『화』 속성과도 상성이 좋다. 방어력 덕분에 몸의 중심까지 불태우지 못하며, 그게 불가능한 이상 청년의 회복은 절대로 늦지 않는다.

하지만 문제는 가면 소녀가 류세이와 마찬가지로 보구와 마법구를 여럿 소지하고 있다는 점이다.

그러나 소녀를 죽이면 자신은 지금보다도 강해질 수 있다는 말이기도 하다.

지금도 영웅과 다름없는 힘을 발휘하고 있다. 한층 강해지면 쿠로노 따위 한주먹감이리라.

류세이는 자신에게 그렇게 되뇌며, 분노를 필사적으로 억눌렀다. 전투, 아니, 사냥에 집중한다.

마력감지 능력은 없는 것이나 다름없지만, 그런 만큼 오감은 예민하게 연마되어 있다. 안개 때문에 시각은 저해되고 있지만, 위치를 파악하는 데는 청각으로 충분하다.

두 사람은 일단 한 번 뭉치기는 했으나, 거기서 곧바로 둘로 나누어졌다.

어느 쪽 발소리가 누구의 것인지도 금방 판별이 되었다.

경계해야 하는 건 소녀뿐. 토와 쪽은 필사적으로 강한 척하고는 있지만 류세이에게 완전히 겁을 먹고 있는 건 일목요연했다. 모조 영웅이기도 하고, 어떤 마법이든 지금의 청년이라면 즉사하지 않을 것이다.

가면 소녀의 보구가 애로사항이다. 류세이의 공격을 받아내는 와중에도 미소를 무너뜨리지 않았고, 그 태도에서는 숨기고 있는 패가 있는 것처럼 느껴졌다.

그것이 류세이의 방어력을 넘는 것이라면 성가시다. 즉사만큼은 어쩔 도리도 없다.

가장 우려한 것은 두 사람이 도망치는 것이었지만, 고맙게도 싸울 생각인 모양이다.

그렇다면 한 마리씩 사로잡아서 부서뜨릴 뿐이다.

왕성이기 때문에 복도라고 해도 폭이 꽤 되는데, 협공이라도 할 생각일까.

류세이는 자신의 머리가 좋지 않다는 것을 자각하고 있다. 안 좋은 꾀는 잘 부리지만, 전생해도 그 점은 변하지 않았다. 그것도 그럴 것이다. 머리가 좋아지고 싶다고 바란 적은 없다. 강하게 바라는 힘을 신이 파악하여 부여해준다면 더더욱. 류세이가 원하는 것은 지성 따위가 아니다.

자기가 자신인 채로 원하는 행동을 해 왔다. 지능 같은 건 대단한 가치가 없다. 류세이보다도 머리가 좋은 사람도 자신의 기분을 나쁘게 하면, 혹은 자신의 흥미 대상이 되면 손쉽게 망가지게 됐다.

그게 현실.

현실이었는데.

단 한 사람, 현실에 저항하는 바보가 있었다.

발칙하게도 그 바보는 류세이에게 접근한다는 목적 하나만을 위해서 몇 년이나 걸쳐 동종(同種)으로 의태하고 있었던 것이다.

녀석이 본성을 드러낼 때까지 류세이는 줄곧 쿠로노를 자신들의 동료가 되고 싶어 하는 녀석이라고 착각하고 있었을 정도다. 기분파인 자신마저 재미있는 녀석이라는 생각이 들게 만들 정도로, 이야기로 전해 듣는 쿠로노의 소행은 웃겼다. 그렇다, 웃겼던 것이다. 자기가 웃을 정도의 악행을, 녀석은 소문으로 전해진 것 이외에도 수많이 해왔을 터.

그래서 만나기로 했다.

그 이후부터는 악몽이다. 한 명은 양팔과 양발의 손가락과 발가락 전부가 잘렸다. 도중에 비명도 들리지 않게 되었지만, 쿠로노는 끝까지 계속했다. 한 명은 사죄를 요구받고 곧바로 응했다. 옷을 벗으라는 말을 듣고 옷을 벗고, 무릎 꿇고 엎드려 사죄했다. 그리고 목덜미를 손도끼로 내리찍혔다. 한 번에 절단할 수는 없었지만, 목이 잘릴 때까지 쿠로노는 계속했다. 한 명은 모든 관절을 굽혀지지 않는 방향으로 굽혀졌고, 한 명은 산 채로 피부와 옷을 봉합당했고, 한 명은 물이 담긴 양동이에 머리를 처박혀 질식사하게 됐고, 한 명은 터무니없는 양의 약물 주사를 맞았다.

그리고 류세이는 마치 어린애 장난감처럼, 전신에 칼이 꽂혔다.

정말이지 미쳤다고밖에 말할 도리가 없다.

하지만 토와에 관해 떠올림으로써 하나 납득한 것이 있었다.

확실히, 쿠로노 토와를 덮쳤을 때 손가락이나 발가락을 자르지는 않았지만 날붙이로 상처를 입혔다. 옷을 벗겼고, 난리 치지 못하도록 목을 조르거나 머리를 지면에 패대기쳤다. 너무 즐긴 나머지 어느 한쪽 팔도 꺾였고, 도망치지 못하도록 개목걸이로 연결해뒀고, 양동이에 담긴 물은 아니지만 눈이 내리고 있었기에 그 속에 머리를 처박았다. 그러고 보니, 가지고 있던 약물 무언가를 주사했을지도 모른다. 마지막에 칼로 찔렀는지 어땠는지는, 잘 기억나지 않는다.

즉, 여동생이 당한 짓을 더욱 흉악하게 하여 복수의 수단으로 삼은 것이다.

그 정도의 놀이로, 그런 도가 지나친 복수 행위에 이르다니 정상이 아니다.

하지만 지금에 와서는 녀석의 행위도 나쁘지는 않았다는 생각이 든다.

그게 여동생이 당한 짓에 대한 복수라면, 자신에게는 그것들 전부를 한층 흉악하게 하여 갚아줄 권리가 있다는 말이 되니까.

동료와 자신의 원수를 갚는 것이다.

지금부터 기대되어서 견딜 수가 없다.

그러자, 거기서 안개 너머로 류세이에게 접근하는 발소리.

주저를 억누르는 듯한 망설임이 배어 나는 잰걸음──토와일 것이다.

"바보가."

드러난 인영(人影)의 목에 팔을 뻗어, 꺾이지 않을 정도로 아슬아슬하게 힘을 줘서 지면에 패대기쳤다.

"저번보다는 즐기게 해, 달…… 네년."

"서방님 말고 다른 사람 밑에 깔리고 말다니…… 아아, 아니에요, 쿠로 씨. 이건 불륜이 아니라 이 남자가 억지로…… 그러니 어떻게든 노카운트라는 걸로 부탁드려요~."

가면 소녀다.

일부러 그러는 티가 나게 뺨을 물들이고 "심한 짓…… 하지 말아주세요"라며 눈시울을 적시고 있다.

류세이가 발소리로 판단하리라는 것을 내다보고, 일부러 토와를 연상케 하는 걸음걸이를 한 것이다.

"젠장, 그래서 뭐 어쨌다는 거야! 묘한 짓 하면 이년의 목 꺾어 버린다!"

"저기, 매우 슬픈 일이지만, 제 죽음은 토와 양에게 아무런 협박이 되지 않는 것 아닐까나, 하고 저는 생각하기도 한답니다…… 그리고, 이미 꺾이기 직전이에요."

그 말을 듣고 떠올렸다. 이 가면 소녀는 『벽력의 영웅』을 죽인 범인일 것이다. 그렇다면 쿠로노나 그 여동생과도 적대하고 있을 터. 하지만 소녀는 쿠로노의 명령으로 왔다고 하고, 토와의 편에 서 있다. 목걸이의 폭탄이라는 것으로 조종당하고 있는 것치고는 언동이 이상하다. 아니, 정신이 나갔다고밖에 생각되지 않는 인간이 하는 말을 진지하게 생각해도 의미가 없다.

사고를 일단락 짓고, 귀를 예민하게 기울인다.

앨리스 같은 발소리——정면에서.

어떤 마법이든 토와의 것이라면 문제없다. 가면 소녀의 움직임에 주의를 기울이면서, 맞받아치지——못했다.

발소리로는 눈앞에 육박해 있는데——아니.

이 세계에는 마법이 있다.

소리라면 『풍』 속성으로 얼마든지 위장 가능하다.

류세이의 몸이 불타올랐다.

"윽?!"

자신의 방어력을 무시하고, 중심까지.

자신의 오감을 뛰어넘어, 목 뒤쪽에서 붙잡혀 있다.

"악, 크, 아, 윽."

안구의 움직임만으로 아래를 보니, 가면 소녀가 미소 짓고 있다. 여봐란듯이 우선은 귀, 다음으로 손가락을 보여줬다.

"제가 아끼는 보구가 없어졌네요~. 누가 가지고 있는 걸까요~."

──넘겨준 건가!

붉은 안개는 이쪽의 시각과 움직임을 봉하기 위해서가 아니었던 것이다. 처음부터 전부 계산 범주 내.

가면 소녀는 류세이의 방어력을 뛰어넘고, 거기다 발각당하지 않고 접근하는 방법을 가지고 있었다.

하지만 그렇다면 어째서──.

"당신이 대항책을 가지고 있을지도 모르잖아요~. 저, 죽는 건 싫거든요. 죽지 않기 위해서라면 가족이든 공범자든, 프라이드도 팔아 버릴 수 있을 정도로 죽고 싶지 않답니다."

하지만 그녀의 포지션도 충분히 죽을 가능성이 있다. 아니, 어리석은 특공이라면, 즉 상정 범위 내의 움직이라면 류세이는 죽이지 않고 사로잡을 수 있다. 실제로 그렇게 했고, 그건 시간을 들여 천천히 부서뜨리기 위해서다.

지금까지 숨기지도 않았던 자신의 성질로 인해 행동이 간파당하고 있었던 것인가.

만약 류세이가 지금의 이 상황을 타파하는 방법을 가지고 있다면, 확실히 자신을 불태우고 있는 인간을 죽였을 것이다.

가면 소녀가 그 역할을 짊어지지 않았던 이유는 알았다.

하지만 이래서는.

"아…… 크윽……."

허겁지겁 자기 밑에서 빠져나온 가면 소녀는 로브를 탈탈 두드리고 있다.

"너무해요, 토와 양. 저까지 통째로 타면 어떻게 할 건가요~."

"……아아, 안 탔구나."

"태울 생각이었나요~…… 언니 상처받았어요~. 힘내서 노력했는데 말이지~."

"여동생을 위해 목숨 걸 수 없는 사람을 언니라고 인정할 수 없어."

"하아~. 오라버니가 그렇게나 여동생을 끔찍이 생각하면, 언니한테 요구하는 게 나름 수준이 높아지는 것도 납득이 가네요~. 하지만, 전 포기하지 않으니까요. 언젠가 토와 양한테도 쿠로 씨한테도 인정받을 수 있도록 할게요."

"자기 목숨을 우선해서 토와한테 저주가 붙어 버렸다는 걸 알게 되면, 코우한테 지금보다 더 미움받을 거라 생각하는데 말이야."

"……그렇게 되려나요?"

그렇다. 이런 짓을 하면 보구 중첩에 의한 신벌이 저주로 새겨진다.

"하지만, 분명 괜찮을 거예요. 쿠로 씨가 고쳐주실 테니까요."

"토와한테 저주가 새겨지면, 코우는 더욱 필사적으로 저주를 풀려고 할 거야. 그래서 토와를 이쪽 역할로 세우고 싶었던 거지?"

"에이, 설마요~."

"네가 생각할 만한 일은, 코우는 다 꿰뚫어 본다고."

"리갈 아저씨를 죽인 건 꿰뚫어 보지 못했죠~?"

"……그래도, 죽였다는 건 간파했어."

"선수를 빼앗기는 경우는 있다는 거네요. 이번 습격을 허용하고 만 것처럼."

"후수가 꼭 질 거라는 보장은 없지?"

"그러네요. 선수를 빼앗기는 경우는 있어도, 마지막에는 승리한다. 그런 부분도 멋져요. 누가 죽든, 무엇이 부서지든, 네에, 쿠로 씨는 최종적으로 승리를 붙잡죠. 근사하네요."

"……너, 진짜 싫어."

"저는 토와 양을 정말 좋아한답니다~?"

느긋하게 대화하는 두 사람을 부숴 버리고 싶어서 견딜 수가 없었지만, 류세이는 격통으로 그럴 겨를이 아니었다.

필사적으로 『치유』 마법을 걸고, 강화된 회복력도 기능하고 있는 덕분에 죽지는 않았지만, 치유하자마자 탄화되어 간다.

"자매 다툼은 여기까지 하고, 뒤처리로 옮길까요."

"얼른 움직여."

"언니를 다루는 게 험한 여동생이네요~. 그런 부분 오라버니를 닮았답니다~."

뒤처리. 아아, 그렇다. 토와는 어째서 자신을 죽이지 않았지? 방어력을 무시할 수 있다면 죽이는 것 또한 가능할 터인데.

퍼뜩 떠오르는 것은, 복수. 오빠가 류세이를 포함한 자신의 원수를 전부 죽였다고는 해도, 본인에게도 원한은 있을 것이다. 현재 류세이를 덮치는 격통을 생각하면, 충분히 있을 법하다.

"자신을 죽이지 않는 건 복수인 건가 하고 생각하고 있지? 불에 달궈서 원한을 풀고 있는 것 아닌가 하고. 토와는…… 코우처럼은 될 수 없어."

가면 소녀가, 류세이가 죽인 왕녀의 호위에게 다가갔다. 검을 주워 칼집에서 뽑았다.

이쪽으로 돌아온다.

"검 같은 거 쓸 수 있어?"

"저기~…… 스칼렛 마스크는 수수께끼가 많은 미소녀이지만, 뒤 설정으로는 귀족이라는 걸로 되어 있단 말이죠~. 그리고 귀족의 자제는 대체로 어릴 적부터 신물이 날 정도로 가르침을 받게 된답니다. 연약한 여자아이라도 최저한의 호신술이나 검술을 배우게 되지요~."

"그 마스크, 역시 의미 없다고 생각하는데."

"버밀리언 레이디는 차갑네요~."

"다음에 그 창피한 이름으로 부르면 너도 태워버릴 거니까."

"어머나, 무서워라."

가면 소녀는 그렇게 말하면서 검을 휘둘러——류세이의 오른팔을 잘라 떨어뜨렸다.

"————윽!"

탄화된 팔이 바닥에 떨어지고, 이내 불이 꺼졌다.

절단면에서 재생이 시작되지만, 생겨난 곳부터 불타오른다.

"다음은~, 왼쪽."

왼팔도 잘려 나가고, 류세이는 그제야 그녀들의 목적을 알아차렸다.

보구·마법구를 빼앗을 생각이다.

"토와는 말이야, 남을 죽이는 데 맞지 않는 것 같아. 코우도 맞지는 않았지만. 그건 너희들 때문이고, 토와는, 사실은, 그걸 도저히, 용서할 수 없어."

오싹할 정도로, 차가운 목소리.

오싹해?

과거 생에서 손쓸 도리 없이 자신들의 노리개가 되고, 버려진 뒤에는 기억에서도 지우고 있었던 장난감의 목소리에?

"네에~? 멋지지 않나요~. 쿠로 씨가 적을 보는 눈 같은 건 정말이지, 암흑보다도 더욱 어둡고, 심연보다 한층 깊고, 혹한의 땅보다 더욱 차가워서, 최고로 오싹오싹해버렸는걸요~."

그 눈을, 류세이는 알고 있다. 그리고 아마 여동생도 지금, 같은 눈을 하고 있으리라.

"너, 입 좀 다물어."

"에~…… 아, 알겠어요. 얌전하게 기다릴 테니까요~, 언니를 그런 눈으로 보지 말아주세요~. 저도 모르게 두근거리고 마니까요."

가면 소녀는 탄화된 팔에서 장신구를 회수하고자 몸을 굽혔다.

안구는 재생과 파열을 반복하고 있고, 목덜미를 붙잡힌 상태이기 때문에 뒤돌아볼 수도 없지만, 그 때문에 어찌해도 겹쳐지고 만다.

기억 속의 쿠로노가 마치 뒤에 서 있는 것처럼 느껴진다.

"너, 부순다는 말을 좋아하는 것 같은데, 정말로, 응, 부숴줬지. 짓궂고, 귀찮아하는 성격에, 운동은 잘해도 공부는 서툴고, 거칠지만 난폭하지는 않고, 착실한 성격도 아닌 주제에 돌봐주는 건 잘하고, 친구는 많지만 사이좋은 여자는 적고, 가끔이지만 다정해. 남을 죽인다니, 그런 짓은 절대로 못 해. 그런, 코우를 말이야. 토와의 오빠를, 너희들이 부숴버렸어."

돌연히, 그녀의 목소리가 가까워졌다.

"용서해주지 않을 거야, 평생."

몸이 이렇게나 불타오르고, 뜨거운데.

심장이 얼어붙는 줄만 알았다.

가면 소녀가 "아뜨뜨, 식히지 않으면 무리 같네요~…… 마법…… 아뇨, 나중에 할까요~"라고 말하며 일어섰다.

"다음은 시원시원하게 몸통부터 팍팍 가도록 해요~. 아직 죽을 것 같지 않고 말이죠~."

"……죽으면 곤란한데."

"으음~. 그러면 다리로 할까요. 걱정된다면 둘이서 『치유』마법을 걸면 되니까요."

정신이 나갔다.

엽기적인 것에도 정도가 있다.

어째서냐. 어째서 죽이지 않지.

"보구랑 마법구가 회수되면 마봉석으로 구속하자."

"그러네요~. 그렇게 하면 흔해 빠진 마법사 수준이 될 테고, 마법을 풀어도 위험은 없겠죠. 하지만 이분, 애초에 살려둘 가치는 없다고 생각하는데 말이에요~. 저주가 없었다면 형편없는 실력이었고요. 요컨대 한번 쓰고 버리는 말 아닌가요~."

"그렇게 따지자면 너도 마찬가지지만 말이야."

"제 새로운 주인님은 쿠로 씨니까, 반드시 구해주실 거라고 믿거든요~. 어쨌든, 쿠로 씨처럼 중요한 지위에 있는 것도 아니니까, 뽑아낼 수 있는 정보도 뻔하다고 생각하지 않나요? 샤샥 죽이고 다른 분을 도우러 가는 편이 좋지 않으려나요~."

"그럴지도."

"그러면 그렇게 해요~. 괜찮아요, 싫은 부분은 언니가 대신해서 할 테니까요~. 이야~, 의지가 되지 않나요~. 여동생의 손을 더럽히지 않기 위해서라면 살인도 마다하지 않는 언니가 있어서 최고네요~."

"안 죽일 거야."

"그치만~, 이 가면 속의 정체를 간파당한 것 같고, 비밀을 사수하기 위해서라도 입을 막아야 한다고 생각하지 않나요~?"

"안 생각하고, 누가 봐도 빤히 보이니까. 애초에 그거 누구 취미야?"

"로브랑 합쳐서 쿠로 씨가 선물해주셨답니다. 목걸이도 그렇지만요. 우훗, 멋진 출소 축하 선물이네요. 게다가 칭찬해주셨다고요~?"

"흐음. 아마 '그 목걸이 어울리는군, 개 같아서'라든가 '그 가면 어울리는군, 얼굴이 보이지 않는 점이 특히 좋아' 같은 거 아니야?"

"―――! 설마, 쿠로 씨를 도청하고 계신 건가요? 그 마법구 저한테도 빌려주세요."

"안 해도 알 수 있는 거고, 역시 너 칭찬받고 있지 않아."

"또 그러신다~…… 정말로 칭찬이 아니라는 느낌인가요?"

마치 류세이가 여기에 없는 존재처럼 다루어지고 있다.

가장 참을 수 없는 상황이지만, 그래도 손쓸 도리가 없다.

"우와, 이 사람 엄청난 얼굴로 노려보고 있어요. 눈도 몇 번이고 안 보이게 되었을 텐데. 의식이 끊기지 않은 것도 대단하네요~. 어지간히 쿠로 씨를 향한 복수에 집착하고 있는 거겠죠."

그렇다. 나는 그것만을 위해서, 두 번째 인생을 버리면서까지 힘을 얻은 것이다.

"응, 그러니까 안 죽여. 평생 감옥에 넣어둘 거야."

"아핫."

가면 소녀가 웃었다.

"그렇게 하면, 평생 목적을 달성할 수 없다. 지금 죽는 것보다 훨씬 괴로운 인생이 된다. 토와 양, 언니가 생각했던 것보다 무서운 아이네요~."

평생 용서하지 않겠다는 건 그런 말인가.

하지만 살해당하지 않는다면 희망은 있다. 감옥? 그런 건 빠져나가면 되는 거다.

죽지 않는다면, 이 괴로움을 지금은 그저 견디자.

속이 뒤틀리는 듯한 기분이지만, 살아 있으면 복수할 수 있다.

쿠로노뿐만이 아니다. 그 여동생도, 가면 여자도 복수 대상이다.

"아니~, 무리랍니다?"

가면 소녀가 불쌍히 여기는 것처럼 류세이를 내려다보고 있다.

"당신이 복수를 달성하는 일은 있을 수 없어요. 왜냐면 분명 그것이 당신의──비명횡사일 테니까요."

"_____."

그 말을 듣고, 처음으로 그 가능성에 생각이 미쳤다.

복수만 이루어진다면 어떻게 죽든 아무래도 상관없다고 생각했지만, 어떻게 죽든 아무래도 좋다고 생각하는 자신에게 주어지는 비명횡사란, 그렇게 생각할 정도의 목적을 달성하지 못한 채 죽는 것 이외에는 없다.

그렇다면, 여러 보구에 손을 댄 순간부터 자신은——.

"이래서야, 옥중사하기 위해서 전생한 거나 다름없네요. 가여워라. 이럴 때, 당신들 세계에서는 이렇게 말하던가요? 확실히, 그래요——인과응보."

선행에는 좋은 보답이, 악행에는 나쁜 응보가 뒤따른다.

그런 건 환상이다.

"당신, 남에게 꽝이라는 둥 실례되는 말을 했었는데, 애초에 당신이 선택한 그것이 제일가는 꽝 뽑기였던 것 아닌지? 라는 말도 막 해보고~."

환상일 터다. 하지만, 이건——.

◇

코우스케는 레이드의 『취』 뿌리를 『집어삼킨』 뒤에 오렐리아가 서포트하는 곳으로 갈 생각이었다.

하지만 두 가지 사항이 코우스케의 발목을 잡았다.

왕성 내의 마력 반응을 재확인함으로써 알아차린 것이다.

하나, 왕과 근위인 못조의 마력 반응 소실.

하나, 토와의 마력 반응이 흔들린 것과 본 적 없는 영웅 규격에 상당하는 마력 반응.

어느 쪽도 코우스케의 사고에 공백을 생기게 하는 데 충분한 충격이었다.

그래도 코우스케는 곧바로 사고를 재회전시켰다.

크윈의 반응은 남아 있지만, 가까이에 적이라고 생각되는 마력 반응도 있다.

토와의 흔들림은 긴장이나 동요에 의해 체내 마력의 흐름이 흐트러졌을 때의 것이라고 생각된다. 하지만 이쪽은 신용할 수는 없지만, 증원을 보내뒀다. 두 사람이라면 대응은 할 수 있을 터. 지금 당장 달려가고 싶은 마음을 겨우겨우 참았다.

지금 우선해야만 하는 건 제3왕녀의 안전 확보.

크윈과 적의 마력 반응이 동시에 사라졌다.

"이건——."

아니, 사라진 게 아니다. 동시에 이동한 것이다.

코우스케의, 눈앞에.

"네 녀석이 쿠로노인가."

검은 안개라고 하면 좋을까. 그것은 문 정도 되는 크기의 타원에서 걸어 나왔다.

검고 긴 머리카락, 은색 눈동자. 갸름한 얼굴에 아름다운 미모. 하지만 그 눈동자에서는 감정이 느껴지지 않는다. 그런가 싶더니만, 코우스케와 시선이 마주치자 흥미의 기색이 떠오른다. 마음이 없다기보다는, 표정의 움직임이 빈약한 것인가.

그 남자에 뒤이어 크윈이 나타난 것에, 코우스케의 사고가 정지했다.

　이번에는 곧바로 움직이지 않는다. 움직일 수 없다.

　의문으로 머릿속이 가득 채워진다.

　하지만, 알고 있다. 감정과 무관계하게, 마음과 분리된 곳에서 가동하는 냉정한 자신은 한참 전에 대답을 내놓고 있다.

　――배신한 거야.

　――왜냐면 그렇잖아. 도망치면 된다고 말한 건 나다. 친구라고 말하면서, 아무리 시간이 지나도 도울 수단을 찾지 못했던 것도.

　――반대로, 어째서 그녀가 계속 동료로 있으리라고 믿고 있었던 거지?

　지우려 한다. 머리에 떠오른 대답을 지우고, 다른 이유가 뭔가, 뭔가 있을 터라고.

　있을 터다. 그런, 그저 달트라에 정나미가 떨어졌다는 그런 이유로 그녀가 배신할 리가 없다.

　그렇게, 생각하는데.

　그렇게, 생각되지 않아서.

　"적 앞에서 뭘 멍하게 있지…… 아니, 용서하마. 네 녀석의 심정을 생각하면, 그 꼴사나운 모습도 수긍이 간다. 하지만 이 정도의 남자가 내 계책을 예상했다니…… 나는 이렇게 느끼고 있다. 『기대와 어긋났』다고."

　남자의 말 따위 귀에 들어오지 않는다.

"크윈."

이름을 불러도, 그녀는 대답하지 않는다.

만약, 생각하고 싶지 않지만 만약 그녀가 배신했다면. 아니, 배신하고 있었다면.

적에게 정보를 흘려줬다?

코우스케를 일부러 왕에게서 멀리 떼어놓았다?

그걸로, 몇 명이 죽었지?

잘못을 용인하기도 했지만, 그 잘못을 인정하고, 어디까지나 백성을 제일로 생각하는 현왕이 살해당했다.

『하얀 영웅』이 배신했으니까.

코우스케는 알고 있었는데. 줄곧 알고 있었는데. 자기 일이나, 여동생에 관한 일, 나랏일을 생각하는 것에 쫓겨 그녀를 구할 방법을 찾지 못하고 있었다. 찾고 있기는 했지만, 그런 건 변명이 되지 않는다.

처음 만났던 날, 코우스케는 말했다.

생각하라고.

리갈의 장례식 날, 그녀는 말했다.

생각해도 알 수 없었다고.

영웅을 그만두고 싶다. 하지만 도망치고 난 후에 어떻게 하면 좋을지 알 수 없다. 생각해도 알 수 없었다.

아아, 아크스바오나라면 전부 해결해주는 것 아닐까.

『공간』을 손에 넣은 것이다. 다른 개념 속성마저 획득하였다면 눈앞의 남자가 크윈을 구할 수 있을지도 모른다.

그렇다고 한다면, 그녀가 이 나라에 남을 이유 같은 건 더 이상──.

"크윈."

다시 한번, 그녀의 이름을 불렀다.

고개를 숙인 채 이쪽에 시선을 맞추지 않는 그녀를 향해, 말했다.

"구해줄게."

"_____."

튀어 오르는 것처럼 시선이 올라와, 눈이 마주쳤다.

"호오……."

남자의 눈꺼풀이 조금 전보다도 미세하게나마 치켜 올라갔다.

전의는 느껴지지 않는다. 마치 품평이라도 당하고 있는 것 같지만, 신경 쓰고 있을 겨를이 아니었다.

"구한다고? 쿠로, 뭘, 누구를, 하지만, 난, 너를."

분명, 원망하는 말을 들을 거라고 생각했던 것이리라. 배신자라는 비난을 듣고, 적의를 부딪쳐 올 것이라고 생각하고 있었던 것이리라.

그런 짓을 할 자격은, 코우스케한테는 없다.

"난 알고 있었어. 그 밖에도 알고 있는 녀석은 있었어. 그 녀석들과 마찬가지로, 나는 아무것도 하지 않았어. 동료인데, 친구라고 말했는데. 너의 저주를 풀지 못했어. 하지만, 괜찮아. 방법을 찾을게. 저주를 풀어 보이겠어. 그러니까, 크윈."

"그만해."

선을 긋는 것처럼, 바닥에 균열이 생겨났다. 다르다. 한 줄기 선을 긋는 것처럼, 바닥 일부가 『없었던 것』이 된 것이다.

크윈은 그녀답지 않게 동요를 노골적으로 드러내고 있었다. 손으로 얼굴을 덮고, 휘청이는 발걸음으로 뒷걸음질 친다.

"아냐, 이런, 이게, 아냐. 나는, 그도 그럴 게, 인데, 어째서, 쿠로는."

몹시 낭패한 모습으로 헛소리 같은 말을 중얼거리며, 그녀는 이내 무릎을 꿇고 만다.

뭐지, 이 반응은.

예상 밖의 말을 들었을 뿐인 것치고는, 지나치다.

"정정하지, 쿠로노. 나는 이렇게 느끼고 있다. 『유쾌』하다, 고."

크윈과 코우스케 사이에 끼어드는 것처럼 남자가 앞으로 나섰다.

"네 녀석도 와라. 굳이 거목과 함께 말라비틀어질 필요는 없지 않겠나."

"그 이야기라면 수다쟁이 암살자하고도 했다."

"레이드인가." 남자는 한순간만 창밖으로 시선을 던졌으나, 곧바로 다시 코우스케 쪽을 돌아봤다. "구속을 선택할 줄이야. 이점도 많다. 부정은 하지 않겠지만······." 염려하는 듯한 마음 씀씀이는 찾아볼 수 없다. 박정한 것과는 다르다. 마치 되찾는 미래가 정해져 있는 것만 같은, 사태를 심각하게 받아들이지 않

는다는 듯한 기색.

"녀석과 무슨 이야기를 했건, 나는 말하도록 하겠다. 조건은 가능한 한 받아들이지. 왕족 이외라면 데리고 가는 것도 허용한 다. 이번이 안 되더라도, 반드시 제도로 옮겨주겠다고 약속하 마. 혹은, 침략 후에 우대하라는 것이라면 그래도 상관없다. 분 명…… 생명의 우정이라고 했던가. 마음에 든 것이겠지."

"…………."

"이 정도로는 눈썹 하나 까딱하지 않나. 더더욱 좋다. 그래, 하나 물으마. 어떻게 우리의 습격 수단을 예측할 수 있었지?"

『공간』을 말하고 있는 것이리라.

크윈을 구할 방법을 찾는 과정에서 개념 속성의 존재에 접했 기 때문이다.

바로 그래서 비현실적인『공간』이동이라는 것을 예상할 수 있 었다.

문제는, 예상은 할 수 있어도 대책이라고 할 대책이 없었던 것.

"너희들 자신이 생각하고 있는 것보다 너희들이 똑똑하지 않 았다는 것뿐이겠지."

"영웅을 소모하고, 광기에 사로잡힌 귀족을 중용하는 국가에 충성을 바치는 자보다 어리석은가?"

시선이 교차한다.

"안 돼."

두 사람 사이에 무언가가 일어나기보다 먼저, 크윈의 목소리가 실내에 울렸다.

"쿠로는, 안 돼. 의미, 의미가, 없어. 쿠로는, 왜냐면, 그쪽이, 그렇지 않다고."

침착성을 잃은 띄엄띄엄한 말. 몹시 당황한 기색과 비창(悲愴)한 표정. 진심으로 유령을 무서워하는 어린아이와도 비슷한, 공포에 떠는 모습.

역시 이상하다.

그녀는 지금 가슴속에 무엇을 끌어안고, 무엇에 괴로워하고 있는 것인가.

"……그런가."

이해의 목소리를 낸 것은 코우스케가 아니라 남자 쪽이었다.

"그렇다면 크윈티, 너의 바람을 이룰 방법을 제시하지. 제3왕녀의 목을 따라."

공허한 눈동자가 남자를 똑바로 쳐다봤다.

"이 남자는 말이다, 너의 배신도 비난하지 않는 모양이다. 왕을 죽인 데 대한 협력도, 자신을 함정에 빠뜨린 것도 비난하지 않는 것 모양이다. 너를 구한다는 것 같군. 그게 너의 바람인가?"

"너, 뭘."

크윈은, 고개를 옆으로 내저었다.

"……아니야."

"그러면 가라. 쿠로노의 상대는 내가 맡도록 하지."

그녀 뒤에 검은 안개가 출현했다.

"크윈······!"

크윈은 일순간 코우스케의 목소리에 반응했지만, 이내 미련을 끊는 것처럼 시선을 돌리고는 어둠 속으로 사라졌다.

"하나 전해두마."

남자가 말했다.

"내게 크윈티의 저주를 풀 수단은 없다."

그건 즉. 그녀는 해주(解呪) 때문에 배신한 건 아니라는 뜻이다.

하지만 어째서 코우스케에게 그러한 걸 알려주는 것인가.

"나를 『집어삼켜』 봤자 녀석은 구할 수 없다는 말이다. 그렇다면 어떻게 할 테냐. 어떻게 구하겠다는 거지. 빈말을 지껄여 붙들어 매기라도 하겠다는 건가? 시간을 벌면, 저주가 녀석을 죽인다. 그렇게 되면 만족하겠나?"

한걸음에 거리를 좁힌다. 이미 빼 들었던 불괴의 검을 비스듬히 내리 베며 휘둘렀다. 그러나 속도가 붙은 참격은 손쉽게 막혔다.

그가 차고 있던 칠흑의 대검에 의해.

"다음은 어떻게 할 거지. 크윈티를 쫓겠다면 쫓아라. 밑에 있는 여자는 죽고, 레이드는 이쪽에 돌아온다. 나와 칼싸움을 벌인다면, 왕녀의 목숨은 없다. 다른 자는 어떻지. 과연 다들 무사할까?"

생각한다. 생각하고 있다. 크윈에 관해서만이 아니다. 토와는, 시로나 에코나를 비롯한 생명의 우정 사람들은, 그레이는,

남은 왕족은, 다른 동료들은.

"네가 쓰러지면, 다른 녀석들은 어떻게 할 거지. 걸어서 돌아가냐."

미세하게. 극히 미세하기는 했지만, 남자의 입술이 즐거운 듯이 치켜 올라갔다.

"상관없다. 그래, 내가 작전을 속행할 수 없게 되면, 『공간』에 의한 퇴각도 불가능해진다. 원래부터 그에 의지한 기습 작전이다. 이만한 전력에 둘러싸이면 생환은 어렵겠지."

이 남자를 쓰러뜨리면, 적은 도망칠 수 없게 된다. 아무리 영웅 규격이라 할지라도 이 상황에서 무사히 도망치는 건 불가능하다. 이쪽 또한 심대한 피해를 보겠지만, 적은 작전에 투입한 모든 영웅을 잃게 된다.

"하지만 왕족은 어떻게 할 테냐. 알고 있나? 심장이 뛰고 있는 거짓된 신의 혈맥은 이미 둘까지 줄어들었다."

"충고는 고마운데 말이야, 동료 걱정을 하는 게 어때. 제법 얌전해진 것 같은데."

크윈의 배신으로 동요하고 있었지만, 냉정히 생각하면 이 남자가 코우스케와의 대치를 선택한 것은 리스크가 높은 선택일 터다. 지금 말한 것처럼, 그에게 동료 전원의 퇴각이 걸려 있다.

왕성 내의 적성 마력 반응은 레이드의 것을 포함하여 작아져 있었다. 마봉석에 의해 마력 발로가 봉인된 결과, 반응이 체내로 한정된 것이다.

남은 건 눈앞의 남자와 잔여 몇 명. 반수 이하로까지 줄어들었다.

그걸 모르고 있는 건 아닐진대, 남자의 표정에서는 초조함 같은 감정은 찾아볼 수 없다.

"명쾌하군. 거짓된 신의 혈맥이 끊어지는 것보다 먼저 우리를 제거할 수 있다면 너희들의 승리다. 이 참상을 앞에 두고, 이겼다고 선언하는 창피함을 무릅쓰겠다면 말이지만."

왕도 습격은 실행되고 많은 피해가 나왔다. 이 시점에서 남은 왕족은 제3왕녀와 제6왕자뿐. 습격자를 전원 사로잡든지 죽이든지 해서 무력화시켰다고 해도, 자랑할 수 있는 결과라고는 도저히 말할 수 없다.

그렇다고는 해도, 그것이 최악을 회피하는 최선의 행동이라면 그렇게 할 뿐이다.

"아크스바오나 신군영웅여단 단장──『어둠의 영웅』글레어 그리펜 다운헬하이트 슈바르칠러. 썩어 떨어지기를 기다릴 뿐인 고목을 수호하고자 하는『검은』힘, 어디 보여줘 봐라."

"달트라 국군 명예장군──『검은 영웅』쿠로노 쿠로우리스 나노란슬롯. 너 말이다, 방해돼."

완전히 동시였다.

두 영웅에게서, 『흑』이 용솟음친다.

◇

크윈의 머릿속은 엉망진창이었다.

소녀는 알 수 있다. 소녀는 이해할 수 있다. 하고 있는 말의 의미뿐만이 아니라, 의도뿐만이 아니라, 말의 이면에 숨겨진 진의뿐만이 아니라 마음속으로 무슨 생각을 하여 그 말을 내뱉었는지.

말 전부를 겉모습이라고 한다면, 크윈은 그 옆에 본심이 나란히 들린다.

인간 사회는 복잡하고 인간의 본성은 추잡하다. 그래서 사회성이나 사교성이라는 가죽을 뒤집어쓴다. 그것이 얇든지 두껍든지 간에, 누구나가. 그렇지 않다면 인간 세상이라는 건 도저히 성립할 수 없다.

쿠로도 마찬가지다. 그의 말 전부가 본심만이 아니라는 건 크윈은 알아차리고 있다.

하지만 그는 거짓말조차도 누군가를 위해서만 내뱉는다.

거짓말이었다면, 얼마나 좋았을까.

크윈은 배신한 것이다. 속절없이 그와 적대하는 길을 선택했다. 신뢰해주고 있었는데, 친구라고 말해주었는데 자신의 소원을 위해서 그를 해하는 행위에 이르렀다.

크윈이 배신하지 않았다면 적의 행동은 이렇게까지 신속하지 않았을 테고, 최소한의 피해로 사태를 수습할 수 있었을지도 모른다.

대역적이다. 대죄인이다.

그러니 조금 전에 얼굴을 마주했을 때, 쿠로는 자신을 욕할 터였다. 다정한 말을 건넸다고 하더라도, 그건 나라나 동료를 위해서다. 크윈이 완전히 적의 손에 넘어가는 걸 막기 위해, 어쩔 수 없다.

그런데도.

──구해줄게.

"…………아아."

채 말소리가 되지 않는 목소리가 새어 나왔다.

쿠로는 크윈을 비난하지 않고, 자기 자신을 책망한 것이다. 오늘 이날까지 크윈을 구하지 못했던 자신의 무력함을 책망했다. 그러면서 크윈을 구하고자 진심으로 말했다. 크윈이기에, 그 말이 거짓 없는 본심이라는 것을 안다.

크윈은 자신이 바라는 죽음을 위해서 그런 사람을 배신한 것이다.

그 역겨움에 구역질이 났다.

그 소년의 손에 죽고 싶다고 생각할 자격조차, 자신에게는 없다.

지금 당장 돌아가서 울며 매달리고 싶은 충동에 휩싸였다. 그리고 사과하는 것이다. 아군으로 돌아가서 적을 쓰러뜨리고, 그의 곁에서 죽는다. 쿠로는 분명 어떻게든 해서 그걸 허용해줄 것이다. 그렇게 할까.

그런 게, 가능할 리가 없다.

아무리 조악하게 만들어진 인조 영웅이라도, 타인의 혼으로 빚어진 흙인형이라도 그 정도는 알 수 있다.

자기 자신에게 깃든 마음다운 무언가가, 그런 형편 좋은 걸 바라서는 안 된다고 경멸하고 있다.

왜냐면, 그렇지 않은가.

크윈이 배신하고, 왕족이 죽고, 연합에 균열이 가서 전쟁에서 졌다고 치자.

그 과정에서 쿠로가 크윈을 죽여주었다 치고, 그 뒤에는?

적장인 쿠로는, 달트라나 연합의 상징인 『검은 영웅』은 분명 오래 살 수는 없다.

그 미래를 회피하는 방법은 있다. 죽일 수밖에 없는 존재가 되기 전에 아크스바오나의 영웅이 되면 된다.

그런데도.

글레어가 그를 권유했을 때 크윈은 멈췄다. 제지한 것이다.

쿠로가 아크스바오나의 영웅이 되면 자신을 죽여달라고 할 수 없으니까.

그것이 자신에게 행복을 준 소년의 죽음으로 이어진다는 걸 알면서도.

마음 상냥한 소년은 크윈의 비열한 본성을 알아차리지 못하고, 끝까지 마음을 줬다.

하지만 글레어는 한순간에 꿰뚫어 본 모양이었다.

쿠로를 권유하는 것을 그만두고, 크윈에게 제3왕녀 살해를 명했다.

덕분에 쿠로는 여전히 적인 채다. 그리고 제3왕녀를 이 손으로 죽이면, 정확히는 그녀를 지키는 타국의 영웅까지 한꺼번에 같이 죽이면 아무리 쿠로라 할지라도 크윈을 적으로 간주하지 않을 수 없다.

그렇게 되는 것을 주위의 모든 것이 바라고, 강요하고 있는 것이리라.

지켜야 할 것이 많은 쿠로는 주장이 잘못되지 않은 이상, 그 흐름에 거스르지 않을 것이다.

그래도 그는 크윈을 어떻게든 구하려고 할 터다. 그런 사람이다.

그러니, 그때는 크윈도 그를 죽일 생각으로 싸울 것이다.

봐주는 것이나 설득 등이 불가능하다는 걸 알면 쿠로도 칼날을 겨눌 수밖에 없다.

그 칼날에 이 몸을 내놓자.

그거면 된다. 그게 좋다. 그것뿐이면 된다. 그게, 내가, 바라는──.

──정말로?

그러면 어째서 나는 지금, 이렇게나 괴로운──.

"너…… 클리어베디비어 경인가."

크윈이 날아간 곳은 왕성 내의 대회합실. 흰색을 기조로 한 내부 장식. 서 있는 자의 모습을 비출 정도로 아름답게 연마된 바닥에는 예장(禮裝)처럼도 보이는 검을 모티브로 한 의장(意匠)이 그려져 있다. 원형 회합실을 감싸는 것처럼 순백색 기둥이 늘어서 있고, 천장에도 또한 선명한 무늬가 새겨져 있었다. 호화찬란한 조명이 비추는 것은 배신자 영웅과 제3왕녀를 품에 안은 은발 소년.

확실히 시온이라고 했던가.

글레어는 시온을 앞지르는 형태로 크원을 날려 보낸 듯하다.

시온의 팔에 안긴 소녀의 얼굴은 본 적이 없지만, 왕족은 평소 가면을 쓰고 지내고 있기에 당연한 일이다.

"클리어베디비어 경……? 그, 그러면 폐하께서는 무사하신 것이로군?"

상황을 이해하지 못한 듯한 제3왕녀는 얼굴에 희색을 띠었다.

그에 반해, 시온의 붉은 눈동자에는 의심. 더욱 명확하게 경계심이 떠올라 있다.

"아니…… 나라도 왕의 마력 반응 정도는 알아. 클리어베디비어, 너."

그 말이 끝나기도 전에, 시온은 뛰었다.

발을 딛고 서 있던 곳이 삭제된 것처럼 움푹 소실되었다.

"뭣, 이, 이건 무슨 짓이냐! 클리어베디비어 경, 그대 정신이 나가기라도 한 건가!"

눈을 부릅뜨는 제3왕녀. 상황을 이해하고 표정을 일그러뜨리는 시온.

"……쿠로노 녀석이 뭐라고 말하려나."

공간이 날아간다. 시온은 아슬아슬한 타이밍에 회피. 소거. 소거. 소거. 바닥은 보기에도 끔찍한 구멍투성이, 기둥 하나가 중간부터 날아가 사라지고, 또 다른 기둥 하나는 밑동부터 소실됐다.

"내 눈에는 네가…… 비단 너에 한한 건 아니지만, 쿠로노를 좋아하는 것처럼 비쳤는데 말이지. 그게 녀석을 속이기 위한 연기였다고 한다면, 대단한 연기자야."

"시끄러워."

반응이 비정상적으로 빠르다. 크윈은 기본적으로 좌표와 범위를 지정하고 거기에 『백』을 발생시킨다. 쿠로처럼 설치하거나 바람 칼날처럼 날리지도, 몸에 두르지도 않는다. 영웅으로서의 책무가 무거운 짐에 불과했던 크윈에게 성장을 바라는 마음 따위 있을 리도 없어서. 그러면서도 그녀는 최강이라는 이름을 마음껏 떨칠 만한 힘이 있었다.

두 사람을 죽이는 건 쉽다. 피할 도리가 없는 규모로 소멸시키면 된다.

하지만 시체가 남지 않는 건 곤란하다. 흔적이 완전히 남지 않게 죽이면, 죽지 않았을 가능성이 남기 때문이다.

결코 망설임 때문에 그러는 건 아니다.

……결단코.

"……설마 그대, 달트라를 배신했다는 건가."

있어서는 안 되는 일을 말하는 것처럼, 왕녀가 크윈을 바라봤다.

"그러면…… 뭐."

"큭! 그러면, 폐하는……! 네놈, 그 손으로 죽인 것이냐! 달트라 왕을!"

분노를 감추지도 않는 제3왕녀였지만, 곧바로 잠잠해지게 됐다.

붉은 액체가 입을 막았기 때문이다.

"……벌은 나중에 얼마든지. 미안하지만 얌전히 있어줘. 위기 상황이라고."

피, 일까. 피를 조종한다. 비슷한 마물을 악령에서 본 적이 있다.

마력을 통하게 한 혈액을 자유자재로 조종한다. 종횡무진으로 돌아다니며, 단단하거나 유연하게 만드는 것은 물론이고 어떤 형태든지 자유자재로 만들어 낸다. 성가신 건 어디까지나 혈액이라는 점. 한번 상처를 입으면, 거기로 혈액을 침투시키는 것이다.

인간끼리조차 다른 이의 피와 맞고 안 맞고가 있는데, 마족쯤 되면 당연히 유해하다.

혈류를 탄 마족의 피는 비정상이기는 해도 상처나 병의 형태가 아니기에 평범한【치유】마법으로는 무효화할 수 없다.

순간적으로 무해한 형태로 분해, 변환할 수 있는 마법사가 없다면 스친 상처로도 죽음에 이른다.

신체 능력, 회복 능력, 신체 변화 등에 뛰어난 흡혈종은 마물

중에서도 특히 요주의 존재다.

아인의 경우는 흡혈귀였던가.

그렇기는 해도 크윈 상대로는 상성이 나쁘다. 아니, 상성이 좋은 상대 같은 건 나타난 적이 없다.

왕녀의 입가를 막은 것 이상의 혈액을 내보내지 않는 건 본인도 그게 무의미하다는 걸 깨닫고 있기 때문이리라.

하지만 『백』의 전개 범위를 제한한 상태에서 노려봤자, 저 흡혈귀는 그걸 회피하는 속도를 지니고 있다.

"【백】."

그의 반신을 삭제하도록 마법을 발사한다. 소멸이 시작되기까지의 찰나에 시온은 회피하고 있었다.

하지만.

"————!"

회피한 그곳에서 다리부터 그 밑부분이 소실된다.

『백』에 의해 『없었던 것』이 된 신체 부위는 그래도 재생할 수 있다. 하지만 통상적인 재생과는 치명적으로 다른 점이 있다. 『백』은 신체의 갱신 정보를 『없었던 것』으로 만드는 것이다.

예를 들면, 근육. 예를 들면, 몸에 기억시킨 버릇. 즉, 본인이 그때까지의 인생에서 몸에 경험시켜 온 모든 것이 사라진다. 근육은 단련하기 전의 모습이 되고, 뇌가 기억한 기술을 몸이 재현하지 못한다.

시온은 곧바로 몸을 재생했지만, 금방 위화감을 알아차린 모양이다.

"……과연, 발동 시간 연장인가."

조금 전에 공격할 때, 크윈은 몇 군데를 동시에 공격했다. 시온은 몇 번이나 공격을 피하는 와중에 마법 발동 시간을 파악하고 있었다. 발동은 극히 일순간이다. 그걸로 충분. 하지만 이번에는 가장 먼저 시온을 공격한 것을 제외하고, 잠시 그 자리에 남겨 두었다. 평소라면 마력을 낭비하는 일이겠지만, 시온의 신들린 회피는 그만큼 집중을 요한다. 마력 감지는 허술해져, 이미 사라졌다고 생각하고 그 자리에 착지하고 말았다.

그 결과, 다리를 잃게 된 것이다. 다시 솟아난 그것은 단련을 모르는 흡혈귀의 다리. 영웅 규격인 만큼, 뛰어나기야 하겠지만 과연 조금 전까지의 움직임을 재현할 수 있을까.

또한, 이번 공격으로 인해 시온은 마력감지도 예민하게 곤두세워야만 하게 됐다.

"……아무래도, 상황이 좋지 않군."

짐덩어리를 끌어안은 채, 정작 중요한 피는 쓸 수 없다. 시온은 실력의 1할도 채 내지 못하고 있는 것이리라.

그것이 싸움이라는 것이다.

만전을 기하여 임하는 것이 최선이겠지만, 항상 최선의 상태로 있을 수 있는 것도 아니다.

얼마나 적의 실력을 발휘하지 못하게 하면서, 이쪽의 능력을 떨칠 수 있는가.

그 점으로 말하자면 시온은 적을 만난 순간에 패배한 것이었다.

"다들 같아."

"……뭐?"

"좋고 나쁘고도 없어. 이길 수 있을 리가 없는걸."

자신은 그런 식으로 창조되었으니까.

진다고 한다면, 그건 그렇게 바랐을 때뿐이다.

"끝."

몇 번 더 공격을 가하면 이 싸움도 끝나리라.

대화를 끝내고 마지막 일격을 가하려 했을 때였다.

크윈은 순간적으로 뒤로 뛰었다.

예상을 넘은 공격에 한순간 사고가 멈춰서, 마법을 발동할 여유가 없었던 거다.

그것은 조금 전까지 크윈이 서 있던 곳에 새겨졌다.

예리한 칼날로 도려낸 듯한 금.

크윈은 그 마법을 알고 있었다.

"……어째서 있는 거야."

두 갈래로 나누어져 과장되게 말린 먹색 머리카락. 그와 같은 색깔을 지닌 어린애처럼 동그란 눈동자. 동안에, 마찬가지로 유아 체형. 몹시 하늘하늘거리는 순백색 의상. 머리 위에 오도카니 올려진 작은 왕관. 왕관, 머리카락, 손에서 보이는 진주 같은 장식. 프라이드인지 고집인지, 높은 통굽 구두. 전부가 흰색으로 통일되어 있지만, 앞가슴과 머리카락을 묶는 리본에는 파란

선이 그어져 있다.

영웅의 싸움에 끼어들 수 있다는 조건으로 그에 해당하는 인간을, 크원은 한 명밖에 모른다.

"훗, 여전히 쌀쌀맞은 태도와 벌레를 보는 듯한 시선! 멋져요! 역시나 언니!"

그렇다. 나타난 건 『작단의 영웅』 파르페였다.

그녀는 로엘비나프 전역(戰役)에 출정 중이었을 터. 어느 타이밍에 귀환 명령이 내려졌었나? 크원은 나서서 군사에 관여하지는 않지만, 그렇다고 해서 소식이 귀에 들어오지 않는 건 이상하다.

"오라버니에게서 '신속하게, 그리고 비밀리에 귀환해줘'라는 지령이 왔을 때는 그 백은발 여급의 눈을 피해 정열적으로 사랑을 나누려는 거라고 생각했는데…… 아무래도 묘한 사태가 되고 있는 것 같네요."

과연, 그래서였나.

기습당할지도 모른다. 쿠로는 그럴 공산이 크다고 생각하고 있었다. 대책다운 대책을 취할 수 없다면, 이야기는 단순해진다. 습격당해도 격퇴할 수 있는 전력을 배치하는 것이다. 파르페가 로엘비나프에서 빠지는 건 타격이 크지만, 왕성 함락과는 비할 바가 못 된다.

그리고 누가 배신할지 알 수 없는 이상, 그러한 정보는 숨겨지는 게 당연하다.

......이렇게 되면 『푸른 영웅』 루키우스도 귀환을 서두르고 있을지도 모르고, 무명 영웅이 소집되고 있을 가능성도 있다.

"이건 어떻게 된 건가요? 그 시건방져 보이는 꼬맹이가 제3왕녀를 유괴하고 있다......고 하기에는 언니의 공격에 너무 조심성이 없네요. 마치, 왕녀의 목숨을 노리고 있는 것만 같았는데요."

의문형을 취하고는 있지만, 파르페는 전사다. 아무리 크윈을 흠모하고 있더라도, 본질은 전투에 미친 자. 싸움에 관해서 거짓말 같은 게 통할 상대가 아니다.

그래서 시온의 존재에도, 가면을 벗은 왕녀에게도 흥미를 나타내지 않는다. 결론만을 요구하고 있는 것이다.

"맞아. 노리고 있어."

과연 자신을 언니라 부르는 이 여자는 그 배신에 무슨 생각을 할까.

"그렇다는 건 즉, 언니는 달트라의 적이 되셨다는?"

"말하지 않으면, 모르겠어?"

파르페는 놀라지 않았다. 슬퍼하지 않았다. 한탄하지 않았고, 화내지 않았다.

쿠로와는 다른 의미로, 그녀의 말과 본심은 일치하고 있었다.

"멋져요!"

그녀는 눈을 빛내고 있었다.

"이걸로 겨우, 거리낌 없이 싸울 수 있게 되었네요......!"

애초에 파르페가 크윈이나 쿠로에게 경모(敬慕)의 마음을 품는 것은 자신을 꺾었기 때문이다.

그렇다고 해서 결코 굴복한 건 아니다. 인정하고, 존경하고 있다는 것뿐.

기회만 있으면 그녀는 곧바로 송곳니를 드러낸다.

다소는 투쟁심을 가지고 있는 쿠로와는 달리, 크윈은 가능한 한 전투 따위 일으키고 싶지 않다.

크윈의 배신은 파르페에게는 한탄할 일조차 아닌 것이다.

자신이 인정한 실력자가 자신의 전력에 답하지 않을 수 없는 위치에 서 있다.

그건 환희할 만한 일인 것이리라.

"거기 있는 꼬맹이! 왕녀를 데리고 얼른 사라지도록 하세요. 미아만큼은 되지 않도록 힘쓰라고요."

시온 또한 갑작스러운 일이지만 어떻게든 대응했다. 애초에 그게 불가능한 영웅 규격 같은 건 없겠지만.

"……너, 전투요정인가."

리갈이 정력가라는 형태로도 이름을 떨치고, 엘피가 우수한 정신마법의로서 알려져 있는 것처럼 파르페의 성격과 복장도 널리 알려져 있다. 소녀가 꿈을 꾸는 듯한 가련한 모습으로『작단』의 폭풍을 일으키는 모습으로부터 그녀는 일부에서 전투요 정이라고 불리고 있는 모양이었다.

"두 번은 말하지 않겠사와요. 당신도 제법 실력이 있는 모양 이지만, 맛을 보는 건 또 다음 기회로 하지요. 여긴 제게 맡기고, 자신의 임무를 완수하도록 하세요."

"……잘 알았다. 맡기지."

"솔직해서 좋네요. 2포인트 드리죠."

시온의 회피 능력, 아니, 도망치는 속도는 엄청나다. 여기서 놓칠 수는 없는 노릇이다.

"너무하시어요. 지금은 저를 바라봐 주시겠어요?"

크윈은 평소 시각으로 좌표를 지정하고 있다. 그것 없이 마법을 짜는 것도 가능하지만, 꽤나 수고가 드는 데다 크윈은 단련을 싫어한다. 즉, 순간적으로 시야가 막히면 마법을 발사하기까지 틈이 생긴다.

파르페는 시온을 가로막는 형태로 크윈 앞에 섰다. 어디 그뿐이랴, 공간을 가득 메우는 것처럼 『작단』의 칼날을 전개. 그것도 일부러 색을 칠해 두었다. 조명빛을 바람 칼날 표면으로 반사시켜 반짝이는 칼날로 만들었던 거다.

그 때문에 시온의 모습이 보이지 않았다.

그리고 시각을 동반하지 않는 좌표 지정이 완료되었을 무렵에는, 시온은 그 자리를 뒤로하고 있었다.

피난 장소는 왕성이 건설될 때부터 오랫동안 왕들이 신업을 들여온 특수한 지하 공간. 쿠로의 부로기의 검은 설령 색채 속성이라도 부술 수 없다. 더욱 상위인 권한에 의해, 파괴되지 않는다는 것이 보장되어 있기 때문이다. 그걸 만든 것이 신업이다. 까닭에 지하에 틀어박히면 크윈이라 할지라도 손을 댈 수 없다.

영원히 틀어박혀 있을 수는 없겠지만, 아크스바오나 여단 쪽이 시간 제약이 짧다.

"……파르페."

"무엇인가요, 언니."

"방해, 하지 마."

"어머, 이상한 말씀을. 언니답지도 않사와요. 지금 이때만큼, 누구의 방해도 들어오지 않는 상황 같은 게 있을 리가 없는데 말이에요. 자아, 마음껏 즐겁게, 기분 좋아지도록 하자구요."

자신이 어금니가 부서질 정도로 이를 악물고 있다는 걸 깨달았다.

무엇에 짜증을 내는지, 스스로도 알 수 없다.

"부탁이야, 파르페."

"……거듭, 언니답지 않으시네요. 언니가 제게 부탁이야, 라니. 평소라면 땅바닥을 핥으라는 말을 들어도 기뻐하며 따르겠지만, 지금만큼은 흥이 식어버리네요."

"거길, 비켜."

파르페는 불쾌한 듯이 눈살을 찌푸렸다.

"언니, 당신의 『백』은 무엇을 위해 존재하는 것인가요? 저 꼬맹이를 쫓고 싶으시거들랑, 부디 뜻대로 하시어요. 자신의 힘으로 길을 열어나가시면 된답니다!"

어느샌가 대회합실을 가득 채울 것만 같이 전개되어 있던 바람 칼날이 일제히 크윈을 덮쳤다.

"나는."

그것들 전부가 크윈에게 닿지 못하고 사라졌다.

그녀를 중심으로 펼쳐진 반구 형태의 하얀 막에 닿은 순간
에, 다.

"……【백견(白繭)】."

『백』에 의한 절대방어. 『흑』은 닿은 것을 『집어삼키』지만, 『백』
은 전개한 순간 그곳에 있는 것을 『없었던 것』으로 만든다. 까닭
에 『없었던 것으로 유지시키기』 위해서는 끊임없이 마력 공급이
필요한 것이다.

색채 속성의 마력 소비량은 차원이 다를 정도로 높다. 시야 바
깥까지 망라하는 이 마법을 유지하려면 집중도 불가결하다.

"파르페. 나는, 널 죽이고 싶지 않아."

그렇게 말하고, 퍼뜩 깨달았다.

말하기 전까지, 알아차리지 못했다. 자신은 파르페가 방해가
된다는 사실에 짜증을 느끼고 있었던 게 아니다. 앞을 막아서는
파르페를 죽이고 싶지 않다. 하지만 죽이지 않으면 쫓을 수 없
다. 그 사실에 짜증을 느낀 것이다.

"어머어머, 여기에 와서 명백해지는 언니의 사랑. 친밀하게
지내는 동안 저를 사랑스럽게 여기게 되어주신 거네요. 영광의
극치랍니다. 하지만, 그건 지금은 방해되지 않나요? 사력을 다
해 싸워 승패를 겨룬 후에 두 사람이 살아 있다면, 그 마음을 다

시금 기쁘게 여기겠사와요. 그러니 이제——이 이상 흥을 깨는 듯한 언동은 삼가주시어요."

줄곧 성가시게 느끼고 있었는데. 그녀가 호의적인 건 크윈이 강하니까. 『하얀 영웅』이니까. 자기가 가장 싫어하는 부분을 사랑스럽게도 말하며 다가오는 상대를, 어떻게 사랑할 수 있으랴.

하지만, 그렇다. 그녀나 엘피는 이쪽이 싫어해도 접하는 방식을 바꾸지 않았다. 멀리서 바라보기만 하지도, 차가운 눈으로 영웅으로서의 기능만을 요구하지도, 진심이 담기지 않은 빈말로 비위를 맞추지도 않았다.

마음을 끊고 살고 있었던 크윈은 쿠로 덕분에 마음의 재접속을 이룸으로써, 과거의 자신이 마음속 깊은 부분에서 무엇을 느끼고 있었는지 재인식할 수 있게 되어 버린 것이다.

그렇다. 두 사람에게 느낀 혐오는 의외로 기분 좋은 것이어서.

잃고 싶지 않은 것 중에 포함되고 말았다.

——그렇기 때문에.

"다시 한 번만, 말할게. 비켜."

"끈질겨요!"

이제는 흠모의 가면을 쓰는 것조차 그만둔 파르페가 연이어서 바람 칼날을 발사했다.

마력 소비량 관계로, 이대로 가면 크윈이 먼저 마력 고갈을 일으키고 만다.

대응을 요구받고 있는 것이리라.

아아, 싫네.

행복을 끌어안은 채 죽고 싶을 뿐인데, 어째서 이렇게나 행복과는 먼 감정에 사로잡히는 걸까.

단순히 『백』으로 노려봤자 파르페는 회피할 것이다. 한때 싸운 적 있는 그녀에게는 시온에게 쓴 수도 통하지 않는다. 광범위한 공간째로 날려 없애버리면 그녀는 죽는다.

"대충 상대하실 생각이신가요?! ······그렇다고 하더라도, 제게 그걸 기대하지 마시기를."

그 말대로, 파르페는 전력이다.

폭풍처럼 밀어닥치는 바람 칼날 때문에 그녀를 시인(視認)할 수가 없다. 마력 반응을 극한까지 억누르고 있는 데 더해, 대회합실은 파르페의 마력으로 가득 차 있다.

어디에 있는지 알 수 없다면 공격을 맞출 방도가 없다.

이러저러하고 있는 사이에, 마력이 엄청난 속도로 감소해 간다.

"크윈티! 당신 달트라를 배신한 거지요! 저는 당신의 목적을 방해하는 적인데, 어째서 싸우지 않는 거야! 그 정도의 각오로 대체 뭘 이루려고 하는 거지!"

그도 그럴 것이, 자신은 살아날 수 없다.

──구해줄게.

살아날 수 없으니까, 비명횡사하게 되니까, 하다못해 죽는 방식만이라도 선택하고 싶어서.

"적을 배제하지조차 못하는 인간에게, 이룰 수 있는 것 따위 없다는 걸 알도록 하세요!"

　파르페가 하는 말은 정확하지 않다. 누굴 얼마나 죽인들, 이 저주가 풀리는 미래만큼은 손이 닿지 않는다. 이루어지지 않는다면, 이루어지는 수준까지 목표를 하향 수정하는 것 외에는 달리 방법이 없지 않은가.

　참혹하게 죽는 것을 바꿀 수 없다면, 하다못해 그때의 감정 정도는 선택해도 괜찮지 않을까.

　──구해줄게.

　"……! ……그만해, 쿠로."

　모든 것을 덧칠하는 듯한 칠흑으로써, 온갖 것을 집어삼켜 가는 소년.

　크윈에게는 그가 어쩔 도리 없이 빛나 보였다.

　무척이나, 아름답고. 무척이나, 따뜻하고. 무척이나, 사랑스러워서.

　자신의 눈은, 타버릴 것만 같다.

　자신의 몸은, 말라 버릴 것만 같다.

　자신의 마음은, 짓뭉개지고 말 것만 같다.

　──구해줄──수 없어, 당신이라도.

　그의 상냥함은 흙인형에게는 과분한 것이다.

　그러니, 크윈의 혼이 구원받을 일은 없다.

　폭삭 무너져서 모래로 돌아가는 게 고작이다.

　까닭에 자신은 하다못해 쿠로 앞에서, 쿠로의 손에 부서지고 싶다고 바랐다.

"【백척(白斥)의 하늘】."

《고유 신탁권 확인─완료.

하늘의 실마리 접속이 허가되었습니다.

신탁권 보유자 자아의 중요 기억 선출─완료.

지금부터 해당 기억 삭제가 완료되기까지, 색채 속성 『백』의 개입 한계를 해제합니다.

또한, 해당 기억 삭제가 완료되기 이전에 발동을 중지하였을 경우, 삭제는 두절됩니다.》

그건 극광 같았다. 오로지 하나의 색으로 구성된, 하늘을 떠도는 띠 같은 마법.

크윈을 뒤덮고 있던 막은 눈 깜짝할 사이에 퍼져나가 닿는 것 전부를 무(無)로 되돌린다.

『작단』도, 대회합실도. 아니, 『하얀』 막은 상승과 확대를 계속했다. 위로, 위로.

그리고 불과 몇 초 만에.

왕성 일부가 소멸했다.

이미 이곳은 대회합실이 아니다. 밤하늘 아래 펼쳐진 빈 땅으로 변해 있었다.

마력 반응을 더듬는다.

파르페는 살아 있다.

반신을 잃고, 자랑거리인 옷을 진홍색으로 물들이면서도 필사적으로 『치유』 마법을 걸고 있다.

그 얼굴은 경련을 일으키면서도, 그래도 여전히——웃고 있었다.

"이게…… 언니의 진심……."

환희가 아니다. 이건 광희다.

"……너를, 죽이고 싶지 않다고, 생각했었어."

실제로 살아 있었던 것도 그게 이유일 것이다.

파르페는 감정과는 정반대로 핼쑥해져 있는 얼굴을, 의아하다는 듯이 갸웃거렸다.

"? 과거형인가요?"

기억 삭제는 크윈이 집착하는 기억만을 노려서 『없었던 것』으로 만든다.

없으니까, 거기에 부수되는 크윈의 감정도 영구히 사라진다.

조금 전의 사고는 남아 있다. 하지만 거기에 있었을 터인 열량은 상실되어 있었다.

아무래도 그녀는 나름대로 소중한 사람이었던 모양이다.

하지만 이젠, 그저 방해일 뿐이다.

"지금은, 빨리 죽여야 한다고, 생각해. 왜냐면."

오래 끌면 쿠로와의 기억까지 잃어버리고 말지도 모른다.

그렇게 되면, 이런 짓을 한 이유가 사라진다.

행복한 최후만큼은, 어떻게 해서든 이루는 것이다.

"여기서부터, 제2라운드네요."

"아니, 이제 끝이야."

◇

오렐리아가 원래 있던 세계 이야기다.

그 세계는 대지의 태반이 사막화되어 있었다.

근소하게 남은 녹지와 수원에 의지하여 사람들은 생존 영역을 확보했다.

하지만 그것마저도 위협하는 존재가 있었다.

하자충이라 불리는 괴물이다. 벌레를 연상케 하는 조형, 생체 파츠를 무기물로 억지로 접합한 듯한 육체를 가진 거대 생물.

마법이라고 형용하는 것 말고는 도리가 없는 이능까지 사용하여 사람을 포식하는 천적.

녀석들의 존재도 있어서, 인류는 절멸 위기에 처해 있었다.

어떻게 해서 위기를 버티고 있었는가.

원래 인간은 쓸 수 없다고 여겨지던 마법을 후천적으로 획득하는 방법을 발견하였으니까.

여성에게만 적용할 수 있는 비술을 사용하여, 인류는 항전을 벌일 수 있게 됐다.

비술에 관한 정보는 철저하게 숨겨지고, 성녀는 신의 조각을 깃들인 존재라고만 전해졌다.

모든 하자충에는 핵이라고^{코어} 불리는 힘의 원천이 있다. 그건 동시에 약점이기도 했다.

핵을 파괴하면 하자충은 죽는다.

성녀라 불리는 여성들 중에서도 오렐리아는 각별히 우수하여, 대성녀라 불리며 칭송받고 있었다.

기뻤다. 사람들을 지킬 수 있는 것이. 하자충을 쓰러뜨릴 수 있는 것이. 자신의 옳음을 형태로 나타낼 수 있는 것이.

기뻐서, 견딜 수 없었다.

오렐리아는 정의에 빠져들어, 취해 있었던 것이라고 생각한다.

정의는 때로 어떤 미주(美酒)보다도 사람을 취하게 만든다.

그래서 깨닫지 못했다.

괴물들이 쓰는 이능을 어떻게 인간이 쓸 수 있게 되었는지, 깊게 생각하지 않았다.

어느 때였다. 강력한 하자충 토벌을 끝마치고 귀환하게 되었다.

성녀에게는 언제나 호위 남자들이 몇 명이나 붙어 있었다. 남자는 마법을 쓸 수 없다. 남자 중 누구보다도 오렐리아나 다른 성녀들이 더 강하다. 하지만 호위는 반드시 따라다녔다.

그것도 그럴 터다. 그들의 목적은 애초에 성녀를 지키는 것 따위가 아니었던 것이다.

몸에 이변을 느꼈다. 잘 걷지 못하고 넘어지고 말았다.

봤더니, 한쪽 다리가 괴물처럼 변해 있었다. 한쪽 다리뿐만이 아니다. 잇따라 몸이 변형되어 갔다. 부자연스럽게 팽창하고, 혈관은 번들거리는 튜브나 파이프처럼 변하고, 등에서 날개가 돋아나고, 사지는 여섯 개의 긴 다리로 바뀌고, 머리에서는 두 개의 더듬이가 뻗어 나오고, 입은 긴 관 모양으로 변했다.

그걸 나방이 아니라 나비라 불러 봤자, 끔찍함은 조금도 경감할 수 없었으리라.

물론, 어느 쪽으로도 불리지 않았다.

세계를 위해 늘 목숨을 걸고 싸웠던 대성녀에게 던져진 말은, 하나.

'괴물'.

그것뿐.

혼란에 빠진 오렐리아가 호위를 보자, 누구 한 명도 당황하고 있지 않았다.

시야가 일그러져 갔다. 수많이 분할되고, 왜곡되어 갔다.

그래도, 무기를 꺼내 오렐리아에게 덤벼 오는 남자들은 인식할 수 있었다.

하자충이 되기 전에 성녀를 죽여라, 라고 대장으로 보이는 남자가 명령했다.

거기서 알아차렸다.

자신의 현재 상황에 비추어 보면 답은 보인다.

마법을 사용할 수 있도록 만들기 위해, 인간은 하자충의 핵을 이용하고 있는 것이다.

오렐리아는 죽음의 구렁텅이로 내몰리기까지 그 사실을 알아차리지 못했으니 그에 이르기까지의 상세한 바는 상상할 수밖에 없지만, 아마도 성공할 때까지 상당한 시행착오가 있었을 것이다.

적합에 실패한 사람들이 어떻게 되었는지, 상상하기 어렵지 않다.

사후 아클레어에 전생하고 나서, 오렐리아는 기회가 있을 때마다 생각했다.

어째서 성녀는 여성밖에 없었던 것인가.

정확히는, 여성만이 성녀가 될 수 있었던 게 아닐까.

성녀에는 많은 행동 제한이 가해져 있었지만, 그중에서도 매우 엄격하게, 감시를 붙여서까지 금지하던 것이 있었다.

성교다.

성성(聖性)이 상실된다든가, 성녀가 음행에 빠졌다는 소문이라도 퍼지면 곤란하다는 등 늘어놓는 이유는 무수하게 많았지만, 어째서 그렇게까지 엄격하게 막은 것인가.

그리고, 정기적으로 이루어진 조정(메인테넌스)이라는 의식. 시작될 때에 의식이 끊기고 눈을 떴을 때는 끝나 있다.

신체 표면에 변화는 없다.

주기는 30일 전이거나, 늦어도 40일 전.

그리고 자신의 하자충화가 하반신부터 일어났다는 사실.

그만큼 조건이 갖추어지면 상상하는 것은 용이했다.

핵이 넣어져 있던 곳은——자궁이다.

다른 장기라면 남자도 가지고 있다. 뇌 등이라면 성교를 과잉
제한하는 이유로는 빈약하다.

생명을 깃들이는 장소를 핵을 기능시키는 부품(파츠)으로 만드는 것
이 그 세계 비술의 정체.

하자충은 생체 파츠와 기계 파츠로 구성되어 있다.

생체(인간)에 기계(코어)를 삽입하면 그건 인간형 하자충이라는 것이 될까.

그래서 마법을 쓸 수 있었던 건가.

그것이 이 세계에서 말하는 비술인 것이다.

헌신적인 영웅을 쓰다 버리는 소모품으로 만드는 것으로밖에,
인류는 존속할 수 없는 것이다.

오렐리아는 탄식했다.

아무것도 몰랐을, 아니다.

아무 말도 듣지 못했던 것을 탄식했다.

왜냐면, 그렇지 않은가. 설명해야만 한다. 어째서 말해주지
않은 것인가.

그건 즉, 신뢰하고 있지 않았다는 말이리라.

언젠가 괴물로 전락할 때까지, 세계를 구해다오.

그런 말을 들었다 한들, 그것밖에 방법이 없다면 분명 받아들
였을 것이다.

그런데도, 말해주지 않았다. 그리고, 이렇게나 쉽게 죽이려
하고 있다.

오렐리아는 자신의 어리석음을 증오하기까지 했다.

자신은 얼마나 바보였던 걸까.

기분 나쁜 힘에 매달려 상관없는 타인을 구하고, 괴물로서 처리당한다.

이것이 대성녀의 말로.

오렐리아는 전생하고 결심했다.

이번에는 자신의 힘만으로, 자신을 위해서만 살아가겠다. 자신의 행복만을 우선해주겠다고.

처음으로 쿠로와 만났을 때, 몹시 짜증이 났던 걸 잘 기억하고 있다.

마치 과거의 자신이었으니까.

하자충화를 알아차리지 못하고, 정의에 매진하고 있던 자신.

정신오염이라는 리스크를 끌어안으면서, 나라를 구하고자 하는 쿠로.

그건 결국, 엉뚱한 화풀이였던 것이다.

자기혐오가 일그러진 형태로 발로되고 말았다.

과거의 자신을 보고 있는 것 같아서 차마 똑바로 볼 수가 없었다.

그럴진대, 그런 녀석에게 간파당하고 말았다.

자신을 위해서만, 자신의 행복만을 추구한다면.

아크스바오나 쪽에 붙어버리면 된다.

그러지 않았던 것은 아무리 탄식해도, 저주해도, 후회해도.

옳은 것을 옳다고 느끼는 마음을 버릴 수가 없었으니까.

취기는 한참 전에 깼는데, 올바름에서 빠져나올 수 없다.

그런 자신을 어리석다고밖에 생각할 수가 없어서, 그래서 짜증이 사라지지 않는다.

"쿠로노를 구하러 가지 않아도 되는 걸까나? 그 왜, 너희는 나라의 울타리를 넘어서 협력하는 사이잖아? 이건 친절심에 말하는 건데, 우리 단장은 쿠로노보다 강해. 정말로."

외눈 안경을 쓴 남자——이름은 레이드라는 듯하다——와 언제까지고 허공에 있을 수는 없는 노릇이기에, 오렐리아는 지면에 내려섰다. 내리고 나서 곧바로 제3왕녀의 거처에 두 개의 반응이 감지됐다.

하나는 레이드가 말하는 단장의 것이리라. 다른 하나는——크윈티의 것이었다.

크윈티의 반응은 곧바로 또다른 장소로 날아갔는데, 상황이 파악되지가 않았다.

적의 능력을 이용하여 이동하고 있다는 말은, 배신한 것인가.

"생각에 잠긴 미인은 좋지. 이렇게, 모양이 난다고 할까. 그렇지만, 괜찮으려나. 이리저리 생각하고 있는 사이에 쿠로노가 죽어 버린다고. 봐, 나는 마봉석으로 무력화되어 있으니까 내버려두고 쿠로노를 구하러 가자고. 너는 세계를 위해 목숨을 거는 대성녀님이잖——읍."

"처음부터 이럴 걸 그랬어."

실로 레이드의 입을 빙글빙글 감았다.

"으읍――. 으으으으으으읍."

"죽을 때까지 입을 다물 수 없는 거야?"

경멸하는 것처럼 청년을 일별하고 나서, 사고로 돌아간다.

레이드가 말했던 것처럼 구하러 가야 한다고는 생각한다.

하지만 그 밖에도 마력 반응은 남아 있다.

굳이 따지자면, 시온을 도우러 가야만 할 것이다.

애초에 이 기습 작전에서 달트라와 연계가 되고 있는 영웅은 현재로서는 오렐리아와 시온뿐이다. 즉 상업 국가 파르드 소속 영웅뿐.

다른 국가가 영웅을 자국의 중요 인물 호위로 사용하는 와중에 상혼이 투철하다고 해야 할지 목숨 아까운 줄 모른다고 해야 할지, 파르드는 영웅을 대출해 주었다. 물론 그에 대한 대가가 있어서 하는 일이다. 거래상의 흥정은 논외로 치더라도, 그 판단은 올바르다고 오렐리아는 느낀다.

적의 목적이 달트라 왕가, 더욱 정확하게는 신의 피를 잇는 자라고 판단한 시점에서 다른 국가의 영웅은 달트라 왕가 호위로 역할을 변경해도 괜찮았을 정도다.

하지만 그렇게는 되지 않는다. 그 시점에서 왕족과 그 호위만이 살해되고 있다는 사실이 있다고 하더라도, 그건 다음에 자신들이 살해당하지 않는다는 보장은 되지 않는 것이다. 적 병사한테 자국 영웅이 죽을 위험성도 고려하면 역시 영웅에게 호위를 맡기고 피난한다는 선택으로 귀결되는 것은 어쩔 수 없다.

피난이 완료되는 대로 영웅을 증원에 보내는 국가도 있겠지만 우선은 각국에서 임무를 맡게 될 것이다.

급한 상황에서도 사람의 성질은 그리 쉽게는 변하지 않는다.

어쨌든, 오렐리아는 천칭에 매달아야만 했다.

쿠로를 도와주어야 할 것인가, 시온을 도와주어야 할 것인가.

『검은 영웅』과 수가 줄어든 왕족. 어느 쪽도 연합에는 중요한 존재다.

"읍, 으으으으으읍."

"……너, 적당히 안 하면——"

"대성녀님!"

귀에 익은 말.

들은 적 없는 목소리.

본 적 없는 얼굴.

아니, 얼굴이 보이지 않는다.

얼굴 절반을 가리는 가면 때문이다. 눈 부분에는 점 같은 구멍이 뚫려 있을 뿐이라, 눈동자의 색깔조차 알 수 없다.

코는 높고, 입술은 윤기가 감돈다. 노출된 부분의 조형은 뛰어난 것처럼 느껴지는데, 눈을 가리는 건 뭔가 다른 이유가 있는 것일까. 머리카락은 풍성하고 색깔은 하얘서, 둘로 묶어 뒤

쪽으로 넘기고 있다. 허리는 가늘고 전체적으로 가냘픈 인상이지만 한 부분, 가슴은 봉긋하게 부풀어 올라 자기주장을 하고 있었다.

그 모습은 과거 생에서 알고 지냈던 누구와도 겹치지 않는다.

"역시 대성녀님이 틀림없어요!"

하지만 상대 쪽은 오렐리아를 알고 있는 모양이다.

그리고, 이 태도로부터 추측건대.

"아아, 이러한 곳에서 존안을 뵐 기회를 누릴 수 있게 될 줄이야! 얼굴을 보여드리지 못하는 무례를 용서해주세요. 그건 그렇고, 이 무슨 기적일까요! 저, 대성녀님을 동경해서 성녀가 되었답니다! 그래서 오늘, 이렇게 존경하는 대성녀님을 만날 수 있어서 영광의 극치예요!"

"하?"

과거 생의 지인과 조우한다는 사례는 전혀 없지는 않다. 그러니 이런 형태로 과거 생에서의 신자와 얼굴을 마주하는 것 자체는 드문 일이기는 하지만 이해는 할 수 있다.

조금 전까지 레이드가 한 이야기나 아크스바오나 군복을 입고 있는 것으로부터, 적이라는 것도 알 수 있다.

시간을 건너뛴 것처럼 출현한 것조차도, 단장이라는 자가 쿠로와 싸우는 와중에 『공간』을 배치한 것임을 예상할 수 있었다. 두 점이 동일 좌표라고 세계에 오인시키는 마법이라면, 길은 일방통행이 아니다.

크윈을 날려 보낸 것처럼, 동료를 이쪽으로 날려 보내는 것도 가능하리라.

오렐리아가 이해할 수 없었던 것은 그녀의 태도다.

진상을 알기 전에 목숨을 잃은 게 아니라면, 자신과 같은 말로를 걸었을 터.

하지만 애초에 성녀가 하자충에 질 일은 없다. 진실을 목도하였을 것이 분명하다.

그럼에도 불구하고 성녀라는 생물에 대한 경의를 잃지 않는 건 어떻게 된 일인가.

"송구하오나, 대성녀님. 당신은 속고 계십니다. 달트라는 아클레어의 하자충입니다. 그리고 저희는 지금도 변함없이 성녀. 자아, 눈을 떠주세요. 저희와 함께 이 세계를 본디 있어야 할 모습으로 바르게 고치도록 해요! 가장 많은 사람이 구원받는 낙원을 지향하는 겁니다!"

"…………아아, 그런 건가."

이 애는, 취기에서 깨어나지 못하고 있는 거다.

어떤 정신 상태인지 분명하지는 않지만, 아직 만취해 있다.

자신이 하는 일은 올바르며, 세계를 위한 일이니 어떻게 해서든 실행해야만 한다.

사고가 정지해 있으니까, 대화는 바랄 수 없다.

이래서는 쿠로도 시온도 도우러 갈 수 없다.

"왜 그러시나요?"

"미안하지만, 너와 나는 올바른 것에 대한 정의가 다른 것 같아."

"????????????????????????"

입꼬리를 올린 채, 꺾이는 게 아닐까 싶을 각도까지 고개를 갸웃하는 소녀.

그러고 나서 끼기긱, 하고 얼굴의 위치를 되돌리더니 레이드를 한 번 보고 다시 오렐리아 쪽을 돌아봤다.

"가엾기도 하셔라, 대성녀님의 마음은 몹시 상처를 입으신 것이로군요. 하지만 부디 안심하세요. 한때 대성녀님께 구원받은 몸, 이번에는 제가 당신을 구하겠습니다."

"쓸데없는 오지랖이야. 게다가 나 같은 것보다 먼저 구해줘야 할 상대가 있는 거 아니야?"

"마봉석의 속박으로부터 레이드 님을 해방한다. 물론 그것도 제가 해야만 하는 일입니다. 하지만 대성녀님을 앞에 두고 동포를 구조하러 갈 정도로 어리석지는 않다고 생각합니다."

"그래. 어쩐지 높이 평가해주고 있는 것 같아서 영광이네. 하지만 미안해, 너는 아무것도 할 수 없어. 거기 있는 외눈 안경 남자랑 나란히 속박당할 거니까."

우훗, 하고 소녀는 웃었다. 기쁜 듯이.

"괜찮답니다, 대성녀님. 제가 예전의 대성녀님으로 되돌려 드릴 테니까요."

분명 말해도 전해지지 않을 것이다.

그렇다 하더라도, 자신은 이미 대성녀가 아니라고 말하기 위해 오렐리아는 이름을 댔다.

"통합 조합 휘하 발시리우스 용병단 부단장── 오렐리아. 나는 나야. 지금도 옛날도 말이지."

"아크스바오나 신군영웅여단──『공경의 영웅』페이스 벨홀릭. 당신의 마음을 구제하겠습니다."

◇

에코나의 고향 기보르네는 이런 곳일까.

시로는 이 장소의 분위기에 걸맞지 않게도, 시야에 펼쳐진 은색 경치를 보고 그런 생각을 했다.

"……끈질깁니다. 마치 먹잇감을 빼앗긴 거대곰 같군요."

그녀의 중얼거림에 시로는 에코나와의 대화를 떠올렸다. 어떻게 해도 슬픈 결말이 뒤따르기 때문인지, 그녀는 고향 이야기를 그다지 하지 않는다. 그래도 가끔, 들려줄 때가 있었다.

여행자가 목을 물어뜯긴 사슴을 발견했다. 흙이 덮여 있는 상태였지만, 충분히 신선했다. 처음에는 경계했으나 주위에 동물의 기척은 없다. 식량 사정이 불안했기에 쭈뼛쭈뼛하며 다리를 하나 잘라내어 도망치다시피 그 자리를 떠났다.

그건 어떤 곰의 먹잇감으로, 여행자는 그로부터 사흘 밤낮 동안 산속에서 곰에게 쫓겨 다녔다고 한다.

곰의 먹잇감은 훔쳐서는 안 된다는 교훈.

기보르네에서는 자연 속에서 살아가는 데 있어 지켜야만 하는 규칙, 범해서는 안 되는 금기 등을 실화조의 이야기로 자주 가르친다고 한다.

그녀는 필사적으로 물고 늘어지는 생명의 우정과 그곳의 단골 공략자들을 끈질긴 곰에 비유한 것이다.

내뱉는 숨이 하얗다. 평소 봐 왔던 거리의 모습도.

투명하게 비칠 것만 같은 하늘에서 색깔을 베껴 온 듯한 아름다운 머리카락. 푸른 하늘을 가두어 둔 것만 같은 아름다운 눈동자.

에코나와 동향이라고 하는, 아크스바오나 군복을 입은 소녀.

마치 처음 만났을 때의 에코나처럼 그 눈동자 속은 절망으로 가득 차 있다. 에코나와 다른 건, 에코나가 공포를 품고 있었던 데 비해 저 소녀는 깊은 증오를 띠고 있다는 것.

"……조사한 건가요? 기분 나쁘네요."

"그러니까 들었대도. 에코나한테서, 말이야."

"그런 거짓말은 저도 모르게 죽이고 싶어지니까 삼가는 편이 좋을 거예요."

이쪽의 피해도 제로는 아니다. 사망자는 나오지 않았지만, 얼어붙은 팔이나 다리를 그대로 둔 채 싸우는 자도 늘기 시작했다. 거기에 덧붙여 갑작스럽게 찾아온 극한(極寒). 일반인보다 보정이 효과를 발휘하고 있다고는 해도, 움직임이 둔해지기 시작한 자도 눈에 띈다.

그래도 아무도 죽지 않은 건, 소녀 쪽도 마력이 거의 고갈되었다는 것이 이유이리라.

왕성에서 연기가 올라오고 있는 걸 봤다. 소녀는 바깥에서가 아니라 안쪽에서 밖을 향해 걸어왔다.

그렇다고 한다면, 출발점은 왕성 부근이었다고 생각할 수 있다. 거기서부터 제4외주까지 자신이 걸어온 길 전부에 눈을 내려 화장해 온 것이라면, 제아무리 영웅 규격이라 할지라도 마력이 고갈되어도 이상하지 않다.

그에 덧붙여 그녀의 마법 정밀도는 영웅 규격이라기에는 너무 엉성하다. 애초에 온 마을을 얼리며 돌아다니는 건 마력의 낭비고, 페이스 배분을 그르쳤다고밖에 생각되지 않는 움직임은 숙련된 전사라기보다도 전생한 지 얼마 되지 않은 내방자를 연상케 한다.

애당초 의문인 건, 소녀는 기보르네 사람이다. 영웅의 피가 섞여 있다고 하면 어릴 적부터 마법을 접하여 익숙할 터인데, 역시 현재 상황에 어울리지 않는다.

"따라다니고 있었어요, 숙부님 뒤를. 여러 가지를 배웠습니다. 달트라 사람한테 죽지 않았더라면, 더욱 많은 걸 배울 수 있었을 텐데."

달트라는 『새벽의 영웅』 라이크의 폭주로 인해 한때 기보르네와 적대하게 되었다. 그때 이루어진 침략 행위는 기보르네에 깊은 상흔을 남겼고, 앞으로도 완전히 치유될 일은 없을 것이다.

라이크 사후 『벽력의 영웅』의 노력으로 화친이 추진되고, 벽력의 영웅이 죽은 뒤에는 『푸른 영웅』이 그 역할을 잇고 있지만, 어디까지나 표면상으로는 화친이다.

"달트라는 썩었습니다. 로엘비나프를 부추겨 독립을 지원한다는 명목으로 아크스바오나를 몰아넣고, 묻지도 따지지도 않고 기보르네의 땅을 침략했지요. 이루 말할 수 없는 온갖 능욕을 저지르고, 변덕스러운 정의감으로 화친을 제안한다. 어찌 이리도 오만한 나라가 다 있을까요."

소녀는 떨리는 손으로 벨트에 손을 뻗고, 소켓에서 금속제 통을 꺼냈다.

시로는 그것을 알고 있었다.

마력 기관 활성화제가 든 압축식 주사기다.

게임, 특히 RPG의 존재를 아는 세계에서 온 내방자는 아클레어를 설명해 나가는 사이에 반드시라고 해도 좋을 정도로 똑같은 질문을 한다.

마력이나 체력을 회복하는 약은 이 세계에도 있는가.

마력에 관해서는 존재한다. 체력의 경우는 피로를 느끼지 않게 되는 약물이라는 의미에서는 존재하지만, 그건 아클레어에 한한 이야기는 아니리라.

마력 기관 활성화제. 마력을 생성하는 기관의 기능을 일시적으로 활발하게 만드는 약액이다.

어째서 이게 널리 이용되지 않는가. 이유는 몇 가지가 있다.

하나, 단순히 값이 비싸다. 하지만 이건 큰 문제가 아니다. 금전적으로 여유가 있는 공략자라고 할지라도 활성화제는 유사시를 위해 하나 가지고 다닌다는 정도의 취급이지만, 최대의 이유는 폐해가 수반된다는 것.

부작용과는 다르다.

쾌락을 낳는 약물이 위험한 것과 마찬가지. 약물 섭취를 통해 쾌락이나 마력을 만들어 내게 되면, 몸은 스스로 그것을 만드는 기능을 퇴화시키고 만다. 즉, 이런 말이다.

과도한 사용은 마력 기관의 기능 저하를 초래한다. 마법사라면 어떻게 해서든 피하고 싶은 사태다. 자진하여 자신의 한계점을 낮추려고 생각하는 사람은 없다.

활성화제는 긴급할 때에 한해 사용하는 것으로, 그것도 그 상황을 헤어나기 위해 하나를 쓰는 정도로 그쳐 두어야만 하는 것이다.

하지만 소녀가 손을 뻗은 소켓은 꺼낸 활성화제가 담겨 있던 것을 포함하여 다섯 개.

여기에 올 때까지 이미 네 개 분량을 사용했다는 것인가.

평상시 이상으로 마력기관을 작동시킨다는 것은, 뇌나 심장의 기능을 억지로 끌어올리는 것과 마찬가지다.

죽을 위험마저 있다.

"너."

"돌려줘."

망설이지 않고, 소녀는 그걸 자신의 몸에 주사했다.

타이가가 그걸 멈추고자 달려들었다. 배틀 액스를 휘둘렀지만, 그건 지면으로부터 솟아나듯이 출현한 빙벽에 튕겨 나갔다.

이곳에 있는 모든 이가 에코나를 알고 있다. 기보르네에 관한 것도.

그건 확실히, 모두의 공세를 둔하게 만들었다.

타이가의 공격도 베어 버리고자 하는 패기가 부족한 것처럼 느껴졌다.

모처럼의 아름다운 눈이 진흙과 섞여 흙탕물이 되어 버렸을 때처럼.

그녀의 푸른 눈동자가, 탁해진다.

"에코나를, 돌려내."

에코나는 여종업원인 비네나 마스터와 함께 어느 장소로 향했다.

지금 이 자리에서 그녀에게 내어줄 수는 없고, 그럴 수 있다 해도 내어주지 않을 것이다.

그녀는 리갈로부터 동향 사람과 함께 지내는 길을 제시받고도 여전히 이곳에 남는 것을 선택했다.

시로는 그 의지를 존중한다.

"몇 번 말해도, 안 돼."

"그럼, 이렇게 하지요."

폭설—— 아니, 눈보라라고 해야 할까. 시야를 뒤덮고, 몸을 날려 버릴 정도의 마법.

하지만 그것도 한순간에 끝났다.

그리고 시야가 트였을 때는, 소녀와 시로를 제외한 전원이 얼어붙어 있었다.

"아직 죽지 않았어요. 하지만 언제든 죽일 수 있습니다. 에코나가 있는 곳을 말하면 풀어드리죠. 알려주지 않는다면, 5초마다 한 명씩 부수겠습니다. 당신의 싸구려 정의는 어느 쪽을 선택할 건가요?"

이렇게나 추운데도 소녀는 땀을 흘리고 있었다. 움직이고 있지도 않은데 호흡은 띄엄띄엄하고, 눈의 초점은 맞지 않는다.

복수심과 에코나를 구하고 싶다는 마음으로 이곳에 서 있다.

이런 때, 코우스케라면 어떻게 할까. 그렇게 생각하는 경우가 최근에 늘었다.

흉내를 내려고는 생각하지 않는다. 하지만, 그가 할 것 같다고 생각되는 행동을 떠올리면 신기하게도 여느 때 이상의 힘을 발휘할 수 있는 듯한 느낌이 든다.

이번도 그렇다.

분명 구할 수 없다고 생각한 청년 병사를, 구할 수 있었다.

지금 전원의 목숨이 자신을 짓눌러 당장이라도 숨이 멈춰 버릴 것만 같지만.

생각한다. 생각하고, 생각하고, 또 생각……해서.

"……말할게."

소녀가 조소를 띠었다. 그건 어딘가 기뻐 보이기도 했다.

"위선자. 가면이 벗겨졌네요. 역시 어느 한쪽을 선택해야 하는 상황이 오면 기보르네 사람을 저버리지 않습니까. 저는 알고 있었고 말고요. 『새벽』을 허용한 국가니까 말이죠, 내방자도 썩어 있다고."

"그게 아니라, 숨길 이유도 없으니까."

"……무슨 말을."

"뒤에, 와 있어."

소녀는 처음에 실없는 농담이라도 들은 것처럼 얼굴을 찌푸렸지만, 곧바로 마력 감지를 통해 사실이라는 걸 파악한 듯, 기세좋게 뒤돌아봤다.

그곳에는 확실히 푸른 얼음을 연상케 하는 여자아이의 모습이 있었다.

단지, 있었던 건 그녀뿐만이 아니다.

"투항을 권장합니다. 신속히 마법을 해제하고, 모두를 풀어주십시오. 저항은 무의미합니다."

밤하늘에 펼쳐진 별들의 반짝임을 흩뿌린 듯한 금색 머리카락, 확고한 결의로 불타는 같은 색깔의 눈동자.

검은 테 안경을 쓰고 캬츄샤를 착용한, 『검은 영웅』의 고지식한 제자.

『빛의 계승자』 플라스 라프라틱스 간오르게류즈.

에코나를 비롯한 비교적 전투 능력이 낮은 사람들에게는 피난과 함께 구원 요청을 부탁해두었다.

이곳에는 플라스를 선도하는 형태로 온 건가.

"에코나! 아아, 다행이야. 무사했군요……. 기억하고 있나요? 저예요."

"에리, 씨?"

여자아이는 동요를 감추지 못하는 기색으로, 믿을 수 없는 것을 본 것처럼 중얼거렸다.

"네! 에리예요. 안심해주세요. 제가 금방 야만족들을 모두 죽이고, 당신을 구해드릴 테니까요. 괜찮아요, 전부 맡겨주세요. 저, 강해졌답니다. 제2세대…… 인조 영웅 창조 계획인가 뭔가로, 영웅이라며 거드름 피우는 썩은 내방자들을 죽일 수 있도록. 그러니까, 그러니까…… 그런데, 에코나, 어째서 웃어주지 않는 거죠?"

평정을 잃은 소녀의 목소리에 에코나는 겁을 먹은 것처럼 떨었다.

"……아아, 죄송해요. 그렇죠. 옆에 있는 야만족을 죽이지 않는 한 안심할 수 있을 리가 없는데 말이에요. 미안해요, 금방 정리할게요. 잠시 눈을 감고 있어 주세요."

그녀가 하는 말을 에코나에게 들려줘서는 안 된다고 판단했는지, 플라스가 감싸듯이 앞으로 나섰다.

"에코나 경의 지인으로 사료됩니다. 그렇기에, 다시 한번 투항을 권장합니다. 이게 마지막입니다."

"당신의 얼굴, 저는 몰라요."

"……귀경은 무슨 말을."

"모른다는 건 중요 인물이 아니라는 말이에요. 마력 반응은 평범. 타국의 영웅인 것도 아니네요. 단순한 공략자가 어떤 이유로 투항을 권장하는 것이지요? 거절하면 어떻게 되나요? 다른 기보르네 사람처럼 죽일 건가요? 어디 해보세요. 할 수 있을 리가 없겠지만."

"죽이지 않습니다. 사로잡겠습니다."

"묘한 움직임을 하나라도 하면 다 죽어 가는 빙상이 산산이 부서질 거예요."

"빙상? 그런 게 어디에 있다는 겁니까?"

"하아……? 당신, 눈이 안 보이는…… 어째서."

시로한테는 보였다.

빙상을 감싸듯이 부드러운 빛이 생겼나 싶더니만, 얼음 속박을 포근하게 녹인 것이다.

플라스의 마법이다.

"……이해했습니다. 유사 영웅이군요."

마법구는 오리지널과 인공 사이에 절대적인 차이가 하나 있다.

수호자를 쓰러뜨리는 등으로 손에 넣는 오리지널 마법구는 가지고 있는 사람에게 특수한 효과를 부여한다.

하지만 인공 마법구는 그 기능을 재현할 뿐이고, 그에는 별도의 마력이 필요해진다.

여기서 떠오르는 의문은, 오리지널 마법구의 기능을 발현하는 데 드는 마력은 누가 부담하고 있는가.

신이다. 혹은 세계라고 표현해야만 할까.

코우스케가 【흑도야】를 발동했을 때 자신의 마력 기관에 의지하지 않고 규격 외의 마법을 다룰 수 있는 것도 마찬가지다.

오리지널 마법구에는 복제 불가능한 신의 마법식이 새겨져 있다.

까닭에 사용자의 마력 기관에 변화는 생기지 않고, 따라서 마력 반응도 변하지 않는다.

에리가 플라스의 힘을 잘못 파악한 것도 무리는 아니다.

그 유사 영웅 말이지만, 아마도 단어의 조합으로부터 유추되는 대로의 존재이리라.

오리지널 마법구를 여러 개 소지시킴으로써 유사하게 영웅에 가까운 스테이터스를 재현한다는 시도.

『벽력의 영웅』 장례식 당일, 코우스케와 플라스가 나눴던 대화는 바로 이에 관해 말하는 것이었다.

"……영웅 국가라는 건 정말이지 딱 들어맞는 말이군요. 영웅, 인조 영웅, 가짜 영웅에 이어 유사 영웅입니까."

"백성한테는 희망이 필요한 겁니다."

"침략자가 희망 같은 아름다운 말을 내뱉지 말아주세요. 고막이 썩겠어요."

"대화는, 바랄 수 없겠군요."

"재미있네요. 대화 같은 걸 바란 적은 있나요?"

에리의 마음은 증오에 지배당하고 말았다.

말로는 더 이상 멈출 수 없다.

◇

리갈 암살범인 앨리스를 포박한 날, 그녀를 왕성에 연행하는 마차 안에서 그레이는 쿠로에게 말했다.

마류관(魔留管)이라는 발명에 관해서다.

——마력퇴(魔力堆)를 일회용 건전지로 친다면 마류관은 충전식에, 게다가 대용량인 건전지쯤 될까.

어쨌든 마류관은 마력을 축적할 수 있는 장치다.

그리고 그레이는 요전에 『신속의 영웅』 피오한테 어떤 부탁을 했다. 영웅임과 동시에 마술사이기도 한 그녀의 최대 발명은 ——묵상 인공 마법식 문신. 마법식을 문장화하여 몸에 새김으로써 마법 발동을 고속화하는 기술이다.

쿠로에게 협력을 부탁하여, 그것이 완성되었다.

『흑』을 문장화하고 그것을 특수한 장갑 표면에 전사하여 장갑과 마류관을 연결한다.

마류관에 마력을 충전하는 것은 리갈 살해 공범으로서 연좌로 처벌받은 귀족들에 의해 이루어졌다.

그레이와 쿠로는 한 번, 색채 속성 재현이 이루어졌다고 허위를 선전했다.

이 방법이라면 이론상 누구라도 『흑』을 다룰 수 있다.

하지만 발동 시험은 이뤄지지 않았다.

시작기(試作機)가 갓 완성된 참이라는 것도 있지만, 큰 불안점이 있었다.

신에게 저주받을 가능성이다.

영웅의 혼에 손을 대면, 그 그릇에는 『영웅의 업』이 새겨진다.

보구를 여럿 소지한 사람은 『맹약을 어긴 자』로 판단된다.

신은 자신의 영역을 침범하는 것을 절대 용서하지 않는다.

신만이 내방자를 선정하고, 신만이 색채 속성을 부여할 수 있다.

신이 색채 속성 보유를 허가하지 않은 인간이 기술 진보를 통해 교묘한 꼼수를 만들고 말았을 때, 그건 죄가 되는 것인가.

되겠지, 라고 그레이는 생각하고 있었다.

그러한 위험을 무릅쓰지 않아도 현재 서둘러 진행되고 있는 마류관 양산이 갖추어지고 마력을 충전하면, 병사를 일시적으로 마법사로 만드는 것도 가능해진다. 아크스바오나와의 싸움에서 크게 도움이 되리라.

아크스바오나가 그레이의 신병을 노리는 것도 무리가 아니었다.

그리고, 현재.

"뭣——."

부하와 제자의 목숨을 방패로 공순(恭順)을 요구한 아크스바오나 군인에게, 그레이는 『흑』을 먹여줬다.

시커의 왼쪽 옆구리는 찢어발겨진 것처럼 『집어삼켜』져 있었다. 시험 운용은 성공. 하지만 『집어삼킨』 육체에 관한 반응이 없다. 쿠로처럼 어딘가에 격납되었다는 감각도, 마력으로 변환된 것도 아니다. 그러면 집어삼켜진 육편은 어디로 간 것일까.

"어, 어떻게 된."

그레이의 행동은 신속했다. 적은 마력 기관이 손상된 모양이라, 곧바로 재생을 개시할 수 없었던 듯하다. 이쪽으로 뻗고 있던 마봉석 수갑을 빼앗아 그대로 그의 팔에 채웠다.

"윽."

"질문에 대답하면 치료해주지. 부하들에게 감시는 붙어 있나."

아직 상황이 이해되지 않는 것인지, 시커는 눈을 휘둥그레 뜨고 고통으로 입술을 일그러뜨리고 있다.

"【흑식】…… 【흑식】이라고……? 『흑』을, 어떻게 마술사가……."

"질문에 대답해라."

그레이가 거칠게 바싹 다가서자, 적은 곧바로 여유만만한 미소를 띠었다.

"……물론이고말고요. 지금 당장 저의 구속을 풀지 않으면 후회하게 될 겁니다."

그 말투로 확신했다.

"거짓말이군."

시커는 그레이에게 부하를 수 명까지라면 데리고 갈 수 있다고 말했다. 그 이상은 무리라고. 소비 마력 문제로 『공간』 이동

가능한 인원수가 제한되기 때문이다.

『흑』이나 『백』의 마력 소비량으로 생각건대, 많은 인원수를 왕도 바깥으로 『날리는』데 드는 마력은 방대하다.

그 반대도 마찬가지.

그레이는 왕성 내의 상세한 상황을 감지할 수 없지만, 그래도 이렇게 생각했다.

자기 한 명을 회수하는 데 작전 멤버에서 두 명 이상을 할당하는 일은 없을 것이다, 라고.

왕족 암살, 왕도 습격, 유용한 인재 확보. 그것들 전부를 소수 인원으로 행하는 것이다. 아무리 그레이라고 해도 마술사 한 명에게 여러 명을 할당할 여유는 없으리라.

영웅 규격조차 아닌, 현지인 연구자니까 더더욱.

즉 부하와 제자는 기껏해야 포박해서 어딘가에 내버려 두고 있는 취급일 터.

안심했기 때문인지, 그때까지의 형세를 역전시키는 것처럼 헛기침을 연속한다.

"아키나 경 되시는 분이 간단한 계산도 못 하실 줄이야. 아크스바오나의 승리는 확정적이고, 당신드르이 패배는 필정(必定)입니다. 어째서 이걸 기회라고 생각하지 않는 겁니까."

배가 뜯겨나가고 마법이 봉인되어도 여전히 남자의 태도는 변하지 않는다.

"충고는 정말 고맙군. 묻고 싶다만, 이 상황도 필정이었던 걸까."

"……마술사 따위가."

"과연, 아무래도 네 녀석이 말하는 '확정적'이니 '필정'이니 하는 건 부정확한 모양이야. 그렇다면 앞으로도 계산과 현실에 어긋남이 생기겠지."

그렇게 말하다가, 남자의 안색이 창백한 걸 알아차렸다.

말이나 태도에는 나오지 않아도, 몸은 이미 알고 있었다. 죽음에 가까워지고 있는 것을.

부하와 제자의 얼굴이 뇌리에 떠오른다.

"…………."

그 자리에 쪼그려 앉은 그레이를 보고 남자는 실소했다.

"상냥하기도 하군. 적이어도 죽이지는 않는다는?"

"……폭력으로 누군가를 구하는 건, 내 역할이 아니야."

언제였던가, 리갈을 부러워한 자신에게 그가 했던 말을 떠올렸다.

그 발상으로 세계를 풍요롭게 만드는 그레이가 자신을 부러워하는 건 이상하다가.

그렇게 말해 준 것이, 기뻐서.

부하나 제자를 구하기 위해서라고는 해도, 영웅의 흉내를 내서 그걸로 사람을 죽여 버린다면, 리갈이 경의를 보내 주었던 자신이 흔들릴 것 같은 느낌이 들었다.

"나머지는, 그렇군. 살려두면 쿠로나 다른 녀석들이 유효하게 써 주겠지."

"나를 포로로 삼을 생각인가."

"이미 포로가 되었다고 생각한다만……. 그리고, 조금 전에 네 녀석이 말했던 것처럼 나는 마술사 따위다."

"……? 무슨 말을——아, 크악?!"

치유 마법을 걸었다. 단, 영웅 규격이 하는 그런 능숙한 짓은 할 수 없다. 순식간에 전부를 치료하거나, 치유할 때 통각을 차단하거나 둔감하게 또는 마비시키는 것 등은 고등 기술이다. 그러니까 단순하게, 끝부분부터 재생시켜 나갔다.

마취 없는 외과 수술이라고 하면, 조금은 상상이 될까.

"미안하군. 하지만 저주한다면, 마술사 따위에게 치료받게 된 자신을 저주해주겠나."

그렇게 말하며 그레이는 비아냥거리는 느낌으로 눈가를 씰룩였다.

——저주라면 더 이상 사절이니까, 말이지.

연구 결과가 나왔다.

문장화된 색채 속성의 마법식은 적성자 이외라고 할지라도 전개 가능하다.

하지만 비적성자에 의한 발동은 신의 금기에 저촉된다는 것이 판명되었다.

이번에는 색채 속성이 대상이었지만, 개념 속성도 마찬가지라고 생각된다.

【저주】『월경자(越境者)』.

그레이의 행동은 역시 신이 그은 경계선을 밟아 넘어가 버린 것인 모양이다.

3년 전의 인조 영웅 창조부터 시작하여, 현대에 들어와 인류는 연이어서 금기에 저촉하고 있다.

인류의 기술력은 하늘에 너무 가까이 다가가 있는 것일지도 모른다.

신은 화를 내고 있는 것인가.

그것이 섭리라고 해도, 모든 사람이 날개가 불타 추락할 거라고는 할 수 없다.

"흠, 상처는 막았다…… 들리지 않는가."

눈을 부릅뜨고 쓰러지는 남자를 일별하고는 곧바로 일어나 방을 뒤로했다. 마법을 쓸 수 없다면 위험도는 확 내려가고, 무엇보다도 부하와 제자를 구하러 가야만 한다.

한번 발을 내디뎠을 때, 그레이는 하마터면 쓰러질 뻔했다. 순간적으로 벽에 팔을 짚어 버렸지만, 묘하다.

몸에는 아무런 이상도 없는데 다리가 떨리고 심장이 격하게 뛴다.

손을 보니 경련하고 있었다.

"…………아아, 과연."

긴장이다. 소중한 사람의 목숨이 적의 손에 쥐어지고, 한순간이라고는 해도 마법으로 항전했다. 병사나 영웅의 그것에 비하면 티끌 같은 것이겠지만, 그건 처음으로 경험하는 실전이었다.

긴장의 끈이 풀림으로써 겨우 몸이 마음속을 반영하여 움직인 것이다. 일개 마술사에 지나지 않는 자신의 분수를 넘는 밀고 당기기였다.

"혼자서 싸움에 몸을 내던진다는 건, 이런 것인가."

다시 한번, 죽은 벗을 떠올렸다.

"……역시 나는 네가 부러워."

선망은 변하지 않는다.

하지만 그곳에 있었을 터인 질투는, 더 이상 없다.

◇

지금까지 생각할 기회가 없었다.

이렇게 눈으로 직접 봄으로써 코우스케는 이해했다.

"【흑식】."

영창은 동시. 서로의 칼날에서 『흑』이 방출——되는 것보다 먼저.

서로 맞닿은 그 순간에, 서로의 『흑』이 터져서 사라졌다.

"상쇄된다는 건가."

글레어는 놀란 기색도 없이 중얼거리고는 시간을 뛰어넘은 것 처럼 흔적도 없이 사라졌다.

찰나의 짧은 시간, 코우스케는 자신의 뒤를 향해 불괴의 검을 휘둘렀다.

칼날은 허공을 가르는 일 없이, 글레어의 검섬을 받아냈다.

서로 【흑전】을 전개하고 있다. 『흑』끼리 상쇄되기 때문에, 【흑전】으로써 『흑』을 두르는 것에 의미가 있다.

『흑』이외는 변함없이 『집어삼킬』수 있기에, 이로써 양자 모두 경솔하게 마법을 쏠 수 없게 된다.

"좋군. 뛰어난 감지 능력과 반응 속도를 가지고 있어."

글레어는 다시 『공간』이동하지 않고 단순히 검을 쥐는 팔에 힘을 주었다.

"_____."

마치 성벽을 손으로 밀고 있는 것만 같았다.

산과 같은, 부동.

"여력(膂力), 평범."

왼쪽 옆구리에 충격.

반신이 날아갔나 하고 착각할 정도의 위력은, 단순한 발차기가 낳은 것.

"근접, 평범."

검신을 교차시킨 자세인데도, 그것은 마치 폭발 같았다.

상쇄된 장갑을 메우면서, 공중에서 몸을 회전시켜 충격을 흘려보낸다. 바닥이 아니라 벽에 착지하여 한계까지 무릎을 굽힌 뒤, 글레어를 향해,

"어딜 보고 있지."

코우스케의 한층 위에서 울린 목소리.

뒤돌아볼 틈은 없다. 그대로 용수철처럼 벽을 차서 체공 중에 몸을 비틀어 글레어를 시야에 담으려 했다.

파도 같은【흑식】에 전신이 삼켜지고 『검은』 갑옷이 벗겨져 나간다.

경치가 바뀌었다.

바깥이다. 하늘이 멀다.

"꺄앗."

자세도 관성도 그대로, 무언가에 격돌했다.

사람인 듯하다.

코우스케와 함께 쓰러지고 말았다.

곧바로 일어나 확인하니, 격돌한 건 오렐리아였다.

그녀 쪽도 당황한 모양이라, 의아한 듯이 코우스케를 노려보는 것처럼 쳐다봤다.

코우스케가 무언가를 말하기보다 먼저, 그녀가 입술을 깨물었다.

"……괜찮아, 설명하지 않아도. 그것보다, 최악이야."

의아한 듯이 고개를 갸웃하는 가면 소녀, 구속된 레이드, 그리고 글레어.

『흑』에 의지할 수 없게 된 정도로 이 꼴이라니. 스테이터스에 기댈 뿐인 미숙한 전투력을 사고로 보완해 왔다는 건가. 재미있기는 했다만, 한계가 보이는군."

담담히 내려지는 평가.

맞서는 듯한 말은, 나오지 않는다.

같은 『흑』 사용자에게, 코우스케는 농락당했을 뿐이다.

글레어는 흥미를 잃었다는 듯이 시선을 돌리고, 가면 소녀에게 말을 걸었다.

"페이스, 방해가 되었나."

"……아니요, 글레어 님. 대성녀님을 구해낼 기회는 얼마든지 있을 테니까요."

"그런가. 거기 있는 얼간이를 풀어줘라."

"기꺼이."

소녀는 『토』 마법으로 검을 만들어 냈나 싶더니만, 망설이지 않고 레이드의 양팔을 절단했다.

고통에 몸부림치면서도, 레이드는 곧바로 팔을 재생했다.

"후우. 어머, 입가에 실이 달라붙어 있네요. 잘 자를 수 있을까요."

소녀가 검을 거머쥐는 것을 보고, 레이드가 뭔가를 호소하는 것처럼 고개를 가로저었다.

글레어가 『흑』을 꺼내려는 낌새를 알아차린 것인지, 오렐리아가 순간적으로 마법을 해제했다.

그 대응에 놀란 글레어가 흥미 어린 시선으로 그녀를 봤다.

"대성녀…… 『통어의 영웅』 오렐리아인가. 그 모습을 봐서는, 이쪽으로 올 생각은 없는 것이군."

"저기, 너희들 대체 얼마나 동료를 모집하고 있는 거야? 끈질

기거든."

"그만큼 네 녀석의 목숨에는 가치가 있다는 것이다."

"스스로에게 가치를 매길 생각은 없어."

"그건 좋군. 하지만 내게는 네 녀석의 행동이 어리석은 자들의 집단에 자신을 싸게 팔아넘기고 있는 것처럼 비친다만."

"눈알 썩은 거 아니야?"

"곧 알 수 있을 거다."

글레어의 태도는 일관되게 냉정했다.

"저기~, 슬슬 팔이 잘린 리액션을 해도 되려나? 엄청나게 아팠고, 엽기적이었고, 붙잡힌 내가 말하는 건 정말로 부끄럽지만, 오······ 뭐시기한테서 열쇠를 빼앗으면 되는 거 아니었어?"

"! 저, 미처 생각이 미치질 못했어요! 하지만 레이드 님, 아무리 괴로워도 남의 것을 훔쳐서는 안 됩니다. 떽, 이에요?"

"······그, 러네. 응. 페이스가 하는 말은 올바르구나~."

대화를 포기한 듯해서, 레이드는 마음에도 없는 티가 나게 고개를 끄덕이길 반복했다.

「어쩔 거야.」

오렐리아로부터 글래스에 메시지가 도착했다.

글레어는 무슨 이유에서인지, 코우스케를 죽일 생각이 없는 모양이다.

이곳으로 날아온 건 레이드를 구하기 위해서인가.

아니, 다르다.

기습 작전이 적에게 상정되고 있었다는 사태는 글레어 일당에게도 예상 밖이었을 터.

오렐리아와 시온이 빠른 단계에서 달트라에 협력하고 있었던 것도 그렇다.

이 상황은 이미 적이 그리고 있던 시나리오에서 벗어나 있는 것이다.

그들의 최우선 목표는 왕족. 글레어가 코우스케 쪽으로 온 것도 제3왕녀가 있는 곳으로 가지 못하게 하기 위해서라고 생각할 수 있다. 그 후에 크윈을 보내고, 자신은 코우스케와 전투.

"……도망칠 생각인가."

글레어는 부정조차 하지 않는다.

"아아, 자랑하고 싶거든 자랑해라. 네 녀석들은 훌륭히 거짓된 신의 혈맥을 사수한 것이다. 단 하나의 그 사소한 승리를 칭찬해주마."

"…………."

제6왕자는 피난이 늦었다.

시온에게 맡긴 제3왕녀만이 유일한 생존자.

"으음~, 이건 폐하께 질책을 받을 느낌이네~. 주로 단장이."

"저기…… 제 기억이 옳다면, 제3왕녀는 레이드 님의 담당이었던 걸로 아는데요."

"부하의 실수는 상관의 책임이니까 어쩔 수 없어, 어쩔 수 없어."

적이 퇴각하는 건 목적을 달성했기 때문이 아니다.

이 이상은 불리해진다는 걸 알고 있는 것이다.

가볍게 날숨을 내뱉는다.

"오렐리아."

"응."

앞으로 조금만, 앞으로 조금이면 된다. 시간을 벌면.

"피아의 역량 차이는 조금 전에 몸소 체감했겠지."

"이길 수 있으니까 싸우는 게 아니야."

이룰 수 있을 거라는 보장이 있으니까 복수로 내달린 게 아니듯이.

하늘을 가득 채우는 것처럼, 초승달 모양의 【흑식】이 전개된다.

"【천인흑식(千刃黑喰)】."

『흑』과 『흑』은 상쇄된다. 하지만 상쇄되는 건 직접 맞닿은 경우뿐.

이만한 수를 상쇄하려면, 글레어 쪽도 상당수의 『흑』을 준비해야만 한다.

"【투철사련 · 질풍천자】."

오렐리아의 손가락 하나하나에서 합계 10가닥의 실이 가면 소녀를 향해 똑바로 뻗었다.

레이드가 감싸듯이 『취』 뿌리를 생성했지만, 그건 실에 닿기보다 먼저 말라비틀어지다시피 하며 흩어졌다.

그가 왕녀의 거처에서 창문을 향해 달렸을 때 시전한 공격을 『집어삼킴』으로써, 코우스케는 『취』를 획득하였던 것이다. 그리고 『흑』에 한하지 않고 동색 속성은 서로를 상쇄하는 모양이다. 코우스케가 내보낸 뿌리가 레이드의 뿌리를 말리고, 실은 가면 소녀에게 남김없이 꽂혔다.

"어머."

가면 소녀는 신기하다는 듯이 자신의 몸을 내려다봤다.

오렐리아의 팔 움직임에 따라 모든 실이 몸을 가르며 빠져나간다. 가면 소녀는 너무나도 쉽사리, 고깃덩어리가 되어 지면에 떨어졌다.

"【만천흑식(滿天黑喰)】."

코우스케의 공격에 글레어는 실로 단순히 대응했다. 방대한 수의 【흑식】을 내보낸 것이다.

『검은』 갑옷을 몸에 두르고, 다시 글레어에게 덤벼들었다.

"쓸데없는 짓을."

부하가 한 명 조각조각 났는데도, 글레어는 눈썹 하나 까닥하지 않는다.

코우스케 역시 이해하고 있었다. 자신이 지금까지 실력 차이, 경험 차이가 나는 상대와도 호각 이상으로 싸울 수 있었던 이유. 마물을 제외하고, 대부분의 상대가 코우스케를 죽일 생각으로 싸움에 임하지 않았던 것도 있겠지만, 역시 『흑』일 것이다.

집어삼킨 것의 성질을 자신의 것으로 만드는 이단의 힘. 그리고 글레어가 말했던 것처럼, 사고다. 계속해서 생각한다는 쿠로노 코우스케 본래의 성질이『흑』과 합쳐져 코우스케의 미숙함을 보완해 주고 있었다.

하지만 만약 코우스케보다 더 단련하고, 더 많은 경험을 쌓고, 더욱 오랜 세월에 걸쳐 많은 것을 집어삼켜 온 자가 적이 된다면.

남는 건, 생각하는 힘뿐.

그것조차도, 우위에 서 있다고는 말할 수 없다.

직선상으로 달린다. 검신의 길이만큼 공격 범위는 적이 더 넓다. 파고들기 직전에『풍』마법으로 궤도 변경. 글레어 입장에서 보면 우직한 돌진을 감행한 코우스케가 갑자기 시야 바깥으로 사라진 것처럼 비쳤을 것이다.

아니.

글레어는 코우스케를 포착하고 있었다.

눈에 깃드는 것은 실망. 검을 지면에 꽂은 뒤, 육박하는 코우스케의 칼날을 왼손 손바닥으로 쳐내고는, 그 충격으로 빗나간 코우스케의 몸을 오른 주먹으로 후려갈겼다.

조금 전과 같은 흐름이다.

코우스케의 몸은 허공을 날아 벽면에 내동댕이쳐지지 않고 다리로 충격을 흘려보낸 뒤, 힘을 모은다.

그리고 코우스케는 벽을 차지 않고, 다리를 떼었다.

공중을 밟으며 폭발하는 것처럼 바로 위로 날았다.

"_____."

조금 전과 마찬가지로 코우스케의 배후를 잡고 있던 글레어가 미세하게 눈꺼풀을 치켜올렸다.

자신에게 남아 있는 건 생각하는 힘뿐.

하지만 지금 이 자리에 있는 건 자신만이 아니다.

글레어는 코우스케의 생각을 읽는 것처럼 선수를 쳤지만, 코우스케조차 직전까지 생각하지 않은 계책에 관해서는 읽어낼 도리가 없다.

"『통어의──』."

그렇다. 오렐리아의 실을 발판으로 삼은 것이다. 그녀의 기량은 그야말로 예술적. 눈앞의 적에게 집중하고 있는 인간은 도저히 감지할 수 없다.

알아차린들 이미 늦다.

코우스케는 글레어의 코앞에 육박해 있었다. 허리에 손을 뻗으려다가, 입술을 일그러뜨리는 글레어. 검은 조금 전에 코우스케를 후려갈기기 전에 버렸었다. 『검은』 칼날은 상쇄로 무력화할 수 있다.

그것뿐만이 아니다.

앞서 하늘에 전개했던 【흑식】 중 하나가 글레어의 가슴에 작렬했다. 【흑전】의 가슴 부분이 지워져 사라진다.

생각하는 힘만큼은 글레어라도 무력화할 수 없다. 코우스케는

【흑식】을 조종하고, 『취』로 레이드를 계속해서 견제하며 글레어에게 일대일 싸움을 걸고 있었다.

【흑식】에 의해 보인 틈과 코우스케가 휘두르는 검의 궤도가 겹친다.

그의 앞가슴이 군복째로 찢어지고, 선혈이 흩날렸다.

칼날에 둘렀던 『흑』은 글레어가 순간적으로 교차시킨 양팔의 【흑전】에 닿음으로써 해제되고 말았다. 피부에 닿았다면 그가 지닌 개념 속성을 획득할 가능성도 있었지만, 저지당한 것이다.

연이어서 칼날을 휘두르려고 했을 때, 글레어의 모습이 사라졌다.

마력 반응은, 레이드 바로 옆.

"어라라. 단장, 피가 나오고 있잖아. 드문 일도 다 있네…… 그렇다기보다, 나는 처음 보는데. 한계가 보였다니 어쩌느니 말하고 나서 바로 뒤에 이건 좀 쪽팔리지 않나? 아하하."

"레이드."

글레어가 이름을 부르자, 레이드는 그제야 비로소 엷은 웃음을 거뒀다.

"알겠슴다~, 단장님."

레이드의 손이 글레어에게 뻗었고.

"오렐리아, 저걸 멈춰!"

얼마 남지 않은 【흑식】을 급행시켜 『생명』의 뿌리를 그들 부근에 발생시켰지만, 한발 늦었다.

『취』는 『생명』이다. 생명력을 다루는 그 힘은 당연히 빼앗는 것으로만 그치지 않는다.

색채 속성 보유자인 영웅이 모을 수 있는 만큼의 생명력을, 즉 마력을 포함한 에너지를 나누어 주는 것 또한 가능한 것이다.

글레어가 『공간』을 많이 사용한 것도, 다른 동료가 아니라 레이드가 있는 곳으로 날아간 것도 이게 이유다.

마력을 절제하고 있는 낌새가 보이지 않았던 건 그의 스타일일지도 모르지만, 설령 고갈된다고 하더라도 대책이 있었으니까.

"【투철사련──"

"대성녀님."

개미가 있었다.

『풍』마법으로 가속하는 코우스케의 시야에, 그것은 갑자기 나타났다.

세 개의 원통형을 선으로 이은 듯한 모양새. 세 쌍의 다리와 머리에서 솟은 한 쌍의 더듬이. 머리에는 큰 턱이 있고, 엉덩이 쪽에서는 침이 튀어나와 있다. 개미다. 코우스케도 알고 있다. 어디에나 있는 익숙한 곤충.

이상한 부분이 세 군데.

몸이 마치 기계와 생물을 합친 듯한 디자인인 것.

그리고 그 몸이 마차를 두 배는 크게 만든 듯한 사이즈라는 것.

마지막으로, 그 개미에게서 조금 전에 조각조각 났던 소녀의 목소리가 나는 것.

"······농담이지? 이거······ 하자충이잖아."

아무래도 오렐리아한테는 그 개미의 모습에 짐작 가는 바가 있는 듯하다.

어쨌든 그 개미는 오렐리아의 실 움직임을 교묘하게 감지하고 는, 물어 끊었다.

"자신을 믿는 사람을 갈기갈기 찢어버리다니. 대성녀님, 어째 서 그렇게 되고 마신 건가요?"

"······네가 괴물이 된 게 더 놀라울 지경이야."

"잘했다, 페이스."

깨닫고 보니 개미 뒤에 글레어와 레이드가 서 있었다.

"단장의 힘을 가득 채우면 나는 상당히 지쳐서, 그다지 하고 싶지 않은데 말이지. 그리고 그런 내게 치하의 말이 없는 건 취 급이 좀 차가운 거 아닐까 하고 생각하지 않는 것도 아닌데 말 이야~."

"흠, 제3왕녀 건이다만."

"아~, 존경하는 단장님의 도움이 될 수 있는 것만으로도 나는 아주 행복의 극치야~."

"그러면 됐다."

문이, 열린다.

코우스케는 하나 착각을 하고 있었다.

사람에게 허용된『공간』이용법은 두 점 사이의 거리를 제로로 만드는 게 아니다. 선택할 수 있는 점이 꼭 두 개라고는 할 수 없는 것이다. 즉——.

"예정보다 늦어요. 저를 기다리게 하다니, 단장이 아니었다면 벌을 내렸을 거예요."

"웬일로 사파이어 의견에 동의하네. 지루해서 죽을 뻔했어. 토라도 그렇게 생각하지? 그렇게 생각하는 거 맞지? 그럴 거라고 생각했어."

"…………."

여러 장소를 한 점으로 연결한다. 그런 사용 방법도 있는 것이다.

그에 의해 네 명의 영웅 규격이 그 자리에 나타났다.

그중에는 크윈의 모습도 있다. 그뿐만이 아니다.

나타난 거한이 옆구리에 여성을 껴안고 있었다. 마치 짐짝처럼——『신유의 영웅』엘피를.

"엘피!"

곧바로 달려가려다가, 직전에 버텼다.

상세 능력이 불명인 자를 포함하여 일곱 명의 영웅이 있는 가운데로 뛰어드는 건 자살이나 마찬가지다.

"……이것뿐인가."

글레어는 자기 자신은 곧바로 날려 보냈지만, 크윈이나 코우스케 등을 날려 보낼 때는 일부러 아지랑이 속을 빠져나가게 한다는 과정을 밟았다. 자신을 제외하고, 인체 그 자체에 『공간』을 두르는 건 불가능한 것이리라.

그래서 동료 근처에 문을 연다. 하지만 이미 구속되어 있을 경우, 동료는 문을 지나갈 수 없다.

레이드를 직접 회수하러 온 것도 그 때문이다.

"시커는 첫 권유 실패가 되는 걸까. 류세이는…… 쿠로노를 만나지도 못한 모양이네. 사파이어, 너 에리랑 마찬가지로 마을 쪽 담당이었잖아."

"뭔가 찾고 싶은 사람이 있다든가 해서 도중에 어디론가 가버렸단 말이죠. 이 상태라면 붙잡혀버린 걸까요. 첫 실전에서 페이스 배분 같은 거 못 하고 있었고, 이렇게 될 거라면 따라가 주는 게 좋았을지도 모르겠네요."

"단장은 어린애한테는 무르니까 말이야. 류세이도 에리도 힘이야 어쨌건 경험 부족인데 말이지."

"레이드, 너는 마무리가 어설퍼."

"그러고 보니 피티, 조금 전에 흡혈귀 남자애를 봤어. 네가 말했던 애 아닐까."

"얼버무리는 방식까지 어설프네……. 피티 님이 말했던 애라고 하면, 아, 시온?"

"그래그래. 하지만 네가 걱정하는 것만큼 안색이 나쁘지는 않았다고 생각해."

"……흐음, 피를 주는 친절한 애라도 있는 걸까."

푸른 머리카락과 눈동자를 지닌 천진난만한 느낌의 소녀, 과묵한 거한과 그의 어깨에 올라탄 신비로운 색조의 머리카락과 붉은 눈동자를 지닌 어린 여자아이.

각각 사파이어, 토라, 피티라고 하는 듯하다.

"그런데 과묵한 토라는 내버려 두고서라도 말이죠, 거기 있는 신인은 어째서 입을 꾹 닫고 있는 건가요? 이런 건 처음이 중요하다구요? 빨리 친해지지 않으면, 시간이 지나고 나서 그룹에 끼어드는 게 어려워지고 마니까요. 자, 그러니까 잘 부탁합니다, 라든가 말해 보는 게 어때요? 아, 얼빠진 얼굴로 멍~하니 있는 전 동료에게 작별 인사를 하는 것도 괜찮아요."

크윈은 한순간만 사파이어를 봤지만, 곧바로 시선을 돌렸다.

"발끈~. 제가 무시당하는 걸 용서 못 한다는 걸 알고서 하는 짓거리일까요."

"아니, 모르는 것 아닐까. 뭐라 하건 첫 대면이니까 말이야."

"레이드는 다물고 있어주세요."

"……그건 그렇고 흔들리네. 페이스, 뭘 날뛰고 있는 거야."

느긋하고 대화하고 있지만, 거대 개미로 변한 소녀는 오렐리아에게 덤벼들고 있었다.

코우스케가 가세하러 가려 하자, 글레어가 【흑식】으로 가로막는다.

"단장. 다른 애들은 회수할 여유 없는 것 아니야? 그야 동료는 중요하지만, 이 이상 여기에 있을 수는 없는 노릇이라고."

"이미 늦었지만 말이다."

이 자리에 있는 누구의 것도 아닌 목소리.

그때는 광선이 적 전원의 머리를 꿰뚫고——지나갈, 터였다.

여단이 퇴각을 서두르고 있었던 이유는 단순하다.

시간을 들이면 타국의 영웅이 구원하러 오기 때문이다.

그리고 『마탄의 영웅』 스톡의 마법은 역전의 일격에 걸맞은 것이었다.

코우스케가 획득한 것은 마법뿐. 오렐리아의 실도 그렇지만, 탁월한 기술 그 자체는 몸을 『집어삼키』기라도 하지 않는 한 얻을 수 없다.

아득히 먼 곳에 놓인 공중 포문에서 발사된 광선은 사전에 감지하는 것도 불가능하거니와 알아차렸을 때는 명중해 있다.

하지만, 그렇게는 되지 않았다.

빛에 『창(槍)』이 들러붙어 있다.

"깜짝 놀랐어요. 이거 제가 없었다면 전부 죽었을 거예요. 저한테 감사해주세요."

아크스바오나 여단은 『흑』의 『집어삼킴』, 『취』의 『생명』에 이어, 『창』의 『두절』까지 갖추고 있었던 것이다.

아무리 빠른 빛이라도 시간이 멈추면 앞으로는 나아갈 수 없다.

사파이어가 사전에 전개하고 있었던 것이리라.

다른 영웅들도 속속 도착했지만, 이미 늦었다.

"쿠로노, 네 녀석에 대한 평가를 정정하지. 얕볼 생각은 없었지만, 나는 계산을 잘못한 것 같군."

그는 『공간』을 연속으로 사용하지 않았다. 『공간』 이동으로 코우스케의 뒤로 돌아갔을 때, 코우스케가 그걸 알아차린 순간 공간을 도약할 수 있었다면 그렇게 했을 것이다. 하지만 그는 검을 받아냈다.

그러니, 올바르게 표현한다면.

『공간』은 발동할 때마다, 다음 발동까지 간격이 필요한 것 아닐까.

그리고 아마도, 간격은 직전 발동 규모에 비례하여 길어진다.

동료를 불러들인 뒤에 곧바로 퇴각하지 않은 이유는, 그걸로 설명할 수 있다.

스톡은 늦지 않았다. 제때 맞게 와주었다.

하지만, 닿지 않았다.

"설령 모든 것을 빼앗았다 하더라도 영혼 속에 불굴이 남아 있는 한, 네 녀석은 계속해서 우리의 위협으로 존재하겠지."

그들은 그런 말을 남기고, 사라졌다.

마치 처음부터 이곳에 없었던 것처럼.

여단에 의한 기습 작전은 왕도에 커다랗게 할퀸 자국을 남겼다.

세 명의 적 병사를 포박하기는 했으나, 왕족은 한 명을 남기고 전멸.

많은 사망자를 내고, 달트라는 『하얀 영웅』의 이반 및 『신유의 영웅』 납치에 의해 두 명이나 되는 영웅 규격을 잃는 사태가 되었다.

제2장

깊은 근심과 어두운 한을
집어삼키고

같은 색채 속성끼리 부딪쳤을 경우. 상쇄된다.

색채 속성의 한계를 넘은 발동에 뒤따른 광화(狂化)가 신화(神化)를 막는 것이라면.

상쇄된다는 섭리 또한 그 범주 내에 있는 것일지도 모른다.

만약 상쇄되지 않았을 경우. 그건 서로 섞는 것이 가능하다는 말이 된다.

『집어삼킴』과 『집어삼킴』을 더욱 강력하게.

『부정』과 『부정』을 더욱 흉악하게 만든 복합 마법 또한 성립한다.

색채 속성 보유자의 중복 자체가 기적이라고는 해도,

신에게마저 닿는 엄니가 인간의 손에 의해 만들어질 가능성은 있다.

엘마를 가두어 둔 결계처럼 다른 색채 속성끼리 섞는 것은 섭리에 반하지 않는다.

신은 그것을 위협이라고도 죄라고도 생각지 않는다.

그렇다면. 같은 색채 속성만이 서로 상쇄되는 것은.

신이 그것을 위험하다고 판단했기 때문이 아닐까.

코우스케가 토와를 만나러 갈 수 있었던 것은, 결국 심야가 한참 지나고 나서였다.

토와에게 배정된 방 앞에 서서 숨을 골랐다.

문손잡이에 손을 뻗었을 때, 저쪽에서 문이 열렸다.

"……수고했어."

평소의 모습에서는 상상도 할 수 없지만, 여동생은 오빠의 방문을 기뻐하는 것처럼 표정이 밝아졌다.

그만큼 약해져 있다는 말이다.

"그래, 늦어서 미안하다."

"괜찮아, 토와야말로 도와주지 못해서 미안."

앨리스――본인은 스칼렛 마스크를 자칭――와 여동생이 조우한 상대에 관해 알게 되었을 때, 코우스케는 자신을 후려갈기고 싶었다.

자신은 또다시 있어야만 하는 때에 여동생 곁에 있지 못한 건가 하고.

하지만 앨리스로부터 싸움의 전말을 듣고, 자신을 부끄러워했다.

여동생은 훌륭하게 맞섰고, 승리를 거머쥔 것이다.

남자를 구속한 뒤에서야 한계를 맞이한 것인지 쓰러지고 말았다고 한다.

널찍한 객실에 발을 들여놓고, 여동생 뒤를 따라갔다.

그녀가 침대에 앉아 자기 옆을 툭툭 두드렸다. 앉으라는 말인 듯하다.

토와 오른쪽 옆에 앉았다.

"큰일이었던 것 같네."

"너도 마찬가지였잖냐."

"이제부터 어떻게 되는 걸까."

"어떻게든 해야겠지."

"크윈은 어째서…… 아크스바오나를 따라간 걸까."

"……글쎄, 어째서일까."

"엘피는."

"토와."

잇따라 나오는 여동생의 말을 막았다. 하고 싶은 말은 다르리라는 걸 알았기 때문이다.

"네 이야기를 들려줘."

그러고 나서 한동안 침묵이 이어졌지만, 이윽고 토와는 이야기하기 시작했다.

류세이의 등장으로 몸이 움츠러들어 제4왕녀나 호위하는 사람들을 지키지 못했던 것. 명색이 영웅인데 무서워서 움직일 수 없었던 것. 거기에 앨리스가 달려와 보호를 받았던 것. 청년이 코우스케를 바보 취급하는 걸 용서할 수 없어서 어찌어찌 일어섰던 것. 앨리스와 협력하여 남자를 포박한 것. 그 과정에서 보구를 여럿 소지하여——저주를 받은 것.

"그러니까 말이야, 토와는 코우가 없어도 괜찮다는 거지. 알 겠어?"

"그래."

"그걸 코우는 말이지~, 앨리스 같은 걸 바깥에 내보내면서까지 말이야, 너무 과보호라구."

"그러네."

"토와도 훌륭한 영웅이니까, 이상한 특별 취급은 하지 말아줘."

"조심할게."

"조금 전부터 그 건성인 대답은 뭐야."

코우스케는 오빠다. 5년의 공백이 있다고는 해도, 그래도 10년 이상이나 되는 기간을 그녀의 오빠로 지내 왔다.

그녀는 어떤 때라도, 오빠 앞에서는 솔직하게 마음을 토해내지 않는다. 토해낼 수가 없는 것이리라.

본심을 끌어내려면, 언제나 코우스케 쪽이 꺾여 줘야만 했다. 즉, 먼저 본심을 털어놓는 것이다.

"애썼구나."

움찔, 하고 여동생의 표정이 굳어진다.

"……딱히, 영웅으로서 당연한 일을 한 것뿐이고. 게다가 토와 때문에 제4왕녀도, 호위하던 사람들도 죽어 버렸으니까, 칭찬받을 만한 일은 아니야."

"그래도, 힘내서 싸운 거잖아. 앨리스한테서 들었어. 오빠를 위해서 화냈다면서. 그런 식으로 생각해주고 있었다니, 몰랐네."

"당연!" 토와는 순간적으로 그렇게 외치려다 말고, 곧바로 고개를 숙이고 뒷말을 이었다. "당연하잖아. 왜냐면, 이상해. 다들 코우를 인정하고 있어. 대단하다고, 강하다고, 영웅이라고. 하지만 토와가 알고 있는 코우는…… 평범한 남자애였어."

"내 여동생도, 영웅 같은 게 아니었지만 말이지."

하지만, 그런 말을 하고 있는 게 아니리라.

성질의 문제다. 옛날에는 소극적인 성격이었지만 중학교에 올라가고 나서부터의 토와는 친구들에게 둘러싸여 있었고, 우수한 학생이었다. 사람들의 중심에 서서 가야 할 방향으로 향한다. 그런 게 가능한 사람이었다. 그러니 영웅이 되었다고 해도 그건 능력에 따라 입장이 변했다는 것일 뿐, 신기한 일은 아니다. 사람 자체가 변한 건 아니니까.

하지만 코우스케는 다르다. 그야말로 부모와의 약속을 어기고 학원을 빼먹는 불성실한 아이였다.

그 때문에 여동생을 잃기 전까지는.

토와의 몸이, 목소리가 떨린다.

꾸우욱, 하고 스커트 자락을 쥔다.

"그, 그 녀석들이, 그 녀석들 때문에 코우는, 변할 수밖에 없게 되었는데……! 그런데도 그 녀석은, 계속, 몇 번이고 몇 번이고! 코우를 바보 취급하고! 그런 거, 그도 그럴 게, 이상해!"

코우스케가 녀석들 손에 여동생이 망가진 것을 용서할 수 없었던 것처럼.

여동생 또한 오빠가 망가질 수밖에 없었던 것에 납득하지 못하였다.

어째서 알아차리지 못한 걸까.

자기 같은 불성실한 인간조차 쌍둥이 여동생을 잃었을 때는 반신(半身)이 비틀려 떨어지는 듯한 느낌이었다.

마음 상냥한 여동생이, 반신의 변용에 마음 아파하지 않을 리가 없지 않은가.

"……하지만, 토와, 죽이지 못했어."

"괜찮아. 그거면 됐어."

"코우가 토와를 위해 한 행동을, 토와는 코우를 위해서 하지 못했어."

"그런 식으로 생각하지 마. 사람 같은 건 죽이지 못하는 게 올바른 거야. 오빠의 글러 먹은 부분까지 따라하지 않아도 돼."

"그치만!"

이쪽을 올려다보는 여동생의 눈에는 눈물이 떠올라 있다.

코우스케는 손가락으로 살며 건져 올리듯이 그 눈물을 닦아주고 나서, 여동생의 머리에 손을 뻗어 머리카락이 헝클어질 정도로 머리를 쓰다듬었다.

"읏."

평소라면 빼빼 아우성쳤겠지만, 이럴 때의 여동생은 순순하다.

조금 망설이긴 했지만, 그대로 여동생의 머리를 자신의 가슴에 끌어당겼다.

여동생이 기억을 되찾은 날의 일을 떠올리는 자세다.

"너는 옳은 일을 한 거야. 자기한테 엄청나게 불쾌한 짓을 한 상대에게, 자신을 위해서가 아니라 다른 누군가를 위해서 맞선 거라고. 힘내서 맞서고, 이겼어. 다정하고, 강하고, 오빠를 위해 화내 줬어. 정말로, 정말로, 자랑스러운 여동생이야."

"……겨우 인정한 건가, 바보 오빠 녀석."

코우스케의 가슴에 얼굴을 묻은 채, 여동생이 불쑥 중얼거렸다.

솔직하지 못한 여동생으로 돌아왔다.

한번 모든 것을 토해내고 나면 이렇다.

하지만, 그게 좋다. 어두운 마음을 품은 채 순순한 여동생보다도, 시건방지고 솔직하지 못한 편이 좋다.

"응? ……아아, 너는 오빠를 자랑스러운 오빠라고 말했는데, 나는 지금까지 말하지 않아서 삐쳐 있었던 거냐?"

"아니거든, 그런 말 하지 않았거든."

"말했다고. 괜찮아, 18살이 되어서도 오빠한테 매달리는 애라도 부끄러울 거 없어."

"뭐엇! 그렇게 말하면 그쪽은 18살이나 되어서 시스콘이 도진 주제에!"

"무슨 말을 하는지 좀 이해가 안 되는데."

"열 받아!"

탁, 하고 가슴팍을 두드리면서 여동생이 고개를 들었다.

흔적은 남아 있지만, 눈물은 그친 모양이다.

눈이 마주쳤다.

"……괜찮아, 저주는 풀게."

"푸는 방법 찾는 거, 토와 쪽일지도 모르지만 말이야."

씩씩하게 미소 짓는 여동생이었으나, 내심 동요하고 있을 터다.

이걸로 여동생은 앨리스나 크원과 같은 상황이다.

한번 원죄로 인한 사형 선고를 받았던 여동생이다. 비명횡사에서 연상되는 죽음의 형태는 더욱 현실감을 띠고 그녀를 덮치고 있으리라.

그래도 그녀가 웃는 것은 오빠에게 걱정을 끼치고 싶지 않으니까.

이 이상 코우스케의 정신적인 피로를 늘리고 싶지 않다는 마음 씀씀이일 것이다.

옛날부터 그녀는 코우스케 따위보다 훨씬 강했다.

마음이 굳세다.

자신의 원수에 맞서서 죽일 수 있는 상황까지 가서는, 죽이지 않았다.

그건 죽이지 못하는 연약함의 발로가 아니다. 죽이지 않는 강인함의 증명이다.

"우수한 여동생을 두면 고생한다니까."

오빠의 면목을 유지하는 게 큰일이다.

"솔직한 코우는 그건 그것대로 기분 나쁜데……."

짐짓 티가 나게 거리를 두는 여동생을 보고, 코우스케는 쓴웃음을 지었다.

◇

엘피가 눈을 뜨자, 그곳은 하늘 위였다.

아니, 하늘 위를 나는 검은 물체 위, 라고 해야 할까.

"어머, 정신이 들었나 보네. 기분은 어때? 머리를 강하게 부딪친 것 같았으니까, 일단은. 물론 상처는 치료했지만, 너 정도만큼은 아니니까. 너 정도 되는 실력자가 달리 있다면, 이번에는 일부러 납치할 필요도 없다는 이야기가 되어 버리지만 말이야."

듣고 보니, 머리에 조금 위화감이 있다.

"아아, 참고로 피티 님은 아니야? 전부 토라 때문. 모든 게 다 토라 잘못이야. 그 이상의 것을 말하자면, 그러네, 토라에게 진 너의 무력함이 가장 나쁘네."

목소리의 주인은 잘 보이지 않는다.

하늘을 나는 무언가의 위는 의외로 넓지만, 벽도 아무것도 없었다. 생물의 등을 연상케 하지만, 온기가 없다.

목소리의 주인과 자기 이외에도 몇 명이나 인간이 타고 있었다.

……영웅 규격이네.

머리에 손을 뻗으려다가, 마봉석 수갑이 채워져 있다는 사실을 깨달았다. 족쇄도다. 마봉석은 영웅의 신체 능력이라도 파괴

173

할 수 없는 경도를 가지고 있기에 쓸데없는 짓은 하지 않는다.

"제법 침착하네. 『신유의 영웅』씩이나 되는 사람이, 자고 막 일어났을 때는 머리가 잘 안 돌아간다는 속인 같은 말이라도 할 생각이야?"

그제야 알아차렸다. 목소리의 주인은 무언가의 등이 아니라, 무언가의 등에 탄 거한의 무릎 위에 앉아 있다.

정수리 부분은 은발이고, 거기서부터 서서히 색조가 변해서 머리카락 끝까지 가면 금발이 되어 있다. 눈동자는 만월처럼 둥 그렇고, 불꽃처럼 붉다. 쿠로와 침식을 함께하고 있는 에코나인 가 하는 여자아이와 비교해도 체격에 그리 큰 차이는 없다. 그 런 신기한 머리카락 색깔을 지닌 여자아이는, 그 귀여움과는 반 대로 태도는 거만하다.

진행 방향 반대편을 보고 있는 엘피는 누운 상태에서 소녀와 눈이 마주쳤다.

"아가씨, 야한 팬티를 입고 있네. 어디서 산 거려나?"

"………………."

아크스바오나 군복을 입고 있지만, 소매는 특주인지 불필요하 게 길다. 귀엽다.

바람에 스커트가 펄럭여 조금 전부터 검은 속옷이 보였다 숨 었다 하고 있었다.

"……피티 님은 아가씨가 아니야. 이래 보여도 유구한 시간을 살아 온 흡혈귀의 우두머리였다구. 그거야 정말이지 지고의 존재였다니까. 동시에 너그럽기도 했어. 그러니 너의 무례를 용서할게. 용서해주고말고. 하지만, 다음은 없다구?"

"하아, 어째 머리가 끈적거리네. 샤워하고 싶어."

"내 말 듣고 있었어?!"

"내 머리를 조율하고 싶어…… 그게 안 된다면 농담처럼 쓴 커피를 마시게 해줘. 진흙 같은 걸로."

"너무 자유분방하잖아, 이 여자…… 상황을 이해하고 있는 걸까."

이해하고 있다. 조금 전에 그녀가 말했던 것처럼, 자신은 납치된 것이다.

이유는 뭐…… 조금 전에 그녀가 말했던 것처럼 자신이 『신유의 영웅』이기 때문이리라. 육체에 관해서는 신체 변화 등 능숙한 자는 얼마든지 있지만, 거기에 더해 정신 간섭까지 능숙하게 구사하는 건 엘피뿐이다. 기술력을 꽤 낮춰도 된다면 『신유』를 획득한 쿠로도 포함되고, 이 중에 있다고 생각되는 『흑』 사용자 역시 되려고 생각하면 될 수 있을 것이다.

엘피째로 『집어삼키』면 기술력째로 손에 넣을 수 있는데 그러지 않는다는 건, 지금으로서는 엘피 개인의 목숨에서도 가치를 찾아내고 있다는 뜻.

그렇다면 평소대로의 평상 운전으로 문제없다고 판단.

그건 그렇다 치고, 어째서 이렇게 된 건지 엘피는 떠올리려고 했다.

찌릿, 하고 뇌리를 스치는 기억.

소녀의 의자가 되어 있는 거한의 싸움은 조잡했고, 까닭에 엘피에게는 난적이었다.

남자는 병사들을 때려 짓뭉개고, 쥐어 터뜨려서 죽였다. 조용하게, 격렬하게.

하지만 엘피를 시야에 포착하자마자, 살아 있는 병사를 죽지 않을 정도로 쥐고는 엘피를 향해 투척한 것이다.

도망치면 병사는 죽는다. 순간적으로 엘피가 병사를 받아내자, 눈앞에 닥쳐온 남자가 병사까지 한꺼번에 엘피를 후려갈겼다.

엘피는 스스로도 어리석은 짓을 했구나, 하고 인식하고 있었다.

저런 거, 어차피 살아날 수 없으니까 무시하면 됐던 것이다. 환자도 아니고, 눈길을 끄는 특별성도 없는 일개 병사 따위를 위해서 영웅인 엘피가 희생되어서야 의미가 없다.

정말이지 어리석고 쓸데없는 행위다. 결국 이로 인해 달트라는 병사 한 명의 죽음 이상의 손해를 입었다.

그런 걸 모르는 엘피가 아니었을 터인데.

자신의 성질은 변하지 않았다고, 그렇게 생각한다.

리갈의 죽음이나 토와에게 씌워진 원죄, 쿠로의 활약. 그것들에 아무것도 느끼지 않았던 건 아니다.

오히려 그것들에만 무언가를 느낀 건 아니었다.

하지만 바로 그래서일지도 모른다.

달트라는 리갈이 지키려 한 나라고, 토와와 쿠로가 지키겠다고 결정한 나라니까.

주제에도 맞지 않게, 영웅 같은 짓을 했다는 것인가.

그렇다고 한다면 나도 제법 인간다워졌네, 하고 자조적인 미소를 입술 끝에 띠어 봤다.

"엘리피나페 님, 차라면 제가 준비할 수 있습니다만."

얼굴의 위쪽 절반을 가면으로 가린 소녀가 살며시 손을 들고 주장했다.

"좋네, 부탁할 수 있을까."

"기꺼이."

"그 훌륭한 가슴도 주무르게 해주겠어?"

"이러한 것으로 괜찮으시다면, 얼마든지."

"어? 그럼 직접 만져도 괜찮아? 그거라구? 손으로 직접 움켜쥘 거야?"

"? 네에, 기꺼이."

"페이스! 자기 몸을 함부로 대주는 거 아니야! 전에도 말했잖아. 말했었지. 분명히 말했는데 말이야."

"네. 하지만 피티 님. 엘리피나페 님도 갑자기 끌려와 무척 외롭고, 또한 진정이 되지 않고 계실 거라고 생각합니다. 저의 추한 가슴 하나로 그것이 조금이라도 누그러진다면, 저는 기꺼이 이 몸을 바치겠습니다."

"매번 있는 일이지만, 네 헌신은 너무 지나쳐. 이상하다고 해도 좋아. 그리고 거기 있는 변태 여자. 아무래도 좋지만 어째서

177

피티 님을 그냥 지나치고 페이스의 가슴만 주무르고 싶어 하는 걸까."

"너 페이스라고 하는구나. 실로 부드러워 보이는 좋은 가슴을 가지고 있네."

"내 말을 들으라구!"

"피티 님이라고 했니? 너의 작은 가슴도 만지게 해주는 거야?"

"……이 여자 지금 당장 죽이고 버리자. 그렇게 하자."

"페이스, 차는 아직이니?"

"──【혈장】."

여자아이가 살의를 드러냈을 때, 외눈 안경을 쓴 남자가 제지했다.

"워워워. 진정해, 피티. 말이 제대로 안 통하는 건 우리들 전부다 마찬가지잖아. 그거야말로 그녀가 영웅이라는 증거야."

실제로 남자가 하는 말은 잘못되지 않았다. 쿠로 등은 놀랄 정도로 정상적이지만, 엘피는 자주 환자나 병사들과 대화를 하다 보면, 그들이 고개를 갸웃하는 경우가 있다. 그들이 곤란한 듯한, 어이없다는 듯한 표정을 짓는 경우가 자주 있다.

그러니 영웅이 아닌 자 이야기하는 건 그다지 좋아하지 않는다. 자기와 이야기해도 즐거워 보이지 않으니까.

"무능한 녀석은 다물고 있어."

"……이제부터 한동안 놀림당하겠네~ 하고는 생각하고 있었지만 말이야. 어쩔 수 없잖아. 까고 말하자면 나만 영웅 세 명을 상대한 거라고? 그야 왕녀를 놓친 건 실수지만, 그 부분은 역시 동료니까 헤아려 줘도 되는 거 아니야?"

"어? 뭔가 말했어?"

"……피티, 너도 영웅이네, 라고."

왕녀를 놓쳤다. 아무래도 왕족을 최소한 한 명은 지켜낸 듯하다.

달그락달그락 소리를 내며 차 준비를 하는 페이스를 멍하니 보고 나서, 몸을 일으켰다.

"저기, 너는 안 마셔? ──크윈."

점점 파악되기 시작했다.

적은 귀환 중이고, 이건 마법으로 만든 용이다. 당연히 생명은 없지만 거기에 동료를 태우고 비행하고 있다.

그 최후미. 아무리 최후미라고는 해도 꼬리에 걸터앉아 있는 건 아니지만, 명백히 다른 사람들과 거리를 두고 앉아 있었다.

『하얀 영웅』이 천천히 이쪽을 봤다.

"어머, 너 구속되어 있지 않네? 치사해. 그럼 내 이건…… 설마, 피티의 취미?"

"……흡혈귀의 여왕에게도 인내의 한계라는 것이 있는데, 혹시 너 벌을 받고 싶어서 무례한 짓을 하고 있는 거야? 그런 거네, 그런 거지, 그런 게 분명해."

놀리면 재깍재깍 반응하는 피티가 귀엽다고 생각하는 엘피였다.

"이야~, 그래도 정말 자연스럽네, 엘…… 어쩌고 선생은. 그도 그럴 게 보통 조금은 신경 쓰는 법이잖아? 네가 의식을 잃은 사이에, 『검은 영웅』이나 『붉은 영웅』이 목숨을 잃었을지도 모르는데."

외눈 안경을 쓴 남자가 놀리는 것처럼 웃었다.

"너는 피티한테서 무능하다는 말을 듣는 만큼, 바보네."

"어라라, 설마 너한테까지 그런 말을 들을 줄이야. 이래 보여도 귀중한 색채 속성 보유자인데 말이지."

한탄하고 있는 느낌이기는 했으나, 남자한테 신경 쓰는 듯한 기색은 없다. 오히려 냉대를 즐기고 있는 기색마저 있었다.

"만약 쿠로가 죽었다면, 크윈이 너희들한테 붙을 리가 없잖아."

움찔, 하고 엘피와 말을 나누고 있지 않은 사람들까지 포함해서 반응이 있었다.

그 반응으로 확신했다. 그는 살아 있다. 그리고 그가 살아 있다면, 토와도 살아 있을 것이다. 쿠로라면 자기보다도 우선 여동생이 생존할 길을 찾을 테니까.

"크윈의 배신에 관해서는 놀라지 않네."

"무슨 말을 하는 거야? 크윈은 배신 따위 하지 않았어. 왜냐면 달트라는 그녀를 속박해서 이용하고 있었을 뿐인걸. 주인인 척하는 쇠사슬을 물어뜯었을 뿐인 개를 배신자라고는 부르지 않지."

"그것까지 알면서, 어째서 너는 사슬에 묶인 동료를 구하려 하지 않았던 거야? 적이었던 피티 님 세력 쪽이 훨씬 더 크윈티에게 가까이 다가가 있다는 건 이상한 이야기지? 이상한 이야기라구."

"저기 말이야, 나의 가늘고 매끈한 데다 부드러워 보이며 요염한 팔을 보라고. 사슬을 끊는 건 도저히 불가능해. 그게 아니면 뭐야? 친구를 위해서라면 자신의 분수를 넘는 불가능한 일이라도 실현하라는 거야? 내 우정은 그렇게까지 목숨을 건 우정이 아니야. 해줄 수 있는 건, 해줄 수 있는 한계까지야."

『신유』로는 혼에 간섭할 수 없다.

시험한 적이 없다고 생각하는 건가.

저주는 치유할 수 없다. 명색이 의사인 자신에게, 그것이 굴욕적인 일이 아니라고 생각하는 건가.

"게다가, 가까이 다가가 있다고는 하지만, 나한테는 크원이 사슬에 이어진 곳을 바꾼 것으로밖에 보이지 않아. 왜냐면 너희들로서는, 크원을 구할 수 없잖아."

구할 수 있다, 고 받아치는 사람은 없었다.

하지만.

"크원티가 구원받는 길을 만들 수는 있다."

크원과는 반대로 용의 선두에——이 사람의 경우도, 머리가 아니라 목 바로 앞이다——앉아 있는 남자의 말이었다.

즉 저주를 푸는 게 아니라, 그녀가 그다음으로 바라는 무언가를 준비하는 것과 맞바꾸어, 돌아서겠다는 약속을 얻어낸 건가.

…………

"저기, 크원. 나 거기 있는 로리 할멈 흡혈귀의 치유가 조잡

해서 두통이 나는데. 네 힘으로 상처 그 자체를 『없었던 것』으로 해준다면 무척 고맙겠어."

피티가 뺨을 움찔거리며 "죽으면 고통에 시달리는 일도 없겠지?"라며 주먹을 들어 올리는 걸 무시하고 "응? 크윈~" 하고 계속 말을 걸었더니, 넌덜머리가 났다는 기색으로 천천히 일어서서 가까이 다가왔다.

"할 테니까, 더 이상 말 걸지 마."

"에~, 어째서야~, 우리 친구잖아?"

크윈이 경멸하는 듯한 눈으로 자신을 내려다봤다.

"[백^{슈우}]."

고통이 가신다기보다, 사라진다.

다시 원래 위치로 돌아가려 하는 크윈에게, 웃음이 섞인 목소리로 말을 건넸다.

"죽여주지는 않을 거야."

무감동한 그녀의 눈이 휘둥그레 떠지고, 놀란 기색이 배어 나온다.

명색이 정신마법의다. 사람의 마음에 관련된 사항이라면 전문인 것이다. 게다가 크윈에 관해서는 공식적으로 나왔을 때부터 알고 있다. 그녀가 감정다운 것을 겉으로 드러낼 수 있게 된 시기도, 그 계기가 된 상대도. 크윈이 그 인물에게 소녀답게, 하지만 조금 비뚤어진 연심을 품고 있다는 것도.

살고 싶다는 욕심이 생겼다. 하지만 살 수 없다.

그 상황에서, 삶 이외에 적 쪽으로 건너갈 이유 따위는 그다지 많지 않다.

크윈은 놀란 기색을 금방 집어넣고, 그녀답지 않게 기뻐 보이는 미소를 띠었다. 하지만 어둡다. 너무나도. 그건 평범한 인간이라면, 그렇다, 자조하는 듯한 미소라고나 해야 할 것이었고.

"죽이려고 하면, 죽일 수밖에 없겠지."

그게 대답인 듯했다.

재차 등을 돌리는 그녀에게, 엘피는 다시 한번 같은 말을 던졌다.

처음에도, 그 가능성을 품고 말했던 것이다.

"죽여주지는 않을 거야."

크윈은 더는 뒤돌아보지 않는다.

페이스의 "차를 내어 왔습니다"라는 말이, 크윈의 대화 거절과 겹쳐졌다.

◇

결론부터 말하자면, 연합은 붕괴하지 않고 그쳤다.

그렇게 되어도 이상하지는 않았지만, 모든 이가 이해하고 있었던 것이다.

아크스바오나는 진심임을.

가령 여기서 달트라를 저버린다 한들, 자신들에게 엄니가 닥쳐오는 때를 앞당길 뿐이다.

적은 어중간한 승리를 원하지 않는다. 글자 그대로 세계 정복을 내걸고 있는 것임을.

대륙을 가리켜 아크스바오나라고 부를 수 있게 될 때까지, 그 나라는 멈추지 않을 것임을.

아니, 그렇다기보다 그런 아슬아슬한 선을 노린 기습 작전이었다고 코우스케는 생각하고 있다.

윤리관이라든가 협조성, 대국관 같은 것은 사회성이나 지성이 유효성을 지닐 때에야 비로소 존중받는다.

올바름을 견지하고, 사람들이 손을 맞잡고 미래를 똑바로 바라본다. 좋은 일이다.

하지만 예를 들어, 자신들의 세계가 속수무책으로 종말을 맞이하리라는 것을 알게 된다면?

올바름에 의미는? 타인을 배려하는 것에 의미는? 미래를 보는 것에 의미는?

없어지고 만다. 적어도 그 가치는 폭락한다.

그렇게 되면, 사람은 쓰고 있던 가죽을 벗어 던지고 마음의 목소리에만 따라 움직이고 만다.

일종의 공황이다.

각국을 그러한 혼돈에 빠뜨리는 건, 아크스바오나도 본의가 아니다.

자신의 것이 될 예정인 물건을 자진해서 훼손하는 바보는 아니니까.

왕도 파괴를 최소한으로 그쳐 두고 일반인 살해는 제로에 가깝게, 공략자들조차 가능한 한 죽이지 않았다.

왕성 내에 관해서도 왕족을 제외하면 호위와 저항한 병사의 피해가 주이고 타국 사람에게는 피해가 나오지 않았다.

손을 뗄 정도로는 위협하지 않고, 미래는 아직 있다는 생각이 들 정도로만 괴롭힌다.

그렇게 해서 저항하는 자들을 죽이면, 남는 건 저항조차 할 수 없는 자들뿐.

오히려 이제부터는 유능한 인재가 계속 빼돌려지리라는 것이 우려되는 점이다.

모든 사람이 나라에 목숨까지 걸 수 있는 건 아니다.

앞으로의 움직임에 관해서 코우스케는 어떤 전개를 예상하고 있었다.

그것이 현실이 되기 전에, 어떻게 해서든 손에 넣어야만 하는 것이 있었다.

만약 그것이 손에 들어오면 크윈도, 토와도, 그레이도 구할 수 있을지도 모른다. 구한다는 의미만으로 말하자면, 앨리스와 에리라는 소녀도.

무기질적인 집무실의 책상에서 혼자 생각하고 있자, 글래스에 메시지가 들어왔다.

「지금 문 앞에 있어」

그런 괴담이 있었지, 하고 쓴웃음을 지으며 자리에서 일어났다.
문까지 걸어가 문을 열었다.

눈이 마주치자, 백은의 소녀는 손을 가볍게 들고는 살짝 고개
를 갸웃했다.

"웃스."

시로다. 언제였던가 코우스케 집에 왔을 때와 같은 복장을 하
고 있다.

"……조금 더 귀여운 인사는 없었냐."

어이가 없다는 듯이 말하자, 시로가 도끼눈으로 노려봤다.

"그럼, 조금 더 귀여운 애랑 사귀지 그래?"

"그 방법이 있었군."

"열 받아."

시로가 가슴을 가볍게 때린다. 평소대로의 가벼운 농담을 주
고받으며, 실내로.

"플라스한테서 보고를 받았어. 미안, 이쪽에서 가지 못해서."

공략자가 봉상(奉上)한 마법구는 연구기관에 샘플로 보내지고,
이후에는 보관고에서 잠들게 된다.

이전에는 국가에 큰 공헌을 보여준 자에게 하사되는 경우도
있었다는 듯하다.

유사 영웅 계획은 병사 각자에게 적합한 오리지널 마법구를 여

럿 할당함으로써, 영웅 규격에는 한참 미치지 못하더라도 병사의 수준을 크게 뛰어넘는 전력으로 삼는 것을 목표로 한 것이다.

물론 힘만 있어서도 의미는 없다. 심기체를 겸비한 후보의 선발, 후보자의 의사 확인, 훈련 등 문제는 산더미였다.

플라스는 전 군인이었지만, 코우스케의 추천과 본인의 의지로 원대에 복귀했다. 몇 명의 유사 영웅들과 함께 왕도 경비에 임하게끔 했다.

"아니야. 이쪽이 상상할 수 없을 만큼 큰일이었던 걸 테고."

"무사해서 다행이야, 정말로. ……에코나의 상태는 어때?"

책상과 마주 보듯이 놓인 소파에 앉은 그녀의 얼굴이 조금 어두워진다. 코우스케는 책상 모서리에 살짝 체중을 걸친 상태로 그녀의 말을 기다렸다.

"……에리라는 사람을, 엄청 신경 쓰더라. 조금 전에 겨우 잠들었어."

심야와 이른 아침의 경계가 되는 시간대다. 잠들기에는 늦지만, 그만큼 걱정하고 있는 것이리라.

"에코나를 구하러 온 녀석이라는 건 알겠지만…… 특별 취급은 할 수 없어."

그녀가 왕도에 끼친 타격은 심대하다. 전역은 아니지만, 귀족 거리부터 제4외주까지를 얼음투성이로 만든 것이다. 귀족과 병사의 사망자도 많다. 동포 구출이라는 목적은 옳아도, 수단이 너무 난폭했다.

그것조차도, 근본을 따지자면 달트라의 잘못이 발단이지만.

"그렇, 겠지."

"아, 하지만 고문 같은 걸 상상하고 있다면 그건 아니야. 식사도 내주고 있고, 마법을 봉인해서 감옥 안에 넣어 두고 있는 정도야. 정보를 빼내는 거라면, 고문 같은 것보다는 마법이 더 뛰어나고 말이지."

사로잡힌 시커, 에리, 류세이에게서 이미 정보 추출은 끝났다. 류세이와의 대면에서는 평정을 유지하는 데 고생했지만, 여동생이 죽지 않는 것을 선택한 상대다. 그걸 존중했다.

그는 대단한 정보를 가지고 있지는 않았지만, 다른 두 명의 정보에는 가치가 있는 것도 많았다.

"아, 그렇구나. 심한 처우를 겪고 있는 게 아니라는 것만으로도 조금은 안심할 수 있지. 이거, 에코나한테 전해도 돼?"

"넌 지시라면."

"응, 알았어."

시로는 순순히 고개를 끄덕였다.

"마을 쪽은 어때?"

그 질문을 받자, 소녀는 말을 고르는 것처럼 고민하고는 이내 이렇게 말했다.

"음~, 뭔가 엄청 굉장해진 플라스 씨가 시간을 들여서 눈을 녹여 주었지만, 마을 사람들은 동요하고 있어. 어떻게 된 거냐~ 하고 병사들한테 따지고 드는 사람도 많았고. 단지, 실제 피해가…… 마을 사람에 한한 거긴 하지만…… 적은 거랑, 격퇴했다는 발표 덕분에 이성을 잃은 사람은 그렇게 많지 않으려나. 마을에 나타난 건 두 명뿐이니까, 침입 그 자체보다도 영웅이 오지 않았던 것이나 왕성의 이변을 신경 쓰는 느낌일까."

적군이 갑자기 왕도를 포위하는 사태라면 또 모를까, 마을을 습격한 건 에리와 사파이어 두 명.

고작 두 명이라면 가령 나라끼리 첩보원을 보내는 것처럼 잠입시키는 것도 불가능하지는 않다. 그게 영웅 규격인 건 문제지만, 민중이 받는 인상으로서는 군사 작전이라기보다 테러에 가까울 것이다. 그래서 혼란에 빠지기는 해도, 광란에는 이르지 않는다.

"나로서는…… 그, 에리 씨가 기보르네 사람이어서, 에코나가 가시방석에 앉은 기분을 느끼거나 하지는 않을까 하는 게 걱정이라."

확실히 에리의 광기 어린 행동을 보고 있었던 사람들 중 일부에게는 기보르네 사람은 이쪽이 화친을 선택했음에도 불구하고 공격해 온 야만적인 민족……이라는 식으로 비칠지도 모른다.

에리 입장에서 보면 달트라 사람은 전면적으로 잘못을 인정하려고도 하지 않고 형편 좋게 화친 따위의 말을 꺼내는 인종이라는 게 되겠지만.

"그런가…… 그런 것도 있군. 한동안은 혼자서 나가게 하지 않는 편이 좋을지도 모르겠네. 아, 그래. 시로랑 에코나도 이쪽

189

으로 오는 게 어때? 이번 같은 일이 없으리라는 보장도 없고."

에리도 시커도 시로를 알고 있었다. 우선도가 높게 설정되어 있지 않았기에 망정이기는 했지만, 글레어의 태도로 보건대 코우스케를 위협으로 인정한 뒤에는 그것도 바뀔 터다.

"걱정해주고 있구나?"

장난스럽게 미소 짓는 시로의 농담에, 응할 여유가 없었다.

"당연하잖아."

자기가 생각한 것보다, 말이 세게 나오고 말았다.

다시 말하기 전에, 시로가 사과했다.

"미안, 장난스럽게 말해서. 그렇지, 너는 그런 녀석이었어."

덧없는 미소를 띠고, 시로는 뒷말을 이었다.

"하지만, 그건 사양해둘게. 물론 걱정되는 건 당연할 테고 걱정 같은 건 끼치고 싶지 않지만, 뭐라고 할까, 그건 좀 아니라고 생각해."

"아니라니?"

"나랑 에코나가 여기에 오면 그야 마을보다 안전할지도 모르지만, 그럼 가게 사람들은? 단골 모두나 마을 사람 모두는? 이런 특별 취급은 드문 일이 아닐지도 모르고 필요성이 있어서 그러는 거겠지만, 나는 어쩐지, 싫네."

그녀와 있으면, 코우스케는 때때로 자신이 잊고 만 것을 떠올리게 된다.

깨끗함이라든가, 상냥함이라든가, 올바름이라든가. 전부는 아니어도, 살아가는 동안에 툭툭 빠져 갔고, 그런 사실조차 알아차리지 못했던 사소하면서도 중요한 무언가를 그녀는 분명 전부 품어 안은 채 지니고 있다.

말로 설복시키는 건 어렵지 않다. 요인과 관계가 깊은 사람이 특별한 취급을 받는 건, 그 사람에게 위해가 미침으로써 요인이 직무를 완수하는 게 곤란해질 가능성이 있기 때문이다.

시로나 에코나가 인질로 잡히면, 코우스케는 평정을 유지할 수 없다. 충분히 힘을 발휘할 수 없다. 경우에 따라서는 적의 요구를 그대로 받아들여 버릴지도 모른다.

그러한 일을 피하기 위해서 필요한 것이라고 설득하면, 그녀는 최종적으로 납득해 줄 것이다.

하지만 그건 그게 옳기 때문이 아니다. 자기 안의 올바름과 코우스케의 폐가 될 가능성을 천칭에 걸어서, 후자를 선택한다는 것뿐.

자신이 제시한 안전은 과연 그녀가 뜻을 굽히게 만들면서까지 밀고 나가야 할 정도의 것일까.

어리광이라고 하면 그뿐이다. 단지, 그 어리광을 비합리적이라는 한마디로 저버리고 싶지 않았다.

"알았어. 지금까지와 마찬가지로, 가게 종업원을 계속해줘."

"……괜찮아?"

불안한 듯이 올려다보는 그녀에게 장난스럽게 웃어 보였다.

"그래. 전에 약속했으니까 말이지."

"약속?"

"『악신에게 납치당했다 해도, 구하러 갈게』라고 했던 거."

그녀는 한번 납치당한 적이 있었다. 『새벽의 영웅』 라이크를 타도하고, 그녀를 되찾은 뒤의 대화에서 코우스케는 그런 말을 입에 담았다.

생각난 듯이 눈을 동그랗게 뜬 시로는 후훗, 하고 웃음소리가 조금씩 새어 나오는 것처럼 웃었다.

"……말했었지. 후후. 하지만, 가급적 잡히지 않는 방향으로 가고 싶네~."

시로도, 에코나도, 토와도. 새장 속의 새가 아니다. 코우스케가 지켜줘야만 하는 상대가 아닌 것이다. 어디까지나, 지키고 싶은 상대.

"일단, 호위를 붙일게. 일을 방해시키지는 않을 테니까."

"응. 미안해…… 아니, 이게 아닌가. 으음, 고마워."

"천만에."

서로 웃었지만, 길게는 이어지지 않는다.

"에코나하고도 제대로 이야기를 해두고 싶었는데…… 어려울 것 같네."

"에코나도 만나고 싶어해."

요전에 그녀는 학원 입학이 결정되었다. 그녀의 꿈이기도 한 마술사를 향한 길이 열린 것이다. 새로운 출발을 막 축하한 참이지만, 지금의 에코나는 그걸 솔직하게 기뻐할 수 없을 것이다.

코우스케한테는 그게 슬펐다.

"아──, 으흠."

일부러 지어낸 티가 나는 헛기침.

시선을 향하자, 시로의 얼굴이 빨개져 있었다.

"코우스케도 무척 지쳐 있을 테니, 여기서 제가 주는 위로의 포상이 있습니다."

"하아, 가슴에 얼굴 묻어도 괜찮다든가?"

"……그런 게 좋아?"

진심으로 부탁하면 승낙할 것 같은 태도가, 반대로 죄악감을 부추긴다.

"아니, 평소 하는 농담."

"그래. 포상이라고 말해도…… 야한 건 아니지만."

"농담이라고 했잖아? 그런 기분이 들 상황도 아니고."

"그러면…… 으음."

탁탁, 하고 자신의 무릎을 두드린다.

"내가 읽은 책에 의하면…… 남자애는 여자애의 무릎베개로 기운을 차리거든."

"……전에도 생각했지만, 네가 읽고 있는 책의 대상 연령은 몇 살이야? 일곱 살이라든가?"

"…………………………………………갈래."

코우스케는 허리를 띄우려 한 시로에게 황급히 다가갔다. 어깨를 살며시 눌러 다시 앉히고, 사죄.

"미안, 이것도 농담이야."

"가슴에 얼굴 묻게 해주는 애라도 부르지 그래? 일곱 살보다 위인 애로 말이야."

완전히 삐쳐 있었다.

코우스케는 그녀 옆에 앉아 필사적으로 할 말을 생각했다.

"아니아니, 실제로 난 무릎베개를 경험해본 적이 없어서 말이야. 정말로 기운이 나는지 어떤지도 몰라. 어딘가에 무릎베개해주는 상냥한 사람이 있으면 좋겠는데."

"흐음, 열심히 찾도록 해."

"……아──, 부탁할게. 반성 중이야."

"그렇게까지 말한다면 어쩔 수 없네~."

……어라, 원래는 포상이었지? 어째서 내가 부탁하는 처지가 된 거지.

한순간 의문으로 여겼지만, 대체로 자기 입 때문이다.

"그럼, 자, 이리 와."

유도하는 것처럼 무릎을 툭 두드리는 시로.

약간 이상의 쑥스러움을 느끼기는 했지만, 그건 그녀도 마찬가지일 거라며 각오를 굳혔다. 귀까지 새빨갛게 물들어 있는 시로를 두고, 자기가 도망칠 수는 없다.

살며시 몸을 기울여 머리를 허벅지 위에 툭 올려놓았다.

"어, 어때?"

그녀의 냄새와 부드러움에 감싸여서, 기운이 난다기보다는 치

유된다, 일까. 잘 모르겠다.

문득 그녀의 얼굴을 보고자 시선을 들었더니, 코우스케는 경악했다.

"……엄청난데."

"뭐? 정말? 기운 났어?"

"아니, 커다란 가슴을 바로 밑에서 보니까, 얼굴이 안 보이는구나 싶어서."

"종료——."

시로가 갑자기 일어난 탓에, 코우스케는 소파에서 굴러떨어지고 말았다.

"아야야."

"어라, 『검은 영웅』씩이나 되는 분이 마을 처녀 상대로 무릎을 꿇어도 되는 걸까나."

"그 지친 영웅을 위로해 주는 거 아니었냐."

"남의 후의에 성희롱으로만 돌려주는 쪽이 나쁘지."

완전히 그 말대로였기에, 코우스케는 침묵했다.

한심한 건, 자신이 그런 태도를 취하는 이유조차 소녀한테 간파당하고 있다는 점이다.

자신이 일부러 그러한 태도를 취하는 건, 그 이면에 있는 마음을 감추기 위해서라고.

깊은 한숨.

"코우스케."

"아──, 뭔데?"

"진지한 이야기를 하겠어요."

"그런 건 오늘은 이미 잔뜩 했는데."

"오세요."

선 채로 팔을 펼치는 시로. 포옹이라도 하라는 건가. 아니, 확실히 그 상태에서 거짓말을 하는 건 무척 불성실한 느낌이 들어서, 코우스케도 본심을 말할 수밖에 없을지도 모른다.

그렇다면 더더욱, 응할 수는 없는 노릇이다.

"……쿠로노 코우스케는 여자애한테 창피를 주는구나?"

"윽."

마지못해 일어섰다.

아니, 다르다.

결국 코우스케는 이 소녀에게 지는 게 싫지 않은 것이다.

살며시 일어나 정면에서 꽉 끌어안았다.

조금 전보다도 강한 냄새와 온기.

"잠깐…… 괴로운데."

그녀는 그렇게 말하면서 망설이는 기색으로 코우스케의 허리에 팔을 둘렀다.

"진지한 이야기라니?"

"어, 아, 응, 그게 말이지. 그러, 니까, 아──, 그게──." 자기가 말을 꺼내 놓고서, 제법 머뭇거린다.

그리고 잠시 지나, 그녀는 가벼운 느낌으로 말했다.

"만약, 좀 그러면 말이야——도망쳐버릴까?"

무심코 굳어졌다.

그리고 천천히 고개를 들어, 그녀의 표정을 확인했다.

밝지만, 농담을 하고 있는 낌새는 없다.

"뭐, 에서."

"전부. 왜냐면 코우스케는 원래 토와를 만나기 위해 노력한 것뿐이지. 만났잖아. 그러니까 말이야, 만약 지금의 역할이 하고 싶은 게 아니라면, 할 필요 없어."

"아니, 그건."

"없는 거야. 코우스케가 노력해서 구할 수 있는 건 많이 있다고 생각해. 하지만, 그 수많은 무언가를 위해, 코우스케를 희생해야만 하는 이유 같은 건 없어. 만약 그걸 강제하는 사람들이 있다면, 내가 호통쳐줄게. 바보 자식아——! 하고. 그러니까 말이야, 코우스케."

그녀의 말은, 언제나.

"너는 네가 하고 싶은 걸 해도 돼."

자신의 마음을 손쉽게 구원하고 만다.

"아."

코우스케는 불현듯 이해했다.

이렇게까지 큰 것이었나.

지금 그녀가 해준 말은, 『검은 영웅』이 아니라 쿠로노 코우스케를 위한 것이다.

소년 한 명의 마음을 생각해서 한 것.

크윈도, 마찬가지로 자신의 말로 구원받은 것이다.

알고 있었는데, 이해하고 있지 못했다.

그 특별성을, 자신이 접하기 전까지 실감할 수가 없었다.

그날 아무 생각 없이 꺼낸 자신의 말은, 한 소녀의 마음을 구하고 만 것이다.

"코우스케?"

이해했다.

역시 크윈이 배신할 리가 없다.

자신이 시로를 배신하는 것과 마찬가지일 정도로, 그건 있을 수 없는 일이다.

그녀의 반응을 떠올렸다.

코우스케가 아크스바오나에 붙으면 의미가 없다고 한 발언.

구해주겠다는 말에 대한 동요.

그녀의 목적이 보이기 시작했다.

그녀는 자신의 육체와 영혼이 구원받을 일은 없다고 체념하고 있다.

그러니까 하다못해 정신만은, 마음만은, 하고 바란 것인가.

"저기, 코우스케? 괜찮아? 으햐아."

꾸우욱, 하고 그녀를 한층 더 강하게 끌어안은 뒤 다시 얼굴을 마주 봤다.

"고마워. 하지만 괜찮아. 지금 이 장소를, 스스로 선택한 거야."

코우스케의 밝은 표정에 어안이 벙벙한 기색이면서도, 시로는 금방 부드럽게 미소 지었다.

"그러면, 됐어. 그래도 말이야, 코우스케. 네가 누군가를 걱정하는 것처럼, 너를 걱정하는 사람이 있다는 것도 잊지 말아줘."

"알고 있어."

"정말이려나~."

"그럼 내가 곤란해지면 네가 도와줘."

코우스케는 농담으로 말한 속셈이었지만, 시로는 언짢은 듯이 뺨을 부풀렸다.

"그런 당연한 거, 일부러 말하지 마."

자기가 어떠한 입장이 되어도, 어디까지나 한 개인으로 대해주는 인물.

그것이 얼마나 얻기 힘든 존재인지, 코우스케도 겨우 알 수 있었다.

이에는 당해낼 수 없다.

여하간 『하얀 영웅』도 『검은 영웅』도, 일격에 한꺼번에 당하고 말 위력이니까.

◇

시로가 돌아가고 나서 잠시 후, 루키우스가 귀환했다는 소식이 들어왔다.

그는 시급히 코우스케와 이야기를 하고 싶다고 요구하였고, 코우스케는 곧바로 응했다.

화친 교섭 자체는 원만하게 그리고 순조롭게 진행되고 있다고 한다. 에리 정도로 과격한 수단을 써서 나오는 사람은 없다고 하더라도, 원한을 잊을 수 있는 사람 또한 없을 것이다. 하지만 아무리 과거에 눈길을 줘도, 시간의 바늘은 거기까지 되돌아가 주지는 않는다. 자신의 감상(感傷) 따위에 어울려주지는 않는다.

기보르네 사람은 개개인으로서는 몰라도, 총체로서는 미래를 보는 것을 선택해 준 것이다.

긴급한 보고는 화친 관련이 아니었다.

기보르네에는 금역으로 정해진 장소가 여럿 존재한다고 한다. 그건 많은 경우 짐승의 영역이거나, 지형적으로 위험하거나, 신역이나 악령 근처 등 각각 접근을 금지하는 합리적인 이유가 있다. 제한된 사람이 필요한 때에만 들어가는 것이 허용되는 영역이다.

하지만 어떤 마을에는 짐승도 가까이 다가가지 않고, 위험도 없고, 천사가 기다리는 신역도 아니거니와 마물이 기어 나오는 악령이 있는 것도 아닌, 그런 금역이 있었다. 단지 오랫동안 전해 내려오는 말로는, 그곳에 있는 동굴 안에 들어간 사람은 누구 한 명 돌아오지 않았다는 것이다.

『새벽의 영웅』라이크가 아직 살아 있었을 때의 이야기지만,

그는 그 금역에 흥미를 보였다.

현시욕 덩어리였던 라이크다. 동굴에서 생환하여 그걸 무용담에 더하고 싶었던 것이리라.

실제로 그는 살아서 돌아왔다.

하지만 라이크는 그것을 뽐내지 않았다. 증오스럽다는 듯이, 『검은 짐승』이라고 중얼거렸다고 한다.

라이크 자신이 보고하지 않았기 때문에, 루키우스가 그걸 알게 된 것은 라이크의 당시 부하에게 기보르네 사람에게 이루어진 부당한 대우에 관해 취조하고 있었을 때였다.

루키우스는 이번 화친을 조정하러 가는 와중에 그 건을 조사해 보려고 했지만, 예상대로 기보르네 사람에게 거부당하고 말았다.

그래도 가능한 범위에서 조사했다. 마력 감지나 『풍』 마법 응용을 통한 지형 파악, 『풍』과 『광』 속성을 조합한 원격시, 마법으로 생물을 본떠 만든 꼭두각시를 동굴에 잠입시키기도 했다.

결과.

"그건…… 극히 특수한 악령이라고 생각됩니다."

푸른 미청년의 말에, 코우스케는 생각했다.

첫째로, 단순한 동굴은 아니었다고 한다. 마술적 공간이라는 말이다. 둘째로, 단일 마법 개체로 진입할 수 있었던 점으로 보아 신역이 아니다. 신역은 시련이라는 성질 때문인지 마법을 선행시킬 수가 없는 듯하다. 그에 비해 악령은 단순한 출입구에 불과하다고 한다. 셋째로, 진입하고 나서 금방 마법이 지워졌다. 진입과 동시가 아니라는 점에서, 안에 있는 존재에 의한 것이라고 생각된다.

그리고 넷째로, 그 순간에 느낀 마력 반응은 무슨 이유에서인지——코우스케의 것과 몹시 흡사했다고 한다.

"——내 마력하고?"

루키우스가 조용히 끄덕였다.

"완전히 같다는 게 아니라, 어딘지 모르게 반응에 비슷한 점이 있었습니다…… 그래요, 마치 잔향…… 쿠로의 마력을 다른 사람이 두르고 있는 듯한…… 죄송합니다, 불명료한 이야기뿐이라."

잔향이라고 그가 말했듯이, 마력 감지를 기존 감각에 비유한다면 후각이 가장 가까울지도 모른다.

그걸로 말한다면, 영웅 규격의 후각은 개 수준이다.

멀리 있는 사람의 마력까지 정교하게 구별하여 맡을 수 있다.

마력 반응은 사람의 생김새처럼 천차만별이기는 하지만, 동시에 때때로 닮은 것도 있다.

마물이 나오는 기척이 없는, 하지만 들어가고 나서 금방 마물이 있다고 생각되는 악령.

그리고 코우스케와 닮은 마력 반응의 발로. 『검은 짐승』의 목격 정보.

"가볼 가치는 있을지도 모르겠어."

코우스케가 해야 하는 것.

글레어가 그랬던 것처럼, 개념 속성을 획득할 방법은 있다.

예를 들면 악신의 침소, 예를 들면 신의 침소, 혹은 초대『검은 영웅』엘마의 유해, 혹은 엘마가『집어삼켰』다고 전해지는 악신의 일부.

어떤 수단이건, 찾아내서 손에 넣을 수 있다면 저주를 풀 수 있을지도 모른다.

그리고 반드시 오게 될 글레어와의 2차전에서도 도움이 될 터다.

"모두를 부르자."

◇

영웅들은 금방 모였다. 대부분의 사람이 코우스케와 마찬가지로 아직 잠들지 않았던 듯하다.

군데군데 삐죽삐죽 흐트러진 머리로 나타난『신속의 영웅』피오와『식별의 영웅』치도리의 등에서 새근새근 숨소리를 내며 잠든『편찬의 영웅』플라나 이외의 전원이라고 해야 할까.

"후아암, 모처럼 맛있고 기분 좋은 꿈을 꾸고 있었는데에."

피오가 눈을 비비적비비적 비비면서 삐친 듯한 목소리로 말했다.

"나는 이 상황에서 좋은 꿈을 꿀 수 있는 네가 부럽구만."

피오와 마찬가지로 기술 국가 소속『간과의 영웅』키스가 약간

질색한 듯이 말했다.

그 시선이 문득 코우스케 옆으로 향했다.

"또 만났구만, 『장난감의 의사 양반』. 건강해 보이잖아."

그 말을 들은 그레이가 희미하게 입술을 위쪽으로 굽혔다.

"그쪽도 건승한 것 같아 다행이군, 풀블러드 경."

한쪽은 근골이 우람한 영웅, 한쪽은 굽은 등에 여윈 몸의 마술사. 얼핏 보기에 연결점은 없을 것처럼 보이지만, 그러고 보니 그레이는 기술 국가 메레크트에 체류하고 있었다. 그레이 정도 되는 마술사다. 체재한 국가의 영웅과 지기여도 아무런 이상할 게 없다.

"아~, 진짜다. 그레퐁도 있어~."

하품을 살짝 한 피오도 그레이를 알아차리고 방긋 웃었다.

"너의 문장화 기술은 대단했다. 이번에 나도 그것 덕에 목숨을 건졌다고 할 수 있겠군."

"그레퐁한테 칭찬받으니 기쁘네~. 마류관도 굉장했고. 종래의 마력퇴가 단순히 마력을 넣어 둘 뿐이었던 데 비해서, 그레퐁은 천연 마석 등에서 볼 수 있는 마력의 흡착성에 착안해서 마력을 담아 둘 수 있는 마법구를 만든 거지. 그야말로 기술 혁명이야~."

잠기운도 어딘가로 날아간 모습으로 눈동자를 반짝이는 피오를 보고, 그레이는 겸연쩍은 듯이 뺨을 긁적였다.

"하지만 이번에, 그로 인해 저주에 씌어버렸다는 것 같습니다만?"

종교 국가 게둔드라 소속 『검극의 수도기사』 아리엘이 날카로 운 시선으로 그레이를 보고 있었다.

신심 깊은 그녀에게 있어, 신에게 저주받은 자는 모두 같은 죄 인일지도 모른다.

"윽…… 그거라면 토와도예요…… 미안해요."

시무룩해하며 명백히 침울해진 토와를 앞에 두고, 엄격한 표 정을 관철하고 있던 아리엘도 당황했다.

금사(金絲) 같은 머리카락, 에메랄드색 눈동자, 백자 같은 피부 에 뾰족한 귀. 엘프인 아리엘은 아인 차별을 하지 않고 자신을 좋아해 주는 토와에게는 조금 약한 모양이었다.

"아, 아뇨, 낙심하지 말아주세요. 신센텐스드아서 경의 그건 어쩔 수 없는 행동이었다는 걸 이해하고 있습니다. 범인(凡人)이 분수를 파악하지 않고 성자의 영역에 손을 뻗는 죄와 생사를 가 르는 국면에서 오랜 맹약을 어기고 만 죄는 다르고 말고요."

"하지만…… 아리엘 씨가 보기에는 토와도 죄인인 거죠…… 미움받고 말았네요."

눈물을 머금는 토와를 보고, 아리엘은 더더욱 침착함을 잃었다.

도움을 요청하는 것처럼 『불마의 수도기사』 사라나 코우스케 에게 시선을 향했지만, 두 사람 모두 응하지 않았기 때문에 횡 설수설하면서 말을 이어 나갔다.

"……주, 주님의 마음과 저 개인의 생각은 별개, 이니까요. 확실히 수도기사로서 당신의 행동을 긍정할 수는 없습니다만, 그렇다고 해서 그것이 반드시 혐오로 이어지지는 않습니다. 애당초, 당신의 죄는 행동에 대한 것이고, 그 아름답고 고귀한 마음에 관해서는 저도 인정하는 바입니다. 한시라도 빨리 그 마음이 하늘에 통하여 당신의 죄가 사해지기를…… 한 명의 지인으로서 기도하고 있답니다."

"아리엘 씨……!"

토와는 도저히 여동생의 것이라고는 생각되지 않는 순진한 미소로 아리엘의 손을 잡았다.

"감사합니다."

"아, 아니요."

"그래도, 그런 거라면 그레이 씨도 포함해서 연관된 사람도 마찬가지죠?"

"네?"

"예를 들어 쿠로는 마법식의 문장화를 허가했지만 저주받지 않았어요. 피오는 문장화했지만 저주받지 않았어요. 그레이 씨는 그걸 마류관과 접속해도 저주받지 않았어요. 만드는 것은 죄가 아니라는 말이 되지 않나요?"

"……그, 건."

날개 그 자체는 죄가 아니다. 그걸 다루는 방식이 옳으냐 그르냐가 문제 된다는 것뿐.

"신은 그렇게 판단했다고 생각해요. 그렇지 않으면 모두가 저주받았을 거예요. 그렇죠?"

"예에, 그건, 말씀하신 대로입니다만."

"그러면 이 경우도 죄는 그레이 씨의 마법구에 의한 색채 속
성 사용이 되겠지만, 그건 부하와 제자의 목숨이 걸려 있었기
때문이고, 게다가 그레이 씨는 자신이 저주받을 가능성을 알고
있었어요. 소중한 사람을 지키기 위해 죄를 감수하고 행동에 나
서는 그 마음은 토와한테는 아름답고 고귀한 것으로 보여요."

유창하게 술술 나오는 여동생의 논리에 아리엘은 압도당한 것
처럼, 고개를 풀썩 숙였다.

"그, 그럴지도 모릅니다. ……제가 그만 신앙을 방패 삼아 눈
이 흐려지고 말았습니다. 수도기사에게 있어서는 안 될 과오입
니다. 신센텐스드아서 경, 아키나 경, 러너즈 님, 나노란슬롯
경, 진심으로 사과드립니다."

아리엘은 그렇게 말하고는 허리를 굽혔다.

"거짓말이지…… 저 단장 씨가 말싸움에서 진 데다 사죄……
난 꿈이라도 꾸고 있는 거 아니야?"

"아뇨, 알버트. 아무래도 현실인 듯한."

"그런 것 같네, 사라 짱. 왜냐면 네가 잡아당기고 있는 뺨이
얼얼하게 아픈걸."

『신벌의 수도기사』 알버트와 『불마의 수도기사』 사라가 믿을 수
없는 것을 봤다는 듯한 얼굴로 대화하는 한편, 『천혜의 수도기
사』 이브 또한 놀란 듯이 눈을 동그랗게 뜨고 있다.

조금 떨어진 곳에서 이야기를 듣고 있었던 듯한 스톡이 "멋지군……" 하며 토와에게 뜨거운 시선을 보내고 있었다.

"괜찮아요. 아리엘 씨가 알아주셔서 기뻐요. 아, 괜찮다면 토와를 부를 때는 부디 토와라고."

……이건 정말로 자기 여동생인가? 하고 의문스럽게 여긴 코우스케였으나, 그러고 보니 남을 대하는 태도는 좋은 편이었던가 하고 기억을 더듬었다.

"아뇨, 저야말로 과오를 깨달을 기회를 주셔서 감사드립니다…… 토와 님. 제게 있어 『검은 성자』님은 특별한 존재이기에, 그『검은 성자』님의 힘을 재현했다는 것만으로도 분노에 지배당하고 말아서…… 미숙함이 창피할 따름입니다."

성전에서는 영웅을 성자라고 부른다. 『검은 성자』 즉 『검은 영웅』은 아인뿐만 아니라, 마물이나 그 혼혈까지 포함하여 휘하에 두었다. 차별 없이, 동정하지 않고 동포로서 대했다.

평등과 화합의 상징이라는 것이다.

엘프인 아리엘이나 여우 수인인 이브 등에게는 특별한 존재이리라.

그런 성자의 능력만을, 좋은 부분만을 마법구로 재현하려고 하는 시도는 확실히 그녀의 입장을 생각하면 얼마나 죄 깊은 것인지 상상이 된다.

지적받은 것만으로도 금방 그걸 자각하고 태도를 고치는 아리엘은 역시나 대단하다.

"그건 그렇다 치고, 나노란슬롯 경."

토와를 향해 있던 부드러운 것과는 정반대의 차가운 시선이 코우스케를 꿰뚫었다.

"돈아우렐리아누스 경 암살범의 출소를 인정한 것으로도 모자라 곁에 두고 있다는 것 같습니다만, 어떠한 생각이 있어서 한 행동입니까?"

앨리스를 말하는 것이다. 일시적인 조치로 로브와 가면을 건넸지만, 이젠 완전히 들떠서 왕성 안을 돌아다닌 모양이라 그녀를 목격한 사람은 무척 많다.

"쓸 수 있는 건 쓰자는 것뿐이야."

"자국의 성자를 죽인 대죄인이어도?"

"이번엔『붉은 영웅』을 구한 대죄인이야."

"결과론입니다."

"그래, 쓸 수 있다는 결과가 나왔어. 그러니까 다음에도 쓰겠어."

"……제어할 자신이 있으신 거군요?"

"그래. 게다가 그 왜, 죄인에게 속죄할 기회를 주는 건 죄가 아니잖아?"

"토와 님의 말을 정론이라고 친다면, 당신의 그것은 궤변입니다."

여동생처럼 잘 풀리지는 않는 모양이다.

그것도 그럴 것이다. 코우스케 자신도 옳다고 생각해서 말한

게 아니다.

"하지만 이 이상은 그만두지요. 습격이 있었을 때 조력조차 할 수 없었던 저희에게 뭔가를 말할 자격은 없으니까요."

아리엘이 눈을 내리깔고 죄악감이 스며 나오는 말을 중얼거렸다.

"습격이 있었을 때 조력한 나로서는 얼른 본론에 들어가 줬으면 하는데. 왜냐면 엄청엄청, 지쳐 있으니까."

비아냥거리듯이 그렇게 말한 건 오렐리아다. 말이야 어쨌건 의견은 지당하다.

그 옆에 앉은 시온도 낯빛은 피를 마시기 이전보다 개선되었지만, 피로가 짙게 배어 나오고 있다.

다시금 전원이 모인 걸 확인하고, 루키우스가 재차 보고하게끔 했다.

"기, 기다려주십시오."

이야기를 다 듣고 가장 먼저 발언한 것은 역시 아리엘이었다.

"나노란슬롯 경."

"아, 나도 쿠로라 불러도 상관없어."

"……쿠로 님, 단도직입적으로 말씀드리겠습니다만, 제정신입니까?"

"확실히 이 상황에서 나라를 떠나는 것에 불안은 있지만, 만약 『흑』을 사용하는 무언가가 있다면, 다른 누군가에게 맡길 수도 없는 노릇이잖아."

"그게 아니라! 다른 분도 이해하고 계신 겁니까? 마, 만에 하나 기보르네령에서 『검은 성자』님의 불후체(不朽體)가 발견되었다고 치고, 그건 성유물인 거라고요?!"

그런 의견이 나오는 건 상정했던 범위 내다. 신의 침소에 입실하는 것도 완강하게 거부하는 게든드라다.

"자자, 진정해주세요. 아리엘프 씨."

"아리엘이에요! 엘프지만, 이름은 아리엘입니다. 틀리지 않도록 해주세요, 템프시 님."

치도리는 자신의 실수에 "냐하하, 죄송함다" 하고 웃으며 사과한 뒤, 옆에 앉은 플라나로 시선을 향했다. "플라나 선배는 지금의 이야기 어떻게 보심까?"

자신에게 화제가 던져지자 플라나는 졸린 눈을 손가락으로 비비며 앳된 목소리로 말했다.

"엘프는 매우 우수한 종족."

"아, 아뇨. 엘프를 말하는 게 아님다."

"…………? 이해했어. 인류에 가장 많은 공헌을 했다고 말해도 과언이 아닌 『검은 성자』이지만, 그의 최후가 성전에는 기록되어 있지 않아. 이 사실로부터 추측할 수 있는 가능성은 1. '검은 성자는 행선지를 알리지 않고 사라졌다', 2. '검은 성자는 후세에는 도저히 전해질 수 없는 형태로 목숨을 잃었다', 3. '검은 성자는 죽지 않았다'. 간결하게 말하면, 실종·불명예스러운 죽음·기록해야 할 최후가 없는 등 '기록하는 측에 좋지 못한 상태'였다고 생각돼."

"성서의 기록자가…… 자의적으로 편찬하였다는?"

"당신이라면 알 거라고 생각하지만, 편찬자라고 해도 인간이야. 사람인 한 일개 개인에서는 벗어날 수 없어. 하물며 성전에 몇 명의 인간이 관여하고 있다고 생각해? 진실이라는 건, 발생한 순간부터 왜곡되는 거야."

"……완전한 객관시 같은 건 없다는 의미로는 이해할 수 있습니다만."

아리엘이 분한 듯이 납득했다.

확실히 이야기의 결말로서 주역이 갑자기 사라지거나 혹은 시시한 죽음을 맞이한다는 건 아름답지 못하다. 그건 이해가 되지만…….

"하지만 그렇게 해봤자 그 '누락'은 심하군. 거짓말이라도 『검은 성자』의 최후는 기록해둬야 하겠지."

안대에 가려지지 않은 플라나의 왼쪽 눈이 반짝하며 빛났다.

"나도 쿠로노와 같은 의견이야. 실제로 성전의 원서 시점에서 『검은 성자』의 최후에 관한 기술이 빠져 있었던 건 아닐까 하는 의견도 많아. 즉, 『검은 성자』의 최후에는 은닉될 만한 무언가가 있어."

"그렇다고 한다면, 그건 뭐지?"

"아니 애초에 기보르네의 『검은 짐승』에 확인할 만한 가치가 있느냐 하는 이야기지? 천 년 전의 진상이라든가 지금 이야기할 내용이 아니잖아."

오렐리아가 재미없다는 듯이 책상에 팔꿈치를 찧고 팔 끝에 턱을 괴며 말했다.

"너는 조금 더 마음에 여유를 가지는 게 좋아, 오렐리아 부병장. 멀리 돌아가서 생각하는 길이야말로 목적까지 가는 최단 거리인 경우도 적지 않으니까."

"……너 몇 살이야? 절대 겉모습대로의 여자애는 아니지?"

플라나의 달관한 말투는 확실히 어린애답지는 않다.

"아클레어 신교가 이렇게까지 대륙에 뿌리내린 가운데, 역시 그 성자의 말기는 많은 사람을 끌어당겼어. 하지만 나는 생각해. 아직 성전이 원서 한 권이었을 때, 아무도 이 상황을 상상하지 않은 것인가 하고."

"─────."

그 말은, 즉.

"일부러인가. 언젠가 누군가가, 그에 관해 생각할 때를 위해 일부러 아무것도 쓰지 않았다."

『검은 성자』는 아마도 최강의 마법사다. 원초의 색채 속성 보유자 전원과 전우이자, 신에게 사랑받고 악신의 일부조차 『집어삼켰』다. 인간만이 아니라 아인이나 마족까지 아군으로 삼고 있었다.

그의 안에 있는 마법, 무예, 전술은 인류의 지보라고도 할 수 있다.

당시의 전력으로도 악신은 완전히 멸할 수 없었다.

언젠가 부활하리라는 건 명백하다.

그런 때, 미래에 승부를 맡길 자는 무엇을 선택할 것인가.

만약 코우스케라면 언젠가 오게 될 『흑』 보유자를 향해 남겨 둔다.

악의 있는 자의 손에 넘어가지 않도록, 제한된 자만이 다다를 수 있을 만한 장소에.

"그 가능성을 생각하면 온갖 장소가 수상하지만, 기보르네라는 건 뭐, 말이 안 되는 건 아니야."

"……미안. 나는 성전을 읽지 않았어. 기보르네가 말이 안 되는 건 아니라는 게 무슨 의미지?"

아리엘이 불신자를 보는 듯한 눈매로 코우스케를 일변한 뒤, 설명해주었다.

"현재의 기보르네령에 해당하는 지역은 과거 동하호(冬霞虎)[페리스]가 사는 토지로 여겨지고 있었습니다. 신에 의한 최초기의 창조물 중 하나이며, 『성장』을 관장하는 『하얀 짐승』. 성체의 엄니는 달조차도 물어 으깨고, 발톱은 하늘조차도 찢어발기며, 내뱉는 숨은 태양조차 얼어붙게 만든다고 전해지고 있습니다."

『검은 짐승』이 아니라 『하얀 짐승』의 전승이라면, 기보르네에 있다는 것이다.

"『성장』이라……『집어삼킴』과 조금 닮았군."

"실제로 동하호는 먹은 것의 성질을 소화될 때까지는 재현할

215

수 있다는 것 같아. 『집어삼킴』과 다른 건 모든 것을 자기의 힘으로 만드는 게 아니라, 어디까지나 성장의 양식으로 삼는다는 점일까."

"……주위의 모든 것을 먹어 치우고, 고독에 빠져 방황을 되풀이하는 동하호를 『검은 성자』가 조복(調伏)하고, 절제를 가르친 겁니다. 이후 동하호는 검은 성자에게 종속하여 인류를 위한 싸움에 임했다고 전해지고 있습니다. 이건 『폭식』의 죄와 『절제』의 덕을 동시에 깨우쳐주는 우화이기도 해서——"

길어질 것 같은 낌새를 예민하게 알아챈 것인지, 플라나는 아리엘의 말을 가로막고 이야기하기 시작했다.

"시스터 아리엘이 말했듯이 동하호는 검은 성자에게 종속했어. 거기서 조금 생각해보도록. 검은 성자의 『흑』을 『하얀 짐승』이 먹으면 어떻게 되지?"

지금까지의 이야기를 고려하면, 답은 하나밖에 없다.

"소화되기 전까지, 『하얀 짐승』은 『흑』을 쓸 수 있다?"

모든 이가 말을 삼켰다.

루키우스가 작게 "『검은 짐승』……" 하고 중얼거린 게 들렸다.

"잠깐 기다려. 그건 이상하지 않아? 소화되기 전이라는 건 그렇게까지 긴 시간이 아니지? 가령 『하얀 짐승』이 악령에 봉인되든가 해서 존재하고 있다고 해도, 『흑』을 쓰려면 먹을 필요가 있는 거잖아? 그럼 뭐야? 『검은 영웅』 엘마는 지금도 살아 있어서, 악령에서 애완동물한테 먹이를 주고 있다고? 그런 바보 같은 소리가 어딨어."

"복합 마법."

잠꼬대처럼 중얼거린 건 『인도자』 마기우스. 마술 국가에 소속
된 노련한 마법사는 무언가를 알아차린 모양이었다.

"색채 속성조차도 집어넣은 복합 마법이라면, 어쩌면 악령의
개조도 가능할지도 모르겠구려."

"으음~? 악신의 지배를 『없었던 것』으로 해서, 시간의 진행을
『두절』시킨다든가~? 그런 거…… 개입 한계를 무시하면 가능하
려나아. 그레퐁은 어떻게 생각해?"

"신화 영웅의 활약은 제법 많이 각색되어 있으리라는 것을 고
려해도 격렬하군. 신이 잠에 들기 이전이었던 것이 관련되어 있
다면, 현재의 내방자보다도 보정이 컸던 것도 충분히 생각될 수
있겠지."

"그 말은, 같은 색채 속성 보유자라도 지금보다 훨씬 신에게
사랑받고 있었다는 건가?"

키스가 아무렇게나 난 수염을 훑으며 말했고, 그레이가 고개
를 끄덕였다.

신의 전성기에 전력으로 사랑받은 색채 속성 보유자. 그 보정
이 코우스케나 다른 영웅들보다 강력한 것이어도 이상할 것은
없다.

"즉, 싸움이 끝난 뒤에 동하호의 고향을 찾아간 엘마가 그 호랑
이째로 자신을 봉인하든지, 봉인되었든지 했을 가능성이 있다?"

217

"그런 가설을 세우는 건 가능하다는 거야. 완전히 헛짚었을 수도 있고."

"이래 놓고 파카르네에 있다든가 하면 어쩔 도리도 없으니까 말임다——."

환상 국가 파카르네. 그곳에 있는 것 이상의 추구를 용납하지 않는 미답의 대지. 확실히 그 안이라면 손을 댈 도리가 없다.

"아뇨, 저기, 만약 가령『검은 성자』님이 살아 계셨다고 치고, 쿠로 님은 어쩌실 생각이지요?"

아리엘은 이렇게 말하고 있다.

개념 속성을 원하는 마음에 대영웅을 죽일 것인가.

"나는『검은 성자』와『어둠의 성자』는 동일 인물이라고 생각해."

『검은 영웅』이 악신의 일부를『집어삼킨』에피소드 이후부터, 그것은 몇 번이고 출현하게 되었다.

『어둠의 영웅』. 코우스케는 이를 정신오염이 진행된『검은 영웅』본인이지 않을까 하고 생각하고 있다.

코우스케는 그 감각을 잘 기억하고 있다. 다른 사람이 되는 것과는 다르다. 쿠로노 코우스케에게서 긍정적인 면만을 깎아 낸 듯한, 개인을 구성하는 기억을 제거한 듯한 그런 인격의 표출.

코우스케는 증상이 초기 단계였던 것과, 같이 공략에 도전한 타이가의 말 덕분에 소중한 사람을 상기할 수 있었기에 돌아올 수 있었지만, 더 진행되면 그러지도 못하게 될 것이다.

하물며『검은 영웅』엘마는 악신과 상대했다. 정신오염 가속과 맞바꾸어 하늘의 마력과 접속하는 【흑도야】에 의지하여 싸웠으리라는 것은 상상하기 어렵지 않다.

싸움이 끝났을 때, 과연 엘마는 돌아올 수 있는 상태였는가.

만약 그렇지 않았다면, 그는 성자라고 부를 수 있는 존재가 아니게 되었을 것이다.

"……대답이 되지 않습니다."

"색채 속성 보유자가 자신의 능력을 넘은 무리한 발동을 감행했을 때의 대가는 알고 있잖아? 『흑』의 경우는 정신오염. 그건이미, 자신이 아니야. 만약 엘마가 그런 상태가 되었다면, 어떻게 하는 게 옳지?"

"그, 그건."

"대가도, 분명 게둔드라에서는 신의 힘에 너무 가까워진 벌이라든가 금제라는 등 말하겠지. 그렇다고 한다면, 도가 지나친녀석은 설령 성자일지라도 벌을 받아야만 하는 거 아닌가?"

"당신이 집행자에 걸맞다고 말하고 싶은 겁니까?"

"아니, 나는 무교니까 말이지."

"무슨 말을 하고 싶은 겁니까."

"구하고 올게."

"_____."

"만약 내가 그렇게 되었다면, 분명 그래주었으면 하고 생각할테니까. 끝내주었으면 한다고 바랄 테니까."

아리엘은 잠시 고개를 숙이고 있었지만, 곧 고개를 들었다.

"그 판단을, 당신 혼자한테 맡길 수는 없습니다."

아리엘은 그렇게 말하고 나서, 곧바로 작게 고개를 가로저었다.

"아니요, 이 상황에서 수도기사가 빠질 수는 없고, 다른 사람으로는 짐덩어리가 되겠지요."

그러고 나서 고민하다가, 문득 토와 쪽으로 시선을 향했다.

"토와 님. 당신은 어떻게 생각하시나요?"

"네? 토와, 말인가요?"

"쿠로 님은 올바른 판단을 내리실 거라고 생각하시는지?"

그녀의 진지한 눈빛에 토와는 곧바로 망설임을 지웠다.

"아뇨, 아리엘 씨. 쿠로가 하는 일은 올바른 게 아니에요."

"! 그러면."

"필요한 일을, 이 사람은 하는 거예요. 이번 건으로 말하자면 아크스바오나에 지지 않고, 연합 사람들이 지배당하지 않기 위해 필요한 일을."

엘프 검사는 잠시 토와의 눈동자를 바라보고 있었지만, 이내 한쪽 뺨의 힘을 슥 뺐다.

"믿도록 하지요."

다른 수도기사에게서도 불만의 목소리는 나오지 않는다.

아무래도 이야기는 정리된 모양이다.

◇

침대 안에서 새근새근하는 귀여운 숨소리가 난다.

언제까지고 바라보고 싶어지는, 행복의 상징 같은 잠든 얼굴.

푸른 얼음 같은 머리카락, 앳된 몸. 부지런하며, 마술사 지망. 그리고 코우스케가 의지할 수 있는 동거인.

에코나다.

생명의 우정 2층에 설치된 숙박실.

기보르네로 출발하기 전에 얼굴을 봐두자고 생각한 것이었다.

그녀 옆에 쪼그려 앉아, 만지면 녹아 버릴 것만 같은 착각을 느끼는 머리카락을 살며시 빗어 넘기듯이 쓰다듬었다.

"……엣취."

에코나가 눈을 뜨고, 푸른 얼음 같은 눈동자에 코우스케가 비쳤다.

깜박깜박. 연속되는 눈 깜박임. 상황이 파악되지 않는 건지 고개를 갸웃하고, 그러고 나서 "후아암" 하며 작게 놀란 목소리를 냈다.

"……코우스케 씨가 있어요……. 꿈?"

뭔가 말하기 전에, 에코나는 느릿느릿 침대에서 기어 나와 코우스케의 가슴에 얼굴을 문질렀다.

"굉장해요…… 꿈인데도, 냄새도 나고, 따뜻하고…….."

이 소녀의 이런 모습을 여동생이 봤다면, 너무나도 귀여운 나머지 졸도하였으리라.

"아하하, 뭐, 꿈이 아니니까 말이지——."

"…………………………………………………후에."

인식하는 것을 두려워하는 것처럼 완만하게, 에코나가 고개를 들었다.

"꿈이, 아닌, 가요?"

"응. 다녀왔어. 걱정을 끼쳤어. 에코나가 괜찮은지 어떤지 확인하고 싶어서."

그녀의 뺨이 사과처럼 빨개진다.

"죄, 죄죄죄, 죄송해요……! 아니, 아니에요, 평소에 코우스케 씨가 자고 있을 때도 같은 짓을 하고 있다든가, 그런 건 결코……!"

하고 있는 모양이다.

"됐어, 괜찮아. 으음, 그래. 잠깐 나갈까."

그녀를 살며시 안아 올리고 상의를 찾았다. 그녀가 애용하는 코트를 발견. 걸치게끔 했다.

"아, 어, 저기, 지금, 시간은."

계단을 내려가 뒷문을 통해 밖으로 나갔다.

박명(薄明). 아직 해가 뜨기 전이지만 하늘은 희미하게 밝다.

『풍』 마법으로 가게 지붕까지 단번에 뛰었다.

"와앗."

놀란 에코나가 코우스케를 꼭 붙잡았다.

"코, 코우스케, 씨?"

"오, 마침 딱 좋은 시간 같네."

지붕에 앉아 무릎 사이에 에코나를 끼웠다. 손가락으로 가리켰다. 해가 뜨는 방향.

화악, 하고.

땅끝에서 넘치듯이, 빛이 올라온다.

동이 트는 하늘에 물드는 왕도를 보고, 망설이는 기색이었던 소녀도 감격한 듯한 목소리를 냈다.

"후아아."

양손을 모으고, 코우스케 쪽을 올려다봤다.

"굉장해요……! 예뻐요……!"

그렇게 말하면서 들뜬 모습을 보였지만, 그녀는 금방 고개를 갸웃했다.

"하지만, 어째서 여기에? 저기, 코우스케 씨, 바쁘, 시죠. 그런데, 저기, 물론 기쁘지만, 그."

"에코나랑 이야기를 하고 싶어서 말이야."

"이야기, 인가요?"

조금 전까지 빛나고 있던 표정이, 눈 깜짝할 사이에 흐려져 간다.

"……에리 씨에 관한 것, 일까요."

"아는 사이라고 들었어."

끄덕.

"그 녀석은 에코나를 구하러 왔어. 아직 노예로 부려 먹히고 있다고 생각한 거네. 달트라는 악이고, 에코나는 사로잡힌 가족. 구출해 내기 위해서, 뭐든 했어."

코우스케와 닮았다. 소년의 경우, 과거 생에서의 여동생은 구할 수 있는 상태가 아니었지만.

"……상냥한. 상냥한, 사람이었어요. 정말로, 그런 짓을 할 사람이, 아니에요."

인조 영웅 창조 계획은 끝나지 않았던 거다.

처음부터 만들어 내는 게 아니라, 이미 존재하는 개인에게 영웅의 혼을 심어 넣는다.

에리라는 기보르네 사람은 확실히 영웅 규격에 걸맞은 힘을 가지고 있었다.

죽은 영웅의 혼을 넣는다는 기술인 이상, 적의 영웅 총 숫자는 늘어나진 않을 것이다.

하지만 시체가 회수되지 않는 형태로 죽이지 않는 한 줄어들지도 않는다.

또한 영혼의 조각을 여러 명에게 심을 수가 있다면, 그거야말로 더욱 영웅에 가까운 유사 영웅을 여러 명 만들어 내는 게 가능할지도 모른다.

"사람은 어떤 짓이든 해."

설마 코우스케한테 부정당할 거라고는 생각하지 않았는지, 에코나의 표정이 굳어졌다.

토와에게는 평범한 오빠였던 코우스케가 복수를 내걸고 그것을 완수했듯이.

"하지만, 그 녀석이 그 사람이 아닌 다른 사람이 되는 건 아니야."

"코우스케, 씨?"

"잘못된 짓을 해버리고 말았지만, 에코나가 알고 있는 에리라는 녀석이 사라져 버린 건 아니야. 그러니까, 어느 정도 진정되면 면회하러 가도록 해. 무섭다면, 같이 따라가 줄 테니까."

에코나는 영리한 아이다. 코우스케가 한 말의 의미도 금방 이해한 모양이었다.

"……네. 감사합니다."

에코나는 그렇게 말하고는 부드럽게 미소 지었다. 코우스케도 그에 이끌려 입꼬리가 올라가 미소를 띠고 만다.

여기까지가, 에코나와 이야기해두고 싶었던 것.

여기서부터가, 본론.

"나는 지금부터 기보르네에 갔다 올게."

"기보르네…… 어, 일, 이신가요?"

"응, 일이야. 에코나의 마을과는 다른 곳이라고 생각하지만, 만약 괜찮으면 따라올래?"

작은 입술을 둥글게 딱 벌리는 에코나.

"제가, 코우스케가 씨가 일하는 거에, 말인가요?"

"내가 일하는 동안은, 마을에 있게 되겠지만."

"저기."

작은 손과 손을 깍지를 꼈다가는 풀기를 반복한다. 입술이 말랑하게 모양을 바꾸고는, 고개가 갸웃하며 기운다. 몸 전체를 써서 고민하는 어린 소녀.

"이번에는, 그만둘게요."

"그렇, 구나."

"시로 씨와 같이, 여기서, 코우스케 씨를 기다리고 있을게요. 그러니까."

말랑말랑한 손가락이 코우스케의 손을 살며시 쥐었다.

"돌아와 주세요."

가슴 안쪽에서부터 열이 천천히 퍼져 간다.

시로한테 왕성 안으로 옮기도록 권했을 때와 같다. 에리의 습격 인상이 희미해질 때까지 에코나를 왕도에서 멀리 떼어놓으려 했다. 기보르네 사람이라는 이유로 좋지 못한 일을 겪지 않도록.

하지만 그건 어디까지나 제안이고, 강제는 아니다.

걱정은 된다. 하지만 그 제안을 듣고 나서 상대가 선택한 건 존중하고 싶었다.

"그러네. 에코나의 '다녀오셨어요'를 듣기 위해서라도 돌아올게."

그녀의 머리 위에 자신의 턱을 얹었다. 빙빙 움직였다.

"후훗, 간지러워요."

출발 시각이 다가오는 가운데, 코우스케는 잠시 그렇게 에코나와 장난을 치고——.

"아, 그렇지. 코우스케 씨."

"응?"

에코나는 순진무구한 미소로, 명안이라는 듯이 말했다.

"저도 무릎베개, 해드릴까요?"

"··················."

시로, 밖에 없겠지.

안 좋은 예감이 드는 가운데, 어찌어찌 미소를 유지했다.

"기쁘지만, 지붕 위라 위험하니까 다음에 또 부탁할게."

"아, 그러네요. ······그, 그럼, 으음, 저기."

에코나의 하얀 피부가 순식간에 붉은빛을 띠어 간다.

코우스케를 보고 돌아앉아, 가슴 앞에서 주먹을 꼭 쥔 에코나
가 결의를 굳힌 것처럼 말했다.

물기를 띤 사파이어 같은 눈동자를 치뜨고서는 이쪽을 올려다
본다.

"가슴, 에, 얼굴, 그, 기운이 나신다면!"

분명, 시로가 푸념할 생각으로 말한 것이리라.

따지자면 코우스케의 실언이지만, 그건 그렇다 치더라도 에코
나한테 쓸데없는 말까지 다 하다니.

"아니, 그게 말이지."

어떻게 변명할까 하고 생각하는 코우스케 앞에서, 꽃이 시들
어 가는 것처럼 에코나의 표정이 흐려져 간다.

"그게 아니면······ 제 가슴으로는 기운을 낼 수 없는, 것일까

요? 작고, 말이에요."

코우스케는 얼굴에 열을 띠고 있는 걸 자각하면서, 애써 냉정하게 말했다.

"그런 게 아니라 말이야……. 저기, 그거야. 어린애 가슴에 뛰어드는 건 어른이 할 짓이 아니야."

"그, 그렇군요……! 그러면, 제가 크고 나면 그때는……!"

"으음……."

"……아, 안 되나요. 저는 코우스케 씨의 도움이 되지 못하는 거네요……."

시무룩하며 어깨가 축 늘어지는 그녀에게 어떤 말을 건네면 좋을지, 아무리 생각해도 떠오르지 않는다.

머리를 싸매는 코우스케를 보고, 에코나가 후훗 하며 작게 웃음소리를 냈다.

"에코나?"

"……요새 조금 쓸쓸해서, 조금 장난삼아 말해봤어요. 죄송해요……."

에헤헤, 하고 혀를 내밀고 웃는 에코나를 보고 코우스케는 힘이 빠졌다.

"그런가……."

에코나도 어느샌가 그런 걸 배운 모양이다.

혹은 원래부터 가지고 있던 그런 성격을, 이제야 코우스케 앞에서도 드러낼 수 있게 된 것인가.

그런 거라면 좋겠군, 하고 코우스케는 생각했다.

그건 그렇다 치고.

"그럼 나도 갚아줘야겠는데."

손가락을 노골적으로 펼치고, 어린 소녀의 옆구리에 뻗었다.

어릴 적에 시건방진 여동생에게 자주 하곤 했다.

간질이기 공격이다.

"햐아앗. 코, 코우스케 씨?!"

노람은 차츰 간지러움으로. 웃음을 필사적으로 참는 에코나의 목소리가 이른 아침의 거리에 조용히 스며들었다.

◇

왕도에서 기보르네까지는 결코 가깝지 않다.

앞으로의 일도 생각하면, 통상적인 수단으로는 도저히 오가고 있을 여유가 없었다.

그래서 통상적인 수단은 이용하지 않는다.

소룡(小龍)——와이번이다. 박쥐를 연상케 하는 두 날개, 조류의 다리와 부리, 굵은 꼬리 끝은 화살촉처럼 뾰족하다.

"줄무늬가 아니네."

왕도 북문. 배웅은 필요 없다고 말했지만, 여동생만이 그 자리에 있었다.

"뿔도 안 나 있고, 색깔도 새까맣고 말이야."

229

어릴 적에 학교 도서관에서 같이 읽었던 책에도 용이 나왔다.

그 용과 코우스케가 마법으로 창조한 용의 조형은 달랐지만, 용이라는 무의식적인 선택은 거기서부터 온 것일지도 모르겠군, 하고 생각했다.

"그러고 보니 엘마는 그 책의 주인공과 같은 이름이네."

"……그러게다. 그런 경우도 있는 거겠지."

퍼즐이.

직소 퍼즐의 조각이 탁탁 끼워 맞춰져 가는 듯한 감각을 이따금 느낀다.

하지만 파편끼리만으로는 도저히 전체상이 떠오르지 않아, 완성되었을 때 무엇이 떠오를지 알 수 없다.

"토와도 따라가 줄까?"

"……너한테도 해야 할 일이 있잖아. 그리고, 앨리스의 고삐를 잡고 있어줘."

여동생은 엄청나게 싫은 듯한 표정을 지었다.

"갔다 올게."

"……조심해."

"너도."

그 말만 하고, 와이번에 올라탔다.

작게 손을 흔드는 여동생의 모습이 상승함에 따라 작아져 갔다.

그 후, 코우스케는 서둘러 기보르네로 향했다.

기보르네까지 가는 길과 금역의 위치가 기록된 마소 지도를 글래스에 넣어 망설이지 않고 나아간다.

직접 금역으로 가는 게 아니라, 주변에 있을 터인 마을 부근에서 내렸다.

달트라는 기보르네 부흥에 협력하고 있는 관계로, 마을 입구에는 달트라 병사가 있었다.

글래스의 정보와 복장으로 코우스케의 신분을 파악하자, 그들은 황송해하며 촌장이 있는 곳까지 안내해 주었다.

마을의 규모는 그리 크지 않다. 모옥(茅屋)이 10채 정도 세워져 있을 뿐.

코우스케가 처음으로 보는 얼굴이기 때문인지 주민이 의아한 듯한 시선을 보낸다. 에코나와 같은 나이대 아이도 있었지만, 그녀와 달리 이쪽을 쳐다보는 시선을 날카롭다. 에코나와 마찬가지로 달트라에 가족을 빼앗긴 경험이 있는 것일지도 모른다. 심경으로서는 에리 쪽에 가까운 사람도 많을 터다. 그건 어쩔 수 없는 일.

촌장은 고령의 남성이었다. 코우스케를 보고, 신기한 듯이 고개를 갸웃했다.

갑작스런 방문이라는 무례를 사과하고, 급한 일임을 전한 뒤 요건을 말했다.

"……『푸른 영웅』 경에게도 말씀드렸던 대로, 금역에 발을 들이는 것은 허용할 수 없소이다."

"…………무리한 요구를 드리고 있다는 건 이해하고 있습니다."

"당신들의 승리를 위해, 또다시 기보르네에 무거운 짐을 대신 지게 하겠다. 달트라는 그걸 인정하는 것이오이까?"

호의적으로 맞아들일 리가 없다는 것은 알고 있었다.

그래도 무시는 할 수 없다. 에코나의 조국이라는 것도 있고, 그렇지 않더라도 그들은 피해자다.

어떻게 두 번이나 업신여길 수 있겠는가. 밟아야 할 온당한 절차라는 게 있다.

"하나, 정정할 것이."

"무엇이오?"

"'당신들'이 아닙니다. '우리들'입니다."

촌장의 눈꺼풀이 미세하게 치켜 올라갔다.

"……기보르네 백성들을 위해서이기도 하다는 말씀이구려. 그걸, 우리는 어떻게 믿으면 좋소이까."

"결과를 먼저 보여드릴 수는 없습니다."

"거절하겠다고 말한다면?"

"돌아가겠습니다."

노인이 놀란 것처럼 눈을 크게 떴다. 강행 수단을 선택할 것이라고나 생각한 것이리라. 그만큼 한 번 잃은 신뢰를 되찾는 것은 어렵다.

"돌아가서, 사력을 다해 싸울 뿐입니다. '우리들'의 미래를 위해서."

눈이 마주쳤다.

비위를 살피는 말을 하는 건 쉽다. 듣기 좋은 말을 내뱉는 것도. 애초에, 달트라가 그럴 마음이 든다면 그들의 거부 따위 무시하고 일을 처리할 것이다. 촌장도 그걸 이해한 후에 질문한 것이다. 당신들의 그것이 에두른 협박이 아니라면 무엇인가, 하고.

그래서 코우스케는 협박할 생각 따위 없다고 말했다.

무리라면 무리인 대로 돌아가서 싸울 뿐이라고.

"…………난처하구려. 내 눈이 흐려진 게 아니라면, 당신은 신용할 수 있는 인물이라는 말이 되고 마네만."

"난처합니까?"

"…………원한을 없애는 건, 그리 쉬운 일은 아니외다."

"……아아, 그거라면 알고 있습니다. **무척 잘, 알고 있습니다.**"

"그래도 여전히, 우리에게 부탁하겠다는 건가?"

"필요한 일이니까요."

"동포의 죽음도, 노예가 되는 것도 필요한 일이었소이까?"

"…………"

말하고 나서, 촌장은 무리해서 그러는 것처럼 미소를 띠었다.

"좋소이다. 당신의 지금 표정으로 확신했소. 알지도 못하는 우리 동포의 죽음에 마음 아파하는 당신의 마음씨를 믿고, 금역에 출입하는 것을 허가하겠네."

코우스케는 머리를 숙였다. 문화의 차이로 통하지 않는다고 해도, 코우스케 자신의 감사를 표하기 위해서.

"늙은이 상대는 이 정도로 하고, 가도록 하게나. 원래부터 그리 유예 따위 없는 것 아닌가?"

"……그러면."

다시 한번 고개를 숙이고, 그 자리를 뒤로했다.

마을을 나오고 나서 금역으로 서둘러 움직였다.

금역이라고 한데 묶이기는 해도, 주변 숲과 뭔가가 변한 것처럼 생각되지는 않았다.

그것을 발견하기 전까지는.

루키우스의 보고대로 동굴이 있었다. 아무런 특별할 것도 없는 입구.

하지만, 이곳이 틀림없다.

심호흡.

검 자루에 손을 대고, 침입 개시.

어두운 길을 얼마나 걸었을까.

체감 시간을 흐트러트리는 마법이라도 둘러쳐져 있는 것인지 몇십 초처럼도, 몇 시간처럼도 느껴졌다.

이윽고 경치가 트였다.

거대한 할퀸 자국투성이인 원 형상의 빈 땅.

관객석이 없는 스타디움이나, 서커스를 연상케 하는 장소다.

그 중앙에 짐승──이 아니라, 여성이 서 있다.

가느다란 검을 허리에 차고 있는 건, 장신이지만 가냘픈 인상이 느껴지는 여성. 머리카락 색깔은 흰색에 검은색이 섞인 독특한 색깔. 머리 끝부분에 짐승의 귀 같은 것이 나 있는 점이 백호를 연상케 했다.

눈을 감고 있었지만, 코우스케의 침입을 감지한 것인지 뜨고 있었다.

금색 눈동자. 동공이 세로로 길다. 몸은 코우스케를 향해 있지만, 시선은 그저 지면에 꽂혀 있다.

"……모처럼, 오늘은 상태가 안정되어 있는데. 타이밍이 나쁜 침입자군."

흉부와 국부를 가리는 것처럼 천을 두르고, 그 위로 망토 같은 커다란 천을 걸치고 있다. 크윈의 차림새와 달리 무언가 보정을 부여하는 장비가 아니라, 단순한 넝마주이다.

그럼에도 불구하고, 기품마저 감도는 것처럼 느껴지는 건 그녀의 이지적인 태도 때문일까.

"…………너, 마물이 아니군."

완전한 인간형 마물도 있겠지만, 적어도 그녀는 아니다.

그녀는 아인이다. 설령 원래는 마물이었다고 하더라도, 이미 인간과 구별이 되지 않을 정도로 그 모습이 정착되어 있다.

"침입자여. 떠나라, 어떠한 자도 내 주인의 잠을 방해할 수 없다."

위화감이 있었다.

하지만 그 위화감의 정체를 파악할 수 없다.

"주인…… 엘마인가."

코우스케의 바로 정면 안쪽에 문이 있다.

『어둠의 영웅』은 그곳에 있는 것인가.

그렇다고 한다면 눈앞의 여성이 『검은 짐승』?

"그 더러운 입을 닫아라. 주인을 이 땅에 봉인함으로써 존속한 세계의 사람이, 그분의 이름을 입에 담을 자격 따위 없다."

명확한 노기와 적의.

그렇다. 인간에 대한 살의 등을 느끼지 않는 것을 보아도 역시 그녀는 마물이 아니다.

하지만 상충이 없는 이러한 마술적 공간을, 인간은 악령이라 부른다.

"……그렇게 생각해. 그렇다고 하더라도, 그 힘을 받을 이유가 있어."

"부끄러움을 모르는 모양이군. 그렇게까지 말한다면 대화는 바라지 않는다. 죽음으로써 그 입을 다물도록 해라──침입자!"

사라진다. 아니, 단순한 속도.

눈앞에 나타난 여성이 휘두르는 칼날을 코우스케는 불괴의 검으로 받아냈다.

지근거리에서 서로의 눈이 마주친다.

입을 연 것은 그녀 쪽이었다.

그 눈동자가, 경악으로 번쩍 뜨인다.

"네 녀석, 그 외모, 무슨 속셈이지……?!"

외모…… 코우스케의 얼굴을 보고 놀라고 있다.

"거기다 그 마력 반응! 아니, 말도 안 된다! 네 녀석들은──!!

어디까지 주인을 우롱해야 직성이 풀리는 거냐!"

오른발 발차기. 『검은』 방벽을 전개했지만, 그녀는 비정상적인 움직임으로 발차기를 막아내고 후방으로 도약했다.

"……『흑』, 이라고?! ……설마, 아니, 불가능하다! 가능할 리가…….."

여자는 순간적으로 뒤를 돌아보고, 그러고 나서 다시 코우스케를 봤다.

"침입자…… 네 녀석, 이름은."

"……쿠로노 쿠로우리스——"

"전생자이지? 그쪽 이름을 묻고 있는 거다!"

대답할 이유 따위 없는데, 귀기 서린 표정에 대답하고 말았다.

"……쿠로노, 코우스케."

억지로 질질 끌다시피 입에서 새어 나온 이름에, 여성에게서 표정이 사라졌다.

"————아아, 그런."

검을 놓치고 뒤로 슬금슬금 물러났다. 자신의 손으로 그 얼굴을 잡아 찢을 것처럼 억누르고 있었고, 손가락 틈새로 보이는 눈동자에는 경악과 비창(悲愴)이 배어 나오고 있었다.

그 반응을 보고, 깨닫고 말았다.

또 하나의 조각이 맞춰졌고, 그걸로 겨우 보이기 시작했다.

성전의 『검은 성자』에 관해.

『검은 성자』는 당초 『찾는 자』라고 기록되어 있었다.

코우스케가 전생 후에 자살하지 않았던 것은, 여동생이 전생할 가능성을 알아차리고 재회를 바랐기 때문이다.

『검은 성자』는 사람을 찾는 과정에서, 수많은 사람을 구하고 『구하는 자』로 표기되게 되었다.

코우스케는 토와와의 재회를 목표하는 중에 에코나를 구하고, 타이가를 도와주고, 플라스가 지향하는 길을 긍정했다.

『검은 성자』는 검은 머리카락에 검은 눈동자를 지니고 있다.

『검은 성자』는 차별 의식을 지니지 않고, 아인이나 마물조차 동료로 맞아들였다.

『검은 성자』의 이름은 엘마라고 한다. 여동생이 좋아했던 이야기의 주인공과 같은 이름.

루키우스가 이 동굴을 발견했을 때, 코우스케와 닮은 마력 반응을 느꼈다.

모든 영웅은 신에게 사랑받고 있다. 그건 가호라는 형태로 스테이터스에 보정을 가한다.

하지만 코우스케한테는 그게 없었다. 토와의 기도라는, 여동생의 마음만이 새겨져 있었다.

신은 코우스케를, 사랑하지 않았던 것이 아니다.

쿠로노 코우스케를 사랑하였기 때문에, 쿠로노 코우스케를 사랑할 수가 없었다.

이미 사랑하고 있는 사람을 사랑하게 된다는 건 모순이기 때문이다.

"네 녀석은——"

"내가——"

『검은 성자ᵉˡᵐᵃ』였던 것이다.

◇

아클레어에는 온갖 세계에서 불행한 인간이 전생해 온다.

그러니까, 그렇다. '코우스케와 같은 인생을 걷고, 코우스케와 동일하게 여동생을 잃고, 코우스케와 똑같이 복수를 완수하고, 코우스케와 마찬가지로 자살한' 다른 '쿠로노 코우스케'가 있어도 이상하지 않다.

그리고 차이를 찾는 게 어려울 정도로 빼닮은 개체의 한쪽이 전생 자격을 지닌다면, 다른 한쪽 또한 그걸 얻었어도 이상하지는 않다.

거기에 덧붙여 '신화시대부터 지금까지, 내방자가 어떤 세계 · 어떤 시대에서도 찾아온다'는 성질.

코우스케와 토와가 시간의 차이 없이 전생한 것으로 인해 잊기 십상이지만, 전생은 '어느 시대의 아클레어로 날아갈지 알 수 없다'는 것.

즉, 이런 말이다.

지금 여기에 있는 '쿠로노 코우스케'는 이 시대의 아클레어에 전생한 것에 비해.

코우스케와 다른 세계의, 하지만 한없이 비슷한 길을 걸었던 지구에 존재한 '쿠로노 코우스케'는—— 신화시대에 전생한 것이다.

그리고 그때에는 글레스 같은 건 없다.

【가호】『토와의 기도』가 있다는 건 알아차릴 수 없다.

분명 당시도 자살을 멈춰준 사람이 있었을 것이다.

그리고 다른 누구도 아닌 코우스케다. '자기 같은 사람이 전생했다면, 여동생도 전생했을지도 모른다'고 생각한 것이다.

그 과정에서 코우스케와 마찬가지로 소중한 사람이 늘어 가고, 인류를 구하는 처지가 되었다.

아니, 어느 정도는 자신의 의사일 것이다.

엘마. 코우스케는 영웅이 됨으로써 새로운 이름을 부여받았지만, 그 시대에 왕실은 존재하지 않는다.

각각이 새로운 이름을 내걸었을 터다. 아클레어에서 '쿠로노 코우스케'라는 울림은 일반적이지 않다.

까닭에 동료들에게 스며들기 쉽고, 그러면서도 '여동생이 오빠와의 관련성을 발견해주는' 이름을 짓고자 생각한 것이다.

둘이서 열중했던 책 속 주인공의 이름. 소문이 퍼지면, 코우스케의 정보와 이름이 온 아클레어를 석권하면, 여동생에 어디에 있든 알아차려줄지도 모른다고 생각한 것이리라.

그 정도는 알 수 있다. 여하간, 자기에 관한 일이다.

하지만 『편찬의 영웅』 플라냐는 말했었다.

차원 오차가 적은 평행 세계에서 동일한 존재가 여럿 전생한
다는 예는 들은 적이 없다고.

한없이 동일 인물에 가까운, 하지만 다른 인물. 그러한 인간이
전생하는 일은 없거나, 기록에 남지 않을 정도로 드문 것이다.

그렇게 되면, 하나 커다란 의문이 떠오른다.

어째서 쿠로노 코우스케뿐인가.

"…………침입자, 하나 물으마."

생각을 거듭하기보다 먼저, 여성이 입을 열었다.

"……뭐지."

"네 녀석은 여동생분을──토와 님을, 만날 수 있었나."

──아무래도 엘마는 그걸 눈앞의 여성에게 이야기한 모양
이다.

"……만났어."

"그런가."

훗, 하고 공허한 웃음소리가 나왔다.

비어 있던 감정은, 차츰 분노에 물들어 갔다.

"…………아아, 어찌 이런 일이 다 있단 말이냐…….."

여자는 눈을 덮고, 이 세상의 모든 것을 저주하는 것처럼 외
쳤다.

"어째서냐?! **어째서 네 녀석인 거냐!** 그분은 세계를 구했는데!
인류를 지켰는데! 그런데도, 그 녀석들은, 그분을, 이런 곳에 가
두어두고! ──그런데도!"

여자가 코우스케에게 덤벼드는 건 보였다.

하지만, 피하지 않는다.

여자가 코우스케를 지면에 밀쳐 넘어뜨리고, 목에 손을 댄다.

"만나지 못했다! 그분은…… 코우스케 씨는! 토와 님을 만나지 못했어! 그런데 어째서! 너와 코우스케 씨의 무엇이 다르지! 너는 그런 좋은 옷을 입고! 토와 님과의 재회도 이루고! 거기다 그분의 힘을 빼앗으러 왔다! 치사하지 않느냐! 너무하지 않느냐!"

목에 가해지던 힘이, 불현듯 느슨해졌다.

대신에 여성의 눈에서 커다란 눈물방울이 뚝뚝 넘쳐흘렀다.

"……그분의 바람은 무엇 하나 이루어지지 않았는데…………너 같은 존재가 있으면, 코우스케 씨가 불쌍하지 않나……."

문 너머에 '쿠로노 코우스케'가 있다면, 그녀는 봉인되었을 때 말려든 것인가.

아니, 시간 감각을 흐트러트리는 통로를 떠올렸다.

생명으로서의 규격이 바뀌어 있는 낌새는 없다. 아마도 이 공간이야말로 핵심이다.

이곳에서 지낸 만큼, 바깥의 시간도 경과하기는 한다. 하지만 이곳에서 지내는 동안은 육체 연령이 진행되지 않는 것 아닐까.

그건 어떤 지옥이었을까.

그녀는 말했다. 주인의 잠을 방해할 수 없다고.

그러면 이 여성은.

마음이 망가진 주인을, 그래도 지키고자.

천 년 동안 줄곧 이곳에서, 혼자──.

"……고마워."

그녀는 눈을 휘둥그레 떴다. 하지만 눈물은 금방 멈추지 않았고, 진주처럼 뚝뚝 떨어졌다.

"'무슨, 말을 하는 거냐.'"

"너, 이름은?"

"누가, 주인께 받은 이름을, 네 녀석 따위에게."

주인에게서 받은 이름.

그것만으로도, 코우스케는 알고 만다.

"맞혀볼까."

"까──불지 마라! 같은 얼굴을 하고 있든, 같은 힘을 사용하고 있든, 네 녀석은 코우스케 씨가 아니다! '쿠로노 코우스케'라는 다른 생물이다!"

"──세츠나."

딱, 하고 몸의 움직임이 멎었다.

"나라면 그렇게 짓겠어."

"어떻, 게……."

"동하호는 이름이 아니니까 말이지. 없다면 붙이겠지."

들어맞았던 모양이다.

다르기는 하지만, 그러나 같은 나의 단순함에 쓴웃음이 새어 나왔다.

영원^{토와}에서 연상하여, 찰나^{세츠나}.

정말이지, 나다운 작명이다.

세츠나는 일어서서 코우스케로부터 몇 걸음 떨어졌다.

"……그분을, 어떻게 할 생각이냐."

아무래도 대화의 여지가 생겨난 듯하다.

"……네가 보기에, 엘마는 구할 수 있는 상태야?"

그녀는 다시 울음을 터뜨릴 것 같은 표정을 지으면서도, 표정을 쓸쓸하게 일그러트리는 데 그치고 고개를 가로저었다.

"이 공간에서는 일수의 경과도 판단할 수 없지만…… 아마도 년 수 회. 그것조차도 극히 짧은 시간이지만, 원래의 코우스케 씨로 돌아올 때가 있다. **지금도 그렇다**. 하지만, 그것뿐이다…… 거기에."

"……뭐지?"

"그때마다, 그분은 말한다. '죽여달라'고. ……스스로는, 불가능한 것 같으니까, 라고."

그것도 또한 정신오염의 폐해일까. 자살을 금하고 일그러짐이 진행되는 것을 강제한다. 악몽이다.

"……침입자!"

세츠나가 갑자기 소리쳤다.

봤더니, 그녀는 고통스러운 듯이 몸을 끌어안고, 몸부림치고 있다.

"——코우스케 씨, 가."

그녀의 몸이 부풀어 올라, 칠흑의 짐승으로 변했다.

몸에 두른 것은 틀림없는 『흑』이었다.

라이크가 중얼거린 『검은 짐승』이라는 말.

동하호의 능력과 엘마의 생존.

그것만으로는 설명이 되지 않는다.

세츠나와 엘마는 어떤 방법으로 이어져 있고, 그가 폭주할 때 정신오염의 영향까지 받고 마는 것인가.

"떠나라, 죽이고 싶지는, 않"

할퀸 자국투성이인 공간. 새긴 것은——그녀 자신인가.

그녀의 모습이 시간을 건너뛴 것처럼 사라지고——눈앞에.

"【흑전】."

발톱을 휘두른 공격을 불괴의 검으로 막아낸다.

달조차 도려내는 일격에, 칼날이 비명과도 닮은 소리를 지른다. 파괴되지 않는다는 성질이 부여되어 있지 않았다면 지금쯤 코우스케는 잘게 찢겨 있었을 것이다.

"어째, 서."

"네가 뭐라고 하든, 나 역시 '쿠로노 코우스케'라고."

다른 존재라고는 해도, 자신을 위해 천 년의 시간과 고충을 받아들였음에도 아직 충성심을 가져 주고 있는 여성.

그런 여성이 괴로워하고 있는데, 떠나라는 말을 듣고 도망칠 수 있겠는가.

"……구해줄 테니까, 사양하지 말고 덤벼."

구한다는 코우스케의 말에, 호랑이의 눈동자가 가늘어졌다.

"······바보 같은, 사람."

그 말을 마지막으로 그녀의 목소리가 인간의 것이 아니게 되었다.

포효가 공간을 뒤흔든다.

"알고 있어."

칼날을 뒤집어 오른쪽 앞다리의 발톱을 베었다.

그녀는 신경 쓰는 기색도 없이 왼쪽 앞다리를 휘둘렀다.

그쪽을 향해서 일섬(一閃). 왼쪽 발톱도 잘라낸다.

다시 오른쪽 앞다리로 공격이 들어오고──동시에 발톱이 재생된다.

"······재생 보유인가."

확인이 끝난 이상, 절단은 헛수고라고 판단하고 후퇴.

『풍』 속성 마법을 전개하여 공중으로.

그녀의 발치에 천천히 무언가가──『흑』이 퍼진다.

그리고 수십 자루의 『검은』 검이 코우스케를 향해 날아왔다.

"······그거, 내 마법인데 말이지."

글레어와의 싸움이 있었기에 대처법은 명확하다.

【흑식】의 칼날을 생성하여 부딪침으로써 상쇄한다.

예상대로 그녀는 엘마의 『흑』 및 그것을 사용한 마법을 쓸 수 있다.

직접 마법을 먹은 기색은 없지만, 확실히 코우스케의 마력을 근원으로 하고 있다.

이유도 판명. 영웅 규격 인간이 집중하여 응시함으로써 겨우 보이는 그것.

그녀의 몸에서 뻗은 마력의 관. 문 너머로 뻗어 있는 점으로부터 누구에게 이어져 있는지도 알 수 있다.

아무래도 단순한 마력으로는 간섭할 수 없는 경로 같은 것일지도 모른다.

코우스케는 그녀의 공격을 피하면서 생각했다.

경로를 끊는 방법――이 아니다.

과연 끊어도 괜찮을지, 하고 망설이고 있었다.

자신을 미치게 만드는 것이라고 하더라도 그녀에게는 중요한 주인과의 소중한 연결일 터이니까.

"크아아아아아아아아아아아아아아아아아아악――――"

하지만.

포효를 지르며 적과 아군은커녕 생물과 사물의 구별조차 하지 못하고 맹위를 흩뿌리는 그녀를 보고, 이성을 잃은 폭력 장치로 변한 그녀를 보고 각오를 굳혔다.

문 너머에 있는 영웅도 자신에게 헌신하는 인간이 이런 꼴을 겪는 건 바라지 않을 것이다.

동하호와 정면으로 싸울 생각은 없다. 그녀 자신과는 대화가 가능한 것이다.

급강하.

닥쳐오는 『흑』을 모조리 상쇄하고, 몸통을 후려 베는 궤도로 육박하는 조아(爪牙)를 종이 한 장 차이로 회피.

그녀와 문의 중간 지점에 내려서서 그 경로에 손을 댔다.

"——【백】."

그야말로, 실이 끊어진 것처럼.

그녀의 몸에서 힘이 빠지고, 쓰러졌다.

호랑이에서 인간으로 돌아갔다.

통상적인 마법으로 간섭할 수 없는 범위의 것이라도 『백』이라면 『없었던 것』으로 만들 수 있는 것이다.

그리고 단순한 아인으로서의 그녀는 이미 적이라고 부를 수 있는 존재가 아니다.

"……지독한 짓을, 하는 사람이군."

쓴웃음이 섞이기는 했지만, 그 말에서는 깊은 슬픔이 배어 나오고 있었다.

몸을 일으킨 그녀는 당장이라도 울음을 터뜨릴 것만 같은 얼굴로 코우스케를 보고 있다.

"몰랐냐?"

가슴이 느끼는 아픔을 겉으로는 드러내지 않도록 애쓰면서, 코우스케도 웃었다.

그러자 그녀는 어딘가 삐친 것처럼 고개를 획 돌리고 중얼거렸다.

"바보 같은 소리 마라, 코우스케 씨는 상냥한 사람이다. 너와는 다르게."

세츠나와 엘마의 관계성은 코우스케와 에코나 같은 것이라고 한다면.

과연, 확실히 그녀에게 엘마는 무척 다정한 인물이리라.

"……너는, 그분을 죽일 건가?"

자기 자신을 죽일 것인가. 자살과도 다르다. 다른 개인으로서 존재하는, 하지만 도저히 자기 자신이라고밖에 말할 수 없는 존재의 살해.

그만두라고 말하려는 것인지, 그녀는 이야기하기 시작했다.

"나한테는 명확한 존재의 방식이 없었다. 처음에 그렇게 받아들인 자가 동하호라고 부르고 그 모습으로 『성장』을 계속했다. 짐승조차 아니다. 장치야. 신이 허락한 성장 한계점까지 주위를 계속해서 먹어 치울 뿐인 무언가."

그것을 엘마가 조복했다. 쓰러뜨리고, 하지만 죽이지 않고 끈기 있게 가르친 것이리라.

마물에게 죽는 노예를 저버릴 수 없었던, 어딘가의 위선자를 방불케 한다.

"기능에 저항하는 방법을, 다른 자와의 연관을 맺는 것을, 존재하는 방식을 가르쳐주었다. 이름을 주었다. 살아가는 방식도, 그 의미도, 미래까지. 내가 가진 모든 건 그 사람에게서 받은 것이다. 그러니까."

그녀는 일어섰다.

"고맙다. 나를 구하려 해줘서. 하지만 내게 있어 코우스케 씨는 네가 아니다. 그를 죽이겠다고 한다면, 막아서도록 하겠어."

결의, 임에는 분명하다. 하지만 각오를 굳히는 그 방식은 영 어긋나 있다.

"끝내지 않는 것이 은혜를 갚는 일이야?"

"――――――!"

세츠나의 몸이 굳었다.

그녀 자신도 한참 전에 이해하고 있으리라.

여하간 천 년 이상이나 되는 시간을 함께하고 있었다.

"나도 마찬가지니까 알아. 정신오염에 당한 상태는 도저히 '자신'이라고 할 수 없어. 완전히 그렇게 되어버렸다면 엘마는 더 이상――"

"그래도, 살아 있다고! 게다가 완전히 미쳐버린 게 아니다! 너도 봤잖나! 그와 이어져 있는 내가 너랑 대화할 수 있었던 건 코우스케 씨가 정상으로 돌아와 있었기 때문이다!"

"그러네. 정상으로 존재할 수 있는 시간은 있겠지. 설령 그것이 보름달을 보는 것보다 훨씬 빈도가 낮더라도."

"……큭. 처, 천 년이 지난 거지! 뭔가, 뭔가 방법이 있는 것 아닌가?! 그래. 그만한 시간이 있다면 코우스케 씨를 구할 방법도 분명……."

"2천 년이 있어도 사람은 신이 될 수 없었어. 천 년으로는 부족해."

신에게서 부여받은 힘의 폐해. 그걸 고칠 방법을 가진 자가 신이외에 존재할까.

"그래도! 어딘가에, 뭔가! 『정신오염』을 치료할 방법이——."

"그 녀석이 너한테 뭘 부탁했는지, 스스로 말하고도 잊은 거야?"

——'죽여줘'.

그렇게 말했다고 들었다.

세츠나가 숨을 헙 삼켰다.

"…………나는, 할 수 없다. 할 수 있을 리가 없어."

세츠나는 아래를 보고, 입술을 깨물고, 주먹을 꽉 쥐며 말했다.

"내가 하겠어."

"……무리다. 너로서는, 이길 수 없어."

"이기는 거야."

"……그 말투. 너는 나의 코우스케 씨가 아닌데도, 역시 같은 존재로구나."

힘없이 고개를 든 그녀가 희미하게 웃었다.

무모함을, 이 아니다. 그건 무언가를 그리워하는 듯한 것이었다.

"그런가…… 그것도 그렇겠군. 토와 님과의 재회가 이루어졌다면, 아아, 너는 그녀가 사는 세계를 지키려는 거구나. 그렇지 않더라도 타인을 위해 자신을 희생하는 너니까."

"…………너, 나를 너무 많이 미화하는데."

"……잘게 썰어버린다. 코우스케 씨는 미화할 것까지도 없이, 고귀하고 아름다운 심성을 가진 분이다."

자신이 아닌 자신을 칭찬받는다는 건 복잡한 기분이었다.

경계하는 고양이처럼 이쪽을 노려보고 있던 세츠나가 문득 연약한 표정을 지었다.

"──하나, 약속해주었으면 한다."

"……그래, 뭔데."

"그게 얼마나 힘든 것이라고 할지라도. 하다못해, 편안한 최후를……."

"잘 알았어."

코우스케는 즉답했다. 고민할 상황 따위가 아니다.

무엇보다도 소중한 사람이, 손쓸 도리 없이 망가지고 말았다는 것을 받아들이고. 끝내는 것을 허락하는 괴로움 같은 건 상상도 되지 않는다. 그런 사람의 부탁 하나 받아주지 못하고, 영웅이라고 할 수 있을까.

"그러면 너한테 하나, 보여주고 싶은 게 있다."

그녀가 코우스케 앞까지 다가와 무릎을 꿇었다.

"내 기억을 읽어다오. 그가 어째서 이 땅에 봉인당하게 되었는지, 알았으면 한다."

◇

엘마의 변화를 알아차린 사람은 세츠나 이외에도 수많이 있었다.

특히 함께 싸운 전우나 영웅들은 모두가 알아차리고 있었다고 해도 좋다.

『하얀 영웅』스노우더스트 피네랄크스 클리어베디비어도,

『붉은 영웅』하트드러그 글라카라독.

『푸른 영웅』크로우즈보토닐 더그닛트도,

『녹색 영웅』조이드 네리브러드도,

『빛의 영웅』로우라이트 간오르게류즈도,

『검은 영웅』엘마 엘도 아마릴리스의 이상(異常)을 눈치채고 있었다.

인마 쌍방에게 막대한 희생을 낸 대전은 악신의 부상으로 인해 인류가 우세하게 되었다.

그 뒤에 궁지에 몰린 악신은 세계 각지에 건조하고 있던 마물 제조소를 개조하여 악령으로 만들고, 자취를 감추고 만다.

단기간에 많은 내방자를 불러들여 인류에게 많은 은혜를 가져다준 신 또한 휴식을 필요로 했다. 사람들은 신에게서 받은 도구의 대다수를 반환. 신은 그걸 받긴 했지만 언젠가 인류에게 필요할 때, 그걸 가질 자격을 인정한 인류에게 다시 빌려주기로 하고 일부 신전을 개조하여 신역으로 만들었다.

인마대전은 종결된 것이다.

하지만 그 무렵에는 이미 쿠로노 코우스케는 정상적인 면을 거의 상실한 상태였다.

대화가 맞지 않고, 감정의 기복이 격하고, 몹시 충동적이며 폭력적.

그런 '인격'이라고밖에 달리 부를 수 없는, 다른 쿠로노 코우스케인 시간이 길어지기 시작한 것이다.

부하는 그를 믿었다. 다들 그에게 구원받은 사람들이었으니까.

일부 영웅 또한 그를 걱정했다.

하지만 영웅의 대다수는——우려했다.

악신의 힘마저도 획득한 그가 만에 하나라도 인류의 위협이 되고 마는 것을.

또한 『악신의 힘』을 인류 측에 남겨 두고 싶다는 마음도 있었던 것이리라.

어느 날, 그에게 정상적인 면이 돌아왔을 때의 일.

부하들에게서 갓 생겨난 악령에 갔다고 들은 엘마는 그걸 원호·구출하러 갔다.

세츠나는 그의 측근이었기 때문에 엘마를 수행했다.

주인으로 인정한 자에게 절대복종을 맹세하고, 허락받음으로써 이어진 인연. 그렇게 세츠나는 엘마와 마술적으로 연결되어 있었다. 세츠나가 희망한 일이다. 자신에게 부과된 『성장』은 끝없는 기아감을 낳는다. 그걸 채우기 위해서 먹는다. 엘마의 마력 공급은 있었지만, 그것조차도 충분하다고는 할 수 없다. 자신의 폭주를 막기 위해서는 의지를 뛰어넘은 강제력이 필요하다고 느꼈던 것이다.

하지만 그는 한 번도 세츠나에게 명령한 적은 없었다.

엘마는 세츠나를 호랑이가 아니라 어린애 같다고 말했다. 고독함에 우는 작은 여자아이 같다고. 그렇게 인식되었으니까, 세츠나는 그렇게 존재할 수 있었다. 『성장』하여 몸이나 성격이 변해도, 엘마의 태도는 바뀌지 않았다. 기아감에 사로잡히는 횟수는 차츰 줄어들어 갔다.

살아 있는 것이든, 마력이든, 무엇이든 먹어 치우는 생물. 배가 채워질 일은 없다.

하지만 코우스케나 다른 동료들과 있으면서, 세츠나는 확실하게 채워져 있었다.

마음의 충족은 『성장』을 다하였다고 인식되는 모양이었다.

마음을 손에 넣은 짐승은 마음을 준 주인과 함께 동료를 구조하러 급행했다.

악령에 도착한 엘마와 세츠나는 위화감에 걸음을 멈췄다.

그때에는, 이미 늦었다.

몸이 지면에 강하게 잡아당겨지는 듯한 감각에 사로잡혔다.

무슨 일인가 싶어 돌아보니, 거기에는 영웅들이 서 있었다.

색채 속성을 보유한 영웅 중에서는 『백』, 『홍』, 『창』, 『취』의 네 명. 그 밖의 영웅을 포함하면 합계 13명.

"……이건 어떻게 된 거지."

엘마의 물음에 『푸른 영웅』 크로우즈가 말했다.

"안심해주십시오. 당신의 부하는 다들 무사합니다."

"……까불지 마라! 이건 무슨 짓이냐고 묻고 있는 거다!"

세츠나의 호통에 크로우즈는 난처한 듯이 어깨를 으쓱였다.

"세츠나 씨, 당신도 사실은 알아차리고 있을 겁니다. 그와 이어져 있는 당신이야말로, 누구보다도 주인의 상태를 잘."

그 말은 세츠나의 가슴에 깊게 꽂혔다.

그럼, 즉——.

"……배신하는 거냐, 나를. 더 이상, 필요 없어졌으니까."

옆에 서 있는 엘마의 얼굴을 볼 수가 없었다.

볼 수 있을 리가 없었다.

지금까지 고락을 함께해 온 동료들이 종전과 동시에 자신을 저버린다.

그런 절망에 주인이 얼마나 상처를 받을지. 상상하는 것만으로도 가슴이 찢어질 것만 같았다.

"착각하지 말아주십시오. 구할 수 있다면 구했을 겁니다. 저희에게 당신은 여태까지도 앞으로도 가장 의지할 수 있는 동료입니다. 그렇기에 이 이상 망가지는 당신을 보고는 있을 수 없습니다. 그리고 슬프게도 영웅 중 누구도 당신을 죽일 수가 없습니다. 심정적으로도, 실력 면으로도."

"그럼, 이건."

"봉인입니다. 『백』으로 이 악령과 악신의 경로를 『없었던 것』으로 하고, 『창』에 의해 공간 내의 육체적 성장을 『두절』시킨 뒤, 『홍』과 『취』를 병용함으로써 수명의 굴레로써 해방하였습니다. 말로 설명하는 것만큼 쉬운 일은 아니었습니다. 그야말로, 색채 속성 보유자 일생일대의 복합 마법이라고 할 수 있겠지요."

엘마는 이미 모든 걸 체념하고 있는 듯, 목소리에서도 색채가 사라져 있었다.

"……로우는."

그렇다. 인류를 선도한 여섯 명의 영웅 중, 이곳에는 『빛의 영웅』의 모습이 없다.

"그녀는 반대하였습니다. 그래서 이 일에 권한 기억만을 『없었던 것』으로 한 것뿐입니다. 그녀한테는, 그래요. 동료를 구하려다가 정신오염에 집어삼켜져 마물에 먹혔다고 전해두지요. 그녀를 울리게 되겠습니다만, 그 정도는 어쩔 수 없지요."

찬성할 리가 없다.

『빛의 영웅』. 어느 의미도 코우스케보다도 훨씬 영웅다웠던 여성. 사람들을 구하기 위해, 세계를 구하기 위해 목숨을 걸 수 있는 진정한 영웅. 동료의 목숨을 무엇보다도 존귀하게 여기는 그녀가 엘마를 저버린다는 건 있을 수 없는 일이다.

하지만 그녀의 반대는 너무 많았던 찬성 앞에서 지워지고 말았다.

"이제부터 저희는 바깥으로 나가겠습니다. 그리고 출입구의 연결을 『두절』시킵니다. 개방 조건은, 그래요……. 『악신의 반응』과 『흑 보유자의 출현』일까요. 저기, 엘마. 부디 다음 세대를 구하는 데 일조하여 주십시오. 분명 언젠가 당신을 죽이고, 힘을 받아줄 사람이 나타날 겁니다."

주위에 있는 사람들은 아래를 보고 있거나, 눈물을 흘리거나,

257

사죄를 반복하고 있었다.

그중에서 크로우즈만이 미소를 짓고 있었다.

"크로우즈."

"무엇이지요."

"너는, 내가 싫었지?"

"──────!"

여유롭던 미소가 한순간에 얼어붙었다.

"알고 있었어. 하지만, 딱히 상관없었어. 네가 세계를 구하고 싶다고 생각하는 마음이, 진짜라는 걸 알고 있었으니까."

"저는──"

"부탁이 있어."

세츠나의 가슴이 술렁였다.

엘마의 정상은, 앞으로 조금밖에 남아 있지 않다.

"만약 이 뒤에 토와를 찾아낸다면, 부디 힘이 되어줬으면 해."

크로우즈의 표정이 추하게 일그러졌다. 주먹을 꽉 쥐고, 어깨를 들썩이고 있다. 분한 듯이.

"……이런 때가 되어서도 남 걱정을. 당신의, 그런 점이."

"싫었던 거잖아? 알고 있다니까. 너는 언제나 괴로워하면서 냉정한 판단을 내리고 있는데, 나는 언제나 감정론으로 좋을 대로 움직였지."

"……그리고, 어째서인지 언제나 성공시켰습니다. 모두의 감사도, 무공도 당신에게 집중되었습니다."

"지금까지 바보의 뒤치다꺼리를 하느라 수고 많았어. 아아,
그렇지. 부하들한테도 죽었다고 말해줘."
　　　　 <small>그 녀석들</small>

"원망하는 말 한마디라도, 내뱉는 게 어떻습니까."

"원망? 없어? 아니, 세츠나를 말려들게 한 것만은 후려갈겨주
고 싶지만 말이야. 뭐, 이런 거겠지. 복수자의 말로라는 건."

크로우즈는 무언가를 말하려다가, 실패한 것처럼 입을 뻐끔
뻐끔 움직였다. 최종적으로 내뱉은 말은 본래 하고 싶었던 말은
아니었으리라.

"토와 씨 건은, 잘 알겠습니다. ……만날 수 있다고도 생각되
지 않습니다만."

그리고 그들은 사라졌다.

세계와 분리된 듯한 감각이 있었다.

"세츠나."

엘마가, 아니, 코우스케가 이름을 불러준다.

"미안하다, 약속 지키지 못해서."

그 얼굴은 정말로 미안해하는 표정이어서.

"그런……! 저는, 코우스케 씨와 있을 수 있어서, 그것만으로
도——"

그리고 두 사람의 의식은 여기서 한 번 끊어졌다.

코우스케가 후세에 어떻게 전해질지는 알 수 없다.

하지만 진실이 알려지는 일만은 없을 것임을, 세츠나도 알 수
있었다.

◇

푸핫, 하고 숨이 새어 나왔다.

열람 종료와 함께 자신이 숨을 멈추고 있었다는 것을 깨달았다. 정확히는 숨을 쉬는 것도 잊고 과거에 몰입하고 말았다. 타인이라고 부르기에는 너무나도 가까운 존재의 말로에, 자신을 겹치고 만 것이다.

"…………훗." 세츠나는 자조하는 것처럼 메마른 웃음소리를 냈다. "우스운 일이지. 이게 세계를 구한 사람의 말로다. 언제였던가, 그분이 말했지. 영웅이란 제물 같은 것이라고. 신에게 바쳐지고, 사람들의 행복을 위해 소비된다. 과연, 확실히 코우스케 씨는 더할 나위 없는 영웅이었던 모양이다. 너도, 그렇게 생각하려나……?"

엘마는 영웅이었다. 그건 틀림없다.

영웅들의 행동도 이해는 되지만, 도저히 용서할 수 있는 건 아니다.

그러나 코우스케는 그로 인해 이어진 현재, 그 힘을 손에 넣으려 하고 있다.

과연 규탄할 자격 따위가 있는 것일까.

그리고, 그것과는 별개로.

코우스케는 강대한 위화감에 사로잡혀 있었다.

──상황이, 비슷하다.

악신을 토벌하기 위해 인류가 서로 협력하고, 마물과 싸운 과거.

아크스바오나를 타도하기 위해서 각국이 서로 협력하고, 제국과 싸우는 현재.

『흑』이 이끌고, 『흑』 보유자는 정신오염을 끌어안는다.

그렇다고 한다면, **자신의 미래 또한──**.

고개를 흔들었다. 지금 생각해야 할 일이 아니지 않은가.

"여러 가지로 신경 쓰이는 건 있지만…… 하나 괜찮을까?"

"……그래. 내가 대답할 수 있는 거라면."

"──엘마는, 나보다 나이가 많은 것 같은데?"

영상 속의 엘마는 코우스케보다 약간 나이를 먹은 것처럼 보였다.

세츠나는 한순간 입을 반쯤 떡 벌렸다.

그러고 나서, 어이가 없다는 듯이 어깨를 들썩였다.

"……가장 먼저 묻는 게 그거냐, 나 참. 그래, 코우스케 씨는 23살이다. 너는 어리군. 18살 때의 코우스케 씨를 쏙 빼닮았어."

"닮은 게 아니라 18살의 코우스케 씨 그 자체라고. 뭐야, 연 단위로 겉모습이 바뀌는 녀석이었어?"

"? 무슨 말을 하는 거냐. 주인의 변화는 밀리미터 단위의 이발이나 장신구 하나의 증감까지 종자로서 알아차리는 게 당연한 것인데."

그런 것일까.

딴지를 걸어서는 안 된다고 판단하고, 코우스케는 지적하지 않는 방향으로 이야기를 진행시켰다.

어쨌든 엘마는 코우스케보다 5년 정도 오래 내방자로서 지냈던 모양이다.

"크로우즈가 말했던 개방 조건이 만족되었을 때, 너나 엘마가 바깥에 나가는 건?"

"바깥의 기척을 느낀 적이 몇 번인가 있었지만, 무리였다. 계속 이곳에 끌어당겨지는 듯한 감각이 있어서…… 하지만 나의 그건 조금 전에 사라졌다."

"……그렇다면 엘마를 마술적으로 붙들어 매는 마법이었던 거겠지."

그런 엘마와 이어져 있던 세츠나이기에 마찬가지로 감금당하고, 코우스케가 그걸 끊음으로써 해방되었다.

"그렇다는 건, 나는 밖으로 나갈 수 있는 건가………… 신기하게도, 조금도 기쁜 마음이 샘솟지 않아."

신기한 일도 뭣도 아니다.

주인을 내버려 두고 얻는 자유에서, 그녀가 기쁨을 찾아낼 리가 없다.

그런 건 관계가 옅은 코우스케라도 알 수 있었다.

"그래서, 이걸 보여줘서 뭘 알려주고 싶었던 거지?"

"그 사람이 너보다 훨씬 대단한 사람이라는 것."

"……아아, 그러냐."

떫은 표정을 짓는 코우스케를 보고 세츠나가 쿡, 하고 약하게

나마 미소 지었다.

"농담이야. 거짓말은 아니지만, 농담. 알아 두길 바랐던 것뿐이다. 너와는 다르다고 해도, 이게 '쿠로노 코우스케의 말로'라는 것을."

"……그렇, 군."

"그 사람을 쓰러뜨리고 밖에 있는 무언가를 타도해봤자, 기다리고 있는 건 같은 말로일지도 몰라……."

"걱정해주는 거냐? 나는 엘마가 아닌데."

코우스케의 말에 세츠나는 불만스러운 듯이 한쪽 뺨을 부풀렸다.

"바보 같은 소리 마라. 누가 네 걱정 따위를……. 네가 불행한 일을 당하면, 토와 님이 슬퍼하실 것 아니냐. 그걸 우려하고 있는 것에 지나지 않는다. 착각하고 있는 것 같다면 말해두겠지만, 나는 너와 코우스케 씨를 혼동하고 있지 않고, 투영하고 있지도 않아. 여하간 전혀, 요만큼도, 손톱 하나만큼도 너와 코우스케 씨는 닮지 않았으니까 말이지."

"……아니, 조금 전에 18살 때의 코우스케 씨를 쏙 빼닮았다고."

"안 닮 았 어."

"……그렇습니까."

맞서 겨뤄도 소용이 없기에, 코우스케는 접어 주기로 했다.

"그리고…… 이런 걸 부탁하는 건 내키지는 않지만."

그 말을 입에 담기 전에, 그녀는 고개를 끄덕였다.

"아아, 괜찮아. 코우스케 씨의 전투 스타일 정보를 원하는 거지? 보도록 해."

역시나 엘마의 종자. 이해가 빠르다.

"──하지만, 그것 말고는 보지 마라. 알았지?"

"사생활 정도는 지킨다고."

"그리고 전투 정보를 아무리 파악해도, 너로서는 코우스케 씨를 이길 수 없겠지."

"조금 전에도 그렇게 말했는데, 그 정도야?"

"당연하다. 5년 후의 너에다가 악신의 힘을 더한 인간이라고. 지금의 네가 이길 수 있을 리가 없어."

글레어와의 싸움을 떠올렸다.

시간이 부족하다. 코우스케가 약한 게 아니라, 코우스케보다 강한 사람이 있다는 당연한 현실.

그걸 뒤집으려면 대책이 필요하다.

"내게서, 제안이 있어."

그리고──.

코우스케는 혼자서 문을 지났다.

조금 전의 공간과 같은 구조, 같은 넓이.

그 중앙에【흑전】을 두른 남자가 서 있다.

"침입자인가…… 어디선가 본 듯한 얼굴을 하고 있군."

"거울이라든가 그런 거겠지."

키는 저쪽이 아주 약간 더 크다. 체격도 뛰어나다. 단련한 것이리라. 왼쪽 귀에 검은 피어스. 표정은 도발적이어서, 부박(浮薄)한 인상이 느껴진다.

"아아…… 과연. **그렇게 나오는 건가.** 악취미, 라고 해야 하려나."

허리에 차고 있는 검은 칼집으로 보건대 일본도처럼 보인다.

눈동자에 빛이 없다. 그렇다고 해서 어두운 감정에 지배당하고 있는 것도 아니고, 마치 바닥이 없는 구멍을 들여다보고 있는 것 같았다.

"일단 말해둘까. 쓸데없는 일이라고, 전부 말이야."

"쓸데없어?"

"네 차례가 될 뿐이다. 구할 가치 따위 없어."

"너, 누구야?"

코우스케의 말에 엘마의 모습을 한 남자가 굳었다.

"……네가 말했잖아. 나는 거울에 비친 너라고. 정신오염이 진행되어 사람이 선성이라고 부르는 어리석음을 잃은, 단순한 쿠로노 코우스케다. 그야말로 거울에 비친 모습이라고 말하기 적합하지?"

"그러냐. 자기가 바보 같은 함정에 빠졌다고 해서, 그걸로 구한 것들 전부를 쓸데없는 짓이라고 말하다니. 정신오염이라는 건 정말로 잘 지은 이름이군. 더러움에 완전히 물들어 있는 것 같네."

"그러니까, 바보 같은 함정에 걸리게 되는 거라고. 조금은 자신의 어리석음을 반면교사로 삼으려고는 생각하지 않는 거냐? 현세에 설치된 지옥에서 시간을 잊을 정도로 괴로워하고 싶다면 이야기는 다르겠지만."

"내 선택은 전부 두 번 다시 후회하지 않기 위한 것이잖아. 그걸 한탄한다면, 너는 이미 내가 아니야."

"⋯⋯그러냐. 그건 고맙군. 완전한 타인이라면, 걱정해줄 이유도──없으니까 말이지."

엘마의 모습이 사라진다.

코우스케는 후방으로 뒤돌아보면서 발검, 거합베기의 요령으로 올려 베기를 시전.

그 일격은 바로 뒤에 출현한 엘마의 오른팔을 절단했다.

【흑전】에 물든 칼날이 엘마의 장갑을 상쇄하고 참격을 전달한다.

"그건 이미 봤다."

"───────────."

그리고 날아간 오른팔을 『집어삼켰』다.

──적성 마술 속성에 『공간』, 『시간』이 추가되었습니다.

그런 말로 시작하여, 많은 것을 획득했다.

"⋯⋯아아, 옛날에 주운 고양이가 있었나. 꺅꺅 시끄럽게 울어 대던 걸 찾아내 줬는데 말이야, 주인을 배신할 줄은. 이렇게 될 거라면 내버려 둘 걸 그랬어."

"이러쿵저러쿵 지껄이지 말라고. 네가 주인에 어울리지 않았다는 것뿐이잖아."

"아무래도 좋은데. 그것보다 너, 왼팔은 이제 필요 없는 거냐?"

봤더니, 코우스케의 왼팔이 지면에 떨어져 있었다.

그의 왼팔에는 검은 곡도가 쥐어져 있다.

등줄기가 얼어붙었다.

그 말을 듣기 전까지 잘려 나간 것조차 알아차릴 수 없는 참격을, 엘마는 시전했다는 것이다.

"여기엔 몸이랑 칼밖에 없어서 말이지. 나름 실력 괜찮지?"

서로 절단된 팔을 재생한다.

"그 천 년, 내가 받아 가지."

"천 년?" 엘마는 그다지 흥미도 없다는 듯이 어깨를 으쓱했다. "천 년이 지났나. 알아봤자 아무런 감개도 솟지 않는구만. 그렇지만, 다른 사람한테 공짜로 주기엔 아까운 마음이 안 드는 것도 아니야. 아아, 그래. 갖고 싶다면 빼앗아 보라고."

"그럴 생각이야."

순간, 쌍방에게서 『흑』이 내뿜어져 나왔다.

"【흑식】."

"【흑우(黑雨)】."

코우스케가 내지른 것은 반달 형상의 칼날.

하지만 엘마의 것은 달랐다.

소리는 같아도, 다른 마법인 듯했다.

투둑, 하고 지면에 검은 얼룩이 생긴다.

파악, 하고 코우스케의 【흑식】이 맥없이 터져서 사라진다.

즉시 【흑전】을 몇 겹으로 전개했지만, 증발하는 것처럼 사라져 간다.

비다.

『흑』이 상쇄된다는 것을 안 엘마는 단 일합(一合) 만에 대책을 강구했다.

닫힌 공간 안을 검은 비로 가득 채우면, 적의 『흑』은 발생과 동시에 지워져 사라진다.

다른 어떤 마법으로도, 곧바로 지울 수 없더라도 『집어삼킬』 수 있다.

무엇보다도 이미 완전히 미쳐 버린 엘마한테는 【흑도야】를 아낄 이유가 없다.

무한에 가까운 마력에 기대어 영원히라도 비를 내릴 수가 있다.

"한 번 더 말해주시지. 누가 뭘 받아 가겠다고?"

"너의 천 년을, 내가."

"어떻게?"

응한다.

마법식을 구축. 전개.

컷을 넘기는 것처럼 시야가 변한다.

엘마의 정면에서, 등 뒤로.

『공간』이동이다.

『흑』이 계속해서 내리고 있는 이상, 마법은 전부 『집어삼켜』지고 만다.

그래서 코우스케는 육체에 마법을 둘렀다.

『벽력의 영웅』이 사용한 『뇌』 속성을 통한 생체 전류에 대한 간섭.

번개 같은 속도로 불괴의 검이 번뜩였다.

"웃기지 말라고."

천 년의 우월은 끝이 없다. 코우스케가 생각할 만한 것 따위 꿰뚫어 본 것이리라.

코우스케가 비스듬히 내리친 칼날을 받아내는 것처럼, 엘마는 칼을 거머쥐고 자세를 취하고 있었다.

먼저 알아차리고 있으면서도, 방어 자세를 선택한 것이다.

긍정적인 면이 사라지고 말았다고 한다면, 인간이 가질 수 있는 성질 중에서 나쁜 버릇으로 분류되는 것이 표출되는 것도 당연한가. 오만, 혹은 가지고 놀다 죽이기 위해 대충 상대하고 있는 것인가.

도검이 서로 부딪쳐 불꽃이 튄다.

"접근하는 건 정답이다. 접근해봤자 속수무책이라는 걸 고려하지 않는다면 말이지."

"그것보다 너, 양팔은 이제 필요 없는 거냐?"

"뭐……? ──이건."

엘마의 몸에는 무수한 참격흔.

교차 직후, 엘마의 칼은 팔째로 낙하했다.

그뿐만이 아니라, 엘마의 전신에는 열상이 새겨져 있다.

『시간』 속성으로 시간의 흐름을 멈추는 것은 불가능한 듯했다. 코우스케가 할 수 없는 것뿐인지 속성 그 자체의 개입 한계인지는 확실하지 않지만, 그러면 무엇이 가능한가.

답은 불명.

마법식은 획득할 수 없었다.

엘마는 『시간』의 이용법을 찾아낼 수 없었던 것이다. 혹은 상정되는 이용법은 전부 실현 불가능했거나. 시간을 멈추는 것이 불가능하다면, 『시간』에서 연상되는 마법은 『두절』과 『진행』으로 대개 재현 가능하다. 생각하는 것조차 하지 않게 되었던 것일지도 모른다.

하지만 코우스케와 엘마는 바로 조금 전에 『시간』의 가능성을 깨달았을 터다.

평행세계의 자기 자신을 목격한다는 형태로.

즉, 서로 다른 가능성은 동일 공간에 공존할 수 있다는 사실을.

유구한 시간이라는 압도적인 경험 차이를 가지면서도, 향상심이라는 긍정적인 감정을 잃었기 때문에 엘마는 그에 생각이 미치질 못했다.

서로 다른 가능성의 공존. 즉 여러 가능성의 실현.

그에 의해 코우스케는 자신의 검이 더듬을 수 있는 궤적 전부를 실현했다.

모든 가능성의 선택과 실행.

【흑전】을 두르고 있던 칼날로 전신을 쓸어버림으로써 수많은 것을 『집어삼켰』다.

엘마가 가지고 있는 우위성이 상실되어 간다.

"너."

엘마의 얼굴에 떠오른 것은 고통이 아니라 초조함.

순간적으로 후퇴하면서 순식간에 육체를 재생시키는 엘마였으나, 코우스케는 곧바로 바싹 뒤쫓았다.

칼을 떨어뜨린 엘마에게 불괴의 검섬을 막을 수단은 없다.

가로 일자로 벤다. 엘마에게는 그렇게 보였을 것이다.

하지만 모든 가능성의 선택과 실행에 의해 발현되는 것은 가로 일자를 포함한 '존재할 수 있었을지도 모르는 참격' 전부.

하지만 엘마를 덮치는 개개이자 복수의 참격은 어느 하나도 그의 몸에 새겨지지 않았다.

『공간』에 의한 이동이다.

후방. 그것도 거리를 두고 있다.

"……쓸데없다고 말한 걸 이해하지 못하는 것 같군."

시간 벌기……를 하고 있는 것처럼은 보이지 않는다.

"뭘 해봤자 헛수고라고. 보나 마나 하찮은 전쟁에 말려들기라도 한 거겠지. 하지만 말이다, 나를 죽이고 전쟁을 종결시켜도 아무것도 남지 않아. 당초의 목적조차 이루지 못하고, 이렇게 되는 게 결말이야."

그게 엘마가 맞이한 결말.

코우스케가 여기서 엘마의 힘 전부를 획득해 봤자, 큰 줄기는 변하지 않는다. 그렇게 말하고 싶은 것이리라.

"너야말로 아무것도 모르고 있군."

"뭐?"

"토와하고는 만났다."

『검은』비가, 그쳤다.

정신오염에서 돌아오는 데 필요한 것은 행복. 그걸 연상시키는 소중한 인물을 떠올리는 것.

둔기로 머리를 강하게 얻어맞은 것처럼 엘마가 눈을 희번덕거렸다.

염세관이 감돌던 엘마였지만, 놀라지 않았을 리가 없다.

자신과 같은 존재의 출현, 자신은 찾아낼 수 없었던 『시간』속성의 사용법, 그리고 토와와의 재회.

쉴 새 없이 몰아치는 듯한 경악스러운 전개에 흔들리지 않을 리가 없다.

"그러니까, 하찮지 않다고. 너도 알잖아."

"닥쳐."

두통을 참는 것처럼, 얼굴을 누른다.

비를 계속 내리는 게 곤란해질 정도의 무언가가 엘마의 머릿속에서는 일어나고 있다.

코우스케는 그걸 알고 있다. 머릿속에서 종이라도 울리고 있는 듯한 불쾌감. 누군가가 끊임없이 문을 두드리는 듯한 소음과 성가심. 자신을 가두는 껍질이 깨져 가는 소리.

"만났다고. 이 세계에서. 아클레어의 신에게 어떤 생각이 있는지는 몰라도, 그 녀석이 없었다면 토와는 불행한 소녀로 끝난 채였을 거다."

"그 이상, **이 녀석**한테 들려주지 마라!"

"이 세계로 보내졌으니까, 그 녀석은 다시 웃을 수 있는 거야. 이번에는 지킬 수 있어. 게다가 말이야, 신의 생각 따위 아무래도 좋잖아. 좋아하는 녀석들이 있으니까, 지키기 위해서 싸운다. 너도 그랬던 것 아닌가?"

엘마는 초조해하고 있다.

애초에 어째서 엘마는 이런 이야기를 한 것인가. 그의 말로는 부정적인 감정밖에 남아 있지 않을 터인데.

코우스케가 절망하는 얼굴을 보고 싶었다? 제법 그럴듯하다.

하지만, 코우스케는 아니라고 생각한다.

"주절주절 시끄러워! 그건 네 녀석 이야기잖냐! 내 세계는 이미 끝났어! 한참 옛날에 닫혀버렸다고!"

그렇다. 그러니까. 끝났는데, 살아 있으니까.

신의 저주로 판단되지 않기 위해, 자신이 스스로를 죽이는 것도 용납되지 않고 있으니까.

코우스케로 하여금 더 이상 어쩔 도리가 없다고 생각하게 만들어서. 포기하게 만들어서.

──죽여주길 바랐던 것 아닐까.

그리고 지금 초조해하고 있는 건.

"세츠나는 어쩔 거야. 너와 천 년이나 함께하고 있는 그녀의 인생도, 헛된 거냐?"

"닥치라고 하는 게, 안 들리냐⋯⋯!"

엘마의 모습이 사라진다. 떨어뜨린 칼을 주워들고 엄청난 속도로 코우스케에게 육박한다.

그대로 코우스케의 목을 치는 궤도로──번뜩이는 일은 없었다.

"⋯⋯⋯⋯설산의 고양이. 배신하는 것만으로는 모자라서, 주인을 방해하기까지 하는 거냐."

세츠나가 코우스케와 엘마 사이를 가로막아 서고 있었기 때문이다.

칼날은 그녀의 목을 치기 직전에서 멈춰 있다.

그 팔이 떨리고 있다.

"⋯⋯코우스케 씨를, 돌려줘야겠어."

"웃기는 소리 마라⋯⋯! 애초에 그 녀석이 완전히 망가지지 못하는 것도, 네가 있기 때문이라고! 너의 존재가 그 녀석의 괴로움을 천 년만큼 늘리고 있는 거다!"

『정신오염』에서 돌아오기 위해 필요한 것.

행복을 의식시키는 것.

천 년이나 곁에서 따른 종자의 충성이, 엘마를 때때로 정상으로 되돌린 요인.

엘마가 초조해하고 있는 건, 토와나 과거에 싸운 이유를 나타내 보임으로써 엘마의 정상이 돌아오는 것.

오염된 정신은 죽음을 바라고 있다.

까닭에, 원래 인격으로 회귀하는 것을 거부한다.

"……그렇다고 해도. 나는 하다못해 코우스케 씨가, 코우스케 씨로…… 끝나 주길 바라."

엘마가 칼을 떨어뜨린다.

이미 두통에 견딜 수 없다는 듯이 무릎이 꺾였다.

"……바보 녀석들이. 너희들 자신이 더욱 고통에 괴로워하는 길을 고르고 말이야."

그렇게, 광기가 일시적으로 가라앉고.

"…………세츠나?"

또 한 명의 쿠로노 코우스케, 최후의 시간이 시작된다.

◇

요컨대, 색채 속성 보유자에게 부여된 『능력 한계를 넘는 권리』는 신화(神化)를 방불케 하는 것이리라.

색채 속성 보유자가 결코 신격화되지 않도록, 어디까지 가더라도 신이라는 존재가 위에 있다는 걸 사람들에게 인식시키기 위해 설정된 룰.

신은 그들이 부여한 색채 속성의 적성을 가진 자가 그 힘으로써 이룬 위업으로 신에 필적하는 신앙을 모으는 것을 우려하였고, 그래서 준비한 것이다.

──신에 이르기 전에, 인간으로서 미쳐버린다는『대가』를.

악신을 멸하기 위해서는, 대륙에 만연하는 강력한 마물과 맞서 싸우기 위해서는 때로 자신의 한계 이상의 힘이 필요해진다. 그걸 무제한으로 허용할 수는 없다. 하지만 허가하지 않으면 인류는 끝까지 싸울 수 없다.

바로 그래서 나온 타협안. 수단을 주는 대신, 한도를 설정한다.

이해하고 말았다.

모든 건 신이 계획한 일.

사람에게 힘은 주고 싶다. 하지만 신에 너무 가까워져서는 곤란하다.

그렇다고 해서 직접적으로 죽이면, 신앙에 지장이 온다.

그리하여 도출된 방법이 '각각 다른 방법으로 미치게 만들어, 인간의 손으로 처분시키는 것'.

수가 적다고 해서 모든 색채 속성 보유자가 같은 방식으로 미쳐 버리면, 역시 신이 의심받는다.

그래서『흑』의 경우는『정신오염』으로 부정적인 면을 강조시키고,『백』의 경우는『기억 누락』으로 텅 빈 인간으로 만든다. 다른 색채 속성 보유자도 각자에게 준비된 말로가 있을 것이다.

모든 건 아클레어의 인간들을 구하기 위해.

그래서——이계의 사망자를 데리고 오는 것이다.

불행한 일을 겪은 인간을 선별하여 전생시킨다.

있을 곳이 없고, 힘을 지닌 그들은 그걸 유효하게 이용하는 것 말고는 살아갈 방도가 없다.

지금이라면 또 몰라도, 천 년 전쯤이면 이것저것 따질 수도 없었을 것이다.

그렇게 해서 대륙의 안녕을 위해 이용하는 것이다.

그리고 지금, 피해자 중 한 명이 눈을 떴다.

정신오염에서 벗어난 엘마가 세츠나를 올려다봤다.

그러고 나서 옆에 서 있는 코우스케를 보고——엷게 미소 지었다.

고작 그만큼의 정보로 상황을 파악한 모양이다.

"……과연, 내게 최후의 선고를 내리는 건, 또 다른 나라는 건가."

엘마가 일어섰다. 떨어진 칼은 줍지 않는다.

같은 얼굴, 같은 목소리. 그런데도 조금 전까지와는 인상이 정반대. 낙관적이라고까지는 할 수 없지만, 현재 상황을 이해하고 받아들이고 있는 기색이다. 어느 의미로, 즐기고 있는 지도 모른다.

"뭐라고 할까, 오랜만에 나쁘지 않은 기분이야. 그건 그렇고 세츠나."

"네, 넵!"

아직 반신반의 중이었을 세츠나가 이름을 불림으로써 자세를 바로 고쳤다.

"젊을 적의 나는, 꽤 앳된 얼굴을 하고 있네."

"그, 그렇게 생각합니다. 아, 아뇨! 물론 저는 남자다우면서도 이지적인 지금의 코우스케 씨가 최고라고 생각합니다만, 과거의 코우스케 씨도 역시 매력적이라 버리기 힘들고……."

"아하하, 세츠나는 다정하네."

"그, 그렇지는……!"

코우스케와 대화하고 있을 때와는 엄청난 차이다. 한창때의 소녀처럼 뺨을 물들이고 긴장하는 모습은 귀여웠지만, 그게 다섯 살 위의 자신에게 향한 것이라는 점은 뭐라 말하기 힘든 복잡한 기분이다.

"그래서, 너는 언제의 나지?"

"열여덟…… 아니, 열아홉인가?"

코우스케가 자살한 건 지구의 겨울이고, 전생한 건 아클레어의 가을.

그러고 보니 전생 이후의 나이 셈법에 관해서는 생각한 적이 없었다.

"막 전생했을 무렵인가. 응? 잠깐 기다려. 너 이거 어떻게 한 거야?"

어른스러운, 아니, 그렇기는커녕 어른이 된 자신의 모습이라는 건 신선하면서도 위화감이 있다.

"흠씬 두들겨 팼어."

"거짓말 마라. ……아뇨, 하지만 이자가 엘마와 대등하게 싸운 건 사실입니다. 나머지는…….."

"뭐, 나니까 내가 돌아올 만한 걸 상상한…… 건가. 내 일이지만 놀랍네."

"네. 아, 아뇨, 뭐, 저기…….."

긍정해야 할지 부정해야 할지 판단이 되지 않는 것인지, 세츠나는 난처한 듯한 목소리를 냈다.

그걸 흐뭇한 듯이 바라보며, 엘마는 코우스케에게 말했다.

"세츠나를 풀어준 거군. 고맙다."

연결을 끊은 것을 말하고 있는 것이리라.

"감사하는 김에 몇 가지 더 부탁이 있는데, 괜찮을까?"

"괜찮아. 내가 하고 싶은 건 하겠어. 너는 나다. 거절할 이유가 없어."

코우스케의 말에 엘마는 어이가 없다는 듯이 쓴웃음을 지었다.

"우와, 묘하게 핑계가 많네. 세츠나, 나는 이런 녀석이었어?"

"……어, 아, 아뇨, 그게…… 대체로는."

"아하하. 그런가, 그런가. 그야 그렇겠지. 그래서, 부탁 말인데——죽여줘."

공기가 얼어붙었다.

그의 밝은 미소가 위화감을 한층 강하게 만들고 있었다.

"코, 코우스케, 씨."

"아──, 아니아니, 그게 아니야. 세츠나. 지금까지 너한테 말했던, 고통에서 도망치고 싶다는 소망이 아니야. 저기, 너, 으음, 이름은?"

"……쿠로."

"그럼 쿠로. 네가 왔다는 건, 필요한 거지. 개념 속성뿐만이 아니라, 나의 전부가."

"……그래."

"이 악령은 조금 특수해서 말이야, 살아 있는 나로서는 밖에 나갈 수 없어. 절대로. 가령 나갈 수 있다고 해도 『정신오염』은 치유할 수 없어. 언젠가 누군가에게 먹히기 위해서만 살아 있는 건 엿 같은 일이라고 생각했지. 하지만 너라서 다행이야. 있지, 쿠로. 나는── **영웅으로서 죽는** 건 사절이야. 너라면 이해해주겠지?"

"…………알았어."

코우스케는 검을 뽑아 지면에 꽂았다. 손을 놓고 코트를 벗어 던진다.

"엘마, 너는 세계를 위해 희생되는 게 아니야."

엘마도 팔 소매를 걷고 호전적인 미소를 띠었다.

"그래, 쿠로. 나는 그저 하고 싶은 대로 하는 거다. 이래 보여도 싸움은 싫어하지 않거든."

"자신과 싸울 기회 같은 건 그리 없으니 말이야."

"최후의 상대로서도 나쁘지 않아. 무엇보다, 재미있어."

곤혹스러워하는 세츠나를 두고, 두 사람은 거리를 좁혔다.

싸우는 자의 예의로서, 이름을 댄다.

입에 담는 건 영웅으로서의 직역도, 이름도 아니다.

그런 건 지금 이 자리에서는 무가치하다.

"──쿠로노 코우스케. 18살의 싱싱한 쪽이다."

"──쿠로노 코우스케. 23살에 어른의 매력으로 가득 넘치는 쪽이다."

"말만큼 매력적이지 않잖아."

"아앙? 젖내 나는 꼬맹이보다는 낫잖냐."

"하?"

"하?"

동시에 주먹을 내질렀다.

서로의 오른 주먹이 서로의 왼쪽 뺨을 강타했다.

시원시원할 정도로 불길한 소리가 나고, 두 사람 모두 휘청거렸다.

"……어이, 5년 치 경험을 쌓고도 그 정도냐. 뭐 하고 있었던 거야, 너."

"아앙~? 너야말로 모기가 앉은 건가 싶었다. 즉, 아무 느낌도 없어."

"너, 수염 살짝 기른 그거 촌스럽다고."

"너야말로 앞머리 기른 거 음침해 보이는데."

"하아?"

"하아?"

어이없어하는 세츠나를 앞에 두고, 두 사람은 그렇게 서로 치고받았다.

그건 영웅끼리의 결투라고 부르기에는 너무나도 촌스러웠고, 치졸하며, 아무것도 걸지 않은——단순한 싸움으로.

극히 짧은 시간 동안이라도, 영웅이라는 족쇄에서 엘마를 해방하는 몇 안 되는 수단이었다.

어른이 어린아이의 마음을 떠올린다고 해서 어린애로는 돌아갈 수 없지만. 동심으로 돌아감으로써 얻을 수 있는 즐거움이라는 게 있는 것처럼.

영웅이 평범한 사람으로 돌아가는 건 불가능하지만, 그래도 평범한 사람이었을 때의 감정을 상기함으로써 구원받는 최후가 있다.

세계에 농락당하고, 버려진 영웅으로서 끝나고 싶지 않다.

코우스케는 엘마의 사소하면서도 무거운 그 바람을 이해할 수 있었다.

"어이, 쿠로. 너 뺨 부은 게 가라앉았다고. 치유했지?"

"너야말로 조금 전에 꺾어 준 오른팔을 태연하게 쓰고 있잖냐. 비겁하기는."

"아니, 안 꺾였었는데. 네 눈이 옹이구멍인 것뿐이다."

"그럼 이쪽도 네 주먹 따위 맞은 적 없다 이거야."

마치 어린애 싸움이다.

서로 노려보고, 그러고 나서 웃는다.

그에게 남겨진 시간은 그리 많지 않을 터이니 그 싸움은 길어도 15분 정도 되는 것이고. 실제로는 훨씬 더 짧았을지도 모른다. 그래도, 충실했다.

무거워진 다리를 끌며 서로에게 다가간다.

주먹을 휘두른다.

교차하기 직전, 엘마의 몸 움직임이 둔해졌다.

그 결과, 코우스케의 주먹만이 엘마의 얼굴에 닿아 몸째로 날아갔다.

코우스케는 그걸 보고──눈물을 흘릴 것만 같았다.

"……젠장."

결판은, 맞부딪친 힘이 아니라 엘마의 『정신오염』에 의해 나버렸다.

하늘을 보고 누운 엘마가 고개만을 들어 코우스케를 보고는, 실실 웃었다.

"이긴 쪽이 울지 말라고."

"……이런 건, 승리도 뭣도 아니야."

"됐어. ……괜찮아, 전부 다 포함해서 내 실력이야."

그러고 나서 그는 기지개를 켜는 것처럼 팔을 뻗었다.

"아~, 즐거웠다."

슬픔이 일절 느껴지지 않는, 즐거운 듯한 목소리에 세츠나의 표정이 일그러졌다.

"……저기, 쿠로. 물어 두고 싶은데."

"……아아."

"너는, 토와를 만났냐."

사실은 상황을 이해한 순간부터 묻고 싶었을 터인 내용.

솔직하지 못한 점까지 자신과 똑같다.

"……만났어."

한순간.

"――――그러, 냐. 어땠, 지."

태연함을 가장하고 있지만, 그 목소리는 떨리고 있다.

"어땠냐니, 딱히. 여전히 시건방진 녀석이었어."

"그게 아니야. **알잖아.**"

알고 있어도, 입 밖에 내는 데는 시간이 걸렸다.

재회해도, 여동생의 기억이 돌아와도, 그녀가 자신을 원망하고 있지 않다는 걸 알아도, 이전과 같은 관계로 돌아가도, 지금도 사라지지 않는 것이다.

죄악감이, 사라지지 않는다.

자신의 죄를 강하게 떠올리게 하는 그것을, 쉬이 입에 담을 수가 없는 것이다.

그래도 말해야만 한다. 그에게 남겨진 시간은 이제 거의 없다. 들을 권리가 있다. 아니, 듣지 않으면 죽으려야 차마 죽을 수 없다.

심호흡을 되풀이하고 천천히 입에 담았다.

"나를 원망하고 있지 않았어. 그러기는커녕…… 그날, 같이 있지 않아서, 다행이야, 라고…….."

그가 무슨 생각을 할지, 코우스케는 알 수 있다.

왜냐면, 자신이다.

"그럴 리──! ……그럴 리가, 없잖아."

엘마는 코우스케다. 그러니까, 마찬가지로 겁을 먹고 있었다. 여동생을 찾아다니고, 하지만 여동생에게 원망을 받고 있을지도 모른다며 괴로워했다. 그리고 그는 글래스가 없기 때문에 알아차릴 수 없었다.

"……저기, 가호라고 알고 있냐."

"…………그게, 어쨌다는 거냐."

"나한테도, 너한테도 있어. 생존율 극도 상승효과가 붙어 있는."

한 호흡 뜸을 두고, 분명하게 말했다.

"가호──토와의 기도."

엘마는 눈을 휘둥그레 뜨고는, 입을 다물었다.

천천히 코우스케의 말을 음미하는 것처럼 조용히 눈을 감고, 손으로 덮었다.

흐느껴 우는 소리가 침묵을 부드럽게 깨 간다.

"……그런가. 언제나, 어떤 무모한 짓을 해도 죽지 않았던 건, 결과적으로 항상 살아남을 수 있었던 건…… 그 녀석──토와 덕분이었던 건가……."

눈과 손 사이에서 물방울이 흘러 떨어진다.

세츠나도 고개를 숙이고 어깨를 떨고 있다.

코우스케는 이야기하면서 검의 회수를 끝마쳤다.

그의 곁으로 걸어가자, 세츠나가 앞을 막아섰다.

"……부탁이다. 조금만 더, 앞으로 조금만 더."

간절히 청하는 그녀를 봐도, 코우스케의 의사는 변하지 않는다.

"엘마는 영웅으로서 죽고 싶지 않은 거야. 『정신오염』에 침식된 『어둠의 영웅』으로 돌아가고 싶지 않은 거라고. 비켜줘."

"……그럴 수 없다. 비킬 수 있을 리가 없어."

그녀의 마음은 아플 정도로 잘 알았다. 하지만, 그렇더라도.

"너의 부탁을 들어줄 수 있는 시간은 그리 길지 않아. 편안한 최후를 바라놓고서, 방해하는 거냐."

"그런──! 그런 말을, 들어도, 어쩔 수 없잖아."

고독함에 우는 어린아이.

엘마는 처음으로 만난 세츠나를 그렇게 표현했다고 한다.

확실히, 지금의 그녀는 그렇게 보였다.

단, 그건 온기를 모르는 사람의 탄식이 아니라, 온기를 잃은 사람의 탄식이지만.

"세츠나. 너무 그렇게 괴롭히지 마. 그래 보여도 그 녀석도 나라고."

엘마의 말에 세츠나는 뒤돌아봤다.

엘마에게 달려가 무릎을 꿇었다.

"하지만, 지금 이렇게 이야기할 수 있지 않습니까! 지금까지보다 훨씬 오래, 훨씬 안정되어 있어요! 어, 어쩌면, 이대로——"

떼를 쓰는 어린애 같은 세츠나에게, 엘마는 부드럽게 타이르는 듯한 목소리로 말했다.

"무리야, 세츠나. 그 녀석이 나오지 않는 건 이대로 내버려 둬도 소원이 이뤄질 것 같기 때문이야. 만약 여기서 쿠로가 날 죽이는 걸 그만둔다면, 당장이라도 얼굴을 내밀겠지. 이래 보여도 꽤 아슬아슬하다고…….'

"그런 건…….'

"미안하다, 약속 지키지 못해서."

그 얼굴은 정말로 미안해 보이는 표정이어서.

천 년 전의 영상과 겹쳐진다.

"처음 만났을 때, 잘난 듯이 '너의 행복을 찾아줄게'라고 말했는데 말이야."

그건 둘만의 기억. 코우스케가 관여할 여지가 없는, 과거의 일.

세츠나는 떨리는 목소리로 가슴을 누르며, 천 년 전에 말하지 못했던 뒷말을 입에 담았다.

"그런……! 저는, 코우스케 씨와 있을 수 있어서, 그것만으로도——행복했어요……!"

"……하하, 이렇게나 터무니없이 오랜 시간을 억지로 같이 지내놓고, 아직 그런 말을 하는 거냐. 대단한 녀석이야, 넌."

천 년이다. 천 년이나 되는 시간 동안 그녀는 계속해서 엘마를 지켜 왔다. 어떤 마음으로? 언젠가, 어쩌면 구할 수단이 발견될지도 모른다는 희망을 품으면서? 그렇다고 한다면 이 결말은 비극 이외의 아무것도 아니다.

"저는……! 세츠나는, 코우스케 씨를, 사, 사랑……하고 있으니까요……!"

눈물을 뚝뚝 흘리는 그녀를 보고, 엘마는 쓴웃음을 지었다.

살며시 손을 뻗어 그 눈물을 건졌다.

"그런가…… 천 년 동안이나 식지 않는 사랑, 인가. 나야말로 행복한 녀석이었네."

"……코우, 스케, 씨."

세츠나는 그의 팔을 사랑스러운 듯이 품에 껴안았다. 어떻게든 이 세상에 붙들어 매려는 것처럼.

"세츠나. 처음이자 마지막 명령을 할게."

그와 그녀의 연결은 이미 끊어졌다. 엘마의 명령에 더 이상 강제력은 없다.

"정상인 시간 속에서 살아줘. 천천히 늙고, 언젠가 다시 만났을 때 같은 마음으로 있어준다면, 그때 대답을 줄게."

그녀 정도 되는 충성심이라면, 뒤를 쫓을지도 모른다.

그래서 엘마는 말하고 있는 거다. 대답을 듣고 싶다면, 똑바로 살아 주길 바란다고.

"……주인의 명령이라고. 대답은?"

세츠나는 처음에 몇 번이고 고개를 가로젓고 있었다.

하지만 엘마의 손이 작게 떨리기 시작하는 걸 보고, 시간이 다 되었음을 깨달은 것이리라.

이윽고 쥐어짜 내는 것처럼 말했다.

"……네."

그걸 들은 엘마는 만족스러운 듯이 "착한 아이네"라며 웃은 뒤, 그녀에게서 손을 뗐다.

그러고 나서 특히 밝은 목소리를 냈다.

"그런 이유니까! 슬슬 부탁한다, 쿠로."

엘마에게 가까이 다가갔다.

"……더럽게 폼 잡네, 너."

"로맨티스트라고 말해줘."

실실 웃는 엘마에게, 코우스케도 미소를 되돌려줬다.

"엘마라는 이름을 들었을 때 말이야, 그 녀석 금방 알아차렸어. 함께 읽은 책의 주인공과 같은 이름이라면서."

말해야 할지 망설였지만, 결국 말하기로 했다.

그가 일부러 자신의 이름을 엘마라고 칭한 것은, 여동생과 약속했던 그 날을 강하게 떠올려서 그런 것임을 알 수 있었으니까.

"……그런가. 그러면, 어떻게 생각해도 어울리지 않는 이름을 칭한 보람이 있었다는 거구만."

"그리고 너, 평등과 화합을 관장하는 성인으로 인정되어 있어."

"풋. 아하하, 성인? 내가? ……아──, 하지만 바다를 가르는 것보다 화려한 짓을 제법 했으니까 말이지. 아니, 그렇다 쳐도 평등과 화합이라는 건 호들갑이네. 고양이를 주워서 기르거나 하기는 했지만 말이야."

엘마는 세츠나에게 힐끔 눈길을 향하였으나, 금방 시선을 돌렸다.

"아직 뭔가 더 남았냐?"

아무래도 코우스케 역시 무의식적으로 그걸 질질 끌려 하고 있었던 모양이다.

"……아니."

영웅으로서의 말은 필요 없다. 같은 인간이라는 사실조차 불필요하다.

"그럼, 잘 가라. 엘마."

"건강해라, 쿠로."

그의 심장에 검을 내리꽂았다.

"……나쁘지 않은, 두 번째 인생이었어."

검을 타고 전해지는 감촉은 한때 나이프로 자신의 목을 갈랐을 때보다도 훨씬 생생하고, 무겁다.

짧은 기간에 코우스케는 두 번이나 자신을 죽였다.

첫 번째로 자신을 죽이고 전생하여 『검은 영웅』이 되고.

두 번째로 자신을 죽이고 포식하여 『어둠의 영웅』이 된다.

엘마의 유해가 코우스케의 『흑』 속으로 잠기고, 사라졌다.

한 명의 복수 완수자, 그의 두 번째 인생은 이리하여 끝났다.

코우스케에게 아픔과 힘을 남기고.

제 3 장

암담하고 어슴푸레한
안개 속을 나아간다

아크윈터 세레스티스 클리어베디어라는 인조 영웅에 관하여.

그녀는 전부가 마물이다. 모조품 인간이다.

시험관 속에서 생겨나고 배양조에서 성장한 육체.

죽은 여러 영웅의 혼을 교반(攪拌)하여 하나로 눌러 굳힌 일그러진 덩어리.

뇌에 부어 넣어졌을 뿐인 지식.

하지만 인간을 구성하는 것은 육체와 혼과 정보뿐만이 아니다.

정신이 없다면, 육체와 혼을 잇는 실이 없다면 살아 있다고는 할 수 없다.

실제로 아홉 번째까지의 실험체는 전부 실패작이라는 낙인이 찍혀 있다.

기적적으로 정신의 실마리 같은 무언가가 육체와 혼을 연결했을 뿐일지도 모른다.

하지만 애초의 문제로 『백』은 어디에서 온 것일까.

죽은 여섯 명 중 누구도 색채 속성 보유자가 아니다.

더 나아가 말하자면 신에게 사랑받은 여섯 명의 혼을 이용하였음에도.

발현된 신의 사랑은 네 가지였다.

이건 누구도 상상하지 않았던 만약의 이야기. 가정에조차 이르지 못하는. 망상.

크윈티의 창조에 이용된 혼에는 죽은 영웅의 정신의 실마리가 말려 들어가 있었다.

혼에서 박리되기 전에 인조 영웅 창조에 이용되고 말았다는 것이다.

개인을 나타내는 사상이나 사고는 이미 기능하고 있지 않지만, 그건 틀림없는 정신의 실.

그녀가 사물을 생각할 수가 있었던 이유에 대한 설명.

신이 그 인물의 모든 것을 사랑하는 게 아니라.

특정한 부분을 사랑하는 것이라면 인조 영웅의 재료가 된 부분이

총애를 받지 못하는 부분이라 해도 모순은 없다. 사랑이 부족한 것에 대한 설명.

그러면, 『백』은?

흑룡은 아크스바오나 제도에 도착하기 전에 로엘비나프에 내려섰다.

『흑』에는 생물 이외의 것을 수납할 수 있다. 그러니 물자 보급이 목적은 아닐 것이다.

"저기, 하다못해 족쇄는 벗겨주지 않을래? 스스로 걷는 것도 뜻대로 안 된다구."

"안 벗기는 건 말이야, 필요가 없기 때문이거든? 필요 있어? 괜찮아, 토라가 널 안고 이동할 테니까, 아무런 문제도 없지? 없는 거 맞잖아?"

피티는 엘피의 부탁을 심술궂은 미소로 각하했다.

흠, 하고 엘피는 고개를 끄덕였다.

"페이스의 차를 마셨더니 꽃을 따러 갈 필요가 생겼는데."

"토라…… 벗겨줘. 아무리 무례한 녀석이라고는 해도, 존엄을 더럽히는 짓은 용납되지 않아."

거한이 가까이 다가와 잠긴 족쇄를 풀었다.

"아아…… 너 과묵한 건가 싶었는데, 목을 다친 거구나. 괜찮다면 치유해줄까?"

"헛수고야. 과거 생에서 난 상처인걸."

죽을 때 입은 상처는 전생으로 전부 치유되지만, 그 이전의 것에 관해서는 다르다.

폐 질환을 앓던 자가 죽었을 경우, 그게 직접적인 원인이 아니라면 전생해도 폐 기능에 문제가 남는 채다. 그리고 그건 천부형질에 포함되는 듯, 『치유』마법의 개입 한계를 넘는다.

"그리고 잔머리 깜찍하네, 엘피. 그 정도로 수갑까지 벗겨줄 거라고 생각했다면 그 어리석음은 도리어 사랑스러울 정도야. 귀여워. 마치 장난치는 애완동물 같아."

"네 팬티도 귀여웠어, 피티."

"……죽일 거야."

어린 여자아이로밖에 보이지 않는 흡혈귀에게서 살기가 용솟음친다.

"애완동물 상대로 그렇게 화내는 거 아니야. 유구한 시간을 살아가는…… 후훗…… 흡혈귀의 여왕인 거잖아?"

"지금 명백히 조소를 띠었지? 어린애 망상을 비웃는 것처럼 뿜었지? 그렇게까지 벌을 원한다면 어쩔 수가 없네. 토라, 족쇄를 다시 채우도록 해."

"그런 짓을 해도 괜찮은 걸까?"

엘피는 지극히 진지한 표정으로 피티를 바라봤다.

범상치 않은 무언가를 느꼈는지, 그녀는 침을 꿀꺽 삼켰다.

"뭐야. 지금의 네가 뭘 할 수 있다는 건데?"

"네 눈앞에서 꽃을 딸 수가 있어."

"…………애초에 존엄 같은 건 가지고 있지 않은 모양이네."

지금까지와는 비교가 되지 않을 정도로 질색한 모양이다.

족쇄를 다시 채우는 건 없었던 일이 된 모양이라, 엘피로서는 문제없음.

양손은 부자유인 채지만 그 부분은 명색이 영웅 규격이다.

마법이 봉해져 있어도 신체 능력에는 자신이 있다.

다른 사람과 마찬가지로 용의 등에서 뛰어내렸다.

"아, 피티. 어째서 족쇄를 벗긴 건가요."

푸른 소녀가 피티에게 불만에 찬 시선을 보내고 있다.

"네가 아래쪽 시중을 들어준다면, 족쇄를 건네주겠는데?"

"사절할게요~오."

소녀는 봐달라는 것처럼 양손을 들고는, 엘피의 시선을 알아차리고 이쪽을 향했다.

"뭘 보고 있는 건가요? 저의 귀여움은 확실히 예술의 영역을 뛰어넘어 있지만, 예술과는 달리 구경거리가 아니거든요?"

"너, 오빠 있니?"

"_____."

엘피는 남의 본심을 파악하려면 예기치 못한 질문이 유효하다고 생각하고 있다. 답을 준비하지 않은 질문을 던졌을 때의 반응으로 알 수 있는 정보라는 건 의외로 많은 법이다.

"있구나."

"무슨 말을 하고 싶은 건가요?"

"딱히. 어쩐지 귀찮은 시대에 전생해버린 것 같아서, 운이 좋다고 생각한 것뿐이야."

"귀찮은데, 운이 좋다?"

"납치되는 것도 처음이고, 인생에서 무슨 일이 일어날지 알수 없다는 건 좋네."

"……피티. 이 사람은 잘 이해할 수 없으니 돌려줄게요."

"필요 없어."

"절세의 미녀를 서로 넘기는 거야? 아크스바오나 사람은 배가불렀네."

로엘비나프의 수도는 구릉 위에 존재하는 도시다. 구릉 정상에요새가 지어지고, 경사면에 인가나 밭이 늘어서 있다.

보급선 확보를 위해 아크스바오나는 이를 무시할 수 없다. 또한 자국의 영토가 메말라 있는 상황상, 전장인 로엘비나프령을망치는 것도 망설여진다.

현재 싸움은 요새를 빼앗고는 다시 빼앗기기를 반복하고 있다.

구릉 저지대에 내려서기는 했지만, 거기서 움직일 낌새가 없다.

"나는 크윈티, 엘리피나페 두 명을 데리고 귀환한다. 너희들은 이 땅에서 명령을 기다려라."

아무런 의문도 없는 것인지, 아무도 말참견을 하지 않는다.

그래서 자기가 말하기로 했다.

"의도는?"

"……네 녀석이 알 필요는 없다."

"동료가 아니니까?"

"그렇다."

엘피는 크윈에게 말을 걸었다.

"의도는? 이라고 물어줄래? 넌 그들의 동료인 거지?"

크윈이 얼어붙은 시선으로 자신을 노려봤다.

자신과 크윈에게 시키고 싶은 일이 제도에 기다리고 있다는 건 알 수 있다.

"내, 목적은."

엘피의 말에 답한 건 아닌 모양이지만, 크윈이 작게 입을 열었다.

"이해하고 있다. 하지만 그전에 제도로 데리고 가겠다. 조건 같은 것이라고 생각해라."

답을 얻을 수 있어서 만족했는지, 크윈은 다시 침묵.

잠시 후 마차가 달려오는 게 보였다.

마중하는 자가 누구인지 판명되기보다 먼저, 엘피는 그 자리를 떴다.

◇

세츠나가 무릎을 꿇은 채 고개를 숙이고 있다.

코우스케는 말을 걸지 않는다.

엘마를 『집어삼킨』 코우스케는 그의 모든 것을 계승하고 있었다.

집어삼킨 것들 중에서, 칼집과 그의 피어스를 꺼냈다.

지면에 떨어져 있던 칼을 주워 들고, 납도(納刀).

조금 고민한 뒤, 자신의 검은 지면에 꽂힌 채 두기로 했다.

엘마의 칼 또한 불괴의 보구였기 때문이다. 두 개를 소지하면 신에게 저주를 받는다.

게다가, 묘표 대신은 아니지만, 무언가를 이곳에 남겨 두고 싶었다는 것도 있다.

코트를 걸치며, 코우스케는 피어스의 효과를 떠올리고 있었다.

『항예(抗穢)의 귀걸이』──정신오염 증상 발생 시의 기억 영역과의 단절을 경감한다. (내구도 있음)

이건 엘마가 그 자신이 아니라, 언젠가 자신을 『집어삼킬』 자를 위해 만든 것이다.

그자가 정신오염에 집어삼켜지지 않도록.

천 년 중, 제정신으로 있을 수 있는 얼마 안 되는 시간을 써서 만들어진 마법구.

그는 세계에 배신당하고도 여전히 다음에 세계를 구할 자의 도움이 되기를 바라며, 자신의 힘을 다했다.

죽을 때까지, 그런 말을 하지 않고. 감사조차 요구하지 않는 그 존재의 방식에.

동경의 마음을 품고 만다.

앞으로 5년 만에 자신이 그 정도까지의 인간이 될 수 있을 것인가. 코우스케는 알 수 없다.

단지, 그가 남긴 것은 무엇 하나 헛되이 만들 수 없다고 생각했다.

얕게 날숨을 내쉰다.

"세츠나."

그녀 앞에 한쪽 무릎을 꿇고, 말을 건넸다.

"……우선 내가 소속된 나라에 가자. 그 뒤에…… 가급적 안전한 장소에 보내줄 걸 약속할게."

"……무슨 말을, 하는 거지."

"엘마가 말했던 것처럼, 나도 네가 살아 주었으면 해. 그러니까——"

"그러니까, 너는 무슨 말을 하고 있는 거냐."

그렇게 말하며 고개를 든 그녀의 얼굴은, 눈가가 부어 있기는 해도 눈물은 없었고.

늠름한 조형의 그 얼굴에 화난 표정을 띠고 있었다.

"너는 확실히 내가 사랑한 코우스케 씨는 아니지만, 그렇다고 해서 '어디서 어떻게 되든 아무래도 상관없다'고 생각하고 있을 거라고 본 거냐?"

"그, 그건…….."

그럴 수 없을 것이다.

예를 들어 코우스케도 만에 하나 '엘마의 토와'를 만나고 말았을 때, 자기 여동생이 아니라고 해서 무시하는 건 불가능하다. 분명, 가능한 한 조력하려 할 것이다. 아니, 반드시 그렇게 한다.

"하지만 엘마는 분명 네가 싸우는 걸 바라지는——"

"엘마의 명령은 살라는 것이었다. 도망쳐라, 가 아니다."

"……설명하지 않았지만, 바깥은 지금 전쟁 중이야. 인간 같은 건 쉽게 죽어."

"인간이 쉽게 죽는 건 전시 중에 한한 일이 아니다. 살아 있는 한, 누구든 쉽게 죽는다. 하다못해 그때가 오기까지, 나는 나로서 살 뿐이다. 뭔가 불만이라도?"

코우스케는 잠시 노려보는 것처럼 그녀를 보고 있었지만, 세츠나는 동요하기는커녕 거기에 시선을 맞춘다.

"…………젠장맞게 완고한 부분이 어딘가의 시건방진 여동생을 닮았구만."

"후후, 토와 님과 내가 닮았다고? 됐어, 너무 그리 칭찬하지 마라."

"칭찬이 아니야…… 왜 조금 기뻐 보이는 거야."

엘마가 토와에 관해 어떻게 말하고 있었는지는 모르지만, 주인의 여동생이라고 해서 지나치게 멋진 존재로 착각하는 경향이 있는 것처럼 느껴지는 코우스케였다.

세츠나는 한숨을 내쉬는 코우스케에게 말했다.

"그렇기는 해도, 나는 매우 위험한 존재다. 고삐를 쥔다는 의미로도 계약을 나눠주었으면 하는군."

확실히 마술적인 경로를 연결함으로써 『흑』 사용까지 가능해진다면, 유용성은 확 높아진다.

하지만 그건——.

"착각하지 마라. 내가 지닌 감정의 일체는 그에게만 향한 것이고, 이 충성에 다른 마음 따위는 없다. 이건 그래, 말하자면 ──거래다."

"……네가 힘을 빌려주는 대신, 나는 뭘 내어주면 되지?"

"너 자신의 끝이, 행복할 것."

힘을 빌려줄 테니, 행복해져라.

엘마의 종자는 주인을 쏙 빼닮은 존재에게 그걸 바라고 있다고 말한다.

"……나만 득을 보는데."

"그러면, 그 밖에도 여러 가지 조건을 달면 된다. 이 세계에서 살아갈 상식을 가르쳐주지 않으면 곤란하고, 신분 준비도 부탁한다. 그러고 나서 의식주 확보는 빼놓을 수 없겠군. 그리고 귀를 숨기고 살지는 않을 거다. 아인 차별이 없는 토지를 찾거나 만들어줘야겠어. 나머지는……."

그녀는 그런 요구들을 늘어놓고 있었지만, 거기에 조금 전까지 띠고 있던 진지함은 없다.

어디까지나 코우스케를 납득시키기 위해 천칭의 다른 한쪽에 추를 올리고 있는 것뿐.

일시적인 균형을 연출함으로써 코우스케 쪽의 사양을 없애려 하고 있다.

"……알았어. 너와 계약하지, 세츠나."

"후후. 처음부터 그렇게 말하면 되는 것을."

승리했다는 듯이 웃는 그녀를 보고 있으면, 어느 쪽이 주인인지 알 수가 없다.

"얼른 끝내버리자. 그러면, 손을."

그녀는 코우스케가 손을 내밀기 전에 오른손을 잡고, 그 손등에 입술을 가져다 댔다.

그 부분이 열을 띤다.

"……허락한다."

코우스케의 의사에 반응해서인지, 열이 전신까지 퍼졌다.

"……으응."

뺨을 발그레하게 물들인 세츠나가 한순간 요염한 목소리를 냈다.

"……괜찮냐?"

"당, 연하다. 계약은 문제없이 완료됐어."

"이렇게 간단해도 되는 건가?"

"어려운 의식이 필요할 거라고 생각했던 거냐?"

"……뭐, 다소는."

세츠나는 훗, 하고 살짝 바보 취급하는 것처럼 웃은 뒤 일어섰다.

"안심하도록 해라. 본의 아니기가 짝이 없지만, 나는 네게 절대복종하는 몸이 되었다."

그녀는 그렇게 말하고는 혀를 내밀어 보였다. 거기에는 계약의 낙인일까, 문장이 새겨져 있었다.

"……어쩌려고 그랬냐. 내가 이상한 명령만 내리는 녀석이었다면."

"시시한 걸 묻지 마라. 있을 수 없는 일이야."

하지만 그 신용은 코우스케가 아니라 엘마에 대한 것이리라.

"자, 그럼. ……흠, 그런데 나는 너를 어떻게 부르면 좋지?"

확실히, 코우스케 씨라고 부르기에는 저항이 있을 것이다.

"엘마는 어떻게 부르고 있었어?"

"다른 사람의 눈이 있는 곳에서는 '주인'이었지. 당연히, 너는 그렇게 안 부를 거다.'

"뭐, 쿠로로 괜찮지 않을까."

"그것도 좋지 않군. 나는 명목상 너의 종자라는 게 되니까. 예를 들면, 그렇군. ……이런 건 어떠냐? '주인님'."

"각하다."

"……제멋대로인 인간이군. 쿠로 님?"

"님을 붙이는 건 그만둬 줘."

"너, 성가신 성격이라는 말을 자주 듣지 않나?"

"실례되는 종자구만……."

"……흐음. 나리, 주인어른, 쿠로 경…… 마스터?"

"아——, 뭐어, 그걸로 괜찮지 않겠어?"

술집의 마스터를 연상시키지만, 주인이라는 의미로도 쓰인다. 적합지 못할 것도 없으리라.

"흠, 그러면 마스터. 나는 이제부터 너의 개다." 그녀는 그러고 나서 천천히 양손을 자신의 귀에 가까이 대고, 손가락으로 가리켰다. "고양이인데도."

"…………………………………………………………어, 음, 저기."

코우스케가 어떻게 반응해야 할지 몰라 난처해하고 있자, 그걸 못 들었기 때문이라고 판단한 건지, 세츠나는 헛기침을 했다.

"마스터, 나는 이제부터 너의 개다………… 고양이인데도, 냐아."

늠름한 여성이 낯빛 하나 바꾸지 않고 그런 말을 했을 때, 어떻게 반응하는 게 옳은 것일까.

굳어 있는 코우스케를 보고, 세츠나는 의아한 듯이 고개를 갸웃했다.

"…………이상하군, 천 년 전에는 잘 먹혔는데 말이지."

"웃을 수 없는 아인 조크는 그만둬."

역시 개그였던 모양이다.

"무슨 말을 하는 거냐. 연회에서는 백발백중으로 주위 사람들을 열광시킨 나만의 장기인데."

세츠나는 어딘가 불만스러워 보인다. "천 년 사이에, 개그의 유행이 변화한 건가?"라며 턱에 손을 대고는 진지하게 고민하기 시작했다.

그 모습을 보고, 코우스케는 역시 세츠나와 토와는 닮았다고 느꼈다.

여동생도 꼭 자기가 상처받았을 때 한해서 억지로 밝은 화제를 전개하려고 한다.

세츠나도 마찬가지다.

엘마를 잃고, 슬프지 않을 리가 없는데.

그 엘마를 죽인 코우스케를, 좋게 생각할 수 있을 리가 없는데.

그러한 것을 감추고 앞으로 나아가려 한다.

그 강인함이 완전히 옳다고는 생각하지 않는다. 연약함을 드러내는 것도 때로는 필요하다.

하지만 지금은 그 강인함이 믿음직스러웠다.

"다음 연회에서는 다른 걸 피로해줘."

"다음? ……아아, 그런가. 너는 이길 거니까 말이야. 음, 생각해두지."

그리고 두 사람은 서로 미소 짓고, 전장으로——.

"그전에 옷을 준비해줘. 제아무리 나라도 수치심 정도는 갖추고 있거든."

분위기 안 잡히네, 하고 생각하면서 코우스케는 쓴웃음을 지었다.

싸우기 전에, 그녀에게 옷을 준비해줄 필요가 있는 모양이다.

"크윈티."

그런 목소리가 났다.

아무래도 자신은 자고 있었던 모양이다.

"내려라."

글레어의 목소리다.

그로부터 크윈과 엘피는 다시 용의 등에 올라타 제도를 향해 날아갔다.

"그것도 깨워라."

어느샌가 분홍 머리카락 여자가 자신의 무릎을 베개 삼아 잠에 든 채 숨소리를 내고 있다.

엘피. 크윈은 그녀가 싫었다.

크윈은 엘피의 환자였던 적이 있다.

영웅으로서의 첫 실전에서 마물에게 겁을 먹으면서도 힘을 나타낸 크윈이었으나, 겁을 먹은 사실을 불안하게 여기는 자도 많았다. 그들은 이구동성으로 엘피에게 지시를 내렸다.

공포를 느끼는 기능을 마비시켜라, 라고.

그렇게 하면 영웅으로서의 기능만을 더욱 추구할 수 있기 때문이리라.

엘피는 그걸 거절했다.

공포를 느끼는 마음은 매우 중요해서, 생존율에 큰 영향을 미친다던가 어쩐다던가.

인륜에 따른 올바른 의견이었으리라. 그녀로서는 다른 의도가 있었을지도 모르지만, 나중에 그 건을 알아챈 리갈 등의 반발도 있어 크윈의 공포를 느끼는 기능은 남겨졌다.

없앨 수 있는 것이라면 없애주길 바랐는데.

그렇게 하면, 마음이 망가질 때까지 겁을 먹고 떠는 일도 없었을 텐데.

엘피는 그녀의 옳음을 우선하여 크윈을 구해주지 않았다.

하지만 그것이 지금으로 이어진 것이라고 생각하면, 당시와 같은 원망은 없다.

이마에 수도를 내리친다.

"웃…… 어, 왜 그렇게 깨우는 거야?"

"방해돼."

"방해되면 친구의 이마에 수도를 내리쳐도 되는 거야?"

"방해돼."

"방해되면 친구의 이마에 수도를 내리쳐도 되는 거야? 안 된다고 생각하는데."

"방——"

용이 사라졌다.

크윈은 무표정으로, 엘피는 조금 당황한 모습으로 낙하.

양쪽 모두 착지는 성공했다.

숲속에 내려선 모양이라, 주위에는 나무들 뿐이다.

"시끄럽다."

자기와 막상막하로 표정 변화가 적은 글레어가 미세하게 눈살을 찌푸리며 말했다.

"그것보다, 어째서 숲, 이야."

엘피는 아직 뭔가 말하고 싶어 보였지만, 결국 아무 말도 하지 않았다.

"기본적으로 여단의 임무는 비밀에 부쳐져 있다. 공개적인 귀환은 허용되지 않는다."

글레어한테 딱히 그걸 신경 쓰는 기미는 없다.

공공연히 자국의 문을 드나드는 것도 용납되지 않는, 이면의 영웅들.

"『공간』 마법으로 주둔소까지 날아간다."

『검은』 안개 같은 것이 출현했다.

통상적인 문보다도 크고, 대문보다는 훨씬 작다. 수 명이 나란히 지나가기에는 충분한 크기.

"흐음, 이게 『공간』인 거네. 어째서 까만 걸까. 원래는 인간에게 허용되지 않는 것을 『집어삼킴』으로써 획득했으니까? 그게 아니면 당신이 색을 입힌 거야? 보이기 쉽도록, 이라든가."

"쓸데없는 말을 지껄이지 마라."

글자 그대로 등을 떠밀려, 엘피가 안개 속으로 사라졌다.

여기까지 와서 도망치고 자시고도 없기에, 크윈 역시 얌전히 안개 속으로 발을 들여놓았다.

경치가 한순간에 바뀌는 위화감을 제외하면, 붙어 있는 땅을 걷는 것과 같은 감각이었다.

숲속에서 일변하여, 창고를 연상케 하는 거대한 공간으로 나왔다.

"헤에, 재미있네."

쓸데없는 말을 하지 말라는 말을 듣고도 다음 순간에는 쓸데없는 말을 하고 있다. 엘피는 그런 인간이다.

"그런데 단장 씨? 하나 묻고 싶은데 괜찮을까?"

"……조금은 조용해진다면, 생각해 보지."

"크윈이 소원을 이룬 뒤에, 너는 쿠로를 어떻게 할 거야?"

……쓸데없는 짓을. 의도가 훤히 보이는 만큼, 짜증이 난다.

"뻔한 걸 묻지 마라. 적은 배제할 뿐이다."

"죽이는 거네."

"녀석이 항복하면 이야기는 다르겠지만 말이다."

"안 할 거야, 분명."

"그렇다면 녀석은 전장에서 목숨을 다하게 되겠지."

"그렇다는 것 같은데?"

이쪽의 죄악감이라도 부추길 생각인 것일까.

그렇다고 한다면 헛수고다.

이미 이 이상은 없을 정도로, 가슴이 찌부러질 정도로 죄의식에 시달리고 있다. 이 이상은 없다.

크윈이 아무 말도 하지 않는 것을 확인하자, 엘피는 유감이라는 듯이 어깨를 으쓱였다.

"와라."

글레어가 선도하는 형태로 앞으로 나아갔다.

"크윈티, 너에 대해서는 제조자에게서 들었다."

그 말에 반응하고 만 것은, 적잖이 관심이 있었기 때문일까.

제조자라는 말을 듣고 떠오르는 것은 자신을 만든 백의를 걸친 남자.

옥중이라고 들었지만, 만나러 간 적 따위 없다. 글레어가 거짓말을 할 이유도 짐작이 가지 않는다.

그렇다면 그는 아크스바오나에 있는 것인가.

"그래서, 뭐."

"적의 정보라면 또 모르겠지만, 동포의 과거라면 무례한 일이 되겠지."

원래는 적이었지만, 지금은 동료이기에 멋대로 과거를 알게 된 것을 사과한다, 라는 것일까.

잘 이해할 수 없는 생각을 한다 싶었다.

"용서하라고는 하지 않겠지만, 대신에 나도 과거를 드러내도록 하지."

글레어가 그렇게 말하고 이야기를 시작하기까지는 다소 뜸이 있었다.

"……과거 생에서도 나는 군인이었다. 내 나라에서는 나이가 아니라 의식 성공으로 사람을 인정한다. 13살에 의식을 돌파한 나는 군속이 되어 동포와 함께 적을 쳤다. 이래 보여도 유능해서 말이지, 16살이 될 무렵에는 일군의 장이 되어 처자식도 생겼다. 행복했다. 그때까지는."

즉, 거기서부터 그의 불행이 시작되었다는 것이리라.

"주변 국가로부터 정전 제안이 있었다. 화평을 맺고 싶다고. 충성을 맹세한 왕은 이미 없었고 왕위는 어리석은 자식이 계승하였지만, 필연적으로 어리석은 왕이라서 말이지, 거기에 응한 거다. 적국은 당치도 않게 무장 해제를 요구했다. 응할 수 있을 리가 없다. 하지만 왕은 받아들였다. 군부는 갈라졌다. 왕을 죽여서라도 나라를 지켜야만 한다고 주장하는 자와, 왕을 따라야 한다고 말하는 자로."

"……당신은."

"따랐다. 어리석어도 전왕의 자식. 충성을 다하는 것이야말로 전왕에 대한 진정한 충절이라고 믿고. 그것이 모든 것을 잃는 선택이라는 것도 깨닫지 못하고 말이다."

어리석다고 생각했다. 하지만 비웃으려는 감정은 솟지 않는다. 마찬가지로, 동정하는 감정 또한 솟지 않지만.

"당연히 습격받았다. 적은 내부에도 외부에도 있었으니까. 아내는 눈앞에서 범해지고, 아직 어린 딸은 난로에 던져 넣어져 불타 죽었다. 아내가 울부짖는 목소리와 딸이 불타는 소리를 들으며 죽은 나는, 혼자서 태평하게 전생한 거다."

글레어의 표정이 어둡게 일그러진다. 그러고 보니 갓 전생했을 무렵의 쿠로도 지금과 비교하면 상당히 마음이 병든 듯한 눈매를 하고 있었지, 하고 딴생각을 했다.

"두 군주를 섬길 생각 따위 없었지만, 폐하는 달랐다. 어리석은 왕은 당연하거니와, 나의 잘못도 가리켜 보이셨다. 순서를 매겼어야만 했다고. 우선순위를 매기지 않으면 안 되었다고. 그리고 폐하는 말씀하셨다. 자신의 소망이 첫 번째고, 두 번째가 그에 따라오는 것의 행복. 이상이라고. 알겠나, 크윈. 그분은 망설이지 않는다. 이계를 수중에 넣고, 우리에게 행복을 가져다준다. 그에 비해 달트라왕은 어떻지. 현상 유지에만 주력하는 그 다 말라 가는 거목의 추한 모습이란. 쿠로노의 존재로 인해 근절은 이루지 못했지만, 공세를 늦추지는 않을 것이다."

"딱히, 아무렇게도 생각하지 않아."

멸망하든, 번영하든. 남의 일이다.

단지, 쿠로가 구하려 하고 있으니까.

그러니까 돕겠다고 생각한 것뿐. 생각하고 있었던 것뿐이다.

"너의 소원은 이해했다. 쿠로노와의 적대, 쿠로노의 손에 죽는 것. 다른가?"

일부러 긍정의 말을 내뱉지도 않았지만, 마찬가지로 부정 역시 하지 않는다. 그걸로 충분한 것 같았다.

"네가 여단에 협력하면, 그 바람을 이루어 주지."

뭔가가 이상하네, 하고 크윈은 생각했다.

깨닫고 보니 지하 감옥 같은 장소에 있었다. 걸어온 기억은 있는데, 경치의 변화는 몹시 갑작스럽게 느껴졌다. 마법, 일까.

옆을 걷는 엘피도 "어머"라며 신기하다는 듯한 표정을 짓고 있다.

"결계의 문제로 말이지, 직접 날아갈 수는 없다. 길을 의식시키지 않도록, 아주 약간 마법을 썼다."

동료로 맞아들였다고는 해도, 오늘 만난 참인 인간에게 자신의 과거 생을 이야기한 것도.

"과거 이야기를 한 것도, 그 때문."

"전부 진실이지만 말이지."

"아무래도 좋아, 전부 다."

"그런가."

글레어가 문을 열었다.

역시 감옥이다.

그리 넓지 않은 실내. 들어가서 정면 쪽 벽에 여성이 붙들어 매여 있다. 하지만 쇠사슬은 장식이나 다름없다. 실제적인 구속력은 방 본체가 가지고 있는 것이리라.

"어머, 글레어. 돌아왔네."

구속의가 입혀진 여성에 크윈은 위화감을 품었다. 미희라고 부를 만한 아름다움을 가지고는 있지만, 띠고 있는 미소가 몹시 어울리지 않는 것이다. 마치 타인의 얼굴로 웃으려 하고 있는 것만 같은.

"하지만 이상하네. 당신, 말했었지? 달트라 왕가의 피를 끊기 위해, 또 한 명의『흑』보유자에게 이기기 위해서, 반드시『공간』이 필요하다고. 당신이 그렇게까지 부탁하니까, 나는 응한 거라구? 특별히『공간』을 줬어. 편애해준 거야. 세상에서 단 한 명, 당신만을 특별 취급해준 거라구? 그런데."

미소가 빠져나가는 것 같았다.

"어째서일까? 달트라 왕가는 절멸되지 않았지? 『흑』 보유자는 살아 있지? 이런 곳에 갇혀 있어도, 알 수 있다구? 속일 수 있을 거라고 생각했어? 귀여운 글레어. 어리석은 글레어. 당신은 우수한 것치고는, 정작 중요한 타이밍에서 선택을 그르치지. 처자식을 잃었을 때도, 이 몸의 주인을 잃었을 때도, 그리고 이번에도. 그래도 리온의 신뢰는 두터우니, 아크스바오나 황제도 어지간히 우정에 약하단 말이야."

얼굴에 다시 들러붙은 것은, 조소.

표정의 변화는 마치 부품을 바꾸는 것만 같아서.

인간이라는 건 명백한데, 인형이라도 보고 있는 것만 같았다.

"하지만, 됐어. 글레어, 나는 당신을 용서할게. 왜냐면 당신은 내게도 마음에 드는 존재니까. 당신은 『흑』 보유자니까. 앞으로도 특별 취급해줄게."

목소리가 겹쳐서 들린다. 단아한 그 목소리에, 끔찍한 신음을 덮어씌운 듯한 이상한 소리다.

"네 녀석의 용서 따위 바라지 않는다."

글레어의 거칠게 내뱉는 듯한 말과 높은 신분을 연상케 하는 여자의 어조도 어딘가 이상하다.

"네 녀석이라니, 당신, 자기가 무슨 대단한 사람이라도 됐다고 생각하는 거야? 내 남편의 부하에 지나지 않는 당신이, 어째서 황후에게 그런 말투를 할 수 있는 걸까."

황후……?

즉, 아크스바오나 황제의——정비?

지하 감옥과 결계에 갇힌——이 여자가?

그러고 보니, 6년 전부터 제1왕비가 모습을 감췄다는 정보가 있었다.

즉, 그녀가 그 제1왕비인 건가.

"……이 결계의 작용으로 너희들의 눈도 기능이 마비되어 있다. 그 때문에 알아차리지 못하고 있는 거겠지. 이 여자가 내뿜는, 인간 아닌 것의 독기에."

"너무해…… 아아…… 심한 말을 하네, 독기……? 독기라고?! 저기, 글레어, 말을 고른다는 게 있잖아. 나는 마물의 족속이 아니니까, 독기라는 말을 들이대는 건 실례가 아닐까?! 좀 더 생각하도록 해. 그래, 예를 들면——신위(神威)라고 하는 건 어때? 그야말로 내게 어울리는 말이 아니겠어? 신의 위광. 여하간 나는——신이니까."

아아, **이것**이 그건가 하고 크윈은 이해했다.

글레어가 『어둠의 영웅』이 되기 위해, 아마도 의도하여 몸의 일부를 줬을 터인——악신.

언제 눈을 뜰지 모른다고는 해도, 사람의 몸을 임시 숙주로 삼아야만 한다면 완전 부활은 아직 멀었다.

아무래도 아크스바오나는 달트라도 모르는 어둠을 끌어안고 있는 모양이다.

"크윈티, 엘리피나페. 너희들이 이분을 구할 수 있겠나?"

글레어가 크윈을 동료로 맞아들이고, 엘피를 납치한 것은.

자신이 충의를 맹세한 황제의 아내를, 악신에게 씐 여자를 『백』과 『신유』로 구할 수 있을지 시험하기 위해서?

최강의 마법사와 최상의 마법의를, 그것만을 위해……?

주군이 사랑하는 사람을 구할 수 있을지도 모른다는 이유로……?

그때서야 비로소 크윈은 아크스바오나의 사고방식을 이해했다.

동료가 전부. 동료를 행복하게 한다. 동료를 소중히 한다.

그걸 보장하기 위해, 모든 고통은──적이 지도록 한다.

철저한 사랑과 편애로 인한 대가를, 어디까지나 타인이 지불케 한다.

옳은가 그른가는 아무래도 좋지만, 거추장스러운 핑계가 없어 깔끔하다고는 생각했다.

크든 작든 인간은 누구나 무의식적으로 하고 있는 일을, 극단적이자 의식적으로 행하고 있다는 것뿐.

다만, 무리인 이야기다.

신이 건 저주조차 풀 수 없는데.

신 그 자체에 씐 자를 어떻게 구하랴.

그래도, 불가능이 증명될 때까지는 포기할 수 없는 것인가.

전혀 이해할 수 없다.

그런데도.

──구해줄게.

그도 그러한 마음이었던 건가 하고 생각한 순간, 부정할 수 없게 되고 만다.

『부정』밖에 하지 못하는 주제에.

◇

"크원티."

글레어의 목소리에 의식이 현실로 되돌아왔다.

깨닫고 보니 주둔지 앞까지 돌아와 있었다. 엘피도다.

글레어의 표정은 좋지 않다.

"……수고했다."

그걸로 모든 걸 눈치 챘다.

두 사람은 그의 바람을 이룰 수 없었던 것이리라.

그리고 자신이 그에 관해서 **아무것도 기억하고 있지 않다**는 사실.

자신의 『백』으로, 그에 관한 기억을 『없었던 것』으로 만들었다는 것.

글레어의 지시였을 테고, 크원의 성격상 아무래도 좋으니까 따랐다는 것일까.

"……내 역할, 끝?"

"그래. 너의 소망을 위해서도 빠진 전력이 보충되는 대로 로엘비나프로 돌아가지."

"심문, 은?"

이래 보여도 달트라 측의 중추에 있었던 인간이다. 뽑아낼 수
있는 정보의 가치를 생각하면, 금방 심문실로 연행되어도 이상
하지 않다.

"자신의 부하에게 손을 대는 어리석은 자는 없다. 거기에 덧
붙여, 애초에 무의미하다."

"그런, 거야?"

"그렇겠지. 다른 누구도 아닌 너다. 쿠로노한테 불이익이 될
법한 기억은 이미 지운 것 아닌가?"

생각해봤다.

그리고 기억이 벌레가 좀먹은 것처럼 되어 있다는 사실을 깨
달았다.

아아, 그런가. 자신은 쿠로를 위해, 쿠로의 발목을 붙잡을지
도 모르는 기억을 이미 소거하였던 건가.

자신은 쿠로의 손에 죽고 싶은 것뿐이지, 그 이상의 폐를 끼치
고 싶은 게 아니다.

평범한 사람은 이해할 수 없겠지만, 크윈은 지금도 여전히 그
소년을 좋아하고 있는 것이다.

그렇지 않다면, 쿠로 손에 죽는 것에 가치는 생겨나지 않는다.

"남은 건 네가 인간으로서 놓을 수 없었던 기억이겠지. 그걸
엿볼 정도로 우리 여단은 우악스럽지 않다."

"아무래도 상관없어."

"그런가."

"어? 나는? 심문받는 거야? 심한 짓 당하는 거야?"

엘피는 기분 탓인지 설레는 기색으로 물었다. 확실히 정보를 빨아올린다는 의미에서 그녀 이상의 심문관은 없을 것이다. 지금은 마법을 쓸 수 없다고는 해도, 마봉석에 마법 그 자체를 무효화하는 성질은 없다. 다른 누구도 아닌 그녀다. 자신의 기억이 유출되지 않도록 손은 써 놨을 것이다.

"불가능한 것에 시간을 기울일 정도로, 나는 별난 놈이 아니다."

"어머, 유감. 아크스바오나의 심문술을 피부로 느끼고 싶었는데."

"흠. 교섭술이라면 금방 목도하게 될 거다."

그러자 그가 말을 끝내는 것과 동시에.

"글레어~!"

고속의 물체가 크윈의 눈앞을 지나쳐 가서는, 뛰었다.

작은 어린아이처럼 보이는 그것이, 글레어의 품으로 뛰어들었다.

"어서와!"

대여섯 살 정도의 어린 여자아이다. 딱히 특별한 것 없는, 어디에나 있을 법한 어린애다.

두 눈의 색깔이 다르다는 특징을 제외하면.

"플리커냐. 용케 내가 귀환했다는 걸 알았군. 누구한테 들었지?"

"리베라!"

"어서 오세요~오, 다~~안장!"

술에 취한 듯이 높게 흔들리는 그런 목소리가 들렸나 싶더니만, 누군가가 안겨들었다.

취기와 탄력. 술 냄새와 지나치게 풍만한 가슴에 감싸인다.

"······리베라. 그건 내가 아니다."

"거짓말. 우와, 진짜다. 어쩐지 단장보다 부드럽고 매끈매끈하고 귀엽다고 생각했어~."

장미를 아로새긴 듯한 빨간색을 띤 머리카락. 옆머리 근처에서 소를 연상케 하는 뿔이 나 있다. 키는 그리 크지 않지만 가슴이 크고, 불그레한 얼굴이긴 해도 이목구비 역시 단정하다.

"어라아? 언니, 널 어디선가 본 적 있는 느낌이 들어. 아, 이거 딱히 꼬시고 있는 거 아니니까. 아하하! 뭐, 그래도 괜찮지만 말이지~! 아, 『하얀 영웅』이잖아?! 게다가 옆에 있는 건 『신유의 영웅』! 어머, 이쪽은 억지로 끌려온 것 같네."

취해서 그런 거라고 믿고 싶지만, 완급이 너무 격해서 따라갈 수가 없다. 따라가려고도 생각지 않는다.

"데리고 왔다. 오늘부터 동포가 된다. ······그리고 너, 술은 적당히 하라고 그만큼."

"괜찮다고요~. 또~오 단장의 주워오는 버릇이 발휘된 거죠. 그렇다는 건, 오늘은 환영회네? 즉, 술도 오케이~! 요컨대 시간이 조금 밀리는 것뿐이잖아, 꿀꺽꿀꺽."

"연회를 열고 있을 틈은 없다. 네우로제, 퀸을 소집해라. 금방 출발한다."

"네~에."

그녀는 그렇게 말하면서도 손에 든 용기에서 술을 홀짝인다. 그다지 자주 보이는 형태는 아니지만, '일본'에 있는 주둥이가 홀쭉한 술병과 가까운 것처럼 느껴졌다. 몇 번인가『벽력의 영웅』리갈이 마시고 있는 걸 본 적이 있다.

"글레어! 봐줘, 봐줘! 이거, 그림 그렸어!"

그렇게 말하며 글레어에게 안긴 여자아이가 종이를 펼쳤다.

크윈한테서는 보이지 않지만, 글레어 정도가 그려져 있는 것이리라.

"호오, 상당하군. 장래는 화가인가?"

"그치──! 플리커도 상당하다고 생각해. 생각하고 있었어!"

"그래, 상당해."

글레어의 딸은 아닌 것 같지만, 내방자이기는 한 모양이다.

주워서, 그대로 돌봐주고 있다. 뭐 그런 걸까.

"우훗. 사이 좋지? 과거 생에서 부모한테 죽은 것 같거든. 눈 색깔이 다르면 불길하다던가 해서. 우연히 전생하던 상황에 입회한 이후로, 단장이 부모 역할을 대신하고 있단 말이지~. 안 어울려서 웃기지? 아하하, 저래 보여도 애를 엄청나게 아껴."

쿠로가 알았다면 그를 죽이는 걸 망설이고 말았을지도 모르겠네, 하고 생각했다.

"잘 부탁해, 으음, 크윈. 언니는 언니라고 불러도 돼."

글레어의 한마디로, 그녀도 크윈을 동료로 인정한 모양이다.

앞으로 얼마나 더 이 시시한 연극에 어울려야만 하는 걸까.

적지에서 멍하니 그런 생각을 했다.

◇

"그런데 마스터."

기보르네에서 돌아오는 길. 와이번 위에 둘이 올라타 하늘을 날아가고 있을 때의 일이다.

코우스케 앞에 앉아 있는 세츠나가 고개만을 돌리고 말했다.

"토와 님을 혼자 둬도 괜찮았던 건가?"

세츠나는 마을에서 받은 민족의상풍 의복을 입고 있다.

"너, 그 질문 몇 번째야……."

계속 이런 상태인 것이다.

와이번을 서둘러 몰라느니, 혼자 뒀다가 무슨 일이 일어나면 어쩔 거냐느니, 만난 적도 없는 토와에게 이미 상당히 과보호라고 할 수 있었다.

"몇 번이든 말할 거다. 마스터야말로 너무 태평한 것 아닌가? 지금 이 순간도, 토와 님이 위험한 상황에 처해 있을지도 모른다고!"

"그야 나도 걱정돼. 하지만 말이다, 이거 이미 전속력이야. 그것도 몇 번이나 말했지?"

태평하게 대화 같은 걸 하고 있지만, 와이번은 엄청난 속도로 비행하고 있다. 주위에 『풍』 마법을 전개함으로써 지상과 그리 다를 것 없는 상태를 유지하고 있는 것이다.

"부족해. 토와 님을 위해서라면 빛보다 빠르게 날아가지 못하겠나."

"말도 안 되는 억지를…….."

그건 그렇고, 엘마는 여동생을 세츠나한테 어떻게 이야기하고 있었던 것일까. 주인의 여동생이라는 이유로 지나치게 신성시하고 있는 것 같다는 생각이 들었다.

"……마스터."

"이번에는 뭐야?"

"……토와 님께, 코우스케 씨에 관해, 이야기해도 괜찮을까?"

지금 있는 토와는 엘마가 찾던 토와가 아니지만.

한 명의 '쿠로노 코우스케'가 여동생을 찾아다녔고, 그리고 만나지 못했다는 결말을.

그저 그대로 두고 싶지 않은 것이리라.

"……말하면 그 녀석, 아마 울 거란 말이지."

여동생이 우는 얼굴은, 가능하다면 보고 싶지 않다.

세츠나도 같은 생각을 한 듯, "그런가. 그렇, 겠지……"라며 고개를 푹 떨구고 말았다.

시무룩하게 의기소침해지는 그녀에게 맞추는 것처럼, 고양이

귀가 축 늘어졌다.

자연히 거기에 손이 뻗었다.

엘프의 귀는 이성이 그리 쉽게 만져도 되는 게 아니라고 『검극의 수도기사』 아리엘이 알려줬지만, 여우 귀를 가진 『천혜의 수도기사』 이브는 만지게 해 줬다. 고양이의 경우는…… 어떨까.

"후냐아."

세츠나한테서 나온 거라고는 도저히 생각되지 않을 정도로, 귀여운 목소리가 나왔다.

그리고 귀는 무척 부드러웠다.

"무──무슨 짓을 하는 거냐?!"

귀를 쫑긋 세우고 얼굴을 새빨갛게 물들이는 세츠나에게 코우스케는 황급히 사과했다.

"아니, 미안. 축 늘어져 있어서, 신경 쓰여서."

"신경 쓰이면 만져도 되는 거냐!"

"아, 안 되겠죠…… 죄송합니다."

이번에는 코우스케가 고개를 떨굴 차례였다.

"큭…… 착각하지 마라. 나는 특히 귀가 약한 것뿐이고…… 게다가 예상치 못한 거였으니까…… 젠장, 이런 치욕은 천 년 만이다!"

어지간히 부끄러웠는지, 그녀의 입술은 부들부들 떨리고 있다.

"……미안하다니까, 이제 안 해."

반성하고 있는 코우스케를 보고 무슨 생각을 한 건지, 세츠나가 불쑥 물었다.

"……마스터는, 귀를 좋아하는 건가?"

"어? 음, 나도 모르게 손을 뻗고 말 정도로는?"

그런가…… 하고 중얼거린 뒤, 세츠나는 뭔가 생각에 잠기는 것처럼 턱 끝에 손을 댔다.

"……뭐, 다음부터는 허가를 받도록."

"나오는 거냐, 허가."

그렇게 말하자 세츠나는 어딘가 도발하는 듯한, 어른스러운 미소를 띠었다.

"당신 하기 나름일까나……?"

침착한 분위기에, 변화가 부족한 표정. 그것 역시 세츠나의 아름다움을 조금도 훼손하지는 않지만, 가끔 보여주는 미소의 파괴력은 엄청났다.

"이번에는, 그렇군——이걸로 봐주도록 하지."

그녀는 그렇게 말하고는 그대로 코우스케의 뺨에 얼굴을 가까이 대고, 혀로 할짝 핥았다.

"뭣——"

"아아, 역시 경로를 타고 받아 가는 것보다, 직접 혀로 맛보는 마력이 더 맛있군."

싱글벙글하며 만족스러운 듯이 고개를 끄덕인 세츠나를 보건대, 아무래도 스킨십 이외의 이유가 있는 모양이다.

그녀가 말하는 것처럼, 마력을 다소 빼앗겼다. 계약인이 새겨진 혀에 의한 것인가.

"그리고, 마스터."

"······뭔데."

"나는 당신 것이지만, 당신의 여자는 될 수 없다. 아무쪼록 ——반하지 말라고?"

장난스러운 그 미소는 의외로 그녀에게 잘 어울려서.

"그래그래, 조심할게. 저세상에서 엘마한테 맞고 싶지 않으니까 말이지."

코우스케는 어찌어찌 쓴웃음으로 응수했다. 종자에게 주도권을 잡히는 자신을 다소 한심하게 생각하면서.

그런 대화를 나누기도 하며.

두 사람은 달트라에 도착.

글래스의 통신 가능 영역에 들어와서 곧바로 연락했기 때문인지, 북문에는 이번에도 마중 나온 사람이 있었다.

토와다.

와이번을 착륙시키고, 세츠나와 함께 내린 뒤 지웠다.

"코우——"

"아아······! 토, 토토, 토와 님!!"

"후읏."

민첩한 움직임으로 토와에게 육박한 세츠나가 감격했다는 듯이 그녀를 꽉 껴안았다.

체격 문제로 토와의 얼굴은 세츠나의 가슴에 파묻혀 있었다.

"아아, 윤기가 흐르는 칠흑색 머리카락! 강한 의사를 느끼게 하는 눈! 쓸데없는 부분이 없으면서도 지켜드리고 싶어지는 몸! 아아! 아아! 토와 님! 만나게 되어서 기쁘옵니다!"

"우와아……."

눈을 가리는 코우스케였다.

엘마 앞에서도 다른 사람이나 마찬가지였지만, 주인이 찾고 있던 여동생 앞이 되니 이렇게까지 태도가 변하는 건가.

"크흡, 우읍, 저기, 괴롭……."

"헉?! 죄, 죄송합니다! 저도 참, 터무니없는 무례를! 마스터, 당신도 주인으로서 사죄해야겠어. 아아…… 이렇게 되면 이젠 배를 가르는 것밖에 길이 남겨져 있지 않아."

기르는 개가 타인의 손을 물면, 그건 주인이 사죄해야만 하리라. 그녀가 하는 말은 이상하지 않은 느낌도 들었지만, 토와의 혼란을 가속시켰다.

"토와 님? 마스터? ……코우, 이건 어떻게 된 거야? 이 미인 분 누구야?"

"…………근처에서 좀, 주웠어."

여동생의 힐난하는 듯한 시선이 무서워서 눈을 맞추지 못하는 코우스케였다.

"개나 고양이도 아니고……."

"아뇨, 저는 마스터의 개입니다!"

그러고 나서 그녀는 천천히 자신의 귀에 손을 뻗어 "고양이인

_____."

"그 개그는 그만둬."

코우스케와 마찬가지로 혼란시킬 뿐이다.

여동생을 울리고 싶은 건 아니지만, 역시 엘마 건은 설명해 두어야 할지도 모른다.

"할짝."

"햐아."

세츠가나 토와의 뺨을 핥았다.

"……흠. 남매분이라고는 해도 역시 맛에 차이가 나는 것 같군요. 토와 님의 마력은 은은하게 달콤합니다."

"…………**남매분**? 여러 가지로 묻고 싶은 게 있는데 말이죠, 저기, 거기서 노골적으로 얼굴이 새파래져서는 눈동자가 흔들리고 있는 남자의 뺨도 핥았다는 말인가요?"

"? 네, 토와 님. 바로 조금 전에."

"……헤에. 토와나 시로 씨나 에코나나 모두가 걱정하는 와중에…… 헤에, 그렇구나, 헤에. 과연. 흐응…… 저기, 코우."

"…………왜, 왜 그래?"

땀을 뻘뻘 흘리며 경직된 미소를 띠는 코우스케에게, 토와는 얼굴 한가득 미소를 띠고 말했다.

"어떻게 된 건지, 똑바로 설명해줄래?"

회피할 수단은, 없어 보인다.

◇

코우스케는 이렇게 예상하고 있었다.

적은 왕족 말살을 포기하지 않는다. 단 한 명 남겨 버린 제3왕녀를 암살하는 건 어렵다.

적은 다시 습격을 펼치는 우를 범하지 않을 것이다.

그렇게 되면, 끌어낼 계책을 강구할 수밖에 없다.

연합 맹주국의 대표를 꾀어낼 계책.

간단하다.

화평 회의의 기회를 만들면 된다.

습격자가 뭘 형편 좋은 소리를 하는 거냐고는 생각하지만, 적이 처음으로 보여준 양보에 연합은 응할 수밖에 없다.

거절하면 그걸 이유로 연합은 화평 의지가 없다고 보아 공격이 격화되리라는 것은 명백하기 때문이다.

그리고 그 말대로 되었다.

거기에 덧붙여 적은 포로 교환을 제안했다.

교환 리스트 중에는 엘피의 이름도 기재되어 있었다.

장소는 중립 국가 로엘비나프의 수도.

이에 따라 로엘비나프에서의 정전도 제안되었다.

코우스케는 귀환 후 영웅을 모아 회의를 열었다.

그 후, 개별적으로 영웅과의 대화 자리를 마련했다.

"……이해는, 했다. 하지만 전부가 귀경의 생각대로 흘러가리라는 보장은 있는 건가."

달트라의 각 영웅에게 주어진 집무실. 책상을 사이에 끼고 맞은편에 앉은 스톡이 복잡한 표정을 짓고 말했다.

현재 실내에는 코우스케와 『마탄의 영웅』 스톡 두 사람뿐.

코우스케는 영웅 여단에 이기기 위한 계책을 짜고 있었다.

그걸 위해 불가결한 사람 중 한 명이 스톡.

하지만 코우스케의 이야기를 들은 스톡은 이해는 되어도, 잘 납득이 되지 않는 모양이었다.

"보장 같은 건 없어."

"——뭣."

"아크스바오나의 영웅 총수는 불명이야. 여단의 구성원에 이르러서는 능력조차도 알지 못하는 녀석뿐. 그런 가운데, 누가 반드시 이긴다는 보장을 해준다는 거지?"

"그건——, 그렇지만……."

"불투명한 부분이 있는 상황에서, 이기기 위한 방법이 이거야. 다른 모두에게 가해지는 부담은, 너와 내가 어떻게 하느냐에 따라 변하게 돼."

영웅 연합의 생사를 짊어지는 그 중압은 이루 다 헤아릴 수 없다. 코우스케조차 문득문득 자신이 뭔가 치명적인 실수를 범하고 있는 것 아닌가 하고 불안해진다. 그저 계책을 제시받았을 뿐인 스톡은 코우스케보다 훨씬 큰 중압감에 사로잡혀 있으리라.

그렇다고 하더라도, 스톡은 웃었다.

용기를 떨쳐 내어 일부러 도발적으로 웃었다.

"……그런 큰 역할, 나한테 맡겨도 괜찮은 건가?"

안경을 슥 올리는 동작은 평정을 되찾았다고 스스로에게 되뇌기 위한 것인가.

"너니까 맡길 수 있는 거야."

"홋, 그렇게까지 귀경에게서 신용받고 있었을 줄이야."

"실력은 말이지."

"마음은 신용할 가치가 없는 건가?"

그의 농담에, 코우스케는 말을 꺼냈다.

"그걸, 확인하게 해줬으면 좋겠어."

"……그 말은?"

"크윈의 배신을 간파하지 못한 건 그 녀석이 기억을 『없었던 것』으로 했기 때문이야. 소거가 아니라 애초에 존재하지 않은 것이니, 뇌는 사라진 것조차 인식하고 있지 않아. 나중에 그걸 의식조차 하지 않는 한은."

"클리어베디비어 경이기에 쓸 수 있었던 수단이로군."

"이제까지는 엘피가 기억 정사(精査)를 담당하고 있었어. 되찾을 때까지는 내가 해야겠지."

"확인한다는 건 즉, 기억 정사를 받아들이라는 말인가."

"영웅 중에 배신자가 있을 가능성도 의심하고 움직이지 않으면 안 돼."

"……흠. 적어도 귀경이 적이 아니라는 건 명백하다. 까닭에 귀경이 적과 아군을 판단한다는 건가."

신뢰할 수 있는 동료가 필요하다.

코우스케가 확실하게 배신자가 아니라고 판단할 수 있는 영웅은 현재로서는 토와뿐.

동료는 믿고 싶다. 그건 마음. 배신자가 있을 가능성이 있다. 이것이 사실.

그렇다면 코우스케는 영웅으로서 의심하지 않으면 안 된다.

아름다운 감정이 파멸을 초래할지도 모른다면, 그걸 배제해서라도 필요한 일을 한다.

"그리고 일단, 글래스의 통신 기록도 보여줬으면 해."

"프라이버시라고는 손톱만큼도 없군."

"미안하다고는 생각해. 세계의 앞날과 프라이버시를 천칭에 매달아서, 프라이버시 쪽이 중요하다고 말한다면 다시 고려해 보겠다만?"

스톡은 눈을 휘둥그레 뜨고, 그러고 나서 쓴웃음을 지었다.

"정말이지 묘한 남자군."

그러고 나서 스톡은 "하나, 조건이 있다"라며 덧붙였다.

"그래."

"…………저기, 말이다. 그, 단도직입적으로 묻겠다만! 귀경과 신센텐스드아서 경의 관계를 가르쳐주게!"

얼굴이 새빨개져서는 무슨 말을 하려는 건가 싶었는데, 계속 그게 신경 쓰였던 모양이다.

스톡은 토와를 좋아하고 있는 듯하니 그녀와 사이가 좋아 보이는 코우스케와의 관계성이 신경 쓰이는 건 어쩔 수 없는 일일지도 모른다.

지금까지는 끝까지 숨기려고 했다.

하지만 류세이 때문에 아크스바오나에는 드러나고 말았다. 그렇다면 감추는 건 더 이상 좋은 계책이 아니다.

무엇보다도 동료에게 모든 정보를 제시하라고 말해놓고서, 자기 혼자만 숨길 수 있을 리가 없었다.

"……남매야. 그 녀석은 쌍둥이 여동생이고."

"…………남, 매?"

예상하지 못한 말이었으리라. 스톡은 잠시 멍해진 것처럼 입을 열고 있었다.

이윽고 뇌에 말을 침투시킨 듯한 그가 띤 것은——눈물이었다.

"……그런가, 남매. 그래서, 귀경은."

내방하고 얼마 되지 않은 코우스케가 필사적으로 토와의 무죄를 증명한 건은 주위에 어지간히 부자연스럽게 비친 듯하다.

남매. 그 한 마디로 의문이 얼음 녹듯이 풀린 것이리라.

그리고 그걸 이해한 뒤, 코우스케의 마음까지 생각한 그는 거기에 눈물을 흘린 것이다.

"……울 건 없잖아."

스톡은 안경을 벗고 눈물을 닦은 뒤 말했다.

"미안하군. 지금까지 귀경을 오해하고 있던 자신이 부끄러워져서 말이야……. 철석같이 달트라가 일부다처제라는 걸 이용해서 닥치는 대로 여성에게 손을 대는 색마인 게 아닐까 하고 생각했던 자신이 정말로 창피해……."

"창피하다고 할지, 평범하게 실례구만……."

단지, 그렇게 보여도 이상하지 않다는 것도 부정할 수 없다.

"……줄곧, 의아하게 여기고 있었다. 귀경에게는 자질이 있어. 자격 또한 갖추고 있다. 하지만 어째서 전생한 지 얼마 되지 않은 남자가, 영웅을 통솔하여 전쟁에 임하려 하는 것인가. 신센텐스드아서 경을 위해서라는 이유도 있었던 거군."

"……그것뿐만은 아니지만 말이야."

여동생의 평온을 위해서라는 건 확실히 큰 이유다. 하지만 인제 와서는 그게 전부라고 단언할 수 있을 만한 입장이 아니게 되었다.

"그런, 가. 어쨌든, 기억 정사에는 협력하지. 그리고, 이건 단순히 의문인 것이다만."

"아아, 뭐지?"

"귀경이 기보르네에서 데리고 온 아인 여성 말이다만…… 신센텐스드아서 경을 엄청나게 따르고 있지 않나?"

"아──……."

그렇다.

엘마의 이야기를 들은 토와는 아니나 다를까, 눈물을 흘렸다. 그리고 천 년 동안 '쿠로노 코우스케'에게 바싹 붙어 있던 세츠나에게 뭔가 느끼는 바가 있었던 듯, 곧바로 허물없는 사이가 되었고——그것까지는 좋다.

세츠나가 토와에게 온종일 붙어 있게 된 것이다.

『흑』을 사용할 수 있는 호위라서 든든하고 또한 토와 자신이 싫어하고 있지 않기에 그대로 두고 있지만, 주위의 주목을 모으고 있기는 하다.

성가신 건 세츠나의 등장으로 인해 자신의 존재 가치에 위기감을 가진 듯한 앨리스가 필사적으로 유용성을 어필하게 된 것일까.

고양이 손이라도 빌리고 싶은 상황이다. 감옥에 돌려보낼 생각은 없다. 하지만 그 말을 하면 우쭐해질 테고, 말하지 않고 있자니 귀찮다.

"그건 다음에 또 설명할게."

기억을 들여다본다.

신용할 수 있는 영웅, 두 명째.

◇

"……아, 네. 그거라면 어찌어찌, 교의에도 반하지 않는다고, 생각, 해요."

배신자가 없는지를 조사한다. 한꺼번에 여러 명의 기억을 들여다볼 수는 없으니까, 결과적으로 면담 같은 형식이 된 그것.

지금 집무실에 있는 건『천혜의 수도기사』이브다.

복숭아색 눈동자와 머리카락에 여우 귀. 작은 체격과 더듬거리는 말투는 지켜주고 싶은 욕구를 돋우지만, 그녀 역시 어엿한 영웅 규격 내방자다.

작전 개요 설명을 끝내자, 그녀는 이해했다는 뜻을 나타내는 것처럼 고개를 끄덕였다.

"아아, 아리엘도 그렇게 말했어. 게둔드라에는 네 명이나 되는 영웅 규격이 모여 있으니까, 솔직히 조력을 받을 수 있어서 다행이야."

게둔드라는 전쟁 행위를 금지하고 있지만, 전투 행위를 금지하고 있는 건 아니다. 침략은 결코 하지 않지만, 그건 방어를 하지 않는다는 말은 아닌 것이다. 이번에 그들에게 부탁한 것은 제3왕녀의 호위.

"……저도, 오빠의 도움이 되어서, 무척, 기뻐, 요."

"그렇구나. 고마워…… 그런데."

"뭔가요, 오빠."

스톡 때는 테이블을 사이에 끼고 마주 본 채 앉아 있었다.

하지만 이브는 코우스케 옆에 앉아, 세 사람은 족히 앉을 수 있을 듯한 소파인데도 코우스케에게 몸을 바싹 기대고 있다.

내뱉는 숨은 열을 띠고 있고, 뺨은 발그레해져 있었다.

"……가깝지 않을까?"

"……폐가 되나요?"

귀가 추욱 늘어지고, 그녀는 세상의 모든 것에 절망한 듯한 표정을 지었다.

"싫은 건 아니지만, 신경이 쓰이려나⋯⋯."

싫은 건 아니라고 확인된 순간, 이브의 표정이 이 세상의 모든 것을 사랑스럽게 여기는 듯한 것으로 바뀌었다.

"요새, 오빠가 무척 바빠 보이셔서, 이야기할 기회도 그다지 없었으니까⋯⋯. 이런 상황인데, 이브, 기뻐요. 그것도, 단둘이서. 이런 생각을 하는 이브는, 나쁜 아이인가요⋯⋯?"

뭐라 대답하기 곤란한 말이었다.

애초에 이렇게까지 호의를 품는 이유가⋯⋯ 하고 생각하다가, 거기서 떠올렸다.

이전에 귀를 만지게 해 줬을 때의 일. 아인 차별을 하지 않는 것. 여우를 좋아한다는 것 등을 이야기했다. 그 대화의 어딘가가, 그녀의 마음을 끈 것은 아닐까.

별생각 없이 한 말이 세상을 보는 견해를 바꾸어 버릴 정도로 마음을 구원해 주는 경우는, 있으니까.

"⋯⋯어쩌려나. 항상 긴장하고 있는 것보다는 어딘가에서 마음을 휴식시키는 것도 중요하다고 생각해. 영웅이 아니라, 자신으로 있는 시간을 『나쁘다』고는 할 수 없어. 분별은 필요하지만 말이야."

여자아이의 눈동자가, 조금 시간을 둔 아이스크림처럼 부드럽게 녹아내렸다. 달콤한 냄새가 살랑 피어오르는 것만 같이.

"네. 이브는, 이브로 있을 수 있는 시간을, 오빠와 같이 보내고 싶다고, 생각해요."

"……그렇, 구나. 으음, 지금은 조금 더 영웅으로 있어줬으면 하는데."

"네. 오빠가 그렇게 말씀하신다면."

그렇게 말하면서도, 떨어져 줄 기색은 없다.

코우스케는 포기하고 본론으로 들어갔다.

배신자가 있을지도 모른다는 것.

기억 정사와 글래스 정보를 제시해줬으면 한다는 것.

그 말을 듣고, 이브는.

"……즉, 이브의 모든 것을, 남김없이, 차분하게, 보고 싶다는 말씀, 인가요?"

틀리지는 않았지만, 다소 오해를 부를 것 같은 말투였다.

그리고 이브가 왜 얼굴을 붉히고 있는 건지 코우스케는 잘 알 수 없었다.

"……좋아요, 오빠한테라면. 사실은, 부끄럽지만요, 원하시는 만큼 봐주세요."

입술에 손가락을 대고 치뜬 눈초리로 이쪽을 올려다본다.

코우스케는 자신의 마음이 더러워져 있을 뿐이고, 이 가련한 소녀에게 다른 뜻은 없는 거라고 자신에게 되뇌었다.

"아, 하지만 어젯밤은 오빠로…… 아뇨, 아무것도 아니에요."

…………………….

"만약 연합을 배신하는 사람이 있다면, 큰일인걸요. 오빠도 일이니까요. 괜찮아요. 무척 부끄럽지만, 이브, 참을 수 있으니까요."

눈물이 글썽한 눈으로 씩씩하게 미소 짓는 모습은 갸륵해서, 터무니없는 죄악감이 솟아난다.

그렇다고 해서 면제할 수는 없다.

생각하고 싶지 않지만, 그걸 노린 연기일지도 모르니까.

그렇게 해서, 코우스케는 그녀의 기억을 들여다봤고──그 결백을 확인했다.

"…………수고했어, 끝났어."

그녀는 얼굴을 빨갛게 화악 물들이고는, 양손으로 얼굴을 덮어 버렸다.

"보고, 마셨군요……?"

어젯밤.

이브는 코우스케와 대화했을 때의 영상을 새벽까지 계속 반복 재생하고 있었다.

우후후…… 하고 웃음소리를 내며, 줄곧.

어제에 한하지 않고, 틈만 나면 계속.

"……아──, 아니, 그 왜, 자유로운 시간에 뭘 할지는, 각자 다르니까 말이지."

너무 충격적이라 제대로 수습해주기가 어려운 코우스케였다.

"아, 아니에요. 그, 그때의 일, 정말로, 무척, 무척이나, 기뻐서."

그렇게 말한 그녀의 표정이 너무나도 진지한 것이었으니까.

돌리려던 시선을 확실하게 맞추고, 다음 말을 기다렸다.

"교의로, 차별이 금지되어 있어도, 억제할 수 있는 건 말뿐, 이에요. 보통 사람은, 아인을 '기분 나쁘다는 시선'으로 봐요. 다정한 말이나, 부드러운 태도는, 표면상의 평등을, 연출하고 있어요. 하지만, 달라요. 인간을 보는 눈과 아인을 보는 눈은…… '다른 것'이에요."

"…………그래."

예를 들자면, 코우스케도 원래 있던 세계에서도 그랬다.

사회에 적응한 인간이 사회 부적응자에게 향하는 눈은 혈연이나 지인을 보는 것과는 명백히 '다르다'.

코우스케도 여동생의 원수를 갚는 과정에서 그쪽으로 떨어졌으니까, 잘 안다.

불쌍히 여기는 듯한, 깔보는 듯한, '가능하면 자신의 생활권에서 사라져줬으면 한다'는 마음이 스며 나오는, 그 눈.

악행을 저지르는 자라면 그런 눈길을 받아도 불평은 할 수 없다. 올바르게 존재할 수 있는데도, 거기서 벗어난 자라면 자업자득이라고 할 수 있을지도 모른다.

하지만 아인은 다른 것이다.

아무 나쁜 짓을 하지 않아도 '기분 나쁘다는 눈'으로 쳐다본다. '다르다'고 판단해버린다.

그 고통은 대체 어느 정도의 것일까.

동포가 아니라 본래 자신을 그런 눈으로 볼 터인 인간인 코우스케로부터 차별은 없다는 말을 들을 수 있었던 것은, 코우스케가 나서서 만져 준 것은 그녀에게는 몇 번이고 되풀이해서 떠올리고 싶어지는 보물 같은 기억인 것이다.

"……그런 눈길을, 조금씩 줄여 갈 수 있다면 좋겠네."

하지만 코우스케의 말에 이브는 천천히 고개를 가로저었다.

"괜찮아요. 똑바로 봐주는 사람이, 있어준다면……."

도취된 듯한 기색으로 이쪽을 바라보는 이브.

"아아, 오빠, 하지만, 하나 여쭤어봐도 괜찮을까요?"

"으, 응. 그래."

"호랑이 아인 여성과는 어떤 관계인가요?"

지금까지 줄곧 열을 띤 달콤함이 느껴졌던 말이, 순식간에 차갑게 변했다.

눈동자에서 빛이 사라지고, 동공이 커진…… 것처럼 보였다.

"저기, 그게 말이지……."

"한마디로 설명할 수 없는 사이인가요?"

이브가 갑자기 유창하게 말하기 시작한 것도 합쳐져서, 코우스케는 자기도 모르게 몸서리를 쳤다.

다음 영웅과의 예정까지 오해를 풀 수 있을지 불안해지는 코우스케였다.

어쨌건, 신용할 수 있는 영웅——세 명째.

◇

영웅 전원의 확인이 끝났다.

결과부터 말하자면, 배신자는 찾을 수 없었다.

그렇다고 해서 안심할 수는 없다.

코우스케가 확인할 수 없는 방법으로 적과 연락을 취하는 수단이 있을 가능성도, 글래스나 기억을 조작하고 있을 가능성도 있다. 이번에 확실하게 알 수 있었던 건 배신자가 있다면 그것이 멍청한 자가 아니라는 것뿐.

"플라스 라프라틱스 간오르게류즈, 들어가겠습니다."

노크와 함께 문 너머로 여성의 목소리가 났다.

집무실로 들어온 건 『빛의 영웅』의 후손──플라스.

고지식해 보이는 점도, 아름다운 금색 머리카락도, 같은 색깔 눈동자도, 안경도 변하지 않았다.

단 한 점.

예전에 만났을 때처럼, 그녀는 군복 차림이었다.

유사 영웅이 되기 위해 원대 복귀 취급으로 군에 돌아간 것이다.

경례를 하는 그녀에게 부드럽게 미소 지었다.

"고지식하네. 같이 미궁 공략을 한 사이잖아."

"공사혼동은 피해야만 합니다. 소관은 현재 군인이라는 생물이기에."

"……그, 그 말대로야."

끽소리도 내지 못하는 코우스케였다.

코우스케는 영웅으로서의 '쿠로'와 자기 개인으로서의 '쿠로노 코우스케'를 완벽하게 나누지 못하고 있다.

귀가 따가웠지만, 그녀는 별반 코우스케를 비난할 생각으로 말한 건 아니리라. 자기 자신의 마음가짐을 이야기한 것이다.

"그럼, 앉아줘."

"넵."

그녀가 빠릿빠릿한 움직임으로 맞은편에 앉았다. 등도 곧게 뻗어 있다.

"으음, 상태는 어때?"

"절호조입니다. 단순히 마법구와의 상성이 좋은 것뿐만이 아니라, 쿠로 경과의 훈련으로 배운 마력의 제어나 배분 덕분에 힘에 농락당하는 일도 없이, 적절하게 운용하고 있다고 생각합니다."

정말로 기쁜 것이리라. 흥분한 기색으로 이야기하는 플라스. 나중에 그걸 알아차리고 얼버무리듯이 헛기침하는 모습에 절로 미소가 지어진다.

"응, 조금은 플라스의 꿈에 공헌할 수 있었던 것 같아서 다행이야."

"조금이라니, 당치도 않습니다! 쿠로 경께서 해주신 말씀이 있었기에 분기할 수 있었던 것입니다."

"……그런가."

플라스는 언제나 올곧다. 그 모습은 빛처럼 반짝이고 있어서 눈이 부시다.

"엘소드샤랄의 궁상(窮狀)은?"

"전황은 좋지 않다고 합니다. 방어선을 대폭 물려서 어찌어찌 버티는 상황이라고 들었습니다만."

"원군을 보내자는 이야기는 있지만, 지금까지는 도무지 조정이 되지 않았던 것 같아서 말이지."

"그렇, 군요."

"그런데 최근이 되어서 장군 중 한 명이 지원했어. 어떤 조건 부로."

"조건?"

"『빛의 영웅』과 함께라면 출진하겠다고."

"그, 그건."

그녀는 처음에 멍하니 있었다. 장군의 말이 가리키는 의미를 이해하는 데 시간이 걸렸던 것이리라.

그도 그럴 것이, 생각할 수 있을까.

줄곧 무리라는 말을 들어 왔다. 『빛의 계승자』는 이미 영웅으로서의 힘을 잃은 지 오래됐다.

하지만 플라스는 선조를 동경하여, 그들의 자세야말로 영웅이라고, 자신도 그렇게 있고 싶다고 바랐다.

하지만 현실은 비정하여 그녀의 마음도 차츰 체념에 침식되어 갔다.

그것이 지금, 인정받은 것이다.

마법구만을 두셋 갖추어봤자 이 결과로는 이어지지 않았으리라.

백성의 마음에 자리 잡은 어둠을 떨쳐내고, 희망의 빛이 된다.

그런 『빛의 영웅』으로 인정받을 수 있었던 건, 그녀 자신의 불굴과 향상심이 있었기 때문이다.

"어떻게 할래?"

"저는. 하지만, 그렇게 불리기에는, 도저히."

"그럼 거절하겠어?"

"그런!"

고개를 확 든 플라스의 표정으로, 본심은 명백했다.

"말했지. 포기할 수 없다면 뭐든 해야만 한다고. 플라스는 할 수 있는 것을 전부 하고, 그걸로 인정받은 거야. 부끄럽게 여길 만한 건 없어, 보증할게."

그녀의 눈동자에 눈물이 글썽 맺힌다.

그녀는 입술을 꾹 깨물고, 안경을 벗고는 팔로 눈을 문질렀다.

그리고 태양처럼 밝게 웃었다.

"……신명을 걸고, 역할을 완수하도록 하겠습니다."

"그래서는 안 돼."

"예?"

"목숨을 내던진다면, 이 이야기는 없었던 것으로 하겠어."

"아, 아뇨, 저기, 그."

눈에 띄게 당황하는 플라스에게, 코우스케는 단호하게 말했다.

"돌아오는 거다. 죽게 하려고 널 도와줬던 게 아니라고."

"……아."

그러고 나서, 플라스는 자신의 말을 부끄러워하는 것처럼 얼굴을 붉혔다.

"…………그, 그렇, 지요. 죄송했습니다."

그리고 그녀는 고개를 딱 들고, 다소 높은 목소리로 말했다.

"플라스 라프라틱스 간오르게류즈는, 반드시 역할을 완수하고 쿠로 경 곁으로 귀환할 것을 맹세합니다!"

그렇게 외치고, 경례한다.

그걸 받아들이고, 코우스케는.

"그래."

라며 미소 지었다.

그 뒤에 "하지만" 하고 덧붙였다.

"내 곁이 아니라…… 평범하게 나라에, 로 괜찮다고?"

"앗──그, 그던 뜻이, 아디, 아아, 진짜!"

연속으로 혀를 깨문 자신의 입을 원망스러운 듯이 손으로 주무르는 플라스를 보고, 코우스케는 소리를 내어 웃었다.

"……지, 지금 건, 그, 잘못 말한…… 건 아니지만, 표현에 약간 실수가 있었다고 할지……."

"……응. 그래도, 그러네. 전부 끝나면 또 같이 미궁을 공략하러 갈까. 누군가가 해야만 하는 일이고."

코우스케의 말에 그녀의 표정이 빛났다.

"네. 꼭."

그렇게 말하고 난 뒤, 무언가를 떠올린 것처럼 표정에 그늘이 졌다.

"……꼭, 클리어베디비어 경도 같이."

그녀의 그런 마음 씀씀이에 가슴이 조금 따뜻해진다.

크윈을 되찾을 수 있다고 진심으로 생각하는 사람은, 생각 외로 적다.

"고마워. 반드시 실현시키자. 그걸 위해서도, 반드시 돌아와 줘."

"……물론, 쿠로 경도, 입니다?"

"당연하지."

극히 짧은 시간이기는 했지만, 집무실에 온화한 공기가 흘렀다.

◇

로엘비나프 출발 전날 밤, 코우스케는 생명의 우정 마스터에게 무리하게 부탁해서 술집을 전세 냈다.

"잠깐, 쿠로!"

술집에 모인 건 각국의 영웅진에 세츠나나 그레이 등. 이곳에 모인 사람 전원이 로엘비나프로 가는 건 아니다. 만일에 대비하여 왕도에도 영웅 규격을 남겨 둬야만 하고, 마기우스 등은 엘소드샤랄 원군에 가세하는 것으로 되어 있다.

"아, 오렐리아."

이 녀석 항상 기분 안 좋아 보이네, 라고 생각하며 코우스케는 대답했다.

투 사이드 업으로 묶인 붉은빛이 감도는 갈색 머리카락이 그녀의 움직임에 맞추는 것처럼 살랑 흔들렸다.

"아, 오렐리아, 가 아니야! 긴급 소집이라고 하기에 와봤더니, 어째서 연회처럼 되어 있는 거야?!"

"자, 네 몫의 술."

코우스케가 나무 맥주잔을 건네자, 그녀는 일단 그걸 받아들고는 "고마워……"라고 중얼거린 뒤, "아니, 그러니까 어째서 이런 일이 되어 있는 거냐고?!"라며 다시 외쳤다. 제법 장단 잘 맞추네, 하고 코우스케는 쓴웃음을 지었다.

"애초에 배신자 이야기는 어디로 간 거야!"

"그건 말이지…… 찾지 못했어."

"하, 하아? 그럼 뭐야? 나는 괜히 기억 보여줘서 손해본 거잖아!"

"그러니까, 사과의 의미도 담아서 여기는 내가 살게."

"헤에──아니, 출발은 내일이라고! 도착해서 곧바로 저쪽이 공격을 펼쳐 올 가능성도 있는데, 태평하게 마실 수 있을 리가 없잖아!"

"가능성으로 말하자면, 100퍼센트지. 화평에 흥미가 있을 리 없어."

"그러면 더더욱!"

"이제, 할 수 있는 건 다 했어. 그러니까 나머지는 이것뿐이야."

코우스케의 침착한 목소리에 오렐리아도 뭔가 이유가 있는 거라고 생각한 모양이다.

"이거라니, 뭔데."

"이제 곧 서로 죽고 죽이는 싸움이 시작돼. 그러니까 마지막이 될지도 모르는 식사 정도는 동료와 맛있는 걸 먹어야 하지 않겠어?"

이 멤버로 식사를 하는 건 더는 불가능할지도 모르니까.

"……너는, 태연히 그런 말을 하네."

오렐리아는 그렇게 말하고 나서, 뭔가 떨쳐 낸 것처럼 맥주잔을 들이켰다.

한꺼번에 다 마시고, 탁상에 맥주잔을 패대기치듯이 쾅 내려놓았다. 잘 보니, 그녀의 손톱은 컬러풀하게 칠해져 있었다.

"마지막으로 할 생각 따위 없지만, 네가 사는 거라면야 마셔 줄게."

"그렇게 나와야지."

"……제법 분위기 나쁘지 않은 가게네. 여기가 전에 말했던 술집?"

그녀 또한 본국과 영웅을 그만둔다는 계약을 맺고 있다.

전쟁이 끝난 후에 몸을 기댈 장소가 없다는 그녀에게, 이전에 이 술집의 종업원은 어떻겠냐고 권한 것이다.

"그래. 오렐리아라면 금방 간판 여종업원이 될 거야."

"그거, 꼬드기려는 생각이야?"

"설마."

코우스케는 어깨를 흔들며 웃은 뒤, 주위에 시선을 보냈다.

『간과의 영웅』키스는 비싼 술을 주문해서는 맛있게 마시고 있고, 『신속의 영웅』피오는 여러 음식들을 먹고는 "맛있어~!"라며 뺨에 손을 대고 기뻐하고 있다.

"신센텐스드아서 경, 이 요리가 상당히 맛있는지라 괜찮으시다면……."

『마탄의 영웅』스톡이 용기를 내어 토와에게 가까이 다가갔지만──.

"……네놈, 어리석게도 토와 님께 추파를 던지다니. 토와 님, 잘게 썰어 버릴까요?"

"썰면 안 돼, 세츠나 씨……."

"아아…… 어쩜 이리도 상냥하신지……. 끝을 모르는 그 우아함과 아름다움에 저는 그저 감복할 뿐이옵니다……."

"그, 그만해, 세츠나 씨. 창피하니까."

"토와 님, 저를 부를 때는 부디 세츠나라고."

"어? 그래도."

"아아, 죄송합니다. 저 같은 자와는 정신적 거리를 두고 싶다는 말씀이군요. 실례했습니다……."

"세, 세츠나 쨩! 이거라면 어떨까!"

"아아…… 토와 님!"

이것 참, 하고 생각하는 코우스케였다.

이래서는 코우스케의 종자가 아니라 토와의 종자다. 관계가 양호한 건 좋은 일이지만.

그리고 스톡이 약간 불쌍했다.

"저, 오빠."

『천혜의 수도기사』이브가 코우스케 눈앞까지 다가와 유리잔을 내밀었다. 검고 걸쭉한 액체로 가득 차 있는데, 이 가게에 이런 음료가 있었을까.

"저기, 이거, 이브 특제 주스예요. 기운이, 무척, 기운이 나게 돼요. ……마셔, 주시겠어요?"

………………………………

"그, 그럼 난 이만."

오렐리아가 도망치다시피 그 자리를 떠나갔다. 어찌 이리 박정한 걸까.

"……이브 따위가 만든 건, 마실 수, 없나요?"

"아니, 기뻐. 고마워……."

받아들자, 그녀의 표정이 밝게 빛났다. 그 미소는 귀여웠지만, 받아든 음료는 흉악했다. 끓고 있는 게 아닐 텐데, 부글부글하는 소리가 나는 건 어째서일까. 탄산이군, 분명 그럴 거라고 믿고 단숨에 마셨다.

진흙을 마시는 것 같았지만 "맛있었어"라고 어찌어찌 답해줬다. 영웅 규격의 위여, 부디 버텨달라고 빌었다.

"이브 당신, 제법 이분이 마음에 든 것 같네요."

『검극의 수도기사』 아리엘이 고블릿을 한 손에 들고 다가왔다. 그 뒤에 『불마의 수도기사』 사라가 뒤따르고 있다.

"네, 아리엘 님도, 인가요?"

"……저는, 연합을 이끌 자격이 있다고 인정한 것뿐이에요."

대답할 때까지 약간 틈이 있었다. 뒤에서 대기하는 사라가 혀를 찬 것처럼 들렸지만 착각이리라. 코우스케를 노려보고 있는 것처럼 보이지만, 착각이라고 생각하기로 했다.

"뭐야뭐야뭐야, 게둔드라 애들이 모였잖아~. 내가 옴으로써~, 풀 컴플리트~."

『신벌의 수도기사』 알의 개입으로 미묘해지려던 공기가 일신되었다.

"『검은 성자』님의 건입니다만, 그분의 정체에 관해서 우리는 입 밖에 내지 않기로 결정했습니다."

연합의 영웅에게는 사실을 말했다.

게둔드라로서는 믿기 어려운 현실이겠지만, 쿠로노와 엘마가 동일 인물이라는 건 은닉되는 모양이다.

"그 건에 관해서 말인데…… 우물우물…… 아무래도 의문이 남아…… 우물우물…… 그게 가능하다면 어째서 역대 영웅으로 같은 행동을 하지 않지?"

"플라나 선배, 아~앙 임다."

"아~."

치도리는 한 손에 접시를, 다른 한 손에 포크를 들고 플라나

353

옆에 쪼그려 앉아 있다. 여자아이가 입을 연 타이밍에 음식을 입안에 휙 넣고 있었다. 새끼 새에게 모이를 주는 것 같다.

꿀꺽, 하고 삼킨다.

"어째서 쿠로노와 엘마만이 예외인가. 나는 그걸 알고 싶어. 지금까지 만났던 어떤 미지보다도, 마음이 설레어. ……치도리."

"예입."

휙, 덥석. 휙, 덥석.

모양새야 어쨌건, 플라나가 말하는 바는 코우스케도 신경 쓰이고 있었다. 하지만 생각해도 답이 나오지 않는 문제는, 생각해도 어쩔 수 없다. 사고를 계속하는 건 중요하지만, 모든 것을 병렬하여 생각하라는 건 아니다.

"나노란슬롯."

『혈맹의 영웅』 시온이 힙 플라스크를 들어 올리며 말했다.

"감사의 말을 하지 않았었지. 고맙다."

코우스케는 흡혈귀인 시온 용으로 피를 준비하고 있었던 것이다. 영웅 규격 동료는 전력을 발휘해주지 않으면 곤란하다. 물론 배려의 측면도 있지만, 새삼 감사의 말을 들으니 어쩐지 쑥스럽다.

"괜찮아. 그것만큼은 그다지 여분이 없으니까 조심하라고."

시온은 "조심하도록 하지"라며 작게 웃었다.

『인도자^{로드}』 마기우스는 키스의 술주정 상대가 되어 있고, 『푸른 영웅』 루키우스는 혼자서 수심에 찬 표정으로 잔을 기울이고 있다.

"다들 즐거워 보이네요, 서방님. 아, 그람류네이트 경은 고민이라도 하고 계신 것 같지만요."

가면을 쓴 대죄인이 어느샌가 옆에 있었다.

팔을 스르륵 감고 얼굴을 가까이 댄다.

앨리스다.

"……이상하군. 부르지 않았는데?"

"서방님이 계신 곳이라면, 설령 불 속이든 물속이든, 침대에 화장실에 욕실까지, 물론 제사 중일지라도 뭐 그 정도쯤은."

"부르지 않았는데?"

"……저기, 쿠로 씨? 뭔가 모두의 시선이 차갑지 않나요? 제 차림, 이 자리에 안 맞는 거려나요? 모처럼 쿠로 씨가 준 것인데…… 슬퍼요."

차림새가 아니라 존재 그 자체를 향한 타당한 시선이지만, 이해하지 못하고 있는 모양이었다.

"그런 그렇고 쿠로 씨, 토와를 구한 저에 대한 취급이 너무 소홀한 것 아닐까요~."

"어째서라고 생각해?"

"……그런, 특수한 취미를 가졌다든가. 아아, 하지만 서방님께 어떠한 기호가 있든, 저는 갸륵하게 적응해 보일 테니까요."

쑥쑥 가까워져 오는 얼굴을 필사적으로 밀어낸다.

잠시 그런 식으로 적당히 상대하고 있었더니, 웬일로 진심으로 침울해진 듯한 표정을 짓고는 힘없이 코우스케에게서 손을 뗐다.

"하아, 저, 힘냈는데 말이죠." 힐끔. "무능 귀족인데 저주를 끌어안은 채 사랑하는 사람을 위해 힘냈는데 말이야~." 힐끔힐끔. "죄를 전부 없었던 것으로 해 달라는 것까지는 아니어도, 활약에 보답하는 무언가가 있어도 벌을 받을 만한 일은 아니지 않을까나 하고 생각하기도 하는데요……." 시선이 끈질기다.

코우스케 역시 그녀의 활약에 아무 생각하는 바가 없는 건 아니다.

하지만 그녀의 행동은 개심해서 한 행동이 아니다. 경계심을 풀어서는 안 된다.

눈에 띄게 시무룩해져서는 고개를 푹 숙이는 앨리스. 이따금 무언가를 요구하는 것처럼 시선을 향하는 것도 그만두지 않는다.

끈기 싸움에서 패배한 건 코우스케 쪽이었다.

에코나에게 해주는 것보다도 난폭하게, 머리를 팍팍 쓰다듬었다.

형태뿐인 치하.

앨리스는 뭔가 불평을 하겠지만, 그건 철저히 무시하자. 그렇게 결심했지만.

"…………~~?!"

무슨 이유에서인지, 앨리스는 얼굴이 새빨개져 있었다.

"뭐, 뭔가의 마법인가요? 아뇨, 조율당한 낌새는…… 하지만, 얼굴이 뜨겁고, 이렇게, 가슴 속이라고 할지, 아래쪽이라고 할지, 천천히 열이 퍼져나가는 듯한——…… 쿠로 씨, 뭘 하신 건 가요?"

"……아무것도 안 했어."

정말로 아무것도 하지 않았다.

하지만 차가운 시선의 대상에 코우스케도 포함된 듯한 기미가 있었다.

그런 일들이 있기도 하면서.

영웅들은 마지막이 될지도 모르는 평온한 시간을 보냈다.

제4장

하얀 무지개가 태양을
꿰뚫지 못한다면

아크윈티 세레스티스 클리어베디비어.

그녀는 만들어진 생명체다.

아클레어 것이 아닌 혼에, 아클레어에서 준비된 육체.

즉, 그렇다. 세계가 보기에 그것은─전생자인 것이다.

그래서 보정이 걸린다.

하지만 그녀의 과거 생은 『무』다. 인생이 없다. 감정이 없다. 소원이 없다. 아무것도 없다.

보정이 과거 생에서의 희구 및 결핍에 의한다면,

아무것도 없는 혼에는 무엇이 주어지는 것일까.

희구 따위 있을 리도 없고, 결핍은 심대하다는 말로 나타낼 만한 수준이 아니다.

빠져 있는 것을 메워 주는 게 보정이라면,

그녀에게 주어지는 것은 일반적으로 생각할 수 있는 것 전부다.

세상을 살아가는 데 부자유를 겪지 않을 만능성이다.

모든 것 중에는 무조차 포함되어 있었다.

자신조차 『없었던 것』으로 할 수 있는 『백』은, 그렇게 하여 발현했다.

전생이라는 시스템이 적용되었기에, 그녀는 최강의 영웅이 된 것이다.

그래서 신은 그녀를 저주했다.

부정하게 신의 시스템을 이용한 것은 연구자가 아니라 그녀이니까.

연구자에게는 만든 죄, 그녀에게는 전생자로서 시스템의 은혜를 부정하게 받은 죄.

신은 그녀의 혼에 사용된 영웅의 일부분을 사랑하고 있다.

동시에, 그녀를 죄인으로 판단했다.

그녀는 아무것도 없기에 모든 것을 손에 넣고, 모든 것을 손에 넣었기에 죄인이 되었으며,

그 죄로 인해 고뇌하고, 그 고뇌 때문에 사랑을 하고,

그 사랑이 원인이 되어 국가를 배신하고,

그 배신으로써, 정해진 절망 속에서 가장 바람직한 죽음을 맞이하려 하고 있다.

화평 회의 당일.

쿠로 일행은 나타났다.

성채 부지 안. 푸른 하늘 아래 준비된 긴 테이블과 의자.

나타난 건 쿠로와 수 명의 영웅, 그리고 가면을 쓴──제3왕녀.

왕족이 착용하는 가면에는 시각적인 인식을 저해하는 신업이 걸려 있다. 그렇지만 마력 감지는 속일 수 없다. 가면의 주인에게서 발산되고 있는 건 확실히 제3왕녀의 마력이다.

하지만 크윈은 미세한 위화감을 느꼈다.

"이쪽의 제안을 받아들여 줘서 감사하지."

글레어가 마음에도 없는 사의를 표했다.

이쪽은 글레어, 레이드, 사파이어, 크윈, 그리고 포로인 엘피다.

『흑』, 『취』, 『창』, 『백』. 이렇게 색채 속성으로만 구성된 점을 보면, 애초부터 전의를 숨길 생각도 없다.

"하지만 그쪽은 포로를 데리고 있지 않은 것 같군."

달트라에 사로잡힌 건 세 명이었던가. 확실히 한 명도 모습이 보이지 않는다.

"저주를 받았던 녀석은 옥중에서 비명횡사했고, 그레이 납치를 꾸몄던 녀석은 애초에 살아나지 못했다."

자기도 모르게 입꼬리에 미소가 지어진다.

정말이지 그다운 허언이다. 영웅 규격을 돌려주면, 또다시 아군 측에 맹위를 떨치리라는 건 명백하다. 하지만 그걸 이유로 돌려주지 못하겠다고는 말할 수 없다. 엘피의 목숨이 걸려 있기 때문이다. 십중팔구 거짓말임을 알고 있지만, 이유 그 자체에 묘한 점은 없다.

저주를 받은 자가 죽는 것도, 배에 구멍이 뚫린 상태로 마법이 봉인된 남자가 죽는 것도 이상하지 않다.

생사를 그 자리에서 명확히 할 수 없는 이상, 추궁은 무의미하다.

하지만 이건 교환 이외의 수단으로 엘피를 되찾을 방법이 있을 때 비로소 성립한다.

"그런가."

글레어는 쿠로를 차갑게 일별한 뒤 검을 뽑았다.

"……크윈티, 엘리피나페를 죽여라."

너는 어쩔 건데, 라고 물을 필요는 없었다.

제3왕녀를 죽이는 것이다.

엘피를 본다.

눈을 의심했다.

그녀의 발치에 검은 안개가 펼쳐져 있었다.

레이드도 사파이어도, 한순간 그 현상을 이해하지 못한 모양이다.

아무리 영웅이라고는 해도, 상정하지 못한 일이 일어나면 사고에 공백이 생겨난다.

재개가 아무리 빨라도 한순간은 움직임이 멎는다. 그리고 한순간이 있으면 영웅에게는 충분하다.

"어머."

그 마력 반응이 누구의 것인지 깨달은 엘피는 망설임 없이 안개 속으로 뛰어들었다.

"단장!"

레이드는 그때까지의 그라면 상상도 할 수 없을 만큼 절박한 표정으로 외쳤다.

쿠로의 팔에 엘피가 안겨 있었다.

『공간』 속성을 손에 넣었다.

레이드와 사파이어는 아직 경악스러운 흥분이 식지 않은 듯하지만, 아마도 글레어는 이해하고 있다.

『공간』을 쓸 수 있다고 치고, 쿠로는 그걸 엘피 구출에 사용했다.

인터벌 사이에 왕녀의 목은 날아가 있을 것이다.

글레어 또한 『공간』으로 제3왕녀가 앉은 의자 정면, 탁상 위에 출현했다.

대검이 빨려 들어가는 것처럼 왕녀의 목에 육박하고——새된 소리와 함께 저지당했다.

"거짓 이유를 만들어 내서 불러내고, 폭력으로써 일을 이룬다, 인가. 어느 시대에도 있는 법이군."

이상하다.

발톱이다. 짐승의 발톱. 왕녀의 팔에서 날 리가 없는 그것이, 글레어의 일격을 완벽하게 막아내고 있다.

"나는 네놈 같은 인간이, 싫다."

글레어가 순간적으로 뒤로 물러났다. 하지만 살짝 늦었다. 검을 쥐고 있지 않았던 쪽 왼팔이 중간 정도부터 사라지고 없다. 마치 물어뜯긴 것처럼. 『집어삼켜』지기라고 한 것처럼.

"······정체가 뭐냐."

필요가 없어졌기 때문인지, 가면을 벗었다.

아름다운 여성이다. 하얀 머리카락에, 군데군데 검은색이 섞여 있다. 고양잇과 동물을 연상케 하는 귀와 눈동자.

아인인가.

"애완 고양이다. 교육이 안 되어 있다고 말하지는 말라고. 자신의 목을 노리는 녀석한테 아양을 떠는 법 따위 배우지 않아서 말이지."

그리고 사태는 급변한다.

수수께끼의 아인은 제3왕녀의 마력 반응을 나타낸 채──글레어의 마력 반응을 발산했다.

조금 전의 위화감이 얼음 녹듯 풀렸다.

이 아인 여자는 타인의 마력을 그대로 다룰 수 있다. 조건은 아마도, 대상의 섭취인가.

제3왕녀의 마력을 두르고, 가면으로 모습을 속이며, 글레어의 공격을 막아내고 반격.

그리고──글레어의 마력을 사용하여 성채 밖에서 대기시키고 있던 여단 멤버가 있는 곳에『공간』의 문을 열었다.

글레어의 부하는 단장의 마력 반응을 의심하지 않고 그 문을 지났다.

"──전원."

부하에게 지시를 내리려 한 것이리라. 하지만 그것을 허용할 쿠로가 아니다.

『공간』에 의해 글레어의 눈앞에 나타난 그는 망설임 없이 수수께끼의 곡도를 발도.

그 순간, 피보라가 흩날렸다.

◇

몇 개의 마력 반응이 거의 동시에 사라졌다.

세츠나한테는 대기하고 있는 여단의 인원수만큼『공간』의 문을 열도록 부탁해두었다.

그리고 문에서 이어지는 곳에는 연합의 영웅들이 기다리고 있다.

또한 저번에는 사파이어한테『두절』당했지만, 스톡의『마탄』의 위력은 엄청나다.

그레이의 발명품인 마류관과 피오의 문장화 기술에 의해『마탄』을 발사하는 마법구를 제조.

단 한 번만 사용할 수 있고, 사용자가 정확히 조준할 필요가 있지만, 문을 지나는 자의 머리를 향해 쏘는 정도에는 문제가 없다.

아무리 영웅이라고 해도 불의의 공격, 그것도 빛의 속도를 회피하는 건 지극히 곤란하다.

실력을 발휘하기 전에 적의 전력을 깎는다. 이건 정정당당한 승부 따위가 아니니까.

코우스케는 엘마의 발도술에 가능성의 모든 선택을 겹쳐서, 베였다는 사실조차 알아차리지 못하는 무수한 참격을 실현했다.

하지만 글레어도 『흑』 보유자. 지금까지 손에 넣어 온 능력은 방대할 것이다. 실제로 그의 상처는 『치유』를 넘는 속도로 재생하고 있었다.

그의 표정은 분노로 일그러져 있었다. 하지만 그 창끝은 적의 누구도 아닌, 그 자신에게 향해 있다.

연합이 저항하리라는 건 예상할 수 있었을 터이지만, 글레어는 그걸 짓뭉갤 수 있다고 생각하고 있었다.

이건 지휘관인 글레어의 선택이 낳은 상황.

하지만 후회에 젖어 있을 여유는 주지 않는다.

추격하려 하는 코우스케에 반하여, 그걸 저지하려 하는 자들이 있었다.

레이드와 사파이어다.

『생명』의 뿌리가 뻗어오고, 코우스케를 『두절』시키려 하는 사파이어가 이쪽을 조준한다.

　코우스케는 그것들에 개의치 않고 돌진했다.

　뿌리는 코우스케에게 닿기 전에, 번뜩인 검에 의해 잘려 떨어졌다.

『검극의 수도기사』아리엘이다.

"신께서 허락하신 권리로써, 동포와 자신의 몸을 지키겠습니다."

"……아아, 그래. 하는 김에 기도도 끝내두지 그래?"

　사파이어의 시야를 막는 것처럼, 한 명의 아인이 막아선다.

"『창』인가. 가장 싫어하는 색이군."

"안 물어봤거든?"

　글레어의 눈동자에 한순간 망설임이 드러났다.

　코우스케가 리치 안으로 들어간 그때.

"【흑도야】."

　코우스케, 는 아니다.

　글레어다.

　그에게도 코우스케와 마찬가지로 흑도야가 주어져 있다.

　무한이나 다름없는 마력 공급과 맞바꾸어, 정신오염 리스크를 짊어지는 최후의 수단.

"잘못 보고 있었다는 것을 인정하지. 나는 그때, 네 녀석을 죽였어야만 했다."

　그렇게 되면 크윈을 동료로 끌어들이는 것은 불가능했을 것이다.

그걸 감안하고서도 그렇게 했어야 했다고, 글레어는 말하고 있는 것이다.

『하얀 영웅』을 포기해서라도 죽였어야만 했다고.

"【흑식 · 무애(無涯)】."

산사태나, 그게 아니라면 댐의 방수. 사람의 몸으로는 저항할 수 없는 폭력적인 분류(奔流)를 연상케 하는 칠흑의 파도.

"우장(愚將)의 몸이지만, 책무는 다하겠다."

모양새를 따지지 않는 『어둠의 영웅』의 마법이 코우스케를 맞받아쳤다.

◇

크윈은 그저 멍하게 서 있었던 건 아니다.

그녀에게도 적이 있었다.

"질리지를 않네."

질색이라는 듯이 중얼거렸다.

바람에 휩쓸려 사라질 정도의 음량이었지만, 은발 영웅——파르페는 놓치지 않았던 모양이다.

그렇다. 그날 크윈은 파르페를 죽이지 않았다. 아니, 완전히 죽이기 전에 문이 열렸다.

한때 소중했던 사람. 이제는 소중하지 않은 사람.

전의라는 것과 인연이 없는 크윈이기에, 일부러 숨통을 끊지 않고 퇴각했다.

어떤 심경의 변화인지, 파르페의 겉모습은 크게 변해 있었다.

지금까지 입은 적조차 없었을 군복 차림. 휘황찬란한 장식은 전부 떼고, 아름다웠던 머리카락조차 짧게 잘라 버린 모양이다.

미의식이라는 것은 여유의 산물이다. 필사적으로 되면 상실하는 건 당연하다. 크윈은 그 전투에서 파르페의 긍지를 깨부숴 버린 듯했다.

허무하다.

모양새를 따지지 않고, 라든가. 진흙투성이가 될 정도로 처절하게, 라든가. 불굴, 이라든가.

그러한 것이 힘을 준다고 해도, 미미한 것이다. 병아리 눈물만큼밖에 되지 않을 힘을 받기 위해, 전투요정은 요정이기를 그만뒀다.

이곳에 있는 건 흙인형을 부수려는 목적만을 위해 수라에 몸을 내던진 자.

알 수 없다. 도저히.

절대로 무리라면, 포기하는 것 외에 길은 없는데도.

몇 번을 알려줘도 파르페는 포기하지 않는다.

"당신, 자기가 어째서 그렇게까지 강한지 생각해본 적은 있나요?"

언니, 라는 호칭도 버린 듯하다.

"나는, 그런 존재니까."

그렇게 만들어졌으니까, 그러한 기능을 발휘한다는 것뿐.

"모르고 있는 것 같네요."

"아무래도 상관없어."

『백』으로 그녀가 서 있는 장소를 『부정』한다.

그녀는 그 자리를 뜨지 않았다.

아니, 갑자기 바닥에 주먹을 꽂아 넣었다.

그녀의 몸은 『없었던 것』이 되어 전투는 종료.

그렇게 될 터였지만, 그렇게 되지 않았다.

주먹을 중심으로 바닥이 우그러들고, 거미집 모양의 균열이 생겼다.

──마법 발동이, 실패했어?

"생각 중인가요?"

파르페의 움직임은 마치 전혀 다른 사람이었다. 앞으로 기울인 자세로 하는 질주는 마치 네발짐승 같아서, 우아함과는 거리가 멀다. 평소의 그녀가 미의식 때문에 봉인해두었던 것이 지금 해방되고 있다.

정확하게 겨냥할 수 없다.

그렇다면 광범위하게 『부정』을 발사할 뿐.

"이, 정도……!"

파르페는 이번에는 공중을 후려갈겼다.

또다시 마법이 불발로 끝났다.

한 걸음, 또 한 걸음 그녀가 가까이 다가온다.

눈앞에까지.

"[백——]"

"느려!"

아니다. 자기가 느린 게 아니라, 그녀가 빨라진 것이다.

주먹이 육박한다. 봤더니, 작은 손에 어울리지 않는 너클 더스터가 쥐어져 있었다.

얼굴을 감싸는 것처럼, 순간적으로 손이 나갔다.

둔한 소리와 함께 왼손의 감각이 사라지고, 충격은 그대로 얼굴까지 전해졌다.

하늘이 보였다.

크원이 아무리 침울해져 있어도, 개의치 않고 빛나는 지긋지긋한 태양.

크원이 아무리 기도해도, 신에게 전해 주지 않는 천공.

얻어맞아서 날아간 것임을 깨달은 건 돌바닥에 등부터 낙하했을 때.

폐 속의 공기가 한꺼번에 밀려 나온다.

왼팔은 움직인다. 축, 하고 무언가가 늘어져 있다. 팔꿈치가 꺾인 모양이다.

시야는 양호. 호흡에 어려움 있음. 코가 골절되기라도 한 것일까.

두근, 두근.

식은땀이 솟아난다. 심장이 터질 것만 같이 맥동한다. 사지의 말단이 떨린다.

아니라고 되뇌어도, 마음이 한번 느끼고 만 그것에 몸은 계속해서 반응한다.

"당신이 누구보다도 강한 건, 누구보다도 죽음에 겁을 먹고 있기 때문일 텐데 말이에요."

처음으로 미궁 공략을 명령받았던 때. 마물 한 마리에 죽음의 공포를 느끼고, 크윈은 마법을 맞혔다.

그때까지 실컷 빗맞혔던 마법을, 맞힐 수 있게 되었다고 말할 수 있을까.

크윈은 노력을 싫어한다. 하지만 나날이 할당되는 임무를 처리하는 사이에, 그 가혹한 책무에 견뎌 나가는 사이에 강해지고 만 것인가.

죽는 게 두려워서. 싸우는 게 무서워서.

죽지 않도록. 싸움이 빨리 끝나도록.

그러는 사이에 최강이라는 불필요한 칭호를 얻는 데까지 이르고 만 것인가.

"그런데도, 뭔가요? 죽음을 두려워하면서도 죽고 싶어 한다? 바보 같은 것에도 정도가 있어요."

엘피도 그렇고, 파르페도 그렇고.

자신의 소원은 그렇게나 쉽게 간파할 수 있는 것인가.

"그래. 바보 같아. 알고 있어."

상처를 『없었던 것』으로 한다. 성공.

자신을 중심으로『하얀』막을 펼친다. 성공.

이해됐다. 그녀에게 마법 발동을 몇 번 방해받은 이유를.

"그렇다면, 뭐?"

바보 같다면 뭐가 어쨌다는 것인가.

그 밖에 아무것도 생각나지 않는다. 떠오르지 않는다. 이것밖에 없다. 이것밖에 없으니까, 어쩔 수 없다.

"정말로, 자기에 관한 건 아무것도 모르는 것 같네요."

도발하는 듯한 목소리에는, 불쌍히 여기는 듯한 울림.

"너에 관한 건, 알았어."

"그런가요, 그런가요."

"지우지 않으면, 멈추지 않는 거네."

"어머, 저희 이제야 약간이지만 서로를 이해할 수 있었던 것 같네요."

그러면, 지울 뿐이다.

엄니를 드러내듯이 웃는 적을, 지운다.

왜냐면, 자신이 죽을 장소는 이곳이 아니다.

"너로는 안 돼."

"그런 편식 같은 짓 마시고요."

"방해야."

"방해되면 치워보도록 하세요."

◇

오렐리아가 성녀가 된 것은 복수심과 정의감에서다.

물자가 고갈된 세계에서 아버지는 회수원이라는 일을 하고 있었다. 글자 그대로 쓸 만해 보이는 것을 회수하는 직업이다. 이른 아침에 나가서는 해가 질 때까지 사막을 탐색한다. 당연히 바깥에는 하자충의 위험이 있다.

어느 날, 아버지와 그 동료들로 구성된 팀이 돌아오지 않았다.

어느 날, 마을에 하자충 한 마리가 진입했다. 누군가가 사슴벌레라고 부른 그 하자충은 머리 전면에 튀어나온 커다란 턱으로 움직이는 것을 모조리 물어서는 절단했다.

오렐리아는 그늘에 숨었지만, 어린 남동생은 공포에 견디지 못했는지 뛰쳐나가고 말았다. 그걸 엄마가 쫓아갔고, 동생을 잡았을 때는 두 사람 모두 반으로 쪼개졌다.

허릿심이 빠진 오렐리아를 알아차린 하자충.

떨리는 몸에 과호흡 기미인 폐.

큰 턱의 범위 안에 들어가 물려서 죽는 걸 기다릴 뿐이었던 오렐리아를 구해준 것이 성녀다.

저항할 수 없는 악몽 그 자체로 여겨졌던 하자충을 인간의 몸으로 타도하는 모습이 눈에 선명히 새겨져 떨어지지 않았다.

선명하고 강렬한 구제를 앞에 두고, 열에 달뜬 오렐리아는 자신도 사람들을 지킬 수 있도록 성녀를 목표로 삼았다.

그 말로가, 그 꼴이다.

자신이 끔찍이 혐오했던 하자충으로 타락하는 지옥과도 같은 고통.

자기가 지키던 사람들 손에 죽는 최후라니, 이 얼마나 우스운 일인지.

그 세계는 성녀의 선량함을 이용함으로써 존속하고 있다.

많은 인간은 그걸 알지도 못하고 고마워하며, 일부 진상을 아는 자는 무심하게 내용(耐用) 기간을 지난 성녀를 계속해서 처리하는 것이다.

과연 그 추악한 시간 벌이가 어디까지 이어질까.

그런 것에 흥미는 티끌만큼도 없었다.

문제는 지금 과거 생의 자신을 아는 맹목적인 여성이 오렐리아를 우상으로 되돌리려 하고 있다는 것.

그 수단으로, 정말이지 최악인 취향을 발휘하고 있다는 것.

"자아, 대성녀님. 다시 한번 자신의 임무를 상기하는 거예요. 당신은 세계를 구할 대성녀님이시니까요."

구멍이 뚫려 있다.

일회용 『마탄』은 페이스의 이마를 확실하게 꿰뚫었다.

그런데도 그녀는 살아 있다.

갈가리 찢어 놔도 여전히 살아 있던 페이스였으나, 뇌를 관통당하고서도 태연한 건 도저히 정상이 아니다.

그녀는 변함이 없었고, 가면만이 이마 구멍 주변부터 금이 가서 두 개로 갈라져 떨어진다.

그렇게 해서 드러난 두 눈은 비참한 것이었다. 특별한 도구도 없는 상태에서 안구를 도려내려고 한 것이리라. 너덜너덜해져 있었다. 안구가 담겨 있지 않은 공허한 안와는 검은 구멍으로 비친다.

그녀는 분명, 녹색 눈을 가지고 있었으리라.

오렐리아가 있던 세계에서 녹색 눈은 하자층과 같은 색깔이다.

불길하다고 여겨져서, 태어나면 비밀리에 살해당하는 일도 있었다고 한다.

소녀는 두 눈이 파내어졌다. 눈이 안 보이는 것뿐이라면 그나마 낫다. 그 상처가, 무엇보다도 이유를 상기시킨다.

눈이 보이지 않는 세계에서 고독하게 죽을 것인가, 성녀가 될 것인가.

그 이지선다는 잔혹했지만, 그녀 본인에게는 구원의 줄이나 다름없는 것이었으리라.

이런 소녀조차도 이용하여 인류 존속에 유용하게 사용하는 세계.

"나보고 속고 있다든가 말했는데, 너야말로 과거 생에서 속았다는 걸 깨닫지 못한 거야?"

뭔가가 꿈틀꿈틀하고 움직여 그녀의 이마에 난 공동을 막아나간다.

"대성녀님, 가르쳐주세요. 성녀가 없으면 그 세계는 존립할 수 없어요. 희생은 필요한 거예요. 그걸 단순히 희생이라 부르지 않고 신의 사도로 대해주신 것에 감사할지언정, 원망 따위는 없답니다. 그건 세계를 부정하는 것으로 이어지고 말아요."

"그래도 난 지긋지긋해. 열 받았고, 더는 사절이야. 그러니까 너의 권유도 거절하겠어."

"괜찮아요, 대성녀님. 당신이 얼마나 멋진 분이신지 저는 자~ 알 알고 있으니까요. 지금은 아직 마음이 거칠어져 있을 뿐. 냉정해지면 올바른 판단을 해주실 거라고 페이스는 믿고 있답니다."

그렇게 말하고는, 페이스의 윤곽이 부예졌다.

아니, 변모한 것이다. 변질이라고 해도 좋다.

기시감이 있는 육체의 변화.

그것도, 존재를 재구성할 정도의.

"……너, 제정신이 아니네."

왕성에서도 본——개미를 연상케 하는 하자충.

"영웅의 광기야말로 백성을 구하는 것이라면, 저희는 솔선하여 미쳐야만 하지 않을까요?"

흐릿하고 일그러진 목소리가 튀어나온다.

"……한도가 있잖아."

오렐리아는 그 말 자체를 부정하지는 않는다.

예를 들어, 올바르다는 것은?

남에게 따뜻하게 대해줄 수 있고, 자애심을 가지고, 싸우지 않고, 근면성실하며, 주위를 행복하게 만들 수 있는 인간일까.

그럼, 그런 올바르고 멋진 인간이 전장에 나가 무슨 도움이 되는 걸까.

상냥해서 다른 사람을 상처 입힐 수 없는 사람이라면, 짐덩어리 말고는 아무것도 아니다.

나라를 위해, 가족을 위해, 친구를 위해, 동료를 위해, 죽지 않기 위해, 올바름을 왜곡시켜 적을 죽일 수 있는 자야말로 유용하다.

그러한 관점에서 보면 정상에서 벗어나는 것이야말로, 즉 광기의 수용이야말로 영웅의 자질이라고도 할 수 있다.

그렇기는 해도, 제정신을 잃으면 된다는 건 물론 아니다.

오렐리아가 보기에는 광기야말로 가장 용법과 용량을 지켜야만 하는 묘약이다. 그리고 당연히 약도 지나치면 독이 된다. 애초에 문제는 광기엔 정상에서 벗어난다는 독약이 포함되어 있다는 것이다.

광기를 얻고도 여전히 최후의 일선을 넘지 않을 수 있는 인간은 적다.

그런 사람을 바로 영웅이라고 부르는 것 아닐까.

인간에서 벗어나고도 여전히 인간으로 있고자 발버둥치는 자야말로.

까닭에 광기의 가속이야말로 정도라고 생각하는 자에겐 그 칭호는 부적격이다.

도저히, 자기가 할 수 있는 말은 아니지만.

오렐리아는 조소의 미소를 입가에 띠며, 마법식을 짰다.

"【투철사련 · 포위지박(包圍地縛)】."

보이지 않는 실이 둘러쳐지고, 완전히 변해 버린 가면의 여자 페이스에게 휘감겼다.

그건 그녀를 단단히 묶어 행동 불능으로 만드는 것이었다.

하지만 허무하게 허공을 가른다.

"육체의 축소……?!"

마력에 의한 육체 변화는 법칙에 반하지 않는다.

증대하는 질량을 마력으로 대체하는 것에 지나지 않기 때문이다.

하지만 그 반대가 되는 순간 이야기는 복잡해진다.

먼저 설명한 논리대로 말하자면, 작아지려면 감소하는 질량을 마력으로 변환해야만 한다.

즉, 자신의 육체를 일시적이라고는 해도 마력으로 바꾸고 만다는 것이다.

재변환 술식은 짜여 있겠지만, 가령 『흑』 등에 의해 해당 마력을 상실해 버리면 완전한 의미에서 원래대로 돌아가는 건 불가능해지고 만다.

그렇지 않더라도, 마법 조작을 조금이라도 그르치면 마찬가지다.

고작 적에게 묶인 정도로, 끊임없이 쓰기에는 지나치게 필사적인 탈출 방법.

"……확실히, 제정신이 아니야."

다시 개미형 하자충이 된 페이스는 눈앞에 나타났다.

실의 재전개가 늦어져 밑에 깔리고 말았다.

아슬아슬한 타이밍에 전개한 실이 개미의 육치(肉齒)를 막았다. 딱딱, 하며 기분 나쁜 소리를 내는 건 인간으로 말하자면 이에 해당하는 부분. 톱니처럼 들쭉날쭉한 그것이 열고 닫히기를 반복하며 소리를 낸다.

"떨고 계시네요, 대성녀님."

"……네가, 도저히 여자라고는 생각되지 않는 모습을 하고 있기 때문이 아닐까."

"싸움이 한창인 와중에 화장을 신경 쓰는 인간이, 인류를 수호할 수 있다고는 생각되지 않습니다만?"

"화장이 무너졌다든가 하는 그런 차원이 아닌데……."

말은 그렇게 해도, 오렐리아의 허세는 간파당하고 있으리라.

페이스가 개미 얼굴인 채로 감탄의 탄식을 흘렸다.

"아아, 아아, 대성녀님……! 떠시면서 적에게 맞서고, 두려워하면서 저항하기를 그만두지 않는 당신의 용감한 모습이야말로 다름 아닌 대성녀를 대성녀답게 만드는 은위(恩威)인 것입니다!"

그 목소리에 깃들어 있는 건 광적이기는 해도, 틀림없는 공경의 마음.

여기에 이르러 오렐리아는 깨달았다.

자신에게 우상으로 회귀할 것을 강요하는 눈앞의 여성은 과거의 자신이다.

성녀를 동경했을 무렵의 자신이다.

현실을 알게 된 후에도 페이스에겐 성녀는 여전히 멋진 존재인 것이다.

그리고 그녀에게 올바른 것은 아크스바오나 측에 붙는 것.

누구보다도 멋진 오렐리아는, 무엇보다도 올바른 아크스바오나 편에 서주길 바란다.

그것이 그녀의 주장. 제멋대로이기는 하지만 이해 못 할 것은 아니다. 적어도 지리멸렬하지는 않고, 의미가 통하지 않는 말은 하지 않았다.

바로 그렇기 때문에, 서로를 이해하는 것은 어렵다.

"그렇게, 무관하고 얼굴도 모르는 사람들을 구하라는 거야? 이 세계에서도 또?"

"네에, 네에! 그래요, 그렇고 말고요! 대성녀님, 그것이야말로 저희의 존재 의의이지 않나요!"

세계에 헌신하는 것으로밖에 존재 의의를 얻을 수 없었던 소녀는 그것을 타인에게 강요하는 것에 위화감을 지닐 수가 없다. 그녀에게 그것은 올바른 일이니까.

"구하고, 구하고, 또 구한 끝에, 너덜너덜해져서 죽게 되더라도?"

"멋진 일이에요. 숙원을 이루고 죽을 수 있다면, 그건 최상의 끝이라고 할 수 있겠지요."

페이스에게는 그럴 것이다.

그녀에게 행복은 그런 것이다. 그래서 모순되지 않고, 완결되어 있다.

"……바보 아니야?"

"──하? ……지금, 뭐라고."

그렇다. 오렐리아도 싸우는 건 무섭다. 떨리고 마는 것 역시 사실이다. 인간적으로도 미숙하고, 그걸 쿠로에게 지적받았을 때는 되레 역정을 내기까지 했다.

오렐리아는 정의를 동경했던 속인(俗人)인 것이다.

무엇보다도 자기 자신이 그걸 이해하고 있다.

속인인 주제에, 정의를 동경하고. 한 번은 버려졌음에도 여전히 두 번째 인생에서 영웅이라는 격으로 떠받들어지고, 분노를 품으면서도 전장으로 가고 만다.

하지만, 평범한 인간이니까. 바라는 것 또한 평범한 그것이다.

"미안하지만, 나는, 실컷 이용당한 끝에 망가지는 것에서 행복을 느낄 정도로 미치지 않았어."

"대체, 뭘, 대성녀님, 뭘 하신──"

페이스의 말이 멈췄다.

"이렇게까지 재현하지 않아도 됐는데. 아니, 재현할 수밖에 없었던 걸까."

오렐리아는 실을 한없이 가늘게, 통각이 기능하고 있었다고 해도 느끼지 못할 정도의 극세사를 만들어 체내에 침입시켰다. 그리고 핵을 발견. 꽁꽁 묶은 뒤, 지금, 깨부순 것이다.

단순히 몸의 구조를 변화시키는 마법과는 다르다.

페이스는 계속해서 영웅으로 있기 위해 인간으로서의 나약함을 버리고자 한 것이다.

심장이 멈추면 죽고 만다. 숨을 쉴 수 없으면 죽고 만다. 피를 너무 많이 흘리면 죽고 만다. 뇌가 짓뭉개지면 죽고 만다. 너무나도 연약한 인간의 몸으로는, 전장을 끝까지 헤쳐나갈 수 없다고 판단했다.

그래서 자신이 생각하는 가장 강한 것을 본받았다. 약점이 핵하나라는 과거의 대적(大敵)을.

"저버리는, 건가요. 구원을 갈구하는, 백성을."

"내가 구하는 건 나야. 그 과정에서 누군가가 행복해지는 정도는 상관없지만, 불행해져서까지 다른 사람에게 헌신하려는 생각따윈 하지 않아."

쿠로가 말했다. '네가 스스로를 위해 움직인다면, 그건 누군가를 위한 일이 된다'라고.

그 정도라면 전혀 문제없다. 자신이 해야 한다고 판단한 행동 끝에 누군가가 행복을 향수하는 것은 좋은 일이라고까지 생각한다.

"성녀로서, 있을 수, 없는."

"미안하네. 아무래도 난 더럽혀진 것 같으니까."

마력 반응이 끊어지고, 페이스의 육체가 여성의 모습을 되찾았다.

자신을 덮는 것처럼 쓰러지는, 숨이 다한 그녀의 육체를 살며시 치운다.

"……후, 아하하. 뭐야, 이거."

자신의 손을 봤다.

바보처럼 떨리고 있다.

자명하다.

오렐리아는 하자충을 구제하는 성녀였다.

그렇기에 전투에는 익숙하다. 미궁을 공략할 때의 마물 토벌
도 어렵지 않았다.

하지만, 지금 건 대인전이다.

지금 자신이 빼앗은 건 사람의 목숨이다.

단순한 적이 아니라, 과거의 자신을 동경하던 여성.

이를 악물고 자신의 몸을 꽉 껴안았다.

자신은, 자신이 해야 한다고 생각한 것을 하고, 자신의 행복
을 갈구하고 있을 뿐인데.

"행복이란 건, 이렇게나 괴로워하지 않으면, 손에 넣을 수 없
는 거야……?"

아클레어에 전생하는 인간이 불행한 자뿐인 건 어째서인가.

간단하다. 충분히 만족하고 있는 사람한테 싸울 이유는 없으
니까.

불행에 몸을 던지고, 행복을 추구하는 자가 아니라면 신이 바
라는 대로 움직이지 않는 것이다.

필요에 내몰려 어쩔 수 없이 마지못해 싸우는 사람과 자신의
의사로 전장에 뛰어드는 정신성의 소유자라면, 후자를 선택하

는 쪽이 효율적이라는 건 말할 나위도 없다.

정말이지, 잘 만들어진 시스템이다.

이계의 사망자를 이용하여 세계의 평화와 균형을 지키고자 하는 등.

하지만, 그 양쪽이 지금 무너지기 시작하고 있다.

그걸 수정하는 것 또한 영웅들이 처리하지 않으면 안 되는 것이리라.

"…………정말, 성격 나쁘네."

내뱉듯이 중얼거린 뒤, 오렐리아는 일어섰다.

자신은 아직 싸울 수 있으니까, 멍하니 있을 수는 없는 노릇이라고.

◇

시온은 생각한다.

쿠로가 있었기에 연합은 아크스바오나를 상대할 수 있는 거라고 말해도 과언은 아닐 것이다. 하지만 아무리 그래도 그의 존재는 너무 형편이 좋은 것 아닐까.

마치 아크스바오나에 대한 대항책으로 준비된 존재인 것처럼.

머리를 가볍게 흔들어 쓸데없는 사고를 몰아낸다.

눈앞에 어린아이 같은 여자 한 명과 거한이 서 있다.

"……있지, 시온." 그 여자는 시온을 알고 있다. "너, 이런 거로 정말 피티 님을 죽일 수 있으리라고 생각한 거야? 설마 그런 건 아니지? 빛으로, 은으로, 십자가로, 불꽃으로, 그런 거로 흡혈귀는 숨이 끊어지거나 하지 않는걸. 불멸자이기에, 흡혈귀라고 부르는 존재인걸."

『마탄』은 그녀를 직격했다. 하지만 흡혈귀에게는 재생능력이 갖추어져 있다. 그건 의식을 끊었다고 해도 사라지지 않는 저주와도 같은 불사성.

"……시온. 요전에는 만나지 못했으니까 말 못 했지만, 그래, 말하고 싶은 게 있었어. 갑자기 머리에 구멍을 뚫는 무례함도, 관대한 피티 님은 용서해주겠어. 용서해줄게."

목소리는 뼛속까지 사무칠 정도로 낮고 차가운데, 눈동자 속은 옥염처럼 맹렬하게 날뛰고 있다.

"아아, 하지만, 지금의 피티 님은 아주 약간 기분이 안 좋으니까, 조심해서 대답하렴. 신중하게, 인생의 분기점에 서 있는 것임을 자각하고 대답하는 거야."

피티는 죽지 않았지만, 『마탄』에 의해 적의 마력 반응이 어느 정도 사라진 건 확인할 수 있었다.

연합의 영웅이 흩어져 있는 건 구릉 지대 각처.

상대하는 자를 보건대, 우연이 아니라면 어느 정도 조합을 생각해서 한 일인가.

"이쪽으로 오렴."

흡혈귀가 있는 세계 같은 건 얼마든지 존재하리라.

그런데도 아클레어 신은 지기(知己)를 서로 대립하는 나라에 배치했다.

그렇다. 시온은 그녀를 알고 있다. 동일 세계 출신 흡혈귀로, 더 나아가 자신보다도 상위 존재.

시온이 있던 세계에는 흡혈귀와 인간이 존재했다. 흡혈귀는 인간에게서 혈액을 사고, 양자 관계는 양호했다. 하지만, 어떤 때였다.

어리석은 흡혈귀가 욕망에 몸을 맡겨 인간 소녀의 피를 빨아 죽이고, 그게 인족의 공주였던 것으로 인해 전쟁으로까지 발전했다.

사람을 죽인 그자가 나쁘다. 본래라면 그걸로 끝날 이야기.

하지만 사람은 때로 증오의 범위를 한없이 확대하고 만다.

가해자의 가족, 친척 일가, 인종, 국가, 끝내는 세계.

이 경우는 흡혈귀라는 종족에 증오가 향했다.

시온은 빈민가에서 살고 있었고, 부모나 친척이 없는 아이들의 형과 같은 존재였다.

하지만 누구 한 명 지키지 못했다.

인간에 의해 자행된 흡혈귀 사냥으로 인해 동생들은 전부 살해당했다.

피티는 분명, 12명 있는 진조라 불리는 개체다.

원래부터 인류보다 강인한 육체와 능력을 지닌 흡혈귀의 상위 종 격인 그녀들은 불멸의 존재라 불리고 있었다.

그녀가 이곳에 있다는 건 인간들의 증오는 불멸의 흡혈귀를 멸하기에 이르렀다는 것.

"피티 님이 옛날에 널 권유해줬을 때, 너 거절했었지?"

"……지금도 후회하고 있다. 그 녀석들을 잃을 바에야, 인간을 죽이는 편이 훨씬 나았어."

"하지만, 거절했지. 네 가족은 전~부 죽었고, 피티 님의 동포도 권속도 절멸당해버렸어. 저기, 왜인지 알아? 어째서 종으로서 우월할 터인 흡혈귀가 번식능력만이 특기인 인간한테 패배를 맛보았다고 생각해?"

"……글쎄다."

"착했으니까. 단지 그것뿐이야. 흡혈귀는 강했어. 그래서 줄곧 인간은 흡혈귀를 성가시게 여기고 있었지. 그런데도 흡혈귀는 인간에게 가까이 다가가고 말았어. 하등한 존재를 평등하게 대하고 말았어. 그래서 우쭐해진 인간들에게 발목을 차이고 만 거야."

……과연.

그래서 그녀는 아크스바오나에 붙은 것이다.

그녀에게 이미 동족인 동료는 없다.

그러니 하다못해 종족의 과오를 되풀이하지 않도록.

평화가 아니라 지배를. 평등이 아니라 올바른 격차를.

자신이 사랑하는 자가 부당하게 시달리지 않는 세력을 원하여 아크스바오나를 선택했다.

철저한 동료 편애와 확대 정책.

세계 정복이 이루어지면 더 이상 부조리하게 동료를 빼앗기는 슬픔에 잠길 일도 없으니까.

"피티 님은 관대해. 그러니까 시온, 너의 동생들과 같이 아크스바오나로 오도록 해. 다는 아니어도, 이쪽에 전생한 거지? 파르드의 수전노들한테 목줄이 채워져 있으니까, 너는 거기에 서 있는 거야. 괜찮아, 풀어줄게."

그 말대로다.

파르드가 피의 가격을 올렸기 때문에 시온은 동생들을 살리는 것조차 어려워졌고.

이 전쟁에 동원되는 처지가 되었다.

쿠로가 시온용 피를 준비해주지 않았다면, 전력을 낼 수 있었을지도 의문이다.

하지만.

"그래서는 안 돼."

"……대체, 뭐가 말일까?"

아크스바오나에 항복하면 생활은 훨씬 편해질 것이다.

하지만.

"너는 모를 거다. 배탈이 날 거라는 걸 알면서도 공복을 참을 수 없어서 순도도 선도도 낮은 흙탕물 같은 피를 마시는 기분도. 비가 내리면 침수되고 바람이 불면 서로 바싹 붙어 몸을 녹일 수밖에 없고, 부랑배들이 변덕으로 한 번 찬 걸로 부서지는 허술한 목판의 집합을 집이라고 부르는 기분도. 그래도 우리는 죽을 때까지 아무도 덮치지 않았다. 죽을 때까지 누구한테서도 빼앗지 않았어."

"하지만 죽었지. 그러면 올바르게 있는 것에, 깨끗하게 있는 것에, 착하게 있는 것에 의미는 없는 것 아니야?"

"의미를 없었던 것으로 만들 수 있을 리 없잖아."

더러워지는 편이 편하게 살 수 있는데, 다들 시온을 믿고 올바르게 있어주었다.

확실히, 그건 보답받지 못했지만.

그렇다고 해서 입이 찢어진다 한들 말할 수 있을쏘냐.

"내 입으로 그 녀석들한테 '빼앗는 게 올바르다'라는 말을 할 수 있을 리가 없잖냐."

아무리 가격을 올린다고 해도, 자기가 그만큼 일하면 된다.

파르드는 자선가는 아니지만, 그렇기 때문에 공평하다.

흡혈귀라고 해도, 돈을 내면 피를 팔아준다. 흡혈귀라고 해도 돈을 내면 제대로 된 집에 살 수 있다.

"그 세계를 지옥으로 바꾼 건 확실히 인간일지도 모르지. 하지만 말이다, 너는 이번에 지옥으로 바꾸는 쪽으로 돌아선 것에 지나지 않아. 그건 긍정해서는 안 되는 거잖아?"

피티는 시온의 말을 어이가 없다는 듯이 웃어넘겼다.

"⋯⋯너는 정말로, 깨끗하네. 그에 비해 피티 님은 더러워져 있어. 그래, 맞아. 인정해줄게, 시온. 피티 님이야말로 잘못되었다고. 하지만, 그래도 괜찮아. 왜냐면 착했기 때문에 다들 죽었다는 사실은 변하지 않으니까 말이야. 과거로부터는 배우지 않으면 안 돼. 그렇지? 그러니까 피티 님은 착하지 않아도 행복해질 수 있는 쪽을 고를 거야."

피티의 길디긴 소매에서 붉은 끈이 늘어진다. 아니, 그것은 끈이 아니라 무기.

피다.

지면에 흘러 떨어지지 않고 그녀의 주위를 감돈다.

흡혈귀의 전투 방식──혈장(血裝).

"아크스바오나 신군영웅여단──『혈전의 영웅』 피티 시드사이드. 적대한다면 죽일 거야. 하지만 안심해. 최소한 너의 동생들은 보호해서 행복하게 만들어줄게."

시온은 쿠로에게서 받은 피를 사전에 마셔두었다.

손톱을 세워 단숨에 손목을 베었다.

흘러 나오는 피는 검게 탁해져 있었다.

"쓸데없는 배려다. 내 동생들 정도는, 스스로 돌볼 수 있어."

흡혈귀. 온갖 이계에서 불행한 사망자가 전생하는 이 아클레어에서, 하나의 종족으로 묶어서 설명하는 건 불가능하다.

흡혈귀를 칭하고 있다 할지라도, 세계마다 정의나 능력이 다른 경우 등은 흔히 있는 일이기 때문이다.

그러니 이건 시온이 있던 세계에서의 흡혈귀의 정의와 능력.

흡혈귀는 장수한다. 100년 이상은 족히 산다. 수명이 긴 자는 천 년을 넘는 자도 있다. 미추의 가치관이 인간과는 다르지만,

인간이 봤을 때 뛰어난 용모를 지니고 있다. 밤눈이 밝다. 날카로운 이를 지녔다. 다른 생물로 변화하는 것이 가능하다. 재생 능력을 가졌다. 체내에 흡수한 혈액을 자신의 것으로 만들어 조종할 수가 있다.

약점은 하나.

장시간 인간의 피를 공급하는 것을 끊으면, 죽는다.

어느 의미로, 인간이 없으면 살 수 없는 종족이라고 할 수 있다.

낮 동안의 활동에 지장은 없지만, 피를 조종하는 전투법——혈장을 유지하는 인자가 태양광에 의해 비활성화되기 때문에 전술이 좁아진다.

피가 허공을 나아가고 있었다.

물속을 노니는 물고기처럼, 매끄럽게. 마치 그것이 당연한 일인 것처럼, 자연스럽게.

피티의 그것은 홍옥을 녹인 것처럼 붉다.

시온의 그것은 검게 탁해져 있었다.

혈장은 피 그 자체이기 때문에 기본적으로 몸에 두르고 싸운다. 간섭 범위 밖으로 날려 버린 건 회수할 수 없기에 총량이 제한된 혈액을 잃게 되기 때문이다.

형상이나 경도 등을 자유자재로 변화시킬 수 있는 피는 갑옷으로서나 무기로서도 일급이다.

"뚫으렴."

그런데도, 피티가 선택한 건—— 원거리 공격이었다.

바늘 모양으로 형태를 바꾼 혈액을 고속으로 사출.

"칫——!"

허를 찔리긴 했어도, 어찌어찌 반응했다.

얇은 막 상태의 혈액을 방패처럼 전개.

깊게 찔리기는 했지만, 관통은 면했다.

"방패째 깨부숴 버리렴."

그 목소리는 바로 옆에서 들려왔다.

동시에, 충격.

피가 흩날리고 몸이 허공에 쏠렸다.

어찌어찌 자세를 바로잡고 착지했지만, 왼팔이 찌부러져 있었다.

소모는 되겠지만, 재생하지 않을 수도 없는 노릇이다.

"저기, 시온. 무리야. 무리라구. 무리인 거야. 같은 세계의 흡혈귀. 하지만, 피티 님과 너는, 슬프게도 격이 달라. 너는 착해. 너는 깨끗해. 너는 고귀하고, 멋진 흡혈귀야. 하지만 그 어느 것도, 힘이 되지 않는 게 현실이야."

피를 다루는 능력도, 신체 능력도 그녀에게 한참 미치지 못한다.

그녀의 말을 부정하려고도 생각지 않는다.

하지만.

"힘이 없으면 살아갈 수 없다는 건 분명 그렇겠지. 상냥함이 자신의 목을 조르는 일도, 깨끗한 성격 때문에 손해를 보는 경우도, 고귀함이 족쇄가 될 때도, 그래, 있을 거야. 하지만 그 어느 것도, 힘을 위해 버려도 되는 거라고는, 도저히 생각되지 않아."

피티는 시온을 아래로 보고 있다. 경의를 보내면서도, 자신보다 격이 낮다고 명확하게 인식하고 있다.

전투에서 자기가 패배한다는 건 티끌만큼도 생각하고 있지 않다.

그건 여유이고, 빈틈이다.

그녀의 발치에는 시온의 혈액이 흩뿌려져 있다.

그리고 거리가 멀어진 피는 통상적으로 회수할 수 없다.

하지만 그건, 통상적인 이야기.

시온은 전생해서, 이미 변했다――영웅 규격으로.

"꿰뚫어라."

"뭣――"

하지만 이런 걸로는 피티를 쓰러뜨릴 수 없다.

"재미있네, 시온. 너는 정말로, 우수해. 하지만, 이걸로는……윽?!"

자신들은 흡혈귀다. 불멸에 한없이 가까운 존재.

하지만 전생함으로써 몸의 구조 또한 재구성되어, 어쩔 수 없이 변용되고 말았다.

그 변용 중 가장 두드러진 것이, 온갖 능력이 마법이나 스킬이라는 형태로 정리되고 말았다는 점.

그리고 마법을 쓰려면 마력 기관의 활동이 필수라는 점.

전신이 창에 꿰뚫려 마력 기관이 파괴당하면.

영웅으로서 문제가 없다고는 말할 수 없게 된다.

"잔, 꾀를……!"

피티는 작은 몸에서는 상상할 수 없는, 마치 인간 형태의 폭풍과도 같은 폭위(暴威)로 피의 창을 파괴하고는 휘청거리면서도 시온을 노려봤다.

전신에서 피가 흐르고 있지만, 그것들은 금방 그녀의 지배하로 들어가 자유자재로 움직인다.

재생은 마법조차 아니다.

"최후통고야, 피티 님 밑으로 들어오렴."

"거절한다."

"그래. 유감이네. 유감이야. 정말로, 유감스럽게 생각해."

사라졌다.

그리고, 등 뒤에서 느껴지는 이물감.

시야에 무언가가 비친다.

창 끝부분이다.

한순간에 뒤를 잡혔을 뿐만 아니라, 그대로 심장을 꿰뚫렸다.

그녀 안에 있던 여유가 없어져버리면, 결과는 이렇게나 잔혹하게 현실을 알려준다.

"젠, 장……."

"인간이 어떻게 상위인 흡혈귀까지 죽일 수 있게 되었다고 생각해? 답은 의외로 단순한 거야. 흡혈귀는 다른 이의 피를 자기 것으로 재구성하는 기능을 가지고 있어. 그래, 신체 기능이지.

그러니까 즉——한계가 있어."

오싹해졌다.

즉, 기능 한계까지 피를 계속해서 주입하여, 재구성이 불가능해진 피로 죽이는 건가.

"아아, 그래도 너는 그런 짓을 하지 않아도 죽일 수 있지? 불사성이 낮으니까——라는 건 농담이야. 피티 님한테는 너를 죽일 자격이 없는걸."

그녀가 시온을 동료로 끌어들이려는 이유는 딱히 과거 생에서 아는 사이였기 때문이라는 것뿐만은 아니다.

"그래, 시온. 딱 한 번, 한 번밖에 말하지 않을 테니까 잘 들으렴. 그때, 피티 님이 인간군을 타도해야만 했는데, 그런데, 그러지 못했던 탓에 너희들 형제자매가 죽게 만들어서…… 미안해."

진조라 불리는 흡혈귀는 그대로 흡혈귀 나라의 왕이었다.

피티는 시온이 있던 나라의 왕.

그래서 그녀는 지금 망국의 왕으로서 백성에게 사과하고 있다.

지키지 못해서 미안하다고, 자신의 무력함을 사과하고 있다.

"……동생들을 지키는 건 형의 역할이다. 그러지 못했다고 한다면, 책임은 내게 있어. 왕이든, 진조든 상관없다고. 내 무력함을 멋대로 가지고 가지 마라."

시온의 말에 피티는 약간 놀란 것처럼 뜸을 두고는, 그러고 나서 킥 하고 미소 지었다.

"그래. 그러면 이번에도 마음껏 무력감을 맛보도록 하렴. 그

권리는 빼앗지 않을게."

시야가 흐려져 간다.

흡혈귀는 딱히 인간의 피밖에 빨 수 없는 건 아니다.

물론 흡혈귀의 피를 받아들이는 것도 가능하다.

피티는 죽지 않는 아슬아슬한 수준까지 시온의 피를 빼앗았다.

"다음에 또 적으로서 막아서면, 그때는 과거의 왕이 아니라 아크스바오나 군인으로서 상대하겠어. 즉, 너는 죽는 거야. 하지만 안심하렴? 너를 죽인 뒤에 동생들은 돌봐줄 테니까."

피티는 그런 말을 남기고 박쥐로 변화하여 어둠 속에 녹아들다시피 하여 사라졌다.

"……그 녀석한테 사과해야겠군."

기껏 피를 나누어 주었는데, 승리 하나 따내지 못했다.

그는 분명 시온을 책망하지 않을 것이다. 살아남은 것을 기뻐해줄 터다.

그렇기에 가슴이 아팠다.

피티가 말하는 다음까지, 강해져야만 한다.

◇

쿠로와 적장의 싸움이 시작된 뒤, 세츠나——『검은 성자』의 종자였다는 여성——는 교묘하게 마법을 전개하여 레이드와 사파이어를 각각 다른 문으로 처넣었다.

성채에서 거리가 있는 장소에 떼어 놓음으로써『흑』사이의 싸움에 말려들 일도, 발목을 붙잡고 말 걱정도 없다.

그리고 아리엘과 사라가 레이드를 담당하게 되었는데.

조금 전까지 단장을 걱정하고 있었을 터인 청년은 하아, 하고 한숨을 내쉰 것만으로 의식을 전환한 모양이다.

어디 그뿐이랴, "조금 이야기라도 할까" 하고 말을 꺼낸 뒤 지면에서 난 뿌리 아치에 앉았다.

"『흑』이『정신 오염』,『백』이『기억 누락』,『홍』이『억제 이완』,『창』이『변용 거부』. 색채 속성은 출력을 무리해서 올리면 폐해가 나와. 인간의 뇌에 작용하는 폐해가 말이지. 이거, 어떻게 생각해?"

대답은 기대하지 않은 것인지, 청년은 계속해서 이야기했다.

"그럼『취』의 폐해, 이 경우는 대가일까? 대가가 무엇인가 하면,『감정 박탈』이야. 재미있지? 즉 색채 속성 보유자가 무리해서 힘을 사용하면, 각각 이렇게 되는 거라고. 망가지든지, 잃든지, 느슨해진다든지, 멈춘다든지, 빼앗기는 거지. 증상은 다르지만 정상적이지 않게 되는 건 공통된 점이네. 이건 우연일까? 나는 무언가 신의 의도 같은 것을 느낀단 말이지. 어떻게 생각해?"

"……무슨 말을 하고 싶은 겁니까."

"너희는 게둔드라의 수도기사지? 맹목적인 그 신앙을 보고 있자니, 눈을 뜨게 해주고 싶어져서 말이야. 아, 그런데 너희는 인공지능이라는 걸 알고 있으려나? 아무리 그래도 안 통하나?"

아리엘한테는 이해 불가능한 단어였지만, 옆에 서 있는 사라는 미세하게 눈살을 찌푸렸다.

"아아, 통하는 사람도 있는 것 같네. 모르는 엘프인 너를 위해 알기 쉽게 설명하자면, 지능을 가진 마법구 같은 것이려나."

"……마법구에, 지능?"

"그래. 만약 완전하다면 인간과 똑같이 사고하고 행동하지. 대화도 가능하거니와 사랑도 할 수 있을지도 몰라. 내 과거 생에서는 그런 존재를 위협으로 여기는 인간이 있었어. 여하간 인공물이니까, 인간에게 존재할 터인 결점이라는 게 극단적으로 적지. 바꿔 말하자면, 지능 면에서 인간들보다도 뛰어나. 그렇게 된 인공물이 인간을 어리석게 여기고 엄니를 드러내는 게 아닐까 하는 생각. 어떻게 봐?"

"……이해할 수 없습니다."

"그래? 내 설명이 서툴렀을지도. 미안해. 하지만 말이야, 요컨대 그런 거라고 생각한단 말이지. 신은 세계를 만들 수 있을 정도의 권능을 가지고 있는데, 어째서 대륙은 전토가 비옥한 땅이 아닌 걸까. 신은 기적의 도구를 무수히 만들 수 있는 권능을 가지고 있는데, 어째서 최고 걸작일 터인 인간은 이렇게나 불완전한 걸까. 저기, 조금 전의 이야기도 감안하고 생각해 봐. 그래서, 어떻게 느껴?"

"당신은 이렇게 말하고 싶은 겁니까. '인간의 반역을 두려워해서, 주께서는 인간을 불완전하게 만들었다'라고."

청년은 "그러네"라며 박수를 쳤다.

"인간이 아무리 힘을 길러도 결코 자신들에게 닿지 않도록, 하고 생각한 거겠지. 신은 말이야, 인간을 사랑하고 있는 거라고 생각해. 하지만 그 사랑은 우리의 그것과는 정의가 다른 거라고 봐. 왜곡된 모형 정원에 불완전한 인형을 배치하고는, 끊임없는 위협을 두지. 이거 말이야, 조심스럽게 말해도 이상하지. 마치, 실험장이야."

그렇더라도, 하며 청년은 뒷말을 이었다.

"나는 마음에 들어. 아크스바오나를 녹화(綠化)하기 위해 감정의 대부분을 잃고 만 나지만, 그래도 아직 여단을 좋아한다는 감정은 남아 있거든. 단장의 명령으로 죽는다면 뭐, 괜찮으려나 하고 생각하는 자신이 좋아. 그래서 말이지, 그 좋아하는 동료가 아무래도 몇 명인가 죽었어."

즉, 그런 것을 말하고 싶었던 모양이다.

"제법 빙빙 둘러서 말하는군. 서론이 너무 길다고."

사라의 말에 청년은 미소로 답했다.

"미안해. 단지, 이후부터는 그리 시간이 걸리지 않을 테니까, 지루하게 만들 일도 없지 않을까. 지루함을 느낄 만큼의 유예를 줄 생각도 없고 말이지."

그는 색채 속성 보유자. 허세는 아니리라.

"뭐, 그래도 감사는 할게. 이런 때 어떤 표정을 지으면 좋은지, 더 이상 떠올릴 수 없지만 분노만큼은 떠올릴 수 있었어. 남아 있었던 모양인 그걸 끌어내 줘서 정말이지 고마워——그럼,

잘 가."

꿈틀거리는 뿌리들이 일제히 두 사람을 덮쳤다.

◇

『취』는 『생명』을 관장한다.

공격 수단으로 이용하는 경우의 가장 간단한 사용법은 생명력의 약탈.

레이드가 만드는 길게 뻗는 나무뿌리는 닿은 것으로부터 생명력을 빨아들이는 것이다.

『집어삼키』는 것은 빼앗은 것을 자신의 힘으로 만든다. 말하자면 흡수와 분해의 능력.

그에 반해 『생명』은 빼앗은 것을 자신의 것으로 만들고, 그걸 환원할 수 있다. 흡수와 환원의 능력인 것이다.

생명력을 빼앗는다고 해서 스킬이나 사용 마법을 빼앗을 수는 없지만, 동시에 『흑』 또한 빼앗은 것을 다른 이에게 나누어 주는 데는 적합하지 않다.

서로 비슷하면서도 명확한 차이가 있는 것이다.

아리엘이 그 뿌리를 쌍칼로 베었다.

"호오."

『검극의 수도기사』 아리엘도, 『불마의 수도기사』 사라도 알고 있다.

아리엘은 영웅 규격일 뿐만 아니라 검 실력이 탁월하다고 들었다.

그리고 사라, 그녀의 특수성 또한 레이드를 앞에 두고는 무의미하다.

생물에게는 마술 속성과는 별개로 마력 성질이라 불리는 구분이 존재한다.

타고난 성질은 어떤 속성의 마법을 사용하건 거기에 섞여 현출되고 만다.

성(聖), 생(生), 마(魔). 성성(聖性), 생성(生性), 마성(魔性).

대부분의 생물은 생성이기 때문에, 애초에 아는 자도 적다.

하지만 신에게 속하는 자는 성성을 지니고, 악신에 속하는 자는 마성을 지닌다.

그리고 성성 보유자의 공격은 마성 보유자에게, 마성 보유자의 공격은 성성 보유자에게.

각각 보정이 걸린다.

말하자면, 성성 보유자인 인간의 공격은 마물에게만 수 배에서 수십 배까지 증대된다.

그 반대 또한 마찬가지.

그리고 사라는 성성 보유자.

미궁 공략으로 따지자면, 어쩌면 쿠로노나 글레어와 같거나 그 이상으로 유용할지도 모른다.

그렇기에 인간인 레이드를 앞에 두고서는 단순한 일개 영웅 규격에 지나지 않는다.

조금 전부터 아리엘 뒤에서 대기하며, 그녀에게 보호받고 있는 형편이다.

아리엘을 덮치고 있는 건 여덟 가닥의 뿌리.

베어서 떨어뜨리면 재생하는 뿌리를 그녀는 포기하지 않고 계속해서 베고 있다.

『생명』에 약점이 있다고 한다면 그건 생명 없는 존재, 마력 없는 존재에게는 약탈을 행할 수 없다는 점일까.

생명력이 없으니까 생명력을 빼앗을 수 없고, 마력이 없으니까 마력을 빼앗을 수 없다. 당연한 것이다.

하지만 그 논리로 색채 속성에 맞설 수 있는 자는 실제로는 극히 드문 존재다.

아무래도 아리엘의 검기는 그 드문 것에 해당하는 모양이다.

멋진 일이다. 덮어놓고 칭찬해도 좋을 정도로.

하지만 레이드와 아리엘의 입장은 단순히 적이고.

까닭에 보내야만 할 것은 찬탄이 아니라, 추가 공격이었다.

"조금, 늘릴까──【취련(翠連) 16주(奏)】."

뿌리의 수가 16가닥으로 늘어났다.

단순히 공격의 수가 두 배.

그녀라고 해도 감당할 수 있는 수는 아닐 것이다.

그리고 16가닥의 뿌리가 그녀를 꿰뚫고──지나가는 일은 없었다.

풍선이 터지는 소리를 몇 중으로 겹친 듯한, 메마른 소리.

사라의 양손에는 손잡이가 달린 검은 철통이 쥐어져 있다.

통 끝부분에서는 연기가 피어오르고, 그리고 뿌리 끝부분이 산산이 흩어져 있다.

"……오래 기다리셨습니다, 아리엘 님. 탄환이 준비되었기에 불초 사라, 참전토록 하겠습니다."

사라의 말에 아리엘은 엷은 미소와 함께 "그래, 부탁해"라고 대꾸했다.

레이드는 사라가 들고 있는 것을 본 적이 있었다.

"……쌍검사의 종자가, 쌍권총의 사용자일 줄이야. 재미있는 조합도 다 있네."

뒤에서 대기하고 있던 건 『생명』에 대한 대항책을 생각하고 있었다는 것뿐.

아리엘의 쌍칼이 통한 것에서 연상하여 이 답에 이른 것이리라.

"마법의 세계에 물리 공격 수단만으로 나오다니, 멋이 없네~."

여단에도 육탄전을 주로 하는 멤버가 있지만, 레이드는 미소를 지은 채 그 사실은 뒷전으로 돌렸다.

"겉멋이나 호기심으로 전쟁을 하고 있는 건 아니죠, 서로 간에."

"대꾸할 말도 없어."

어깨를 으쓱이고는, 그 대신 돌려준 것은 공격.

"【취련 64주】."

64가닥의 뿌리가 땅을 가르고 하늘로 뻗어, 두 사람을 덮쳤다.

아리엘과 사라는 서로 등을 맞대고 서서는, 호흡이 맞는 콤비네이션으로 뿌리를 상대했다.

닥쳐오는 뿌리들을 모조리 베어 가르고, 쏴서 떨어뜨려 나간다.

"듣던바 이상의 묘기네. 거참, 게둔드라의 수도기사라는 녀석들도 내버려 두기에는 너무 우수해."

이 수에도 두 사람은 대항할 수 있는 모양이다.

개개인의 실력도 물론이거니와, 서로의 신뢰 관계가 움직임에 여실히 드러나 있다.

두 사람의 표정에 여유는 없지만, 자기들이라면 어떻게든 되지 않을까 하는 자신감이 배어 나오기 시작하고 있었다.

"그걸 보고 싶었어."

땅이 갈라진다.

이곳저곳에서 무수히 균열이 간다.

그 균열 전부에서 뿌리가 튀어나왔다.

주위를 가득 메운 뿌리의 총수는 실로——.

"【취련 666주】."

666가닥.

"뭣————."

할 말을 잃는 두 사람을 두고, 레이드는 만족스럽게 미소 지었다.

"색채 속성의 전력에 설마 당해낼 수 있을 거라고 생각했어? 그런 생각이 들게 만든 건 나지만, 사과는 하지 않아. 희망을 찾아낸

직후에 들이밀어지는 절망. 너희들을 덮치는 그것이 죽은 동료들의 혼을 조금이라도 위로해 주기를 바라면서 한 일이니까."

사방에서 일거에 밀어닥치는 뿌리를 막을 수단 따위 없으리라.

인류의 도달점을 아득하게 뛰어넘는 극기(極技)를 가지고서도, 압도적인 물량으로 펼쳐 내는 색채 속성 공격에 버틸 방도는 없다.

"그러면, 아름다운 아가씨들. 기도할 시간을 주지 못해서 미안하지만── 작별이야."

그러나 레이드가 그것을 실행하는 일은 없었다.

"──────────."

『흑』과『흑』. 그 승패가 결정된 모양이었다.

◇

글레어의【흑도야】를 코우스케는『공간』이동으로 회피.

궤도상의 모든 것은 집어삼켜지고, 지면도 벽면도 사라져 없어진다.

약삭빠르게도, 글레어는 곧바로 발동을 중지했다.

확실히 발동을 한순간 멈추면 정신오염 진행은 억제할 수 있을 것이다. 하지만 그리 연속해서 쓸 수 있는 기술은 아니리라. 광기에 삼켜져 가는 것에 대한 의문이나 저항조차 의식하지 못하게 되는 그 감각에 언제까지고 버틸 수 있는 자는 없을 것이다.

"어떻게 해서 손에 넣은 힘인지는 묻지 않겠다."

『공간』뿐만이 아니다. 명백히 움직임의 질이 변한 것을, 글레어는 알아차리고 있다.

"하나만 대답해라. 네 녀석은 어째서 자신의 진영이 이겨야만 한다고 생각하지. 근거는 뭐냐."

글레어는 황제야말로 충의를 바칠 상대라고 생각하고 있다. 황제는 글레어와 그 부하를 극진히 대우하였고, 황제의 사상에 감명을 받았으니까.

코우스케는 웃었다. 아하하, 하고 작게, 유쾌한 듯이.

"어느 나라가 옳다든가, 잘못되었다든가. 그런 큰 이야기에는 흥미가 없어. 이겨야만 한다? 아니야, 글레어. 내 답은 정말로 심플한 거라고."

"우리는 행복해지고 싶어. 그걸 너희가 방해하니까── 제거하는 거야."

하지만 친구에게 보내는 듯한 미소는 이 자리에는 몹시 어울리지 않는다.

그에 비해 글레어는 엄니를 드러내듯이 흉맹하게 웃었다.

"……좋다, 쿠로노. 그거야말로── 인간의 본질이다."

발도와 발검은 동시.

서로 【흑전】을 발동.

땅을 박차자 거리가 사라지고, 곧바로 서로의 리치 범위 안으로 들어갔다.

글레어가 치켜든 검이 떨어진다.

내려치는 궤도가 아니다.

팔째로 검이 지면에 떨어진 것이다.

"_____."

킹, 하는 맑은 소리가 공간에 번져 나간다.

발도와 납도의 경계선은 없는 것이나 다름없다. 그 정도까지의 신속(神速).

자기 자신조차 시인할 수 없는 초상적인 참격.

『흑』을 사용하여 『집어삼킴』으로써 생물을 흡수하였을 때, 손에 넣을 수 없는 것이 하나 있다.

기억이다.

이게 가능하다면 『벽력의 영웅』 리갈을 집어삼켰을 때 그의 생전 기억으로부터 범인을 찾을 수 있었을 것이다.

기억은 정신 혹은 혼에 속하는 것으로서, 죽은 자를 흡수하여 『집어삼키』는 대상에서 벗어나 있는 것일지도 모른다. 죽었을 때, 육체의 속박으로부터 해방되는 그 두 가지에 부수하는 것은 손에 넣을 수 없다는 논리.

그렇다면 코우스케가 엘마의 주무기였던 곡도를 완벽하게 다룰 수 있는 이유는 무엇인가.

단순히, 육체를 『집어삼켰』으니까. 그걸 다루는 스킬을 손에 넣었으니까. 그것도 있다.

하지만 코우스케는 리갈이나 라이크와 같은 영웅의 근접 전투를 재현한 적이 없다.

체격이 다르기 때문에 같은 스킬군(群)을 이용했을 때 그들과 완전히 똑같은 결과가 되지 않으니까.

근접 전투라고 해도 작은 자와 큰 자, 힘이 있는 자와 없는 자, 머리가 좋은 자와 나쁜 자, 그 밖의 다양한 이유들로 인해 양상은 천차만별이다.

코우스케는 그것들을 응용할 수는 있어도, 본인과 완전히 같게는 할 수 없는 경우가 많다. 이건 별반 약점 같은 건 아니지만, 재현성, 그 힘을 이용하는 경우의 완전성은 부족하다.

하지만 엘마와 코우스케는, 같다. 성장기가 끝난 육체에서 5년만큼의 훈련을 쌓기는 했어도, 같은 개체이기 때문에 어긋남이 거의 제로인 것이다.

그리고 코우스케는 그 미세한 어긋남을 【흑전】 내부 장갑이 인공 근육 역할을 하도록 함으로써 메웠다.

그리하여 지금 이곳에 천 년의 시간을 뛰어넘어, 신화에 이름을 새긴 『어둠의 영웅』, 그 극기(極技)가 발휘된 것이다.

치켜든 팔도 검도 이미 없고. 몸통을 드러낸 글레어에게 재차 검섬을 휘두르려 했지만──멈췄다.

주위에 『푸른』 입자가 흩날리고 있었다. 공기의 흐름을 『두절』함으로써 방패로 삼고 있다.

글레어의 『두절』이다.

이전 전투에서 그가 『공간』에 의한 이동을 제외하면 『흑』 이외에 다른 것을 사용하지 않았던 것은.

사용함으로써 코우스케에게 그 힘을 빼앗겨 버리기 때문에.

이 상황에서 그 금기를 깬다는 것은 즉.

그렇게라도 하지 않으면 탈출할 수 없는 궁지라는 말.

【흑전】에 의한 갑옷은 『두절』된 공기 속을 『집어삼키』면서 나아간다.

그 찰나의 시간에 글레어는 재생을 끝마쳤다.

그를 쓰러뜨리는 난도는 또 한 명의 자신을 죽이는 것과 같다. 죽음을 바라지 않고, 정신오염에 침범당하지 않은 자신.

마력은 방대하며 손상은 고속 재생. 요구되는 것은 죽음. 방법은——.

코우스케는 귀에 찬 피어스를 한 번 만졌다.

글레어의 마력이 증가한다.

지면을 가르며 무수한 가시가 분출되었다. 끝부분이 예리하며, 보라색 액체——아마도 독——가 방울져 떨어지고 있다.

그것들이 코우스케를 향해 급속히 뻗었다.

검은 곡도를 뽑아, 내달린다.

어둠을 가르다시피 하며 가시 무리 속을 빠져나간다.

코우스케의 등 뒤에서 가시가 투두둑 잘려서는 떨어진다.

마력 반응.

옆으로 뛰었다.

복부의 일부분이 날아갔다.

『무』 속성에 의한 소거다. 곧바로 재생. 어지간히 코우스케의 접근을 막고 싶은 모양이다.

『공간』에 의한 이동에는 딜레이가, 『무』에 의한 소거에는 좌표 지정이라는 나쁜 조작성이 각각 존재한다. 『차원』에 이르러서는 엘마가 보유하던 마법 중에도 이용법 같은 것이 존재하지 않았다.

글레어도 이제 안이하게 『공간』 이동은 할 수 없을 것이다. 마력 반응을 쫓아 코우스케가 『공간』 이동하면 무의미하게 끝난다. 수 초의 딜레이로 승부가 결정되고 말리라는 것을 그도 이해하고 있을 테니까.

검의 리치 안으로 들어간다.

"—————!!"

경악은 글레어로부터.

코우스케가 칼을 옆으로 내질렀기 때문이다.

눈앞에 있는 적의 무기에 주의를 빼앗기는 것은 당연한 일이다. 신의 아이가 부여한 힘이 깃든 보구 정도 되면, 전투 중에 버린다는 건 상상조차 할 수 없다. 그게 갑자기 허공을 날아가면 한순간이라고는 해도 의식을 빼앗기고 마는 것도 무리는 아니다.

하물며 글레어는 코우스케가 지닌 칼의 날카로움을 몸소 체감하였던 것이다.

어떻게 해서라도, 대응해야만 하는 것으로서 인식하고 만다.

그 한순간이 필요했다.

찰나를 한층 수백으로 잘게 쪼갤 정도의 극히 짧은 시간을, 갈구하고 있었다.

——힘을 빌리겠어, 엘마.

글레어의 가슴, 심장 위치에 손바닥을 댔다.

모든 힘을 한 점에 집약.

"【흑도야】."

무한을 연상시키는『검은』분류가 소년의 손바닥에서 내뿜어지고, 글레어의 심장을 꿰뚫어 하늘까지 솟구쳐 오른다.

마력 재생을 지닌 자를 죽이는 건 쉽다. 마력이 다할 때까지 계속해서 죽이면 된다.

하지만 그 마력이 너무나도 방대하다면?

마력 재생도 의식이 있어야 비로소 기능한다.

즉, 뇌를 파괴하거나 뇌의 기능이 정지할 때까지 몰아넣지 않으면 안 된다.

코우스케가 선택한 것은 후자.『흑』을 계속해서 발산함으로써 심장의 재생을 저해했다.

그렇게 되면 인간인 이상 이윽고——죽는다.

"질, 수는——!"

글레어의 발치에서『검은』원뿔이 무수히 뻗어 코우스케를 꿰뚫고자 육박했다.

하지만, 코우스케의『흑』을 꿰뚫기에는 앞으로 한 걸음, 닿지 않았다.

얼마나 계속되었을까.

정신오염 가속에 의한 폐해를 엘마의『항예의 귀걸이』가 저감시키지 않았다면 도저히 선택할 수 없었던 전법.

이윽고 글레어에게서 마력 방출이 멈춘다.

어느새 재생한 것인지, 오른팔만이 맨 상태로 나 있었다.

"……나, 이렇…… 느끼…….''

그게 코우스케의 얼굴로 뻗어와, 직전에 떨어진다.

"……『훌륭』하다, 고.''

그리하여,『흑』과『흑』의 투쟁은 끝났다.

"…………이겼, 다.''

멀리서, 전투음이 아직 계속되고 있었다.

◇

파르페가 크윈의『백』발동을 저지할 수 있었던 건 손에 쥔 보구의 힘 때문이다.

영웅에게 하사되는 보구가 어떻게 하여 선정되는지는 알 수 없다. 쿠로나 리갈처럼 항상 휴대하는 사람이 있는가 하면, 크윈이나 파르페, 토와처럼 제한된 때에만 사용하는 사람도 있다.

파르페의 너클 더스터는 분명,『마력의 가시화』라는 능력이었

던가.

통상적이라면 마력 감지 능력이 뛰어난 자에게는 불필요한 물건에 지나지 않는다.

하지만 눈에 보이는지 어떤지로 바뀌는 것이 있다.

마법의 기점(起点)이다.

마력이 그림물감이라고 한다면, 마력 감지는 그걸 농담(濃淡)으로밖에 인식할 수 없다. 하지만 그녀가 지닌 보구는 마법이라는 그림을, 선명하게 그림으로 포착할 수 있다.

마력을 감지하여 마법을 회피하는 것만이 아니라, 마법의 구조를 이해하고 발동하기 전에 간섭하는 것도 가능해진다. 그녀의 경우, 『백』이라는 마술 속성에 물들기 전인 캔버스에 자신의 마력을 쏟아부음으로써 그림이 완성되는 것을 방해할 수 있는 것이다.

완성 후에 덮어쓰는 것은 불가능하지만, 마법이 되기 전의 한 순간이기에 가능한 기술.

동시에 상대가 크윈이기에 가능한 것이리라. 파르페는 줄곧 자신을 뛰어넘을 기회를 노리고 있었다.

그리고 이번에 프라이드를 버리고, 기존의 전술을 버리고, 보구에 의지해서까지 일격을 먹이기에 이르렀다.

"너는, 대단해."

크윈은 솔직하게 그렇게 말했다.

"너는, 강해."

거짓 없는 본심이다.

"너는, 하지만, 닿지 않아."

하늘을 보고 쓰러진 파르페 위에 크윈이 기마 자세로 올라타 있다.

오른손은 그녀의 목에, 왼손은 보구를 쥔 팔을 억누른다.

나머지는 죽을 뿐.

그런데도, 파르페의 눈동자에는 공포 하나 일렁이지 않는다.

역시 자신과 이 애는 다르다고, 제멋대로이기는 하지만 크윈 은 뿌리쳐진 듯한 기분이 들었다.

죽음에 겁을 먹기만 할 뿐인 자신과 죽음의 위험이 뒤따르는 싸움에 스스로 임하는 소녀는, 너무나도 다르다.

"제가 어째서 당신에게 동경을 품었는지, 알고 계시나요?"

"내가, 너보다 강하니까. 그것뿐, 이잖아."

돌아온 것은 조소였다.

"후훗, 그건 인정하는 이유밖에 되지 않아요."

…….

듣고 보니, 파르페는 한때 리갈을 인정할 만하다고 평가한 적 이 있었다.

하지만 마음에 들지 않는다면서.

힘을 인정하는 것과 경모하는 것은 별개라는 말인가.

그렇다고 해서, 그게 대체.

"당신은, 두려워하고 있어요. 죽음이 무서워서 참을 수가 없어서, 죽지 않기 위해 강해지고, 그렇게 해서 최강의 정점에 이른 영웅."

그런 건, 어쩔 도리도 없다.

그 정도의 인간이, 그저 그렇게 만들어졌다는 것만으로 정점에 서버리고 마는 세계.

"저는, 당신의 강인함에 감명을 받은 거예요."

"——무슨, 말을."

강인함?

자신은 그저 매일 울면서, 이불 안에서 벌벌 떨고는 내일이 오지 않기를 바라는 하루하루의 연속 속에서 살고 있었을 뿐인 인형이다.

그런데도 파르페의 말에는 거짓이 없다.

"당신은 『백』을 지니고 바라지 않는 것을 『없었던 것』으로 만들 방법을 가지고 있으면서도, 무엇보다도 바라지 않았을 터인 『공포』를 지우지 않았어요!"

"————————————."

"공포가 사라지면 망설임 없이 싸울 수 있었을 텐데. 겁에 질리는 하루하루와 인연을 끊을 수 있었을 텐데. 그러지 않았어요."

머리를 얻어맞은 듯한 충격이었다.

안 된다.

"당신은 누구보다도 죽음을 두려워하면서, 누구보다도 공포에 사로잡히면서, 누구보다도 용감하게 그에 맞서 왔어요!"

아니다.

파르페가 하는 말은 빗나가 있다.

크윈이 공포를 『없었던 것』으로 하지 않았던 건 달리 아무것도 가지고 있지 않았기 때문이다.

공포만이 크윈의 유일하게 제대로 가지고 있는 인간다운 감정이었으니까.

자신을 괴롭히는 것이면서, 동시에 의지할 곳이기도 했다는 한심한 이야기.

그러니 그것을 좋은 쪽으로 해석하지 말았으면 한다.

"바로 그래서 용서할 수 없는 거예요. 이런 식으로 공포에 굴하다니."

"입 다물어."

앞으로 조금만 더. 조금만 더 있으면 끝낼 수 있다.

그게 소망이다. 그것이야말로.

"크윈."

그것만으로 마음이 천천히 열을 띤다.

마음에 박혀 빠지지 않는 가시가 욱신욱신하며 고통을 호소한다.

시선을 보내자 거기에는 쿠로가 있었다.

"쿠로."

이제, 그에게도 자신의 소원은 들키고 말았으리라.

파르페를 죽이면 분노를 부채질할 수는 있겠지만, 그래도 자신에게 살의를 향하지는 않을 게 틀림없다.

그래서는 안 되는 것이다.

"저기, 쿠로. 이게, 인조 영웅한테 허용된, 유일한 행복이야. 부탁이야, 쿠로. 너를, 정말 좋아, 해. 정말로, 좋아해. 그러니까, 하다못해, 네가 끝내줘."

자신은 존재 그 자체가 가짜다.

혼부터 시작하여 육체나 지식, 미완성인 정서, 텅 빈 마음.

타인의 것을 누덕누덕 기운 재봉실투성이인 인형이기에, 고유한 것은 무엇 하나 가지고 있지 않다.

하지만, 이것만큼은.

그날부터 느낄 수 있게 된 가슴의 두근거림만큼은.

자신이나 세계가 아니라, 단 한 명의 소년에게만 향해진 이 감정만큼은.

이 연정만큼은 단 하나, 크윈이 자신의 것이라고 확신할 수 있는 진짜다.

그러니 자신은 그것을 위하여 목숨을 버린다.

그게 대체 뭐가 잘못되었다는 것일까.

◇

크윈의 애원은 부탁조차 아니다.

그녀 자신은 소망이라고 인식하고 있을 것이다.

하지만 다르다.

현실만을 보고, 거기서 고를 수 있는 선택지밖에 보고 있지 않으니까 이런 걸 부탁이라고 오인한다.

무엇보다도 봐야 할 것은 현실이 아니라, 저의. 마음속 깊은 곳에 숨어 있는, 본심.

그러니 코우스케가 돌려줄 말은 정해져 있었다.

"거절하겠어."

크윈의 표정이 절망으로 물든다.

"……어, 어째, 서."

파르페의 존재 같은 건 의식에서 벗어나 버린 것처럼 그녀는 일어서서, 유령 같은 발걸음으로 이쪽에 가까이 다가온다.

"부탁이야, 쿠로. 부탁해. 난, 네가 아니면, 이 형태가 아니면, 안 돼."

"알 바냐."

"뭐, 뭐, 뭐……."

크윈은 동요하고 있다.

이렇게까지 차갑게 내쳐질 거라고는 생각하지 않았던 것이리라.

코우스케는 화내고 있었다.

"죽여, 주지 않는다면, 나는, 너를."

"죽이겠어? 마음대로 하면 돼."

칼을 버리고 그녀에게 가까이 다가갔다.

그녀는 겁을 내는 것처럼 멀어진다.

"어, 어째, 어째, 서. 모르겠어. 왜. 난, 너를, 배신했는데, 믿어, 줬는데, 거짓말, 했는데, 그런데, 어째서."

"친구한테 죽여달라는 말을 듣고 네 그렇습니까, 라고 말할 리가 없잖아. 바보가."

"바보 아니야!"

크윈이 외쳤다.

가슴이 찢어질 것만 같을 정도로, 비통함이 스며든 목소리였다.

"모르, 모르는 주제에! 어, 얼마, 얼마나, 내, 내가! 얼마나 괴로, 워서! 고민했는지! 모르는 주제에! 바보라고 하지 마!"

이전까지의 무감정한 행동거지가 얼마나 큰 감정을 억누르고 있었던 것인지를 이야기해주는 듯했다.

그렇더라도.

"아니, 엄청난 바보네. 그야말로, 구할 도리가 없어."

"구할 수 있을 리가 없어! 그런 거, 그런 말! 쿠로한테, 듣지 않아도! 태어났을 때부터, 줄곧 알고 있어! 그러니까, 그래서, 이렇게…… 쿠로한테, 부탁하고 있는데…… 어째서, 야."

어깨를 떠는 그녀의 눈앞에 서서, 앞가슴을 붙잡고 끌어당긴다.

당장이라도 금이 갈 것만 같은 홍옥 같은 눈동자를 정면에서 똑바로 바라본다.

"왜? 어째서? 모르겠어? 몇 번을 말해야 알겠냐. 내가 말했지. 구해주겠다고, 말했었잖아……!"

"———!"

그녀의 눈시울이 글썽거리기 시작했다. 보석에서 녹아 나오는 것처럼, 눈물이 흘러나온다.

"……가능할 리가, 없어. 가능할 리, 없잖아! 쿠로가 뭘 할 수 있어?! 이건 저주인데! 신이 내리는 벌인데! 혼에 새겨진 죄인데! 쿠로한테 말한다고 해서 뭐가 어떻게 된다는 거야! 네가 뭘 할 수 있다는 거야! 전부, 전부 쓸데없는 짓인데, 어째서 나한테 빛을 보여 주려는 거야! 그게 가장 괴롭다는 걸, 알아줘……! 알아줘! 쿠로라면, 알 텐데! 어째서! 왜!"

코우스케를 뿌리치는 것처럼, 크윈이 날뛰었다. 마치 어린아이가 발칵 짜증을 내는 것 같다. 하지만 그녀는 그것조차 경험하지 않고 영웅이 되었다.

오히려 부족할 정도다. 그녀는 떼를 써야만 한다.

원하는 것을 갖고 싶다고 말하고, 무리라는 말을 들어도 갖고 싶어 하는 것을 그만두지 않는 어린아이처럼.

욕구에 솔직해져야만 한다.

코우스케는 기다린다. 그녀를 정면에서 바라보고, 계속 기다린다.

크윈의 표정이 엉망진창으로 비뚤어진다.

"…………해줘."

지금까지 줄곧, 태어나서부터 줄곧 참아 왔던 것이 코우스케의 말로 무너진다.

"그럼, 구해줘! 구해줘! 구해줘구해줘구해줘! 죽고 싶지 않아! 영웅은 이제 싫어! 무서운 건 이제 싫단 말이야! 평범한 게 좋아! 평범하게 살고 싶어! 싸우고 싶지 않아! 쿠로한테 미움받고 싶지 않아! 쿠로한테 증오받고 싶지 않아! 쿠로한테 원망받고 싶지 않아! 쿠로 손에 죽고 싶지도 않아! 쿠로랑…… 같이 있고 싶어. 그것뿐이야……."

심정의 토로. 그것이 바로 그녀가 줄곧 막아 왔던, 보지 않도록 하고 있었던, 집어넣고 있었던, 포기하고 있었던, 유일한, 진짜 소원이다.

돌려줄 말은, 정해져 있다.

"그래, 알았어."

"…………뭐?"

"너를 구해줄게."

정적이 찾아왔다. 몇 초 지나, 그녀는 어찌어찌 그걸 깰 말을 입에 담았다.

"그런 게, 될 리, 없어."

"안 된다면, 그때는 책임을 지고 죽여줄게."

"…………그래도, 가능할 리, 없어."

"조금 다물고 있어."

계속 생각하고 있었다.

영웅을 그만두고 싶어 하는 그녀를 영웅의 자리에 얽매는 것을 괴롭게 여기고 있었다.

이 전쟁이 끝나면 자유롭게 될 수 있는 계약을 왕과 맺었다. 그 대상에는 크윈도 포함된다.

하지만 그녀가 품고 있는 문제의 본질은 거기에는 없었다.

비명횡사, 확정. 혼에 새겨진 죄.

그렇다면, 그래. 좋다. 해주지.

──혼을 구해주겠어.

마법식을 짠다.

코우스케는 『차원』의 사용법을 도저히 알 수 없었다.

아무래도 다른 세계──지구에서 아클레어로 전생하는 것 등──를 연상하기만 할 뿐, 어떠한 마법으로 사용하는 것인지 생각이 떠오르질 않았다.

토와나 앨리스, 에리의 혼을 먼저 구하는 것도 불가능했다.

구해주겠다고 말해 놓고서, 여기에 올 때까지 방법을 찾지 못하고 있었던 것이다.

하지만 조금 전에 크윈이 한 말로 떠오른 생각이 있다.

혼에 새겨진 죄.

그렇다면, 만약 혼에 간섭하는 방법이 있다면 거기에 새겨진 죄도 지울 수 있을까.

『차원』이라는 건 세계에서 세계가 아니라, 1차원에서 2차원이라는 식으로.

육체의 어떤 차원에서 혼이 있는 차원이라는 식으로.

서로 겹쳐져 있는데도 닿을 수 없는 장소에 손을 뻗는 것을 가능하게 만드는 속성인 것 아닐까.

고차원에 대한 간섭 권한. 혼의 시인과 간섭을 가능하게 만드는 것 아닐까.

같은 좌표의, 다른 차원.

신이라면 볼 수 있고, 간섭할 수 있다.

그렇다면 간단한 일이다.

코우스케는 이미 개념 속성을 손에 넣었다.

『그만둬』『그만두어라』

머릿속에 목소리가 울렸다. 몇 중으로 겹쳐진 목소리. 어딘가 그립다.

아아, 그렇다. 전생할 때 들었던 목소리와 닮았다.

신의 목소리.

그만두라는 것은, 코우스케의 인식은 잘못되지 않았다는 말.

파고든다.

"으응."

크윈이 애달픈 목소리를 냈다.

코우스케는 이미 시각으로 사물을 보고 있지 않다.

──있다.

형상을 설명하려 하면, 온갖 말이 상실될 것만 같다.

그런, 설명 불가능한 **무언가**. 하지만 이게 혼이라는 걸 알 수 있었다.

『허용되지 않는 월권행위』『당신에게 부여한 권한을 넘었다』

누덕누덕 기워진 혼이었다. 영웅 여섯 명의 것을 이어 붙인 혼.
하지만 이제 이건 크윈의 것이다. 크윈을 형성하는, 소중한 것이다.

『그것은 인간의 죄』『그것은 신의 벌』

죄? 벌? 그녀가 뭘 했다는 것일까. 만들어지고, 괴로워하고 있는 소녀에게.
비명횡사를 강요하는 것이 올바른 일일까 보냐!

그것은 혼의 중심에 새겨져 있었다.
비명횡사, 확정.
『두절』로 혼의 형태를 고정한다.『흑』으로 죄를 집어삼킨다.

『제거할 수 없을지니』『도망칠 수 있다고 생각하지 말지어다』

『생명』으로 혼의 수복을 개시.『진행』으로 그것을 가속.

『네 녀석은 과오를 범하려 하고 있다』『주어진 역할을 완수하도록 해라』

혼의 봉합흔을 『부정』하여 『없었던 것』으로 한다.

『영웅으로서 살아라! 그것이 바로 쿠로노 코우스케, 이번의 네 녀석에게 주어진 역할이니까!』
『당신의 행위는 영웅의 범위를 크게 일탈했다!』

"주절주절 시끄러워. 친구를 구하는데, 신^{너희들} 따위의 허가가 필요하겠냐!"

깨닫고 보니, 크윈이 눈앞에 있었다.

그녀는 자신의 몸을 바라보고, "거짓, 말……" 하고 중얼거렸다.

그녀에게는 보이는 것이리라.

흠집 하나 없는 깨끗한 혼이.

코우스케는 그녀의 머리를 쓰다듬었다.

"이렇게나 늦어져서 미안하다."

"쿠, 로…….'"

그녀가 코우스케를 올려다보고, 미소를 띠려다가, 멈췄다.

"왜, 왜…… 쿠로, 어째, 서."

"……이건, 신경 쓰지 않아도 돼."

뺨을 긁적이며 쓴웃음을 지었다.

코우스케의 스테이터스에 이런 것이 추가되어 있었다.

【저주】『신에게 거역한 용서받을 수 없는 자』── 1년의 세월
이 지나기 전에 악신을 토멸하지 못하면, 혼이 소멸한다.

"아크스바오나에 악신이 있는 거니까, 어차피 쓰러뜨리게 됐
을 거고. 그러니까 괜찮아. 크윈, 이제 싸우지 않아도 돼. 나머
지는 전부, 우리한테──"

"바보 같은 말, 하지 마!"

크윈이 코우스케의 가슴을 두드렸다. 그녀의 눈동자에서 눈물
이 흘러나온다.

"나, 나 같은, 걸 구하기 위해서, 어째, 서, 쿠로가, 이렇게, 되
는 거야."

썩어도 신. 충고를 거스르면 벌이 내려지는 건 상상할 수 있었
던 일이다.

"라이크랑 싸웠을 때, 크윈이 그 녀석의 팔을 고쳐서 자리를
수습해줬잖아? 그 녀석이 부순 술집을 고쳐주고, 그 녀석한테
다친 모두를 치료해줬어. 플라스의 수행에도 어울려줬지. 게다
가 저주를 받은 건 너뿐만이 아니야. 다른 녀석들도 구할 거니
까, 네가 없더라도 저주는 받았을 거야."

"그런 거, 그런 건, 이유가, 안 돼."

그녀의 눈물은 멈추지 않는다.

"힘이 되겠다고, 약속했으니까."

"＿＿＿＿＿＿＿＿."

"약속은 지켜야만 하지. 그것뿐이야."

"……나는, 만들어진 존재, 인데."

"다들 그래. 어머니의 배냐 기계로 된 통이냐의 차이 따위, 아무래도 상관없어."

"다른, 사람의, 혼을, 써서, 살고 있는데."

"네 탓이 아니고 크윈은 크윈이야. 나의, 친구."

"……너를 이용해서, 죽으려고, 했는데……!"

"괜찮아. 의견이 맞지 않는 경우도, 싸우는 경우도 친구라면 자주 있는 일이야. 이걸로 화해."

"…………으아."

그렇게, 크윈은 어린애처럼 울부짖었다.

지금까지의 인생에서 참았던 만큼을 되찾는 것처럼, 흐느껴 울었다.

코우스케의 가슴에서 얼마나 울었을까.

갈라진 목소리로 소녀는 말했다.

"……쿠로."

"……그래."

"좋아해."

짧은 말.

"……그래."

"내 것이, 되지 않아도 좋아. 그저, 좋아해."

"……그래."

"정말로, 좋아해……."

"잘 들려."

그녀는 분명 자신이 생각하고 있는 것보다 말을 많이 가지고 있지 않다.

환경 때문에 그것들을 획득할 기회도 얻지 못했다.

지식의 문제가 아니다. 말을 선택하는 마음의 성장을, 환경이 멈추고 있었다.

그러니까 정말로 중요한 장면에서 전하는 말도, 심플한 것이 된다.

"정말 좋아하니까, 네가, 죽게 두지 않아."

"……크윈?"

고개를 든 그녀의 눈동자에는 결의의 빛이 켜져 있다.

"평범하게, 되어도, 네가 없다면, 죽는 거랑 같아."

그 말은, 즉.

"하지만 너는 영웅을 그만두고 싶었잖아."

계속 그걸 바라고 있었을 터다.

"누군가를 위한 일이라며, 강제당하는 게 싫었어. 비명횡사하는 게, 무서웠어. 하지만, 이젠 아니야."

그리하여 그녀는, 분명하게 그 말을 입에 담았다.

"싸울 거야. 스스로, 결정했어."

"그러냐."

"저기 말이야, 쿠로."

그녀가 이름을 부른다.

"응, 뭔데."

그때의 표정을 코우스케는 앞으로도 평생 잊지 않으리라.

보물을 끌어안은 어린 여자아이 같은, 무구하며 기쁨으로 가득 찬 미소로 크윈은 말했다.

"구해줘서, 고마워. 정말 좋아해."

문제는 산더미처럼 쌓여 있다.

크윈이 저주에서 해방되어 스스로 영웅이기를 바라게 된 건크다.

하지만 적을 놓친 것으로 인해 기다리고 있는 문제는 무시할수 없다.

그래도, 하다못해 지금만큼은.

"천만에."

감사의 말을 표하는 친구 앞에, 친구로서 서자.

신의 눈동자에 죄로 비친다고 해도.

그런 건 알 바가 아니다.

에필로그

아크스바오나 제도, 극히 제한된 자만이 아는 결계로 뒤덮인 공간.

마력 · 생명력 · 스킬 · 가호, 끝내는 권능이라 불리는 신성까지 포함한 온갖 『힘의 종류』를 외부로 유출시키지 않는 비밀스러운 장소에 유폐되어 있는 건 황후의 몸과 그녀를 빙의체로 삼아 현현한──악신이다.

감옥이다. 독방보다는 넓고, 단체방보다는 좁은 실내. 벽면은 석조. 청결하게 유지되고는 있지만, 어두컴컴하다.

"아~아, 실패한 거네. 글레어."

구속의 위로부터 사슬이 감긴 상태에, 거기다 벽에 고정되어 있는데도 악신의 목소리는 노래하는 것만 같았다.

인자한 어머니의 자장가처럼, 상냥하고 부드러운 음색.

전생자를 고르고 있는 건 신이다. 편의상 선신이라고 해둘까.

그리고 신전의 소유권은 악신에게는 없다.

하지만 어떤 사정으로, 현재 아크스바오나 영내의 신전은 악신의 세력권이 되어 있다.

즉, 글레어를 포함한 아크스바오나 영내에 전생한 자는 악신이 찾아냈다는 말이다.

본래라면 신이 악신을 쓰러뜨리고자 모으고 싶었을 터인 영웅의 다수가 아크스바오나에 전생하여 제국에 속해 있다.

그건 악신에게는 있어서는 신에 대한 극상의 괴롭힘일 터였다.

『흑』을 필두로 많은 색채 속성을 세력하에 두고 있는 것이다. 필시 기분이 좋았으리라.

다음 순간, 악신의 표정은 그것만으로도 세계를 얼려버릴 것만 같을 정도로 냉엄한 것으로 변질됐다.

"하지만, 그는 이번에 개념 속성을 어떻게…… 아아, 첫 번째의 그를 쓴 거네. 그러고 보니 악령을 하나 빼앗겨서…… 과연, 그거라면 글레어가 지는 것도 납득이 가. 후후, 모처럼 우세하다고 생각했는데, 대단한 녀석이야. 정말로, 아아, 진짜! 진짜로 진짜로진짜로진짜로!"

구속 따위 손톱만큼도 신경 쓰지 않고, 악신은 날뛰다시피 발버둥 치며 외쳤다.

"내가 얼마나 고생해서 글레어를 찾아냈는데! 데려올 사망자를 고르는 건 정말로 시시하고 귀찮은 작업인데! 사막의 모래 알갱이를 하나하나 손에 집어 그게 당 결정인지 어떤지 확인하는 것만 같은! 그러면서도 혀 위에 올릴 때까지 단지 어떤지도 알 수 없어서! 신이라도 정신이 나갈 것 같다고 느낄 정도로! 글레어만한 장기짝은 그리 쉽게는 찾을 수 없단 말이야?!"

동일 개체라면 전생 후의 스테이터스는 서로 비슷하다. 하지만 그건 우책이다. 본래라면.

어째서인지 아는가. 『한 명의 인간이 하나의 세계에서 다른 두

가지 인생을 가진다」는 것은 섭리에 반하기 때문이다.

신 자신이 그러한 섭리를 벗어난 이치를 이용하는 건 용납되지 않는다. 그런 짓을 하면, 세계 그 자체가 왜곡을 수정하고자 움직인다. 신이 아니라 위반자에게, 섭리를 침해한 죄인에게, 선택을 그르치면 죽음을 초래하는 고난을 죽을 때까지 계속해서 부여한다.

왜곡을 최소한으로 그쳐 두고자.

그렇다. 쿠로노 코우스케는 전생 이후 수많은 죽음의 위기에 처했을 터다.

일어나고 만 문제를 없었던 것으로 할 수 없기에, 끝내고자 작용하는 힘.

인간이 문제에 대처하는 것처럼, 세계 또한 왜곡을 수정하고자 움직인다.

신이 세계를 창조하였다고 해도, 신 또한 세계에 존재하는 이상 전능으로써 온갖 것을 마음대로 할 수는 없는 듯하다.

애초에, 그런 게 가능하다고 하면 전생자 같은 건 필요 없다.

"본래라면 하루도 버티지 못할 텐데! 그런데, 어떻게? 글레어한테 이겼지? 하필이면 내 팔을 먹고, 내 몸을 봉인한 그 남자랑 동일한 존재가! 뭐 이런, 이런──이해할 수 없는 일이!"

악신은 더할 나위 없을 정도로 흐트러져 있다.

격노를 띤 두 눈은 꿰뚫을 상대를 갈구하는 것처럼 방을 둘러본다. 시선만으로도 남김없이 불태워 버리려는 것처럼 노려보지만, 상대는 벽이나 쇠창살 정도뿐.

"당했어. 정말로 최악이야. 용케 해냈다고, 그렇게 말할 수밖에 없네."

같은 인간을 두 번 전생시키면, 두 번째 쪽은 죽을 때까지 죽음의 위기에 처하게 된다.

그것뿐만이 아니라, 두 번째 인간에게는 신의 사랑이라는 형태의 가호를 부여할 수 없다.

이득이 없는 것이다.

하지만 쿠로노 코우스케만은 빠져나갈 길이 준비되어 있었다.

산 채로 이 세계에 연결되어 있던, 첫 번째의 쿠로노 코우스케를 죽이고 『집어삼킨』다는 길이다.

세계는 쿠로노 코우스케를 죽이고자 움직였고, 그리고 확실히, **쿠로노 코우스케는 죽은** 것이다.

첫 번째 쿠로노 코우스케가 두 번째 쿠로노 코우스케가 전생한 시대까지 살아남는다는, 지극히 예외적인 사례이기에 일어날 수 있었던 기적적인 해방.

신이 쿠로노 코우스케를 두 번 전생시킨 것은 첫 번째 건이 있었으니까.

이 세계에서 유일하게 쿠로노 코우스케만은 두 번째 전생에 버틸 가능성을 가지고 있었던 것이다.

다른 어느 영웅도 장기적인 죽음의 운명의 연속에서는 벗어날 수 없다.

자신을 죽임으로써 운명을 끊어 버린다는 거친 수를 성공시킬 수 있는 건, 쿠로노 코우스케뿐이라는 말이다.

그리고 녀석은 그걸 손에 넣었다.

같은 인간을 두 번 전생시켜서는 안 된다.

전생시켰을 경우, 두 번째 인간에게는 죽음의 고난이 내리쏟아진다. 죽음이 그를 따라잡을 때까지 급속하게, 계속해서.

하지만 정확하게는 『두 번째 인간에게는』이 아니라 『그 인간에게는』이며, 『그 인간』이란 즉 『쿠로노 코우스케』이고, 거기에 첫 번째와 두 번째의 구별은 없다.

쿠로노가 거기까지 생각하고 있었던 건 아니리라.

결과적으로 그렇게 앞뒤가 맞추어졌다.

신의 마음에 든 자.

자신의 팔을 먹은 자.

자신의 목숨에 닿을 수 있는 자.

"……또 너냐, 쿠로노 코우스케."

증오스러워 견딜 수가 없는 듯한 악신의 중얼거림을 들은 자는, 없다.

◇

화평 회의는 실패라는 형태로 끝났다.

적장을 죽이고, 엘피를 구출해내고, 크윈을 되찾을 수는 있었지만, 놓친 적도 적지 않다.

그래도 이번 승리는 연합에 희망을 보여주게 되었을 것이다.

지금까지 이상으로 한층 『검은 영웅』에게 요구되는 책임은 늘어나겠지만, 자신이 선택한 길이다.

그것보다도, 크윈의 취급에 관해.

적에게 정보를 제공하고 왕 암살을 방조한 것은 사형 수 회분에 상당하는 중죄다.

도저히 용서받을 수 있는 일은 아니었다.

크윈 자신도 용서를 청하지는 않았다.

죄를 전면적으로 인정했다. 하지만 어떠한 형벌이 되든지 간에 집행을 기다려달라고 원했다.

이번에야말로 마지막까지 달트라의 『하얀 영웅』으로서의 책무를 다하고 싶다고.

장시간에 이른 협의 끝에, 코우스케의 지휘하에 들어가 앨리스처럼 폭탄 목걸이를 착용하고, 또한 임무가 있을 때 이외에는 마봉석 팔찌를 끼는 것을 조건으로 승인되었다.

제3왕녀 입장에서는, 용서할 수 없는 대죄인이리라.

그래도 죽은 달트라 왕과 마찬가지로, 그녀는 백성을 생각하여 결단을 내릴 수 있는 인간이었다.

저주에서 해방된 『하얀 영웅』을 죽일 것인가 사용할 것인가. 감정을 제외하고 말한다면, 후자 이외에는 없다.

타국에서의 반발도 있었지만, 코우스케나 다른 영웅들이 힘쓴

것도 있어 최종적으로는 인정되었다.

저주에 관해서 말하자면, 토와의 저주도 풀 수 있었다.

새로이 저주가 늘어나는 일도, 악신 토멸까지의 기한이 짧아지는 일도 없었기에 일단 안심이다.

언제 찾아올지도 모르는 비명횡사와 달리, 1년의 유예는 있다.

그걸 들은 토와는 화를 냈지만, 지금은 악신 토멸에 열의를 불태우고 있다.

앨리스는 무슨 이유에서인지, 해주를 거부했다.

저주가 풀리면 비명횡사에서는 해방된다.

하지만 동시에 보구의 복수 소지라는 가치를 잃은 자신은 감옥으로 송환된다.

완전히 그 말대로였지만, 앨리스는 그게 죽어도 싫다고 한다.

또한, 에리는 적의 도움은 받지 않는다는 이유로 거부하고 있었다.

최근에는 에코나가 면회를 하러 가서, 대화를 하며 설득하고 있다.

하나의 싸움이 끝나고, 잠깐이기는 하지만 평온한 날이 돌아왔다.

다음 싸움도 그리 머지않겠지만, 곧바로 찾아오지는 않을 것이다.

아크스바오나도 『어둠의 영웅』과 그 일단(一團)까지 타도한 『검은 영웅』을 위험시하고 있을 테니까.

"영차."

스멀스멀 움직이는, 자신이 아닌 자의 존재를 느끼고 코우스케는 희미하게 눈을 떴다.

낯익다고 하기에는 익숙함이 부족한 천장, 창문 너머로 비쳐 들어오는 부드럽게 감싸는 듯한 햇살.

자기 쪽에서 봐서 오른쪽, 침대에 소녀가 앉아 있다.

막 일어난 참인지 손으로 머리를 빗고는, 졸린 듯이 고개를 흔들면서도 익숙한 손놀림으로 왼쪽 옆머리를 묶어 나간다.

조금 벌어진 옷과 등을 타고 흐르는 은백색 머리카락은 어딘가 예술작품 같아서, 넋을 잃고 바라볼 정도로 아름답다.

"시로."

말을 걸자 소녀는 조금 놀란 듯이 뒤돌아봤다.

약간 크게 뜨인 눈꺼풀 안쪽에는, 빛을 띤 흑요석 같은 눈동자가 담겨 있다.

"미안, 깨워버렸어?"

소녀가 미안한 듯이 눈썹과 얇은 입술을 살짝 찡그리며 고개를 기울였다.

그에 따라 백야의 반짝임을 녹여낸 듯한 아름다운 머리카락이 흔들려 움직인다.

교태를 부리는 듯한 기색도 없는데, 아니, 없기 때문에 그녀의 몸짓은 하나하나가 매력적이었다.

"……아니, 괜찮아. 그건 그렇고, 일찍 일어났네."

상반신을 일으키며 시선을 한순간 창밖으로 향했다.

하늘의 모습으로 보건대, 아직 이른 아침 시간대다.

코우스케의 말에 그녀는 평소와 같은 밝은 미소를 띠었다.

"빼먹을 수 없는 일과가 있으니까 말이야~."

"아──, 안내인이지."

아클레어에는 이계의 사망자가 전생하는 신전이 여럿 존재한다.

달트라에서는 나라의 관리하에 있는 신전에는 안내인이라 불리는 인원이 할당되고, 전생자가 탈 없이 아클레어에 적응할 수 있도록 원조한다.

이렇게 말하는 코우스케도, 그녀에게는 신세 진 것이 많이 있었다.

"조금 쌀쌀해지기 시작했고, 추워하고 있으면 불쌍하잖아."

전생할 때 얻은 스테이터스 보정은 외적, 내적을 불문하고 다양한 요인에 의해 야기되는 몸 상태의 변화에도 걸리는 모양이라, 더위나 추위, 알코올, 약물이나 정신 상태에 의한 악영향을 경감해 준다.

느끼지 않는 게 아니다.

덥다고도, 춥다고도 느끼고 취하기도 하는가 하면 독도 먹히고, 분노나 슬픔도 둔해지는 게 아니다.

그것들이 때때로 일으키는 악영향을 평범한 사람과 비교했을 때 받기 어렵다는 것뿐.

이불에서 나온 코우스케는 '쌀쌀해지기 시작했네'라고 생각하면서도, 예전처럼 이불로 몸을 감싸거나 몸을 문지르지는 않았다.

필요가 없다는 걸 머리도, 몸도 이미 이해하고 있는 모양이다.

보정의 정도는 개개인에 따라 다르기에 시로가 말하는 것처럼 갓 전생한 참인 내방자가 추위에 떨고 있지 않을 거라는 보장은 없다.

"수고가 많네."

그녀는 코우스케의 태도에 장난스럽게 미소 지으며 말했다.

"성의가 안 느껴지는데~. 일찍 일어나는 이 습관이 없었다면 어디 사는 누구 씨의 자살은 막을 수 없었는데 말이야~."

그 말대로였다.

전생 당초, 코우스케는 죽으려 했었다.

시로가 막아주었으니까 지금 살아 있다.

그로부터 그리 긴 시간이 지나지는 않았는데, 생각해보면 멀리까지 왔다.

13살부터 시작한 복수와 달리, 자신의 몸 하나로 목적지에 도달하는 것은 이제 불가능하다.

끝내기 위한 복수와는 다르다. 잃을 것이 없는 복수와는 다르다.

반대가 되는 것만으로도, 이렇게나 어려워질 줄이야.

시작하기 위한 싸움. 사람들을 지키고, 미래를 열기 위한 전쟁.

자신이 복수자로 끝나지 않고, 심신 공히 영웅에 이를 수 있었던 것 틀림없는 그녀 덕분이었다.

"……아하하."

코우스케는 쓴웃음을 지으며 생각했다.

그녀에게 구원받은 건 사실이다. 죽음으로부터도, 마음도.

하지만 그건 정말로 우연인가?

전생시키기까지 이계의 사망자가 어떤 보정을 받는지 알 수 없다는 가정이 진실이라고 치자. 하지만 그건 그건 코우스케한테는 들어맞지 않는다.

천 년이나 전에 엘마가 전생한 상태였으니까.

게다가 크원을 구하려 했을 때 들렸던 신의 말.

『영웅으로서 살아라! 그것이 바로 쿠로노 코우스케, 이번의 네 녀석에게 주어진 역할이니까!』

이번의 네 녀석. 이번의 쿠로노 코우스케라는 의미라고 한다면, 신은 의도적으로 쿠로노 코우스케를 두 번 전생시켰다는 말이 되는 것 아닐까.

전생시키지 않으면 알 수 없는 것을, 전생시키면 알 수 있게 되는 건 당연하다.

한 번 전생시켜 우수하다고 판단한 인간이 있으면 지극히 흡사한 다른 세계에서 동일한 개체를 전생시키는 것은 효율적이기는 하다.

하지만 그렇게는 되어 있지 않다. 적어도 인류의 기록에 위화감으로 남는 형태로는 이루어지지 않았다.

그것에는 이유가 있을 터다.

하지 않는다, 라는 것이 대전제라면 신은 『쿠로』로 그 규칙을

깬 것이 된다.

해도 문제가 없는 것이라면, 지금까지의 영웅 규격 중에서 특히 우수한 자와 동일한 개체를 전생시켜 악신 토멸에 임하게 하면 되는 이야기다.

뭔가 특수한 사정이 있어서, 『엘마』와 『쿠로』로서 두 명의 쿠로노 코우스케가 준비되었다.

추론에 추론을 거듭하는 것이 되지만, 악신이 관련되어 있다고 코우스케는 생각했다.

엘마와 자신에게 공통된 것은 악신을 쓰러뜨린다는 목적.

자신의 경우 크윈을 구한 벌로 가해진 【저주】『신에게 거역한 용서받을 수 없는 자』에 의해 강제된 것이나 마찬가지지만, 그로 인해 오히려 신의 의사가 명확해졌다.

신과 악신 둘 다 여전히 휴식을 필요로 하는 몸인 것이다.

1년 이내라는 정해진 기한은 그 부분이 관련된 것일지도 모른다.

그렇다고 한다면 악신 측도 또한 어떠한 대책을 강구하고 있다고 생각해야만 할 테고——.

"그럼, 잠깐 갔다 올게."

사고에 집중하는 사이에 준비를 끝낸 시로가 손을 살랑살랑 흔들며 말했다.

"아아…… 잠깐 기다려줘."

"뭔데? 다녀오라는 뽀뽀라면 필요 없어."

"안 해."

"안 하고 싶은 거구나."

"보통 남녀 반대잖아."

"남녀평등의 정신이 중요하다구."

"해줬으면 하는 거야?"

"이상한 말 하지 말아줄래?"

"네가 꺼낸 말이잖아……!"

실내에 퍼진 긴장을 푸는 것처럼, 시답잖은 대화를 중간에 끼워 한 호흡 뜸을 둔다.

"그래서, 무슨 일이야?"

"……나도 같이 가겠어."

"밖에서 찰싹 달라붙는 거 별로 안 좋아하는데 말이지~."

"그런 바보 같은 이유가 아니라고."

한시라도 떨어지고 싶지 않다거나 하는 깜찍한 이유로 따라가는 게 아니다.

방을 나서자 에코나와 그녀의 어깨에 손을 올려놓으며 나아가는 여동생과 마주쳤다.

"안녕하세요. 코우스케 씨, 시로 씨."

푸른 얼음 같은 여자아이의 미소는 오늘도 가련해서, 치유된다.

"안녕. 저기, 코우."

"그래. 알고 있어."

고개를 끄덕이고 시로를 재촉하여 아래층으로 내려갔다.

그러자 마침 그때 문손잡이를 울리는 소리가 났다.

시로가 현관까지 걸어가 문을 연다.

크윈이었다.

"와버렸, 어."

"크윈 씨…… 매일 오네요."

처음 만났을 때보다는 거리낌이 없어진 태도로 시로가 말했다.

"괜찮아, 빼앗거나 하지 않아."

크윈은 그렇게 말하면서 재빠르게 코우스케 옆으로 다가가 팔을 감았다.

"말하는 거랑 행동이……."

시로의 도끼눈도 크윈에게는 통하지 않는다.

"그것보다, 신전."

"아아, 크윈도 알아차린 거냐."

그 짧은 대화로 시로 역시 눈치챈 모양이었다.

"……혹시, 와 있어?"

마력 감지의 범위는 개개인에 따라 다르다.

"……이 시기일 줄이야. 기뻐해야 할지 어떨지 고민되는군."

가능성으로 말하자면 충분히 있을 법한 일이다. 오히려 상정해둬야만 했던 사태라고 할 수 있다.

특히 달트라와 아크스바오나는 광대한 국토와 신전이 있으니까, 전시 중에 새로운 영웅을 획득하는 것이 이상한 일은 아니다. 코우스케 역시 전시 중에 내방한 자임에는 틀림없는 것이다.

기뻐해야만 할지도 모른다.

전력 증강이 이루어졌다고.

하지만 솔직하게 축복할 수는 없었다.

전생을 했다는 것은, 한 번 죽었다는 것이고. 불행을 경험했다는 말이어서.

거기다 영웅 규격이라면 싸우는 것으로부터는 도망칠 수 없다. 그걸 허락해줄 수 있을 만한 환경을 바라고는 있지만, 현재 상황에서는 어려우리라.

"가자. 날아가는 편이 빨라."

시로의 손을 잡고 현관을 뛰쳐나가 하늘을 올려다봤다.

"어? 어? 어?"

그녀를 품에 안고 그대로 『풍』 마법으로 비행.

"그렇게 서두를 정도, 야……?"

시로가 불안한 듯이 이쪽을 올려다보고 있었다.

"아니, 그게 말이지. 영웅 규격인 것 같거든."

가급적 밝은 느낌으로 말했지만, 시로는 진지한 표정을 짓고 말았다.

알아차린 이상, 빨리 진정시켜 주고 싶다는 마음도 있다. 혼란스러워하고 있을 영웅 규격을 시로 혼자서 만나게 하는 게 걱정되었다는 것도. 하지만 그녀의 걱정은 달랐다.

"…………가능하다면, 그 사람도 행복해졌으면 하는데 말이야."

코우스케의 예는 특수하다고 쳐도, 이 정세에서는 빠른 단계에 영웅 인정을 받아도 이상하지 않다.

시로는 그걸 우려하고 있는 것이리라.

아직 보지 못한 내방자에게 있어 그것이 이번에야말로 행복을 붙잡을 길인 걸까 하고.

"억지로 싸우게 하지는 않을 거야. 그저……."

"그저……?"

"조금 쌀쌀해지기 시작했고, 추워하고 있으면 불쌍하잖아?"

그녀는 그 대답에 눈을 휘둥그레 떴다.

바라던 것은 아니었겠지만, 부정하거나 불만을 드러내지도 않고.

"남의 대사를 따라 하지 마."

라며, 작게 웃었다.

후기

서적판은 이것으로 최종권이 됩니다. 책의 형태로 이 앞의 전개를 보내드리지 못하는 것이 매우 안타깝습니다만, Web판은 앞으로도 계속되니 괜찮으시다면 그쪽을 봐주시기를 바라겠습니다.

서적판과는 일부 설정이나 전개가 다릅니다만, 대체로 연속되는 이야기로 읽을 수 있으리라 생각합니다.

감사 인사입니다. 편집 담당이신 I 님. 마지막까지 큰 신세를 졌습니다.

일러스트 담당이신 노자키 츠바타 님. 매번 반할 것 같은 갖가지 일러스트, 감사했습니다.

일러스트는 마치 그 세계의 한순간을 잘라낸 것 같고, 캐릭터 디자인은 작가가 생각했던 것보다도 훨씬 그 캐릭터다운 면이 드러나 있어서 오로지 감동할 뿐이었습니다.

저도 그 캐릭터의 성격, 환경, 능력 등을 감안하여 비주얼을 생각하고 있습니다만, 노자키 선생님의 디자인을 보면 '이분이 캐릭터를 더 잘 이해하고 계시는구나' 하고 생각하지 않을 수 없었습니다.

본작은 불행한 인물들이 전생하는 세계의 이야기입니다만, 노자키 선생님께서 일러스트를 그려 주신 것은 작가에게도, 등장하는 인물들에게도 행운이었다고 생각합니다.

디자이너님. 타이틀 로고나 띠지 디자인도 멋져서 무척 좋아했습니다.

본서에 관여해 주신 그 밖의 모든 분께 감사를. 마지막으로 독자 여러분. 책은 읽히기 위해 존재하는 것이기에, 당신께서 읽어주심으로써 이 작품은 숙원을 이룰 수 있었습니다. 감사합니다.

미타카 호즈미

Fukushuu Kansuisha no Jinsei Nishuume Isekaitan Vol.4
©2017 by Hozumi Mitaka / Tsubata Nozaki
All rights reserved.
First published in Japan in 2017 by MICRO MAGAZINE, INC.
Korean translation rights reserved by Somy Media, Inc.

복수 완수자의 인생 2회차 이세계담 4

2020년 6월 8일 1판 1쇄 인쇄
2020년 6월 15일 1판 1쇄 발행

저　　　자	미타카 호즈미
일 러 스 트	노자키 츠바타
옮 긴 이	주승현
발 행 인	유재옥
본 부 장	조병권
편 집 1팀	정영길 김민지 조찬희
편 집 2팀	김다솜 이본느
편 집 3팀	오준영 곽혜민 김혜주
미　　　술	김보라 서정원
라이츠담당	김슬비 한주원
디 지 털	박상섭 이성호
발 행 처	㈜소미미디어
인쇄제작처	코리아피엔피
등　　　록	제2015-000008호
주　　　소	서울시 마포구 토정로 222, 403호 (신수동, 한국출판콘텐츠센터)
판　　　매	㈜소미미디어
마 케 팅	한민지
물　　　류	허석용 최태욱
전　　　화	편집부 (070)4164-3962, 3963 기획실 (02)567-3388
	판매 및 마케팅 (070)4165-6888, Fax (02)322-7665

ISBN 979-11-6507-726-6 04830
ISBN 979-11-6389-041-6 (세트)